漢學研究叢書‧文史新視界叢刊

微觀類型下的受動標記研究
——基於音韻及語法介面

Research on Passive Markers from a Micro-typological
Perspective-Based on Phonology and Syntax Interface

陳菘霖　著
by Chen Sung Lin

如蝶振翼
——《文史新視界叢刊》總序一

　　近年赴中國大陸學術界闖蕩的臺灣文科博士日益增多，這當中主要包括兩類人才。一類是在臺灣學界本就聲名卓著、學術影響鉅大的資深學者，他們被大陸名校高薪禮聘去任教，繼續傳揚他們的學術。另一類則是剛拿到博士文憑，企盼進入學術職場，大展長才，無奈生不逢時，在高校發展面臨瓶頸，人力資源飽和的情況下，雖學得一身的文武藝，卻不知貨與何家、貨向何處！他們多數只能當個流浪教授，奔波各校兼課，猶如衝州撞府的江湖詩人；有的則委身屈就研究助理，以此謀食糊口，跡近沈淪下僚的風塵俗吏。然而年復一年，何時了得？於心志之消磨，術業之荒廢，莫此為甚！劉芝慶與邱偉雲不甘於此，於是毅然遠走大陸，分別在湖北經濟學院和山東大學闖出他們的藍海坦途。如劉、邱二君者，尚所在多有，似有逐漸蔚為風潮的趨勢，日益引發文教界的關注。

　　然而無論資深或新進學者西進大陸任教，他們的選擇與際遇，整體說來雖是臺灣學術界的損失，但這種學術人才的流動，卻很難用一般經濟或商業的法則來衡量得失。因為其所牽動的不僅是人才的輸入輸出、知識產值的出超入超、學術板塊的挪移轉動，更重要的意義是藉由人才的移動，所帶來學術思想的刺激與影響。晚清名儒王闓運應邀至四川尊經書院講學，帶動蜀學興起，因而有所謂「湘學入蜀」的佳話。至於一九四九年後大陸遷臺學者，對戰後臺灣學術的形塑，其影響之深遠鉅大，今日仍在持續作用。當然用此二例比方現今學人赴

大陸學界發展，或有誇大之嫌。然而學術的刺激與影響固然肇因於知識觀念的傳播，但這一切不就常發生於因人才的移動而展開的學者間之互動的基礎上？由此產生的學術創新和知識研發，以及伴隨而來在文化社會等現實層面上的實質效益，更是難以預期和估算的。

劉芝慶和邱偉雲去大陸任教後，接觸了許多同輩的年輕世代學者，這些學人大體上就屬於剛取得博士資格，擔任博士後或講師；或者早幾年畢業，已升上副教授的這個群體。以實際的年齡來說，大約是在三十五歲至四十五歲之間的青壯世代學人。此輩學人皆是在這十來年間成長茁壯起來的，這正是中國大陸經濟起飛，國力日益壯大，因而有能力投入大量科研經費的黃金年代。他們有幸在這相對優越的環境下深造，自然對他們學問的養成，帶來許多正面助益。因而無論是視野的開闊、資料的使用、方法的講求、論題的選取，甚至整體的研究水平，都到了令人不敢不正視的地步。但受限於資歷與其他種種現實因素，他們的學術成果的能見度，畢竟還是不如資深有名望的學者，這使得學界，特別是臺灣學界，對他們的論著相對陌生。於其而言，固然是遺憾；而就整體人文學界來說，無法全面去正視和有效地利用這些新世代的研究成果，這對學術的持續前進發展，更是造成不利的影響。

因而當劉芝慶和邱偉雲跟我提及，是否有可能在臺灣系統地出版這輩學人的著作，我深感這是刻不容緩且意義重大之舉。於是便將此構想和萬卷樓圖書公司的梁錦興總經理與張晏瑞副總編輯商議，獲得他們的大力支持，更決定將範圍擴大至臺灣、香港與澳門，計畫編輯一套包含兩岸四地人文領域青壯輩學者的系列叢書，幾經研議，最後正式定名為《文史新視界叢刊》。關於叢刊的名稱、收書範圍、標準等問題，劉、邱二人所撰的〈總序二〉已有交代，讀者可以參看，茲不重覆。但關於叢刊得名之由，此處可再稍做補充。

其實在劉、邱二君的原始構想中，是取用「新世界」之名的，我將其改為同音的「新視界」。二者雖不具備聲義同源的語言學關係，但還是可以尋覓出某種意義上的關聯。蓋因視界就是看待世界的方式，用某種視界來觀看，就會看到與此視界相應或符合此視界的景物。採用不同以往的觀看方式，往往就能看到前人看不到的嶄新世界。從這個意義來說，所謂新視界即新世界也，有新視界才能看到新世界，而新世界之發現亦常賴新視界之觀看。王國維曾說：「凡一代有一代之文學。」若將其所說的時代改為世代，將文學擴大為學術，則亦可說凡一世代皆有一世代之學術。雖不必然是後起的新世代之學術優或劣於之前的世代，但其不同則是極為明顯的。其中的關鍵，就在於彼此觀看視域的差異。因而青壯輩人文學者用新的方法和視域來研究，必然也能得到新的成果和觀點，由此而開拓新的學術世界，這是可以期待的。

綜上所述，本叢刊策畫編輯的主要目的有二：第一，是展現青壯世代人文學術研究的新風貌和新動能；第二，則是匯集兩岸四地青壯學者的最新研究成果，從中達到相互觀摩、借鑑的效果。最終的目標，還是希冀能對學術的發展與走向，提供正向積極的助力。本叢刊之出版，在當代學術演進的洪流中，或許只不過如蝴蝶之翼般輕薄，微不足道。但哪怕是一隻輕盈小巧的蝴蝶，在偶然一瞬間搧動其薄翅輕翼，都有可能捲動起意想不到的風潮。期待本叢刊能扮演蝴蝶之翼的功能，藉由拍翅振翼之舉，或能鼓動思潮的生發與知識的創新，從而發揮學術上的蝴蝶效益。

西元二〇一七年九月十二日
車行健謹識於國立政治大學

總序二

　　《文史新視界叢刊》，正式全名為《文史新視界：兩岸四地青壯學者叢刊》。本叢刊全名中的「文史」為領域之殊，「兩岸四地」為地域之分，「青壯學者」為年齡之別，叢書名中之所以出現這些分類名目，並非要進行「區辨」，而是立意於「跨越」。本叢刊希望能集合青壯輩學友們的研究，不執於領域、地域、年齡之疆界，採取多元容受的視野，進而能聚合開啟出文史哲研究的新視界。

　　為求能兼容不同的聲音，本叢刊在編委群部分特別酌量邀請了不同領域、地區的學者擔任，主要以兩岸四地青壯年學者來主其事、行其議。以符合學術規範與品質為最高原則，徵求兩岸四地稿件，並委由萬卷樓圖書公司出版。系列叢書不採傳統分類，形式上可為專著，亦可為論文集；內容上，或人物評傳，或史事分析，或義理探究，可文、可史、可哲、可跨學科。當然，世界極大，然一切僅與自己有關，文史哲領域門類甚多，流派亦各有不同。故研究者關注於此而非彼，自然是伴隨著才性、環境、師承等等因素。叢刊精擇秀異之作，綜攝萬法之流，即冀盼能令四海學友皆能於叢刊之中尋獲同道知音，或是觸發新思，或是進行對話，若能達此效用，則不負本叢刊成立之宗旨與關懷。

　　至於出版原則，基本上是以「青壯學者」為主，大約是在三十五歲至四十五歲之間。此間學者，正值盛年，走過三十而立，來到四十不惑，人人各具獨特學術觀點與師承學脈，也是最具創發力之時刻。

若能為青壯學者們提供一個自由與公正的場域，著書立說，抒發學術胸臆，作為他們「立」與「不惑」之礎石，成為諸位學友之舞台，當是本叢刊最殷切之期盼。而叢書出版要求無他，僅以學術品質為斷，杜絕一切門戶與階級之見，摒棄人情與功利之考量，學術水準與規範，乃重中之重的唯一標準。

而本叢刊取名為「新視界」，自有展望未來、開啟視野之義，然吾輩亦深知，學術日新月異，「異」遠比「新」多。其實，在前人研究之上，或重開論述，或另闢新說，就這層意義來講，「異」與「新」的差別著實不大。類似的題目，不同的說法，這種「異」，無疑需要吸收前人研究成果。然領域的開創，典範的轉移，這種「新」，又何嘗不需眾多的學術積累呢？以故《文史新視界叢刊》的目標，便是希望著重發掘及積累這些「異」與「新」的觀點，藉由更多元豐厚的新視界，朝向更為開闊無垠的新世界前進。最末，在數位時代下，吾輩皆已身處速度社會中，過去百年方有一變者，如今卻是瞬息萬變。在此之際，今日之新極可能即為明日之舊，以故唯有不斷追新，效法「天行健，君子以自強不息」之精神，方不為速度社會所淘汰。當然，除了追新之外，亦要維護優良傳統，如此方能溫故知新、繼往開來。而本叢刊正自我期許能成為我們這一時代文史哲學界經典傳承之轉軸，將這一代青壯學者的創新之說承上啟下的傳衍流布，冀能令現在與未來的同道學友知我此代之思潮，即為「新視界叢刊」成立之終極關懷所在。

劉芝慶、邱偉雲序

方序

　　二〇一八年十二月，正是波士頓一年裏最為寒冷的時節，一日收到菘霖老師的郵件，卻很是溫暖和欣喜，他告訴我他的專著即將出版的消息，希望我可以寫個序。我很是高興，也很感動，高興的是，他的專著好事多磨終於即將出版，感動的是菘霖能夠託付我來完成如此重要的書序事宜。我向來對為人寫序敬而遠之，一是覺得未必術業專攻，二是覺得自己資歷尚淺，不僅寫起來自己受罪，　別人看起來也跟著遭罪，這實在不是我願意看到的事情，但是菘霖的託付，我是十分心甘情願的，所以沒有絲毫遲疑，便一口承應下來。

　　菘霖知悉我的意見後，很快將他的書稿全文發給我，讀著他的這些熟悉的文字，許多與菘霖交往的點點滴滴不禁彙聚起來，影像如此的立體。記得第一次見菘霖，是二〇〇七年九月底在中國哈爾濱市黑龍江大學舉辦的第四十屆國際漢藏語言暨語言學會議（ICSTLL-40）上，那次會議菘霖的專題報告在我這一組，名字很特別，學問又好，雖然沒有深談，只知道他在政治大學讀博士班，當時印象很深，有意思的是我也只參加過這一次漢藏語國際學術會議，就認識了菘霖，當時估計我們誰都沒有想到多年後會同時在另外一所大學相逢，而且成為同事，辦公室都在一起，或許這就是一種學術緣分吧。

　　二〇〇七年，那時我的就職單位還是徐州師範大學（後更名為江蘇師範大學），參加哈爾濱會議回來後不久，十月底我即遠赴美國哈佛大學東亞系，到馮勝利教授那裡做訪問學者。二〇〇八年底回國後

不久，機緣周全，二〇〇九年九月我即到廈門大學海外教育學院任教，與臺灣僅一灣淺淺的海峽之隔。二〇一四年，海外學院進行新教師面試，再次看到菘霖也竟然機緣巧合來應聘，我們兩人當時都是一愣，誰也沒有想到會以這樣的方式在廈門重逢，很快就握手相談甚歡，多年未見，似乎有很多的話要問要說。後來我們的辦公室也在一起，每次見到他都在認真備課，和學生探討學術，很是欣慰。二〇一八年，菘霖順利回到臺灣臺南的成功大學任教，而我在這一年又再次到哈佛大學語言學系做訪問學者，我們兩人，雖沒有再次約定，卻基本同時離開了我們共同的坤鑾樓 B405，於我是暫時的，於他卻是永遠……。

我一直知道，菘霖受業於臺灣清華大學曹逢甫、張郇慧兩位教授門下，師出名門，學術人品自是可以放心的。他的博士論文題目是《音韻及語法的互動──「喫」（吃）和「乞」字被動式考察》，這次他出版的專著即以博士論文為基礎。論文內容我在他來參加廈門大學面試時就曾經讀過，這次在美國，再次複習一遍，領會了論文中更多的深意。我們知道，根據華中師範大學邢福義先生「普方古」的語言學研究思路與方法，考察方言語法現象，當致力於由「點」及「面」，在單點調查研究的基礎上進行多點比較，並且縱觀歷史，揭示有關現象的發展軌跡和演變規律。菘霖從文字聲韻跨度到語法語義，其研究即著眼於「共時」與「歷時」兩個視角，並從方言、跨語言現象及歷史語料的向度討論「喫」、「吃」、「乞」的問題，既包括了歷史音韻，也包括了方言語法和歷史語法，從語音及語義語法兩個方面得出的結論很有啟發性，在此為免出現理解偏誤，我願意擇其著作內容之要者稍作臚列。

一是「齧」、「齕」和「喫」、「吃」有字源上的關係，即「齧」、「齕」偏旁部件簡省後形成另一種簡化字「喫」、「吃」，同時「乞」、

「契」聲符的相同，造成了「喫」、「吃」的混用，形成異形同音同義字。菘霖從方言語料著手，試圖找出「喫」、「吃」和「齧」、「齕」在現代漢語方言的對應。結果發現，雖然方言字寫作「喫」或「吃」，但實際上都和「齧」、「齕」有所關聯，還基於詞彙擴散理論，解釋了顎化音的「喫」形成翹舌音的路徑，解釋「廈」、「聞」等字顎化音翹舌化的歷時發展。為了更全面的討論「喫」翹舌音的形成，他還以滿蒙譯音作為佐證，翹舌音的產生是漢語自身的前化作用，同時從生理語音來看亦可得到支持。可見，菘霖論證的角度與方法很是多元，不僅是「普方古」，甚至拓展到民族對音比較和生理科學的層面。

二是對「喫」、「吃」、「乞」問題開展語法及語義研究，這是他著作的核心部分，菘霖先考察了英語中的「get」，從而進一步建立了「get」和「乞」雙賓結構形成的假設，以及產生被動標記的推論，在理論上整合了連動結構、與格雙賓轉換理論、介詞併入、詞義分解與施受同詞、原型施事受事等。研究發現，索求義「乞」經由句法操作後形成雙賓構式（S＋V＋IO＋DO），如同英語的「get」在雙賓結構中義同於「give」作為雙賓動詞，認為以聲調（去入調）辨別「乞」的語義，在東漢已不存在。

作為「授予」義的動詞「乞」產生後，進一步討論了「與去聲」和「乞與去聲」的語義結構，推論「乞與去聲」在晚唐以前經歷了「（乞索取／給予）＋（與去聲）」＞「（乞給予與去聲）」＞被動標記「（乞與去聲）」。這就是說，「乞與」形成之初是由一組反義並列的動詞，其後「乞」和「與去聲」的共現關係重新分析為一組同義並列，並在晚唐成為一組複合式被動標記。聯繫方言資料，現代的閩方言區閩南使用「與去聲」和「乞與去聲」，不單用「乞入聲」；而閩東莆仙單用「乞入聲」，不用「與去聲」或「乞與去聲」。據此，足以顯示閩方言內部可能有兩種不同來源，一個是受「與去聲」影響所形成的被動標記

「乞與」；一個是不受「與去聲」影響而單用的「乞」，其來源應是索求義。菘霖經由歷史語料考察，最重要的發現是，這類施受同詞的動詞，語義角色並不是固定而是存在著選擇關係，並以「被」字式討論了短被動「乞」和長被動「乞」的形成。其中，短被動「乞」是在詞彙結構「乞＋V」中通過重新分析，兩個相鄰成分其中「乞」成為次要成分，相類似表被動「got＋過去分詞」的形式，而長被動「乞」則是仰賴句法操作、動詞中心語移位，產生「S＋乞＋NP＋V」，產生相類似表被動「S＋got＋過去分詞＋（by＋agent）」的形式。

　　總之，菘霖學養豐厚，這本著作也是新論疊出，許多觀點屬於他的新創，就其學術價值而言，學界自有評判，無需我在此過多置喙。菘霖為學踏實嚴謹，追求學術理想，與朋友交而有信，性情淡泊，溫和安靜，寵辱不驚，敏事慎言，確有高士風範。學者季羨林先生曾云：只求有利於學術，不求聞達於世間。大約只有如此，才有彼岸，若有旁騖，則易失其本。語言研究博大精深，我們作為個體能夠論述與言說的，對漢語的語言學研究而言似乎是那麼的微弱，但是這絲毫不能減弱我們固有的那份學術尊嚴，真誠地希望菘霖能夠一直秉持學術初心，固守學術本位，相信他一定前程遠大，未來可期。

方環海（廈門大學）

目次

附件

第一章
緒論

　　本研究將從共時（synchronic）和歷時（diachronic）兩個層面討論漢語「吃」（喫）[1]與「乞」被動式的方言語法及歷史語法來源，其中涉及了聲韻演變、歷史語法以及方言語法相關概念。本章簡述相關的研究動機、背景、語料來源以及前備知識。

1　被動式與被動表達

1.1　被動語態、被動化與被動標記

　　首先，本章先對被動語態（passive voice）被動化（passivization）被動式（passive construction）被動標記（passive marker）作基本定義[2]。

　　Hopper & Fox（1993：1）認為語態（voice）是語法的範疇之一，主要是透過動詞表現主動（active）中動（middle）和被動（passive），希臘語、拉丁語系、梵語都是藉由動詞表現語態。

　　O'Grady（2004：110）指出語態（voice）主要是描述動詞和與動詞有關的論元成分之間（主語、賓語）的關係。當主語是動作的產

1　這裡暫時以「吃」（喫）表示異體關係，但是不表示這兩者的主次之分。其後將會由本研究論述。

2　這裡的定義主要從 O'Grady（2004：110）的說明整理出來。

生者、執行者，這個動詞則是主動語態（active voice）；當主語為受事者或是經歷動作變化的目標，我們則稱為被動語態（passive voice）。

據此看來，語態的概念和動詞語義的表達較為密切，像是「see」（The hunter saw the bear.），「writer」（Mary wrote this book.），「bit」（The dog bit the policeman.）動詞都帶有及物性（transitive verb），並指派主語和賓語帶有主格（nominative）、賓格（accusative）。

從「變形語法」（transformation grammar）角度來看，主動語態裡的主語、直接賓語，透過語法的轉換形成被動式（passive construction）。而這個過程稱為「被動化」（passivization）[3] 即：主語降格（downgrading）為斜格（oblique），而賓語升格（upgrading）主語。如下表示及例（1）至（4）：

Passivization: Subject>oblique, direct object>subject

Subject>direct object>indirect object>Oblique

（1）The cat **ate** the fish.（動詞「ate」是主動語態）

（2）The fish **was eaten** by the cat.（動詞詞組「was eaten」是被動語態）

（3）The hunter **killed** the lion.（動詞「killed」是主動語態，動作的執行者是「hunter」）

（4）The lion **was killed** by the hunter.（動詞詞組 "was killed" 後帶有「by」引介出執行者）

---

3 鄧思穎（2004）的文章以漢語的被動句作為討論，但他言明已經放棄使用「被動化」這個說法。他認為被動句的產生是因為動詞作格化（ergativization），也就是及物動詞變為不及物動詞的句法操作。經由作格化後，動詞的主語不是施事，原本動詞可以指派賓語受格的能力消失，因此所為的被動句裡的動詞不及物，應該是指動詞失去了指派受格的能力。我們在此，並不討論「被動化」或「作格化」這兩個區別，但主要表達的是動詞失去了指派賓語受格的能力。

在例（1）動作的執行者是「cat」作主語成分，受事者是「fish」作直接賓語。但在例（2）裡直接賓語升格為主語，主語降格為斜格並與「by」構成了介系詞短語，動詞為以「be＋過去分詞 past participle」表示被動。

Siewierska（1984：2、2011）認為被動式（passive construction）的特質如下：

1 It contrasts with another construction, the active;（被動式與主動式是相互對比。）

2 The subject of the active corresponds to a non-obligatory oblique phrase of the passive or is not overtly expressed;（主語在主動式裡為非斜格，但是在被動式裡主語為斜格，或是沒有顯現。）

3 The subject of the passive, if there is one, corresponds to the direct object of the active;（被動式裡的主語，對應到主動式裡的直接賓語。）

4 The construction is pragmatically restricted relative to the active;（相對於主動式，被動式的使用較為受限。）

5 The construction displays some special morphological marking of the verb.（被動式裡將透過詞法標記動詞。）

Haspelmath（1990：27）認為以廣泛的定義而論，被動式至少具有下列三項的特質：

1 The active subject corresponds either to a non-obligatory oblique phrase or to nothing.（主語對應到一個非強制性的斜格或是不出現）

2 The active direct object corresponds to the subject of the passive.（主動式中的直接賓語對應至被動式主語的位置）

3 The construction is somehow restricted vis-à-vis another unrestricted construction (the active), e.g. less frequent, functionally specialized not fully productive.（被動式和主動式相較，被動式的限制較多。即：使用頻率較少、功能性受限、生產力受限）

Siewierska（1985、2011）、Haspelmath（1990：27）對被動式的定義，其實也就是被動化之後所產生的句式。

　　根據論旨分派原則，句子中的每一個名詞都必須獲得論旨，而賦予斜格（oblique）功能的任務則是由被動標記擔任。被動化的過程當中，不僅僅只有主語和賓語產生句法變化，及物動詞本身也通過句法或是形態變化，以動詞加綴或是特殊助動詞表現出被動式（Keenan 1985：250-251）。這裡所謂的動詞加綴或是助動詞表現，實際上就是指被動標記（passive marker）像是漢語的「被」，英語的「verb-to-be」、「by」。這些被動標記作為表明動詞和主語之間的狀態或是動作關係。如：張三被李四打了。（Mary was hit by John.）

　　曹逢甫（1993）指出漢語被動式具有三點準則：施事者詞組出現在附加語的位置或是根本不表達、賓語成了主題／主語，以及動詞有被動標記。

　　對照 Haspelmath（1990）和曹逢甫（1993）兩者定義的前兩點所見略同，第二點即是「受事主語句」，如：衣服洗好了、腳踏車修理好了。我們可以視為句首主題、主語脫落的形式。

　　第三點則分別說明了被動式中的動詞語義帶有被動意涵，並且被動式為較受限制的句型不如主動句能產。

　　此外，曹逢甫（1993）另也闡述漢語中至少有四種的句式可以表達被動意涵：被字句（他被人騙了）、帶有被動動詞如「挨」、「受」等的句子（他又挨罵了）、以賓語為大主題的「是……的」結構（那本書是1980年寫的），以及狀態動詞（那本書出版了）。這四種被動式，可以用三點準則來概括，如下表（1.1）所示：

表（1.1）　被動句式的特質對比

（曹逢甫　1993：47）

	被	受	是……的	狀態句
賓語成了主題／主語。	＋	＋	＋	＋
施事者詞組出現在附加語的位置或是根本不表達。	＋	－	＋	＋
動詞有被動標記。	＋	＋	－	－

上表中「被」字式符合了三項特質，因此可謂是最典型的被動式，其他的被動句式，也都至少符合其中的兩項原則，最明顯的是這四種被動句都可以用賓語主題化（topicalization）的方式置於句首。

綜合上面的討論，本研究所謂的「被動式」指經由「被動化」後所產生的構式，而這個構式中，除了主語賓語受到句法（或形態）變化外，動詞本身也會參與整個句法運作，動詞以助動詞（或加綴）的被動標記方式形成被動義。上述曹逢甫（1993）列舉的四種被動義句式，以狹義的範圍而論前兩項「被字句」及帶有被動動詞如「挨」、「受」的句子屬於本研究討論的被動式範圍，後面兩項「是……的」結構及狀態動詞（那本書出版了）則不列入討論。

1.2　漢語史中的被動標記

蔣紹愚（2005：379）總結漢語史上的被動標記一共有十種：被、吃（乞）、蒙、教（交、叫）、著、使、讓、與、給、乞。其來源有三種不同的類型：「被」、「吃」由遭受、蒙受義動詞演變而來；「教」、「著」、「使」、「讓」由使役動詞產生；「與」、「給」、「乞」由給予動詞而來。

　　這十種被動式中「被」的使用頻率極高，許多的研究也都集中於此課題。相對於典型的「被」字式，閩方言中表示被動則使用「乞」或是「(hɔ去聲)（與）」[4]和「乞與去聲」，如：福州、廈門、建甌等地區。秋谷裕幸（2008：360）指出在閩北區可用「乞」kʰi 入聲（渭田、峽陽、鎮前）作為被動介系詞，以鎮前方言為例：碗乞渠拓掉了（那個碗被他打破了）。

　　閩南方言則有「乞」、「與去聲」及「乞與去聲」三種形式，周長楫、歐陽憶耘（1998：403）所述「乞」在廈門方言作為被動詞。如（5）：

（5）tsit nia　　sã　　kʰit 陰入　　tsʰat la　　tʰau tʰeʔ kʰi
　　一　　領　　衫　　乞　　　　賊仔　　偷拿去

他並指出在廈門方言裡，少用「乞」多用「與去聲」，如要出現「乞」則後面常常接連出現「與去聲」形成複合「乞與去聲」。同樣以上句來看，在臺灣閩南語則說為「乞與（hɔ）去聲」，或者是單用「與去聲」，沒有單用「乞」表示被動的用法。

　　從這個例子來看，動詞「偷」的賓語移位至句首主題／語的位置；而施事者「賊仔」亦可省略；並且動詞「偷」是由外而內的位移方向，從別處或別人獲得至自身；最後其功能就是表現了不幸的意涵。

　　以上對閩方言被動式的觀察，我們可以得知「乞」、「乞與去聲」、「與去聲」這三個被動標記，分佈於不同的次方言中。基於今日的語言現象是歷史語言的沉積，被動標記「乞」和「乞與去聲」、「與去聲」的關係是什麼？又在現代的閩方言中使用時的情形如何？本研究將對此問題深入討論。

4　有觀點認為閩方言中的 hɔ 並不是「與」而是「度」，但因為目前廣為寫作「與」，因此本書之後的所有章節，都用「與」字。至於是否確為「與」字以後再進一步研究。

　　除了方言語料，在古漢語中也能找到「乞」作為被動用法的例子，如：「乞官司」、「乞了些艱辛」、「乞驚」、「乞鄰舍家笑話」、「乞他逼迫不過」。有趣的是，在唐宋代以後被動標記「乞」就和「吃」、「喫」字混用。江藍生（1989）認為不晚於北宋，出現了一個表示被動關係的「吃」字，在唐宋以前都寫為「喫」，元明以後才寫為「吃」或「乞」，他認為「吃」、「乞」混用，可能是刻字工匠的省筆所致。並列舉了《元雜劇三十種》作為說明如下例（6）、（7）：

　　（6）道士們都修善，他每更不乞韃。（任風子，二折〈寄生
　　　　　草〉）
　　（7）乞緊君王在小兒殼中。（趙氏孤兒，二折〈一折花〉）

　　其實我們不難發現，在現代漢語中「吃」用以表示被動的意涵，如「吃虧」、「吃摑」都可以理解為「被虧」、「被摑」。呂叔湘（1980、2002）認為動詞「吃」除了表示吞嚥以外，還具有挨、忍受（如：吃苦頭、吃了一刀、吃過幾次敗仗）以及接受、認可（如：我不吃這一套、吃軟不吃硬）。

　　試想，如果以江藍生（1989）所言為真，「吃」表示被動的用法出現於北宋，那麼「乞」、「喫」和「吃」在歷史語言中應存有一段共存的時間，其次這三者為何會有混用的情形？閩方言的被動標記「乞」的語義發展是什麼？

　　有鑒於上述的各種問題，本研究將以「喫」、「吃」、「乞」被動式為研究主題，討論「喫」、「吃」的歷史音韻變化以及閩方言被動「乞」的來源。藉此觀覽方言語法和歷史語法的兩個層面。

2 研究主題

本研究主要以漢語、閩語，作為論述對象。其中，又可以分為兩個面向討論，其餘細微問題將在各章節中論述。

2.1 從漢語史觀點討論「吃」（喫）的音義性質

「吃」《說文》釋為「言蹇難也」，表示口吃。《廣韻》作為居乙切 *kjət 見母迄韻臻攝入聲三等開口，現代漢語念作 tɕi（陽平）。「吃」的本義是口吃，讀音為 tɕi（陽平）。然而，在現代漢語中卻有另一個讀音 tʂʰ 如：吃飯、吃虧、吃學校等，表示「飲食」義居多。固然，我們可就「同形異音異義」（heteronym）來理解「吃」，但又是如何而來？從何而來？

另外 tʂʰ 音來源，更是一個討論的重點。鄭張尚芳（2002）認為 tʂʰ 的來源像是一種斷頭現象，屬於不規則的語音變化，並指出 tʂʰ 音的來源尚待研究。平山久雄（2004）從各種漢語方言語料觀察，認為「吃」具有四種語音形式（kʰɛk、kʰɛt、kʰjiet、tɕʰiet）反映出聲韻的雅俗音系，但是卻未對 tʂʰ 音的來源作探討。不論是不規則語音變化，還是雅俗音系其背後的動力是什麼？雅俗的語音反映了什麼語言現象？

張淑萍（2009：151）同樣以漢語方言為研究對象，討論了漢語方言顎化音發聲捲舌化的動因，以現代漢語為例，底下的字都有兩讀情形「畜」、「臭」、「省」、「車」、「吃」。並認為「吃」見母迄韻 *kj，聲母經由顎化（palatalization）後，再進行「前化」（fronting）而演化為捲舌音。那麼這些論點是否有其理據，本研究將深入討論。

2.2　被動標記「吃」（喫）、「乞」的歷時方言語法發展

　　江藍生（1989）認為「吃」、「乞」混用，可能是刻字工匠的省筆所致，這是一個可能性的解釋，但這樣的解釋是否能從語言結構討論。

　　徐丹（2004：162）點出了「吃」、「乞」的問題，普通話「吃」、「乞」的讀音差異很大，歷史文獻裡被動的「乞」是否源於「給予」的「乞」？如果有關那麼「吃」就很有可能跟「給」有所關聯，如果不是就得另尋他處。

　　參照「乞」字來看，孫玉文（2007：272）指出，古漢語中「乞」有去入兩讀，去聲表示「給予」，入聲表示「求取」。

　　再以閩南語來看「乞」表示「索求」的用法，最常見的為「乞食」（kʰit-tsiaʔ33）。而閩南語的被動句常出現的是「乞與hɔ」或「與去聲」，而在閩東的福州話中卻單用「乞」。

　　陳澤平（1998：198）以福州方言為例「乞」kʰøyʔ入聲，相當於普通話的「被」字句。劉[5]秀雪（2008：27）指出金門閩南語、潮洲話也用「乞」表示被動如下：

　　（8）魚乞貓団銜咯。（魚被貓叼去了）【福州】

　　（9）衣裳乞雨沃爛咯。（衣服被雨淋濕了）【福州】

　　（10）伊乞（kʰeʔ）老師打。（他被老師打）【金門】

　　（11）彼e人乞（kʰeʔ）我趕出去啊。（那個人被我趕出去了）【金門】

　　（12）i kʰeʔ tsʰia tsuang to。（他被車撞到）【潮洲】

5　底下內文我們一律使用索取或求取，來表示由外而內的動作方向，其語義相似於「get」、「obtain」、「receive」、「beg」、「supplicate」。

這些句子對應至臺灣閩南語則有不一樣的形式，如下：

（13）魚（乞）與貓銜去。（魚被貓叼去了）

（14）衫（乞）與雨沃爛咯。（衣服被雨淋濕了）

（15）伊（乞）與老師打。（他被老師打）

（16）彼e人（乞）與我趕出去啊。（那個人被我趕出去了）

（17）伊（乞）與車撞著。（他被車撞到）

在閩南語的句中，「乞」可以和「與去聲」複合為「乞與去聲」表示被動。亦可以單用「與去聲」表示被動。劉秀雪（2008）的文章透過大量的閩方言對比，就已經觀察到，有些方言「乞」和「與去聲」並存，各自扮演不同的語法功能，有的方言點僅則其一使用。並且他提出了一個重要的主張：閩方言中「與」的演變途徑為給予＞使役＞被動，而「乞」主要是以「乞討（遭受）」義衍生出被動。

　　由上面所呈現的語料來看「與」的發展過程，似乎對「乞」造成了一些影響。照郭維茹（2010）指出「與」的使役及被動用法是在中古以後出現。那麼以「乞與」和單用「乞」作為被動標記的方言點，其來源或許如劉秀雪（2008）所言可能有不同的語義來源，也就是一個是受「與」所影響下產生的「乞與」，一個是獨用的「乞」，本研究也將會做推論。

　　閩南語的「hɔ去聲」討論其本字者有周長楫、歐陽憶耘（1998：403）寫作「互」；董忠司（2001）寫作「予」；梅祖麟（2005：164）透過上古音以及漢藏同源對比指出應該是「與去聲」字。回到現代方言來看，曹逢甫（1988、1992、1995、2009）對於閩南語的「hɔ」和漢語的「給」做了豐富的研究，並把「hɔ」和「給」的語法功能，做了下列的對照：

表（1.2）　　閩南語、國語「給」義的詞法句法對照
（曹逢甫 1995：124）

	閩南語	國語	詞性
表示「給與」的雙賓動詞	hɔ	給	動詞
雙賓結構中的標的標記	hɔ	給	介系詞
使動動詞 給與許可 致使	hɔ	讓（給） 使、讓	動詞 動詞
兼語式	hɔ	給	介系詞
祈使動補結構	hɔ	給	助詞
被動式的施事標記	hɔ	給、被	介系詞

從上表（1.2）可以看到現代閩南語「與去聲」具有實詞和虛詞的兩種分佈，那麼這個「乞與去聲」的被動複合形式，有沒有可能是因為在「與去聲」的語法化過程中，將「乞與去聲」當作是同義並列？而本義是入聲求取義的「乞」，語義可能有其他根源。

3　論述範圍及組織架構

3.1　詞彙擴散中的漢語、方言與歷史語法

本研究的課題建立在漢語語法─方言語法─歷史語法大三角範圍內。楊秀芳（1991）認為結合方言語法和歷史語法，即是「從方言語法中印證歷史語法，從歷史語法中觀察方言語法。」從方言語式找出歷史語法現象，並且勾勒出發展軌跡。詹伯慧（2004）指出方言語法研究的未來展望，必須結合共時和歷時兩層面，也就是橫向和縱向。

横向的比較研究可以發現歷時發展的線索,而歷時的比較加深我們對横向語言異同現象的認識,也就是「方言—古漢語」、「方言—普通話」、「方言—方言」的比較。

為了讓討論的問題更為聚焦,我們將採用「詞彙擴散理論」(lexical diffusion theory)作為主要架構,並旁論其他語言演變的原則。

一九六九年王士元在《Language》揭示了詞彙擴散的主要精神,一反當時「語音規律無例外」的研究氛圍。其主要論點認為語音的變化是突變的,而在詞彙中擴散的時間卻很長(漸變),也就是說當語音起了變化後,實際的情形由個人語彙中的一個詞到另一個詞;由一個說話人到另一個說話人。例如有兩個語音 X、Y 分別表示演變前和演變後,在變化的初期有些詞可能直接變為 Y,有些可能還保有新舊兩種讀音 X、Y(異讀詞),隨著時間的趨前演化 X 的讀音逐漸被 Y 的優勢所壓倒。詞彙擴散論指出,任一個時期的語言中,都可以發現部分的詞彙具有雙重的讀音。

就眼下的語言學理論來看,詞彙擴散是一種理所當然的概念,然而就當時的整個時代背景來說,無疑是一種創見。正如徐通鏘(2001:274)所言,詞彙擴散研究語言系統中的變異,純粹同質(homogeneous)的語言社群並不存在的,也就是對語言系統的同質、均勻學說提出新的思維。之後,王士元(1997)對詞彙擴散理論提出了前瞻的研究方向,他指出在早期該理論大多用於討論語音的變化,然而詞彙擴散的研究視點也可以擴展到語法層次,主要的目標是追溯語法演變的進程,即新形式的成長和舊形式的衰退,這兩者都是彼此獨立的。

語法上的詞彙擴散,援引李英哲(1994、2001)的例證做說明。該文論述了被動結構的發展,並提出了四個不同階段:

1 甲骨文、金文（古漢語初期）：A 式：受事＋動詞＋於／于
＋施事。

2 春秋戰國時期：B1：受事＋見＋動詞。B2：受事＋為＋施
事＋動詞。

3 戰國後期：C1受事＋見＋於／于＋施事。

C2受事＋為＋施事＋所＋動詞。

C3受事＋被＋動詞。

4 戰國以後：D1受事＋見＋於／于＋施事。

D2受事＋為／被＋施事＋（所）＋動詞。

D3受事＋為＋（所）＋見＋動詞。

在階段二產生了新的被動結構，並且看到相同的句法環境，存在
著兩個不同的格式；階段三有新的被動式亦有語法融合的過程：C1為
A 式＋B1；階段四除了保有階段三的 C1（D1），還融合了其他形式：
D2＝C2＋C3；D3＝B1＋C2。最後 D2 成為占主導地位的格式，介系
詞「為／被」可用其他介系詞替換如：遭、挨、受、蒙、叫、讓、給。

從上面的這些被動句式的發展來看，可以看到新舊形式結構的共
存，如階段三：C1 是階段一、二融合而成的新形式，C2、C3 是全新
的形式；階段四：D1 為舊形式，D2、D3 為融合而成的新形式，不難
看到詞彙擴散理論的框架體現其中。李英哲（1994、2001）用了更清
晰的概念說明了這其中的語法變化。他認為各種語言格式在競爭演變
的過程中，互相關聯導致語言融合的產生，並且經歷了底下三個階段：

形成期：句法格式明確，尚未出現競爭形式。

過渡期：新的句法形式出現，並與舊形式相互競爭。

合成期：某些句法形式透過競爭成為勝利者，其產生大多是語

言重新分析後的影響，也就是歷時融合的結果，融合的過程可
使語言表達更為精密化，亦可使語言越來越模糊。

回到先前李英哲（1994、2001）的被動句四個階段來看，階段二
就是過渡期；階段三、四則是合成期。最後 D2 成為典型的被動結
構，並且可由同樣具有被動意涵的介系詞所替換，體現了精密化的產
生，亦即兼職分擔的詞彙越來越多。

透過上述王士元（1969、1997）和李英哲（1994、2001）的論
述。本研究將建立在兩位學者的框架當中──詞彙擴散與競爭演變、
融合，討論漢語和閩語「吃」（喫）和「乞」的被動式，並從文字聲
韻、歷史語法來做深入的考察。

綜而論之，本研究的範圍有二：「古今通塞」方言語法和歷史語
法的結合；「南北辨音」聲韻演變和方言語音的相互印證。

3.2　內容架構

本書一共分作八章，內容陳述如下：

第一章：研究問題和論述範圍以及語料來源和體例的說明。其後
的章節將進入本研究的主軸，相關的研究文獻將在文章當中一併討論。

第二章：文獻探討和問題確立。本章討論前人文獻中討論「吃」
（喫）被動式的歷史演變，以及閩方言中「乞」被動式的研究。透過
本章整理的方言語料，勾勒出整個研究的各項章節主題。

第三章：從字源觀點討論「吃」、「喫」的文字語義關係。本章以
字體簡化的觀點論述「吃」、「喫」兩字其來源應和「齕」、「齧」有
關，並透過歷史語料觀察歷代的語義及使用分佈。

第四章：「吃」、「喫」的的音義性質。我們將採用傳統的聲韻分

析，並運用詞彙擴散理論解釋語音的音變，同時引用蒙、滿語文獻作為例證。同時以方言語料支持第三章的研究結論。

　　第五章：從英語的「get」著手討論由求取到給予義的衍生過程。並且介紹了與格轉換理論、詞義分解及中心語移位、原型施事受事理論，藉此建立「乞」由求取義衍生為給予義及被動標記的假設。

　　第六章：本章開始從歷史語法討論解釋「乞」入聲求取義，如何演化為給予義，這個「乞」和英語的「get」有相似的情形。接著再透過前人的研究文獻觀察「與去聲」和「乞與去聲」用法，對於被動標記「乞」有什麼影響。這關係到下一章如何看待被動標記「乞」的形成。

　　第七章：從歷史語料討論「喫」、「吃」的使用分佈，以及建構被動標記「乞」由求取到被動的發展假設。最後，我們初步認為閩方言內部可能存在著語法差異：「與去聲」和「乞與去聲」中，「乞」是經由「與去聲」的複合感染作用，形成一個並列複合詞。因此，在閩方言中可單用「與去聲」或是「乞與去聲」，但未見單用「乞」的地區，可能是在「與去聲」的作用下，「乞」才會由給予>使役>被動。相反的在未見「與去聲」或是「乞與去聲」，而單用「乞」為被動標記的地區，其發展為求取>遭受>被動，因為沒有「與去聲」的趨動。最後，求取類被動標記的跨語言觀察，考察了英語、韓語、越南語、泰語、德語等語言。藉跨語言的使用，顯示在世界語言的被動類型分佈中，確實有一類是和「求取」、「獲得」有關。如同現代漢語中的「求刑」、「討打」、「獲罪」。

　　第八章：結論與展望。總述全書的論點，進而指出本研究在方言語法和歷史語法上的啟示與未來可將再進行的論題，以及本研究的不完滿之處。

4 語料來源及體例說明

　　本研究論及方言以及古漢語，因此語料來源及挑選原則如下所述。方言語料方面，將參照北京大學《漢語方音字彙》以及由李榮（1994）主編共四十一冊的漢語方言詞典，以及其他方言資料如《香港中文大學粵語審音配詞字庫》、《香港中文大學粵語音韻集成》、吳守禮（2000）《國臺對照活用詞典》、教育部《修訂重編國語大字典》等，相關的方言語料文獻將在文章正文中載明。

　　古代漢語方面，運用《中央研究院漢籍電子全文》作為檢索，並且參酌迪志文化《文淵閣四庫全書電子版》以及漢珍《中國基本古籍庫》、香港中文大學《漢達文庫》四者相互對照，另外也將參照相關的譯注文獻。本研究將如實的依據文獻語料及資料庫語料做分析討論。對於古漢語的文獻語料挑選，依據蔣紹愚（2001）的語料選取原則。如下：

1 用白話寫的文學作品。如：《敦煌變文》、宋元話本、金元時期的諸宮調。

2 口語實錄。如：禪宗語錄、理學家語。

3 文言作品中的白話資料。如：詩、詞、曲中反映口語的語句，或是筆記、史傳中反映口語的部分。

　　石毓智、李訥（2004）指出，歷史語料的選擇，最好能夠反映當時的口語狀況。他們列出了下列四種文體，提供參考。

1 語錄體：如：《論語》、《世說新語》、《朱子語類》等。

2 宗教文獻：如：《敦煌變文》、《祖堂集》等。

3 元雜劇：劇中賓白部分，是當時口語的重要語料。

4 白話小說：如：《水滸傳》、《金瓶梅》等。

　　此外，詩詞、散文亦是所選之一，但是受限於書面語和口語混雜，引用時要特別謹慎。

　　綜合論之本研究以「口語化」為最高原則，其次，參考文體的類型，如：小說、話本、雜劇。再者從史料、詩詞曲中挑選出，較為能反映口語的語料。

　　語音方面本研究的語音音標，皆採國際音標（IPA）所示，並於特別需要的情形以調名（平上去入）或是調值標注聲調。處理中古音時以董同龢（1998）《漢語音韻學》所擬為依據，並以「*」標示。最後本書的體例說明如下：

1 原文語料以標楷體所示。

2 語言學的英語專門術語以圓括號（　　）標示。

3 英文文獻將採中文翻譯，其原文標示在註解。

4 語料的引用為了如實所現，必要時將提供古籍書影參照。

第二章
文獻探討與南北方言觀察

　　本章先由前人的文獻，著手討論「喫」、「吃」、「乞」的音義及語法問題，隨後並作評述。接著，再由現代漢語方言觀察，同時整理出本研究要論述的議題。

2.1　文獻探討

　　本節一共討論四篇文章：音義方面有平山久雄（2004）從方言及歷史語音討論「喫」和「吃」；語法方面一九八九年有三篇文章同時討論「喫」、「吃」、「乞」[1]的被動來源分別為：江藍生（1989）、張惠英（1989）以及許仰民（1989）。為了方便討論，底下將整理出這些文獻相同和相異的觀點，其後並做評述。

2.1.1　平山久雄（2004）「吃」（喫）的音義問題

　　平山久雄（2004）指出《廣韻》載有「喫」字錫韻，苦擊切。而另一字「嗀」同樣和「喫」同韻同一個反切。而又《漢書》云：「攻苦嗀淡」。因此他認為「攻苦嗀淡」在今本《史記》、《漢書》皆作為「攻苦食啖」。所以「嗀」應該是本字，因為鄙俗之故被後人以同義

---

[1] 需要說明的是，本章中暫以「吃」（喫）表示為異體關係，但並不表示先由「吃」而後有「喫」字，另外關於這兩個字的使用，底下引用文獻時將以文中所使用的文字作為呈現。第三章以後將會專文討論「吃」、「喫」的文字語義關係。

的「食」字替代。「攻、戲」兩字都是表示飲食行為，由「擊打」衍生的用法。據此，他推測「吃」是由「戲」和「擊」引申出來，由於「吃」在口語當中較為活潑鮮明，因此取代了「食」、「飲」。錫韻開口溪母的「吃」字擬作 *$k^h\epsilon k$入聲（甲音）與「戲」字形借用字義擴大。

「吃」除了與「戲」有關外，另一個來源是「喫」屬於屑韻開口溪母擬作 *$k^h\epsilon t$入聲（乙音）用「喫」字表示 *$k^h\epsilon k$入聲（甲音）是字形借用。另外《集韻》「齧」屑韻，詰結切擬作 *$k^h\epsilon t$入聲與乙音相同。在唐代「吃」（喫）還有一個俗音見於《大唐新語》卷十三「喫云詰」，據此他認為「喫」和「詰」又是音同擬作 *k^hjiet入聲（丙音）。

接著，該文又引用了方言資料印證，在《漢語方音字彙》的「吃」二十個方言點中，與甲音對應的有長沙 $t\varphi^hia$入聲、雙峰 $t\varphi^hio$陽平、南昌 $t\varphi^hiak$陰入、廣州 $h\epsilon k$陰入、廈門 k^hik陰入五個方言點。這些方言點中沒有與乙音對應的形式，而與丙音對應的有一處：陽江 $h\epsilon t$陰入，而日本字音「喫」讀作 kitsu 看起來也是反映丙音。

另外有九處與甲音又和丙音共同對應，無法分辨來源：武漢 $t\varphi^hi$陽平、合肥 $t\varphi^hiə\ʔ$入聲、揚州 $t\varphi^hie\ʔ$入聲、蘇州、$t\varphi^hiI\ʔ$入聲、溫州 $t\varphi^hiai$入聲、長沙 $t\varphi^hi$入聲、雙峰 $t\varphi^hi$陽平、福州 $k^hei\ʔ$入聲、建甌 k^hi入聲。

上述這些方言點的聲母系統，都是來自於中古的溪母，不過有六處的方言點卻是來自中古昌母，如北京、濟南、西安都讀為 $ts^h\ɿ$平聲、太原 $ts^hə\ʔ$平聲、成都 $ts^h\ɿ$平聲、梅縣 $ts^hət$入聲，也就是說，「吃」字的讀音除了甲乙丙來自於中古溪母，也來自於中古昌母擬作 *$t\varphi^hiet$入聲（丁音）。此外，在二十個方言點中有四處：溫州 $ts^h\ɿ$入聲、廣州 jak入聲、潮州 ŋuk入聲、福州 ŋei入聲。這些地方的讀音與甲乙丙丁四音沒有任何對應，需要再詳細討論。綜合來說，「吃」（喫）字在歷史上曾經有四個語音形式：

甲音：「吃」錫韻開口溪母 *kʰɛk 入聲

乙音：「喫」屑韻開口溪母 *kʰɛt 入聲

丙音：質韻開口四等溪母　*kʰjiet 入聲

丁音：質韻開口昌母　　　 *tɕʰiet 入聲

而「吃」（喫）的音義關係概括如下：

$$\text{"吉"系}$$

$$\text{"吃（喫）"甲音 kʰɛk（"穀"）} \qquad \xleftarrow{\text{字形借用}}\ \xrightarrow{\text{字义扩大}}$$

$$\text{"喢"系}$$

$$\text{"吃（喫）"乙音 *kʰɛt（"齧溪母"）} \qquad \text{雅音音系}$$

$$\downarrow \qquad \varepsilon - > jie -$$

$$\text{"吃"} \qquad \text{丙音 kʰjiet} \qquad\qquad \text{俗音音系 X}$$

$$\downarrow \qquad kʰji - > tɕʰi -$$

$$\text{"吃"} \qquad \text{丁音 *tɕʰiet} \qquad\qquad \text{俗音音系 Y}$$

甲音「吃」是由「穀」而來，甲音與乙音因為音義相近而發生感染現象，甲音「吃」從乙音把字形「喫」借來，丁音是由丙音聲母的舌面化音變而產生。雅音音系成為了中古漢語的標準音，俗音音系成為了中古漢語的底層語音（substratum）。

2.1.2　對於「吃」（喫）音義的評述

平山久雄（2004）該文以三頁的篇幅，陳述了「吃」（喫）的音義，其中也從文字、聲韻以及漢語方言作為討論。總觀來看，有幾點問題仍需進一步釐清。

首先，「攻苦穀淡」作為「攻苦食啖」，打擊義的「穀」字如何與

飲食義的「食」有關？是否真為「鄙俗之故」以「食」取代。如果，該文的推測是正確的，那麼「嗀」原始的語義，多少也會由「食」字所承擔，但在現代的語言當中，我們找不到「食」有擊打義。因此，「吃」（喫）是否源於「嗀」仍待商榷。其次「食」[2]的中古聲母為「船」母 dʑʰ 或是「以」母 i，而「冇」是「溪」母 kʰ，就語義和語音上「食」和「嗀」較難以作聯結。

接著，他認為「吃」比「食」更為鮮明生動，所以取代了「食」。但是從歷代文獻來看：《說文》「吃」字本身並無飲食義「吃言蹇難也，從口气聲」；《玉篇》「吃，居乙切，語難」；《廣韻》「吃，語難，漢書司馬相如吃而善著書。」；《集韻》、《四聲編海》都載「吃，語難」。這些文獻資料，都沒有相關的線索指出「吃」有「飲食」義，又何從「吃」比「食」鮮明生動之說。

除了「嗀」和「食」的關聯有待商榷以外，他認為以「喫」字表示甲音kʰɛk入聲「吃」是字形的借用。令人感到疑惑的是，甲音「吃」kʰɛk入聲和乙音kʰɛt入聲「喫」的借用基礎是什麼？「喫」字的用法在六朝《玉篇》載有「去擊切，啖也」，而「吃」表示「語難」，顯然《玉篇》的作者，很明顯的區別了「吃」和「喫」兩者的不同用法。

最後，該文指出唐代有一個「吃」（喫）的俗音系丙音 kʰjiet入聲，並殘留在陽江方言當中。而甲音也有少數幾個方言點的讀音相互對應，另外有多數的地區可能來自於甲音和丙音，而乙音完全找不到對應。而乙音所對應的文字形式是「喫」。那麼，現代漢語方言找不到乙音的對應，進而就能往前推論是被「吃」字所給取代。也就是說乙音在現代漢語方言沒有對應，但是在歷史上乙音對照的是「喫」字，而現代語言中「吃」為多數的書寫形式，因此可得出「喫」的字

2　廣韻載「食」有飲食義入聲乘立切；人名去聲羊吏切。

形與語音被「吃」所取代。而「吃」字在北京、濟南、西安讀為 ts^hɿ，在太原、成都、梅縣讀作 ts^h，所以他認為「吃」來源於中古的「昌」母。但是能否就斷定「吃」是直接從「昌」母而來，值得商確。正如前述「吃」是口吃，其中古聲母為「溪」母 k^h，這其中必然有一些音變演化需要交代清楚。

該文所舉的二十個方言點來看，與甲音對應的有五處；與丙音一處；甲丙音不能分辨的有九處；剩餘六處來自於「昌」母（丁音）以及四處無法歸類者。可以再思考的是，至少有過半數的語音其語源可議（6處昌母〔丁音〕以及4處無法歸類）；模糊不清者也有九處。

總結來說，本研究將採該文的討論方式以文字、聲韻以及語義討論「吃」、「喫」的音義關係，細究古漢語和現代方言間的相關對應，同時提出合理的解釋。

2.1.3　近代漢語「吃」（喫）、「乞」的混用及被動考源

江藍生（1989）和張惠英（1989）、許仰民（1989）都對「吃」、「喫」、「乞」的被動考源有深入的分析，但其中各自有所差異。江藍生（1989）指出，最遲不晚於北宋被動標記「吃」就已經出現，而「吃」字是「喫」的俗寫字唐代作「喫」，並且在元明文獻中寫作「吃」、「乞」。他考察了《水滸傳》以及《金瓶梅詞話》等文獻，認為「吃」（喫）、「乞」的用法可分作兩大類：表被動、表原因。張惠英（1989）同樣的認為，表被動標記「吃」在宋代以前就已經出現，就時間上來說可以推到唐五代時期。如下例（1）、（2）：

（1）少時終需吃摑。（《敦煌變文・䲦子賦》）

（2）免更吃杖。（《敦煌變文・䲦子賦》）

除了對於「吃」被動義產生時間的共同點外，張惠英（1989）以《金瓶梅詞話》、《山歌》作為觀察，同樣的也注意到了「吃」（喫）、「乞」的混用情形。他將「吃」（喫）、「乞」的用法分為三類：表被動、表原因、表挨受[3]。本文彙整兩位學者的分類如下：

一、表被動：共有兩種句式：

a.「吃」（喫）、「乞」後接動詞。如例（3）至（5）：

（3）這雷橫是個大孝的人，見了母親吃打，一時怒從心發。（《水滸傳》）

（4）若無免貼，定然喫打三下。（《老乞大》）

（5）周氏乞罵得沒奈何，只得去房裡取些麻索，遞與大娘。（《清平山堂話本》〈錯認屍〉）

b.「吃」（喫）、「乞」＋名詞＋動詞，引進動作的施事者。如例（6）至（8）：

（6）我因為你吃郡王打死了，埋在後花園裡。（《碾玉觀音》）

（7）一張紙又要一個錢買，則喫你破壞我家私。（元曲《忍字記》）

（8）乞金蓮向前把馬鞭子奪了。（《金瓶梅》）

二、表原因。如例（9）至（13）：

3　張惠英（1989）文章當中有一類是「喫」表示替、為。如：冷飯摻糊窗少弗得喫我粘上子。（《山歌》）他認為這裡的「喫」可以有被動義，也可以有替、為，因屬歧義僅供參考。據此，我們就把唯一解釋作替、為的「喫」歸入被動義，不另作分類。

（9）自從嫁得你哥哥，吃他忒善了，被人欺負，清河縣裡住不得搬來這裡。（《水滸傳》）

（10）此位小姐五官端正……但乞了這左眼大，早年克父；右眼小，周歲克娘。（《金瓶梅》）

（11）乞我慌了，推門推不開。（《金瓶梅》）

（12）我喫腹中有孕要人當。（《山歌》）

（13）我喫忍氣弗過。（《山歌》）

三、表挨受。如例（14）至（18）：

（14）乞了一驚。（《金瓶梅》）

（15）怎乞得那等刮子。（《金瓶梅》）

（16）喫子小阿奴奴多少瞞。（《山歌》）

（17）喫渠釘子介個眼睛拳。（《山歌》）

（18）刀子處我，教奴怎生吃受。（《金瓶梅》）

需要留意的是，江藍生（1989）的分類當中，並不包含「吃」（喫）、「乞」具有「挨受」義。但是，張惠英（1989）則認為具有「挨受」義。

許仰民（1989）採取共時角度討論《金瓶梅詞話》中的「乞」字句，根據他的說法「吃」、「乞」兩種被動句式並存於《金瓶梅詞話》中。至於表示求取義的「乞」如何衍生為被動用法，他認為求而得之自然就會有遭受、挨受之意。而「乞」、「吃」之所以混用，是由於方言之殊造成，也可能是為了避免重複、呆板，增加語言多樣化而使用不同的方言詞。可惜的是，他並未針對求取 > 遭受的說法提出有力的論證。

　　關於「吃」（喫）、「乞」被動標記的考源，三篇文獻當中都有提出自己的論點。而其來源可以分為三派：張惠英（1989）認為「吃」（喫）、「乞」的被動來源和漢語的「給」有關，而江藍生（1989）認為「吃」（喫）與蒙受遭受有關，而「乞」是給予義；許仰民（1989）認為「乞」被動來源和「求」、「遭受」有關。底下簡要摘錄其觀點。

　　張惠英（1989）認為從意義上來說，「給」由「供給」到「給予」是很容易理解的演化方式，再者從聲韻上來說「給」、「乞」的讀音相近，很可能是「給」取代了「乞」。另外，他考察了「乞」在《敦煌變文》的用法，「乞」主要是表示給予義，如下例（19）至（21）：

（19）特將殘命投仁弟，如何垂分乞安存。（〈捉季布傳文〉）

（20）商量乞予朱家姓，脫鉗除褐換新衣。（〈捉季布傳文〉）

（21）罪臣不煞將金詔，感恩激切卒難申。乞臣殘命歸農業，生死榮華九族忻。（〈捉季布傳文〉）

除了「乞」在《敦煌變文》可以用作給予義，「給」的給予義也零星出現在《敦煌變文》中，在同一篇〈捉季布傳文〉中有一例「遂給價錢而買得」。而「給」的給予義用法一直到清代才大量出現。由此，可以推測「給」的晚起正好承接了「吃」（喫）、「乞」表示給予、被動的用法，因此他傾向於認為「給」是「乞」的代用字。

　　江藍生（1989）指出漢語被動義標記有三個來源：「被」字式來自「遭受」義；「叫」字式來自使役動詞；「給」字式來自授予動詞。在唐代文獻可以找到「吃」（喫）作為遭受義的用法，如下例（22）至（24）：

（22）但知免更喫杖，與他邪摩一束。（《敦煌變文・燕子賦》）

（23）火急離我門前，少時終需喫摑。（《敦煌變文・燕子賦》）

（24）急承白司馬，不然即喫孟青。（《大唐新語》）

「杖」、「摑」、「孟青」都是不可以食用的物體，因此透過隱喻機制的作用使得「吃」（喫）發展出遭受義，宋元以後這樣的用法越來越廣泛，例如：喫艱辛（《朱子語錄》）、吃了兩掌（《水滸傳》）。在明清文獻中《水滸傳》、《金瓶梅詞話》「吃」（喫）多和「乞」混用如：乞了些艱辛、乞官司、乞驚、乞鄰舍家笑話（《水滸傳》）；乞他逼迫不過、教他乞自在飯去罷（《金瓶梅詞話》）。

接著他透過方言觀察，認為閩方言中「乞」具有給予、被動同用，因此可以說閩方言裡被動用法的「乞」，是來自「乞」的給予義，而《水滸傳》、《金瓶梅詞話》的「吃」（喫）、「乞」是來自於遭受義。最後，他也從聲韻考察「吃」和「給」的關係，認為兩者之間的讀音相差甚遠，因此沒有理由視為相關的詞彙。

許仰民（1989）則認為「乞」的來源應為「求取」義，求而得之自然就引申出「承受」、「遭受」的意涵。同時，他指出《金瓶梅詞話》中「乞」的被動用法，和同時代「吃」表被動都是走相同的演化路徑。

其後，陸陸續續有部分學者，也關注到考源的問題：魏培泉（1994：294）雖然沒有提及南北方言差異，但是他指出「吃」（喫）和「被」一樣都是含有「遭受」義，被動標記「乞」和「給予」義有關。張雙慶（1995）也認為，南方的被動標記「乞」和給予義有關，蔣紹愚（2005）指出「被」、「吃」、「蒙」是從遭受、蒙受義而來；「與」、「給」、「乞」是從給予義演變的。

綜合上述學者的看法，這三派分別整理為：張惠英（1989）主張

「吃」（喫）、「乞」的被動用法來自於「給予義」；江藍生（1989）主張「吃」（喫）來自於遭受，但「乞」來自於給予義；許仰民認為「吃」（喫）、「乞」來自於「求取」、「遭受」。

2.1.4 對「吃」（喫）、「乞」被動考源的評述

「吃」（喫）、「乞」，上述三位學者都認為具有語源上的關係，但是對於這兩者的被動義來源認定不一。因此，有必要先對古漢語「乞」的用法作一簡略說明。

周法高（1963：84）指出，「乞」在古漢語中具有去聲和入聲之別，「取於人曰乞，去訖切入聲；與之曰乞，去既切去聲。」也就是說「乞」作求取義讀作入聲；作給予義讀為去聲。孫玉文（2007：272）指出，「乞」的原始義為求取讀作入聲；滋生義表示給予義，為使動動詞讀作去聲。然而，從宋代開始「乞」表示給予義逐漸消失，他舉了南宋代詩人袁文《甕牖閑評》的一段話：

> 詩家用乞字當有兩義：有作去聲者，有作入聲者。如陳無己詩云：乞去聲與此翁源不稱。蘇東坡詩云：何妨乞去聲與水精麟；此作去聲用也。唐子西詩云：乞入聲取蜀江春。東坡詩云：乞入聲得膠膠擾擾身；此作入聲用也。

他認為，從袁文如此認真的辨識「乞」的去入兩讀，似乎暗示著「乞」的去聲給予義在口語中消失的事實；其後元代《中元音韻》「乞」只收入聲求取，未收去聲，足以反映出去聲「乞」在宋元消失的實例。

從孫玉文（2007）的說法來看，「乞與去聲」中的「乞」有兩讀兩

義的現象，這表示了「乞與_{去聲}」的複合形式有反義並列（乞_{入聲}＋與_{去聲}），或是同義並列（乞_{去聲}與_{去聲}）。以聲調去入聲辨義「乞」的情形至少在宋代就已經未見，更清楚的是利用構詞手段（如：乞與、乞取、乞得）來區別這兩者的語義。

　　閩方言裡可用單一個「乞」可以同時表達給予、致使／使役、被動以及求取。如：福州話，自家無囝，去乞蜀隻（自己沒兒子，去領養一個）；我去間壁厝乞蜀條蔥（我到隔壁鄰居家討一根蔥）。但是閩南語中表示給予、使役、被動必須使用「與_{去聲}」或「乞與_{去聲}」，單用「乞」則表示求取如：乞符仔、乞麵龜、乞的（養子女）。陳澤平（1998a.b：198）所舉的福州話，同樣也是用「乞」身兼給予、使役、被動三職，以及秋谷裕幸（2008：360-362）所調查閩北區石坡方言中「乞」同樣兼有三職。將語料彙整如下：

（25）伊乞我幾本書。（他給了我幾本書）福州話：給予

（26）汝有無批袋乞我。（你有沒有信封給我一個）福州話：給予（與格）

（27）你剪仔拿個把乞我。（你給我一把剪刀）石坡話：給予（與格）

（28）渠桃仔拿個隻乞我。（他給我一個桃子）石坡話：給予（與格）

（29）乞伊多歇幾日。（讓他多休息幾天）福州話：使役

（30）乞我 kau 個下。（讓我試一試）石坡話：使役

（31）魚乞貓囝銜囉。（魚被貓叼去了）福州話：被動

（32）門乞風吹開囉。（門被風吹開了）福州話：被動

（33）fiu 個 tʰie 碗乞渠拓掉了。（那個碗被他打破了）石坡話：被動

　　再從類型學的觀點來看，石毓智（2006：26，76）指出漢語方言
中有許多被動標記都是來自於給予義動詞。他將閩方言被動標記
「乞」的來源，視為給予義。

　　如下表（2.1）所示：

表（2.1）　漢語方言被動標記來源分類（張瑩如 2006）

方言	類型	標記	例子
煙台話	給予	給	這塊事，叫我給你耽誤了。
江蘇懷陰話	給予	給	茶杯給你摜得了。
山西交城話	給予	給	大小子給二小子罵了一頓。
鄂南話	給予	把到	草把到牛吃了。
廣西客家話	給予	分	我分他打格。
廣西白話	給予	畀	他畀狗咬左。
閩南話	給予	互、乞	幾個先生互學堂生請去了。
廣東海康話	給予	乞	牛乞人刣啦。
溫州話	給予	甘	門甘石頭閣牢。
湖南臨武話	給予	阿	書阿低低撕壞的。
湖南酃縣客家話	給予	沾、分	茶杯沾佢打爛哩。
湖南汝城話	給予	拿	老鼠子拿貓食廋。
湖南湘鄉話	給予	拿狹	我拿狹爺打解一餐。

　　連金發（2000、2003）以早期閩南語為探討，指出「乞」作為表
示給予義的雙賓動詞，也兼有與格（dative construction）用法（如：
我打手指乞你），進一步發展成為使役動詞（如：不通乞啞公啞媽

知）及標記施事者的被動結構（如：乞伊拾去看）[4]。與格形式，可以當作是與連動結構有相關性，被動結構和兼語式，是使役結構的特別表現。

Chappell & Peyraube（2006）同樣以早期閩南語為研究，明確指出「乞」兼表使役、給予、求取、被動標記，而給予義的「乞」會發展出兩條路線：

$$V_1 + V_{2[khit4 \text{乞}]} > \text{dative marker introducing indirect object or recipient}$$

$$V_{1[khit4 \text{乞}]} + V_2 > \text{causative verb}$$
causative complementizer introducing a new clause

passive marker introducing agent

被動標記「乞」的形成，中間也同樣經歷過了使役階段。

郭維茹（2010）考察了漢語「與」的使役和被動用法，認為給予類動詞發展為被動，其中必然有使役階段，並且這樣的演化不單單只出現在漢語中。他引述了橋本萬太郎（1987）觀察到阿爾泰語系使役兼表被動，而其使役來源就是給予義的用法。另從 Heine & Kuteve（2002：152，328）對壯侗語系、南亞語系以及非洲索馬利亞語的觀察，同樣的，這些語言中的使役同時兼用被動，其使役來源就是給予類動詞。此外，李方桂（1940）龍州土話中 hɯ 兼表給予、使役、被動、處置四種用法；傣語 haɯ 也有用給予動詞表使役、被動。

4　*khi3* 乞 which originates as a ditransitive verb or rather a verb of giving undergoes further development in Type C1 (乞我說話 "Let me speak"), and as exemplified by the following examples where it can serve as a causative verb or an agent marker in the passive construction (marked by＋). Since causative construction and passive construction involve different argument types, it is only when the verb in question is transitive can the construction be ambiguous between causative reading and passive reading.

　　由上述這些語言的蛛絲馬跡看來，被動標記「乞」的來源，有可能是從給予義而來，並且其中經歷過了使役階段。固然我們肯定學者們的觀察，但是值得反思的是，有沒有可能被動標記「乞」是由求取義而來？

　　有一個現象值得我們注意，在臺灣閩南語中多用「與去聲」或「乞與去聲」表示被動用法（如：魚〔乞〕與貓吃了），而閩東福州話中採用單一個被動標記「乞」，這個「乞」的語義根源是否和「乞與」相同？而又前述南宋代詩人袁文《甕牖閑評》辨別「乞與去聲」的用法，足見歷史上「乞與去聲」中的「乞」有不同的語義及結構形式。因此，需由「與去聲」來作初步觀察。

　　梅祖麟（2005：163）和郭維茹（2010）都對「與去聲」的給予、使役、被動作過討論，「與去聲」作為使役的用法在中古以後，南唐才有增加的趨勢。而「與去聲」當作被動梅祖麟（2005）則認為先秦以有用例但卻少見，而郭維茹（2010）認為唐代才見到「與去聲」作被動。

　　如果說授予動詞「與去聲」的使役及被動用法出現在中古以後。那麼「乞」由給予發展為使役、被動的過程中，則可能和「與去聲」形成一組同義並列（AB）。可疑的是《甕牖閑評》的「乞與去聲」之辨，透露著原本這個「乞與去聲」的形式是（A＋B），其後形成複合的「乞與去聲」（AB），有沒有可能是在「與去聲」的影響下，最終「乞」和「與去聲」產生「乞與去聲」的使役及被動用法？因此，本研究也有必要考察「乞」的給予義產生，並藉由「與去聲」來討論單用被動標記「乞」的語義來源。

2.2　南、北方言的語料觀察

　　延續前面的文獻，學者們都從方言語料著手討論「吃」（喫）、「乞」語音及語法的關係，並且也指出閩方言的「乞」兼表「求取」和「給予」。但是，對於這個被動標記「乞」的語義來源持不一樣的意見。因此，底下將從閩方言及北方方言被動標記作觀察，接著再將問題逐一整理。

2.2.1　閩方言中「乞」的使用分佈

　　本節對於閩方言的區域劃分（參見附件一），採用陳章太、李如龍（1991：1）的說法，除了底下這幾個方言點以外，也將參考其他閩方言語料增補區域性。

　　　　閩東：福州、古田、寧德、周寧、福鼎。
　　　　閩南：泉州、永春、漳州、龍岩、大田。
　　　　閩北：建甌、建陽、松溪。
　　　　莆仙：莆田。
　　　　閩中：尤溪、永安、沙縣。

在有限的語料範圍裡，「乞」在閩方言中至少有四種用法：給予（與格標記）、致使、被動、求取。底下將列出各個使用的分佈如表（2.2）：

表（2.2） 「乞」在閩方言的使用分佈——給予、與格標記、致使、求取、被動（參見附件二）

	給予義／與格標記 S＋乞＋IO＋DO 或 DO＋乞＋IO	致使義 S＋乞＋NP(受事者)＋VC 動詞補語
閩東	1.福州： a.伊乞 kʰøyʔ入聲我幾本書。 （他給了我幾本書） 陳澤平（1998a：198） b.買田起厝乞 kʰyʔ哥弟、共奴 tʰiɑŋ 去乞 kʰyʔ別儂。 陳澤平（1998b：200） 2.古田：書乞 kʰeiʔ入聲蜀本我。 （給我一本書） 陳章太、李如龍（1991：95） 3.寧德：書馱蜀本乞 kʰiʔ入聲我。 （給我一本書） 陳章太、李如龍（1991：95） 4.周寧：書乞 kʰeʔ入聲蜀本乞 kʰeʔ入聲我。（給我一本書） 陳章太、李如龍（1991：95） 5.福鼎：書冊馱蜀本乞 kʰiʔ入聲我。（給我一本書） 陳章太、李如龍（1991：95）	1.福州： a.乞伊多歇幾日。（讓他多休息幾天） 陳澤平（1998a：198） b.天靈靈，地靈靈，收驚娘娘第一靈，乞 kʰøyʔ入聲驚貓、乞 kʰyʔ入聲雞驚、乞 kʰøyʔ入聲牆驚、乞 kʰøyʔ入聲壁驚，我弟都不驚。 陳澤平（1998b：157） 2.寧德： a.貓咪拍落缽——乞 kʰi 陰去老犬做好。 （使老狗受益——勞動成果為人所竊） 鍾逢幫（2007：119） b.乞 kʰiʔ陰入哥戴，會正好；乞 kʰiʔ陰入嫂戴，真正好。 鍾逢幫（2007：127）
莆仙	1.莆田：冊蜀本乞 kʰœʔ入聲我。（給我一本書） 陳章太、李如龍（1991：95）	1.莆田：豬 ŋ 肥乞 koʔ陰入狗肥。（豬不肥讓狗肥） 劉福鑄（2007：69）
閩南	1.大田：書蜀本乞 kʰe 去聲我。（給我一本書） 陳章太、李如龍（1991：95）	

	給予義／與格標記 S＋乞＋IO＋DO 或 DO＋乞＋IO	致使義 S＋乞＋NP(受事者)＋VC 動詞補語
閩北	1.石坡： 　a.你剪仔拿個把乞 kʰi 我。（你給我一把剪刀） 　b.渠桃仔拿個隻乞 kʰi 我。（他給我一個桃子） 　秋谷裕幸（2008：360-362）	1.石坡：乞我 kau 個下。（讓我試一試） 　秋谷裕幸（2008：360-362）
閩中	尤溪 kʰiɑ（□[5]）／永安 kʰɛiŋ（欠）／沙縣nɔ（拿）	

	被動義 NP1(受事)＋乞＋NP2(施事)＋V	求取 S＋乞＋O
閩東	1.乞儂搦去。（被人抓走） 福州 kʰiʔ入聲 古田 kʰiʔ入聲 寧德 kʰik入聲周寧 kʰøk入聲福鼎 kʰiʔ入聲陳章太、李如龍（1991：116）福州：陳澤平（1998） 　a.杯杯乞伊做破咯。（杯子被他弄破了） 　b.錢乞我使光咯。（錢被我花光了） 　c.鎖乞儂（虛指）撬開咯。（鎖被撬了） 　d.撥馬乞儂（虛指）搦著咯。（扒手被逮住了） 福州： 我其書乞伊搁去了。	1.福州： 　a.自家無囝，去乞蜀隻（自己沒兒子，去領養一個）。 　b.我去間壁曆乞蜀條蔥（我到隔壁鄰居家討一根蔥）。 　陳澤平（1998：152） 2.寧德： 　a.官三民四乞 kʰy食五 　b.皇帝千儂罵乞 kʰyk食罵千儂 　c.乞 kyʔ食趕粽——雙骹無停歇 　（鍾逢幫（2007：15、96、116））

---

5 缺字。

	被動義 NP1(受事)＋乞＋NP2(施事)＋V	求取 S＋乞＋O
	眼鏡乞做破略。 （林璋、佐佐木、徐萍飛 2002：116） 羅源：羅源縣志（1998：1015） a.碗乞做拍破過。（碗被打破了） 連江話：連江縣志（2001：1324） a.伊酒食醉去，碗乞做拍破去。 （他酒喝醉了，碗被打破了） 古田： 　a.道士老媽乞 kʰik 鬼邀——有口難言。 　b.乞 kʰik 老蛇咬去，掏烏龜盤本。（喻吃某人的虧卻找他人出氣） 　c.好心乞 kʰik 雷拍。 　李濱（2008：113、116、165）	
莆仙	1.莆田： 　a.乞 kɛʔ入聲儂搦去。（被人抓走） 　陳章太、李如龍（1991：116） 　b.好心乞 koʔ雷拍（好心沒好報） 　劉福鑄（2007：69） 　c.劉賈乞 koʔ嘴苦（喻嘴饞而招禍） 　劉福鑄（2007：140） 　d.劉賈乞 koʔ別字苦（喻聰明反被聰明誤）	1.莆田： 　a.乞 kʰoʔ夢燴尋厄鬼。（乞夢——祈夢，表示巴不得某事發生帶有貶抑） 　劉福鑄（2007：145） 　b.乞 kʰoʔ無醫，拍破盤 tsɑŋ。（求不到好處反而受虧） 　劉福鑄（2007：172） 　c.乞 kʰoʔ食婆綴儂走反（莆仙——喻無利益卻學人家瞎驚慌） 　劉福鑄（2007：163） 　d.乞 kʰoʔ食過湄州（莆仙——喻飢人行李太多）

	被動義 NP1(受事)＋乞＋NP2(施事)＋V	求取 S＋乞＋O
	劉福鑄（2007：140）	劉福鑄（2007：148） e.乞 kʰoʔ食身皇帝嘴（莆仙──喻生活窮困卻挑嘴） 劉福鑄（2007：130）
閩南	乞儂搦去。（被人抓走） 泉州 kʰit 入聲、永春 kʰit 入聲、大田 kʰeʔ入聲 陳章太、李如龍（1991：95） 泉州：伊乞 kʰit 入聲狗咬一下。（林連通：1993：262） 永春：伊乞 kʰit 入聲儂拍一下。（林連通、陳章太1989：192）	1.泉州：乞 kʰit 符仔、乞麵龜、乞的（養子女）。 李如龍（1997a） a.乞 kʰit 食假仙（喻冒名頂替） b.白的送乞 kʰit 食，乞 kʰit 食呵咾好 c.七胿七挖挖，八胿做乞 kʰit 食 　林華東（2008：110、217、232） 2.漳州： a.做乞 kit 食也落揹笐志（當乞丐也得提簍子） b.戲頭乞 kit 食尾（喻演員年老色衰） c.有錢人乞 kit 食性命（有錢人像貧困的乞丐小氣） 　楊秀明（2007：39、45） 3.龍岩： 乞食要乞 kʰek，面皮要出。（乞討就不必顧及面子） 洪梅（2008：64）
閩北	1. 石坡：ɦu 個 tʰie 碗乞渠拍掉了。（那個碗被他打破了） 秋谷裕幸（2008：360-362） 松溪：乞 kʰiei 入聲人拿去。（被人抓走） 陳章太、李如龍（1991：95）	

	被動義 NP1(受事)＋乞＋NP2(施事)＋V	求取 S＋乞＋O
閩中	尤溪：乞 kʰɑ入聲儂搦去。（被人抓走） 陳章太、李如龍（1991：95）	

從上面表格（2.2）中，底下分作四個點討論。

一、「乞」表示給予義：細部而論，表示給予的「乞」出現在閩東的五個方言點以及莆仙方言、閩北的石坡、閩中尤溪、閩南大田。從語料所示，這些用以表示給予義的「乞」，句法格式為：S＋乞＋IO（間接賓語）＋DO（直接賓語），或是將 DO 主題化到句首形成：DO＋乞＋IO，這裡的「乞」作為與格標記。

據陳章太、李如龍（1991：95）的語料所示，閩南區的六個方言點中有三個方言點，廈門、永春、漳州都是用「與去聲」（hɔ陰去）、泉州用「傳」（tŋ 陰平）、龍岩用「分」（pun陰去） 作授予動詞及與格標記。六個方言點中，有一半的方言都是使用「與去聲」（hɔ），其餘則是零星出現。李如龍（1996）指出，泉州方言表示「給予」的「傳」是最具泉州特色的用法，「與去聲」（hɔ陰去）雖然在泉州可以接受，但是不夠道地屬於外路口音，「與去聲」（hɔ陰去）通行於廈門及漳州在閩南方言區具有普遍性。

由此顯示「給予」義的「與去聲」（hɔ陰去）在閩南地區也有分佈上的限制。除此之外，閩北的方言從秋谷裕幸（2008：360-362）所提供的石坡方言用「拿」（nɑ）作求取類動詞，而「乞」作與格標記[6]。閩

6　有一個現象值得深入討論，在壯侗語族下的仡佬語（仡央語）表示給予、送以及帶有致使義都是使用 na:k（李錦芳、周國炎 1999：101）。

　　例如：　　　　　巴哈：　tsa:i　**na:k** lali　ti də mwa

　　　　　　　　　爺爺　給 孫子 一把 刀

中則可以使用「欠」或「拿」當雙賓動詞。總的來看，單用「乞」表示「給予」義的雙賓動詞，遍佈在整個閩方言中，而且其聲調都是記為「入聲」，除了大田這個方言點。並且，「乞」亦可作為與格標記。

論述到此，回溯先前孫玉文（2007：272）指出從宋代開始「乞」表示給予義逐漸消失。然而，透過方言的觀察，卻可以找到存留在現代的閩方言中，但其聲調卻讀作入聲。這意味著在古代通語系統中，表示「給予」的「乞」，在歷時發展中被同義或是近義的某個詞彙所影響。

二、「乞」作為致使動詞。在陳章太、李如龍（1991）的書中我們並未找到「乞」用作「致使」，透過其他語料所示在閩東、莆仙、閩北都有零星方言區使用致使的「乞」。這類「乞」表示致使的句法格式為：S（施事）＋乞＋NP（受事者）＋VC動詞補語。

值得注意的是，在閩南方言及閩中方言出現「乞」的空缺。曹逢甫（1995：124）列出了閩南語中以 hɔ 作為使役致使動詞。對照表中閩北石坡話，秋谷裕幸（2008）的語料「讓我試一試」，閩南語會說：與（hɔ）gua 試看 mai。就此看來，可推測閩南方言表示致使義以「與去聲」（hɔ）作為主要對象，而其歷史來源可參考前述梅祖麟（2005）及郭維茹（2010）的研究，認為是中古以後才有的用法。

三、「乞」作為被動標記：在閩東的五個方言點，都可以看到使用；莆仙方言亦同。閩南方言六個點有一半都用「乞」，其餘三個廈門、漳州用「與」（hɔ陰去）、龍岩用（pun陰去），閩中、閩北也是零星

爺爺給了孫子一把刀
峨村： **na:k ku va**
　　　 讓　我　去
　　　 na:k va:i oi　ŋa　naŋ maŋa va　ða pa i　ke
　　　 讓　位　小孩那　騎　馬　去　找　叔叔　他
　　　 讓那位孩子騎馬去找他叔叔

出現被動的「乞」。周長楫、歐陽憶耘（1998：403）指出，廈門方言中少用被動的「乞」多用「與去聲」，如果「乞」要出現必須和「與去聲」形成複合「乞與去聲」，「乞與去聲」可以被「與去聲」或「乞」取代。

　　以他們的論述來看，在廈門方言中要以「乞」作被動用法時，必須以「乞與去聲」的複合形式或單用「與去聲」來表達。這似乎表示了「乞」若由給予發展為被動用法，「與去聲」的影響力卻是主要關鍵。但是，在其他的方言點中則沒有用「與去聲」或「乞與去聲」作為被動用法，反而只使用單一的「乞」。作為被動標記的「乞」其句法格式為：NP1（受事）＋乞＋NP2（施事）＋V，被動標記「乞」之後帶有另一個主要動詞。特別需要說明的是，陳澤平（1997：105、1998：197）指出福州話的「乞」字被動式不能省略施事者。即便在不必或不能出現施事者的情形下，也都必須要有一個虛指的施事者「儂」如表（2.2）中表被動義閩東的語料所示[7]。但是在表（2.2）林璋、佐佐木、徐萍飛（2002：116）所提供的一筆語料「眼鏡乞做破咯」，以及羅源、連江話是可以省略施事者[8]，但這樣的例子顯然不多。

　　李如龍（1996、1997a）的文章，專文說明泉州話的「給予」動詞，他指出現代泉州話不用「乞」表示「給予」，只用於表示求取和被動。但是，從歷史演變的角度來看，在明代嘉靖四十五年（1566）《荔鏡記戲文》隨處可見「乞」表示「給予」，至清代順治辛卯年（1651）刊本《荔鏡記》也是同樣有「乞」。但是，「度」取得壓倒性

7　林寒生（2002：119）也是持同樣看法。

8　依據筆者自己的閩南語母語語感「錢被他搶走了」，可以說「錢乞與／與伊搶去」；亦可以省略施事者說「錢乞與／與搶去」。但後者顯然要在一個特定的語境下，施事者才可以不出現，不然聽話者所獲得的語言訊息量不足，接著便問：「什麼人？」語料的描述在於「接受度」的概念，或許他們所提供的閩東語料是在訊息量的共知語境下所採集。但是不是要視為不合語法的病句，仍需更多語料驗證閩東福州話的「乞」字被動式是否可以省略施事者。

的多數。他認為泉州話的被動介系詞，可以有四個不同（度 t^hɔ／乞 k^hi／傳 tŋ／與 hɔ）的變體，而這四個介系詞都是從表示「給予」而來，其中「傳」的用法最古僅見於泉州一帶，「乞」、「度」是中古說法明清時十分常用，有時「乞」可以和其餘三個（度／傳／與）連用，他認為這四個被動介系詞是不同的歷史沉積。

依循李如龍（1996、1997a）的思路來看，在泉州最古的給予動詞是「傳」，其後「乞」一度占給予義的大宗，接著在清代「度」（給予）又占多數。綜合來看，閩南區內部有一致的傾向：給予動詞的用法不用「乞」，而是用同義或近義的給予動詞取代（廈門、漳州、臺灣用與 hɔ；泉州用度／傳／與 hɔ），表示被動的用法都有以複合形式「乞+給予類動詞」（廈門、漳州、臺灣、用〔乞與 hɔ〕；泉州用乞度／傳／與 hɔ）。「乞與 hɔ」的被動形式，可以說是這些方言的共同成分。相異點為：泉州方言可以單用「乞」表示被動，而廈門、臺灣、漳州則否。

我們整理了表（2.2）的語料及以及曹志耘（2008）《漢語方言地圖》（語法卷——圖95：衣服被賊偷走了）（詞彙卷——圖151：他給我一個蘋果）所調查的閩南地區共二十三個方言點[9]整理如下表（2.3）：

表（2.3）　閩南地區二十三個方言點「乞」和「與」的使用分佈（參見附件三）

閩南區					
	乞（給予）	乞（被動）	乞與（被動）	與（給予）	與（被動）
1 永春	－	＋	＋	＋	＋
2 泉州	－	＋	＋	＋	＋

9　這裡的閩南區二十三個縣市以李如龍（1997b：83）所劃分的為依據。另外我們把金門閩南語替換為臺灣。

閩南區					
	乞（給予）	乞（被動）	乞與（被動）	與（給予）	與（被動）
3 漳州	－	－	＋	＋	＋
4 廈門	－	－	＋	＋	＋
5 臺灣	－	－	＋	＋	＋
6 南靖	－	－	－	＋	＋
7 平和	－	－	－	＋	＋
8 漳浦	－	－	－	＋	＋
9 德化	－	－	－	＋	＋
10 同安	－	－	－	＋	＋
11 龍海	－	－	－	＋	＋
12 長泰	－	－	－	＋	＋
13 安溪	－	－	－	－	＋
14 華安	－	＋	－	＋	－
15 大田	＋	＋	－	－	＋
16 惠安	＋	＋	－	－	－
17 韶安	＋	＋	－	－	－
18 東山	＋	＋	－	－	－
19 雲霄	＋	＋	－	－	－
20 龍岩	－（分）	－（分）	－	－	－
21 晉江	－（度）	－（度）	－（乞度）	－	－
22 漳平	－（分）	－（分）	－	－	－
23 南安	－（度）	－（度）	－	－	－

表（2.3）二十三個閩南方言點中，有十二個地點是使用「與去聲」兼表給予及被動，另外有五個地點是使用「乞」兼表給予及被動，其餘四個地方有的用「分」或是「度」。這裡觀察到「與」和「乞」的互

補，也就是使用「與去聲」表給予及被動，就不會出現「乞」。反之，使用「乞」表給予及被動，就不會出現「與去聲」。此外，也出現了「乞與去聲」及「乞度」的兩種綜合體。從上面的分佈顯示，在閩南地區「與去聲」兼表給予及被動是普遍的用法。為了更加突顯「與去聲」和「乞」的分佈落差，底下整理了閩東及莆仙作為對比如表（2.4）[10]。

表（2.4） 閩東及莆仙地區「乞」的使用分佈（參見附件四）

閩東區					
	乞（給予）	乞（被動）		乞（給予）	乞（被動）
1 閩侯	＋	＋	2 霞浦	＋	＋
3 長樂	＋	＋	4 福鼎	＋	＋
5 平潭	＋	＋	6 福州	＋	＋
7 閩清	＋	＋	8 古田	＋	＋
9 連江	＋	＋	10 周寧	＋	＋
11 羅源	＋	＋	12 寧德	＋	
13 福安	＋	＋	14 福清[11]	－（分）	＋
15 壽寧	＋	＋	16 永泰	－（分）	＋
17 柘榮	＋	＋	18 屏南	－（分）	＋
莆仙區					
1 莆仙	＋	＋			

---

10 這裡顯示的資料來源同樣以表（2.2）的語料以及曹志耘（2008）《漢語方言地圖》（語法卷——圖 95：衣服被賊偷走了）（詞彙卷——圖 151：他給我一個蘋果）作為整理。閩東區十八個縣市以李如龍（1997b：83）所劃分的為依據。

11 這裡所根據以曹志耘（2008）所調查的結果，福清方言表示給予是用「分」。但是馮愛珍（1993：131）所記綠福清方言語料仍有用「乞」表示給予：掏一本書乞 $k^hø$ʔ我；被動、先摘兩粒乞 $k^hø$ʔ丈人。致使：四歲乞 k^hyʔ奶好斷neŋ。被動：一回乞 k^hyʔ鱉咬。求取：乞 k^hyʔ食養团會乞 k^hyʔ粿。

　　對照表（2.3）及表（2.4）清楚的看到，閩東及莆仙地區「乞」擔負了表示給予及被動[12]，零星地區也有「分」作為給予，而閩南地區則是以「與去聲」為多數。由此可見，閩東、莆仙及閩南方言中，「乞」和「與去聲」是兼表給予和被動的兩大勢力。但是以「與去聲」、「乞與去聲」的形式出現則在閩南的部分地區。

　　四、「乞」作為求取義動詞：表示求取義的「乞」句法格式為：S＋乞＋O，出現在閩東福州、寧德，莆仙方言，閩南泉州、漳州、龍岩，但是閩北及閩中未見。從語料觀察「求取」的「乞」，在閩東福州和莆仙都有較靈活的使用範圍，可以單用於短語或句子，或是構成複合名詞。秋谷裕幸（2005：180、2008：261）指出「乞丐」閩語多說為「乞食」，如廈門 kʰit tsiɑʔ、福州 kʰyʔ sieʔ、王台 kʰyI ʃie、泰寧 kʰœ ʃie、峽陽 kʰue sie。其實在更早之前，就有學者提出這樣特點。清代學者，梁章鉅《稱謂錄乞食》「乞丐，閩省呼之為乞食。」

　　臺灣閩南語也會以「乞」表示求取，如：乞麵龜、乞符仔，其他的用法如下列的例句（37）至（41）[13]：

（37）排牲禮燒香，跪 teh kā 土地公**乞地**。

（38）留落一份遺書就吊 tāu 自殺，結束性命，**乞求**洗清伊一生業障佮罪孽。

（39）一個乞食 tī 富人 ê 門口，**求乞**，富人趕伊。

---

12 除了在閩方言的閩東莆仙，在浙江的溫州、麗水、雲合、瑞安、平陽、青田、泰順、文成、永嘉、松陽、樂清、遂昌、龍泉、慶元，也同樣看到「乞／（丐）」兼表給予和被動。由此看來，浙江的部分方言點和閩東有相同的分佈，間接印證了潘悟雲（1995：100）認為溫州方言與閩東話的歷史淵源最為密切的觀點。

13 語料取自於楊允言閩南語語料庫，附帶一提的是，在三八二筆語料中「乞食」大約占有三七四筆，其餘則為「乞求」或「求乞」，另外有一筆「乞」作為被動的用法：攏乞阮老母收去，鎖 tī 箱來。可供參考。

（40）伊所 chhun 出來 beh 求乞 ê 手。

（41）門口傳來一位老阿伯乞求 ê 聲。

　　從語料所示，表示求取的「乞」和同義的「求」，形成「求乞」、「乞求」兩個形式，和「乞食」相較，獨用「乞」表示求取的用法較為稀少。

　　需要留意的是閩北區，潘渭水、陳澤平（2008：101、107、121）把建甌方言的「乞丐」寫作「乞 xuɛ食」如：乞 xuɛ食唱餓曲-窮作樂、乞 xuɛ食等 eiŋ 得粥滾、乞 xuɛ食罵狗，狗罵乞 xuɛ食。「xuɛ食」標作「乞食」。這個部分和秋谷裕幸（2008：261）所記錄的有所出入，他認為閩北的石坡（□食-xuɑi ɦie）、鎮前（化食-huɑ ie）、迪口（□食-huɑi iɛ）、莒口（□食-xuoi ie）、五夫（□食-xuɑi ɦi）、建甌（□食-xuɛ ie），在別的方言中沒有這個說法，可以算是閩北區的鑑別詞。陳章太、李如龍（1991：405）則是直接把石坡方言 xuɑi ɦie 寫作「化食」。

　　這裡我們對潘渭水、陳澤平（2008）的語料持保留態度，也就是說閩北區的「乞丐」是使用「化」，和閩方言其他區域（閩東閩南莆仙）使用「乞食」是有所不同的。使用「化」，如同在現代漢語裡的「化緣」[14]。

　　從上面的語料討論看來，「乞」的給予、使役、被動、求取四種語義遍佈在閩東及莆仙，以及部分的閩南、閩中地區。但是在閩南方言的內部裡還存在著差異，有些地區可以單用「乞」表示被動（泉州、永春、大田），有些地區則是必須使用「乞與去聲（hɔ）」或是單用「與

---

[14] 我們在教育部國語詞典中找到「化」可以表示乞求、乞討，如：「化緣」、「募化」。《儒林外史》第一回：「也有坐在地上就化錢的。」

去聲」（hɔ）（廈門、漳州、臺灣），但其他地區（閩東莆仙）未見到用
「與」，那麼這個被動標記「乞」究竟何來？而又為什麼前述周長楫、
歐陽憶耘（1998：403）指出，廈門方言中以被動複合形式形「乞與」
出現？有沒有可能所謂「乞」用作被動用法是在「與」的影響下形
成，所以在某些地區必須以複合形式出現，相反的，可以單用「乞」
當作被動用法其來源，是給予還是求取，本研究將作深入探討。

2.2.2 北方方言中「叫」、「讓」、「給」的使用分佈

這裡所謂的北方方言，係根據袁家驊（2001：24）將官話分為四
大區塊：北方方言、西北方言、西南方言、江淮方言，其中北方方言
涵蓋了河北、河南、山東、東北三省（遼寧、吉林、黑龍江）及內蒙
古部分地區[15]。我們考察了陳章太、李行健（1996）《普通話基礎方言
基本詞彙集》及曹志耘（2007）《漢語方言地圖集》在北方方言範圍
裡，「給」表示給予—致使—被動的用法。

首先，從給予義談起《漢語方言地圖集——詞彙卷151》及《漢
語方言地圖集——語法卷96》分別使用兩個句子：他給我一個蘋果、
給我一枝筆 作為語料，這兩張方言地圖，顯示在北方方言系統中，
所有的方言點都是使用「給」表示給予義。

相較之下，北方方言的被動標記較為分歧，在《漢語方言地圖
集——語法卷95》（衣服被賊偷走了）中顯示，從最北的黑龍江到河
南，被動標記有兩大勢力「叫～讓」、「叫」，使用「叫」作為被動標

---

15 侯精一（2002：6）將官話分為八區（北京、東北、膠遼、冀魯、中原、蘭銀、西
南、江淮），對照袁家驊（2001：24）的北方官話。北京官話：河北、中原官話：
河南、冀魯官話、膠遼官話：山東、東北官話：東北三省。本文採取大範圍概括北
方方言，以方面討論。

記大多集中在河南、山東以及河北的南部；使用「叫～讓」集中在黑
龍江、吉林、遼寧以及河北的北部（北京、平谷、承德、宣化、昌
黎）。

　　從方言地圖大範圍的觀察，在北方方言系統中，表示給予由
「給」負責；被動標記可以用「讓」、「叫」。其實，北方方言中不乏
有用「給」作為被動標記的例句（42）至（45）：

　　（42）東西都給雨淋濕了。（北京：周一民 1998：222）
　　（43）那個房子給弄髒了。（山東萊州：錢曾怡 2001：305）
　　（44）行李給雨淋嗬。（山東濟南：錢曾怡 2001：305）
　　（45）房子給燒了。

　　陳章太、李行健（1996：4770）將整個官話裡被動標記做過整理，
因為本節只討論北方方言，因此把他們的資料重新繪製如附件五。

　　附件五顯示，整個北方方言系統裡「叫」是表示被動最為普遍的
用法，其次是「讓」、「給」、「被」。少部分地區如：河北張家口使用
「被、讓」；山東利津使用「著」，諸城使用「被、叫」。並且，每一
方言點都至少有兩種以上可以表示被動的標記。底下，摘選整理出北
方方言中「讓」、「給」、「叫」表示被動的語料如表（2.5）其後再繼
續討論。

表（2.5） 部分北方方言裡被動標記的用法分佈

讓（被動）NP1（受事）＋讓＋NP2（施事）＋V			給（被動）NP1（受事）＋給＋NP2（施事）＋V		
地點	例句	資料來源	地點	例句	資料來源
北京	我是**讓**汽車給撞進來的	周一民（1998：222）	北京	東西都**給**雨淋了	周一民（1998：222）
北京	**讓**人家挑了**讓**人涮了	齊如山（2008：93）	北京	**給**他抖露出來	齊如山（2008：103）
河北	他**讓**瘋狗咬了一口	李行健（1995：678）	山東臨沂	那套書**給**我同學借去了	錢曾怡（2001：305）
山東濟南	茶杯**讓**他打嗬	錢曾怡（2001：305）	山東德州	那個茶碗**給**捽俩	錢曾怡（2001：305）
山東臨清	**讓**孩子弄毀啦	錢曾怡（2001：305）	山東濟南	行李**給**雨淋嗬	錢曾怡（2001：305）
叫（被動）NP1（受事）＋叫＋NP2（施事）＋V					
地點	例句	資料來源	地點	例句	資料來源
山東煙台	我的書**叫** tɕiɔ 他拿走了	錢曾怡（2001：305）	河北	茶杯**叫**他打破了	李行健（1995：678）
山東濟南	**叫** tɕiɔ 瘋狗咬嗬	錢曾怡（2001：305）	河南鄭州	他**叫**狗咬了一口	盧甲文（1992：128）
山東博山	書**叫**小王拿去嚏碗**叫**他打嚏	錢曾怡（1993：20）	河南洛陽	茶杯**叫**它打破了	賀巍（1993：189）
山東棗莊	俺的鍋**叫**張三沒有砸破俺的老母雞**叫**人已經偷走了	黃伯榮（2001：2）	北京	魚都**叫**貓叼跑了	周一民（1998：222）
內蒙呼和浩特	碗**叫** tɕiɔ 他打了給碗**給叫**他打了	黃伯榮（2001：2）	哈爾濱	**叫**狗咬了一口	尹世超（197：941）

　　表（2.5）裡呈現了，北方方言系統中「叫」、「讓」、「給」都可以作為被動標記，由這些語言現象察覺，至少有兩股以上表示被動的勢力相互競爭，同時相互的替代使用。這類被動標記的句式結構為：NP1（受事者）＋「叫」、「讓」、「給」＋NP2（施事者）＋V。

　　羅杰瑞（1982）從語言接觸觀點認為，北方方言裡「叫」、「讓」具有致使／使役和被動，滿語也有同樣的用法，可以視為是滿語影響漢語的結果。余靄芹（1993：127）認為，北方方言裡這些被動標記，來源於致使／使役（causative）。例如：讓他打了（"let him hit"/"have him hit" or "to be hit by him"）；叫他打了（"have asked him to hit, cause him to hit" or "to be hit by him"）前者為致使表示導致，後者是被動。她進一步指出，阿爾泰語言中滿語和蒙古語，也有被動和致使／使役採用同一個標記；南方方言裡被動標記和給予義相關。她的結論是：給予經常造成接收／接受（致使／使役），而接收／接受（被動）起因於給予，這兩者的來源可能是相同的[16]。

　　余靄芹（1993）文章裡至少有兩點可供參考：這些不同的被動標記反映出語言接觸的可能性，其次給予—致使—被動具有相同的發展路徑。

　　從歷史的角度來看，蔣紹愚（2005：379）指出，至少在漢末「被」就已經出現被動義；「叫」出現在唐代；「讓」、「給」大約在明清，「被」的來源於遭受、蒙受；「叫」、「讓」來源於致使／使役；「給」是給予動詞而來。需要留意的是，「叫」、「讓」和「給」是有相承襲的發展路徑：給予—致使／使役—被動[17]，但是「被」是從遭

16　原文："to give" is also "to cause to receive" (causative) and "to receive" (passive) is "to cause to give" (causative). It is therefore not surprising that they may derive from the same etymon.

17　蔣紹愚（2002：159）討論過「叫／教」和「給」的被動來源，他認為「叫」從使

受—被動兩種被動標記的來源不同。

綜合羅杰瑞（1982）、余靄芹（1993）和蔣紹愚（2005），不論是從語言接觸還是歷史語言發展，北方方言裡面「讓」、「給」、「叫」或說是阿爾泰語系影響了漢語，或說是歷史各朝代各個詞彙發展所遺留下的結果，共存在同一個平面時空。

本章分述兩個主題。首先，基於前人的研究基礎，討論了「吃」（喫）的音義問題以及被動標記的考源，同時對前人文獻提出評述，以作為本論文討論的各項子題詳見 2.1 節。

接著 2.2 節，再從南北方言討論「乞」的各項用法，其中閩方言裡「乞」可以有四個不同的語法功能及語義（見表 2.2），單用被動標記「乞」主要分佈在閩東及莆仙地區以及部分的閩北區；而閩南則用「與去聲」或是「乞與去聲」這些次方言區的使用分佈，是否暗示著這兩個被動標記的語義根源有所不同（參見附件二的地理位置圖）。現代北方話中都是使用「讓」、「叫」、「給」，有沒有可能在古代的某些方言文獻裡「乞」曾經當作被動標記，而在語言變化中被其他被動標記「被」、「讓」、「叫」、「給」所取代。

總結來說，本章是作為後面章節的引子，先將相關的研究文獻，以及方言語料作為呈現，其後的內容則是針對文獻及語料做解釋和補充。

役到被動，「給」從給予—使役—被動，「給」是因為在類推的情形下發展為被動。詳情請參考該文。

第三章

「吃」和「喫」的字源關係

　　現代漢語裡有兩個表示飲食義的「吃」和「喫」字，本章從文字語義切入，並著手於古漢語的語料，寫作「吃」字其實是因為「齕」（啃、咬）字的簡化，產生與表示口吃的「吃」，形成同形同音異義詞。而「喫」字則是由「齧」（啃、咬、侵蝕）字簡化而來。「吃」和「喫」的混用是基於「乞」、「契」的諧音借用。

3.1　前言

　　飲食義的「吃」在現代漢語中，有一個異形同音同義的字「喫」互用。然而，在《說文解字》「吃」用以表示「口吃」與飲食無關。向熹（1993：490）認為，表示把食物放在嘴裡咀嚼的「喫」字出現於六朝，一直到唐代「喫」才寫作「吃」，並引了下例（1）。

　　（1）友文白羊肉美，一生未曾得喫。（《世說新語・任誕》）

向熹（1993）的說法，將「喫」認為是「吃」的本字，並且在唐代以後，開始發展。解海江、章黎平（2008：258）認為，「吃」字本應為「齕」，「喫」字本為「齧」。

　　然而，上述學者的論點都只是蜻蜓點水的略述，並未細究成因。因此，首先提出兩個主要的假設：

一、文字的部件替換造成「齒」被「口」取代。所以「吃」、「喫」
　　的原始文字形式應為「齕」、「齧」。

二、「喫」寫作「吃」在音義上有必然的對應關係，這兩個字的聲
　　符有歷史語音的音變。因此「喫」、「吃」兩者相互通用，而變
　　化的基礎與「乞」有關。

底下，將扣緊這兩個主要的假設，並運用相關文獻作分析。

　　本章的語料來源為「中央研究院漢籍電子全文」並透過「文淵閣
四庫全書電子版」[1]作為交叉使用。若「漢籍」的文獻不足，則以
「四庫」的文獻作為補充，並以「四庫」用字為準。其他使用的語料
庫將在正文中另作呈現。

3.2　「齧」與「齕」的通假及部件替代

　　東漢許慎（西元58-147年）《說文解字》[2]對「吃」的解釋如下：
「言蹇難也，从口气聲」。據此，「吃」的本義為表示「口吃」，如
《史記・韓非列傳》：「非為人口吃，不能道說，而善著書。」《史
記・司馬相如列傳》：「相如口吃而善著書。常有消渴疾。」從《說
文》所載「吃」並無飲食義的用法。

　　《說文》中，有一個字形和「吃」相似，即「齕」。「齕」《說
文》釋為「齧也，从齒气聲」。依據《說文》的解釋，「齕」和「齧」
互通。《說文》將「齧」解釋為「噬也，从齒韧聲。」就兩者來說
「齕」、「齧」都有「噬」的意涵。「噬」《說文》：「啗也。喙也。从口
筮聲。」「喙」本指為鳥的嘴。「啗」《說文》：「食也，从口臽聲」。從
《說文》來看，不論是「齕」、「齧」、「噬」、「啗」、「食」，都和口部

1　前者簡稱為「漢籍」；後者為「四庫」。
2　底下稱為《說文》。

的動作有關，彼此作為相互解釋。

從上面的略述，古漢語「齕」跟「齧」，雖然兩個文字的形式不同，但是在語義上都可以互相解釋作為「噬」、「食」。

高亨（1989）指出「齕」、「齧」為古字通假，並引述了《史記·范雎蔡澤列傳》的例子：「吾持梁刺齒肥。」《史記集解》「刺齒兩字當作齧，又作齕。」

由此可見，不論《說文》還是《史記集解》都將「齕」、「齧」視為語義相近的字，都是和口部動作有關。底下，我們的立論即是基於「齕」、「齧」為通假字，其後小節將個別論述。

「齕」[3]和「齧」字的用法，據「漢籍」及《中央研究院上古漢語》[4]語料庫所尋其用法摘舉如下例（2）、（3）：

(2) 齊人有淳于髡者，以從說魏王……失從之意，又失橫之事。夫其多能不若寡能，其有辯不若無辯。周鼎著倕而**齕**其指，先王有以見大巧之不可為也。(《呂氏春秋·八覽》卷十八〈審應覽〉第六)

(3) 羹之有菜者用梜。其無菜者不用梜。為天子削瓜者副之。巾以絺。為國君者華之。巾以綌。為大夫累之。士疐之。庶人**齕**之。(《禮記·曲禮》上)

例（2）的「齕」字和「斷」有相關意涵，也就是指用「周鼎」這個工具，噬其指而使之斷；例（3）「齕」字，孔穎達（唐代）疏「庶人

---

3 「齕」字在先秦有人名用法，即「王齕」戰國秦國的大將。

4 上古漢語語料涵蓋了《論語》、《孟子》、《老子》、《莊子》、《尚書》、《左傳》、《周禮》、《呂氏春秋》、《禮記》、《管子》、《大戴禮記》、《韓非子》、《戰國策》、《國語》、《荀子》、《墨子》、《春秋穀梁》、《孫子》、《晏子》、《商君書》共二十部典籍，「齕」字一共出現十二筆，其中少部分屬於人名，如「胡齕」。「齧」一共出現七筆。

府史之屬也齕齧也。」可見「齕」、「齧」互為解釋，又如下例（4）
至（10）：

（4）馬，蹄可以踐霜雪，毛可以禦風寒，齕草飲水，翹足而
陸，此馬之真性也（《莊子‧外篇》卷四中第九〈馬蹄〉）

（5）蟲有就者，一身兩口，爭食相齕也。（《韓非子》第八卷第
二十三篇〈說林〉）

（6）士，欲干萬乘之主，而用事者迎而齕之，此亦國之猛狗
也。（《晏子‧內篇‧問上》第三）

（7）扣也，安得葬薶哉！彼乃將食其肉而齕其骨也。（《荀子》
第十八篇〈正論〉）

（8）今取□[5]狙而衣以周公之服，彼必齕齧挽裂，盡去而後
慊。（《莊子‧天運》）

（9）又言曰：東郭有狗，旦暮欲齧，我猏而不使也。（《管子‧
戒》第二十六）

（10）昔王季歷葬於楚山之尾，冰齧其墓，見棺之前和[6]。（《戰
國策‧魏策》）

從上面例，（4）至（10）所見，「齕」和「齧」在句子中作為及
物動詞，後接受事賓語形成動賓結構，其施事主語都是動物的屬性
「馬」、「蟲」、「狗」，表示「咬」、「啃」的口部動作。例（10）
「（水）冰齧其墓」其施事主語則為自然物質，「齧」的意涵具有「吞
噬／侵蝕／侵犯」義。

---

5 缺字。

6 《呂氏春秋‧論部》第 21 卷，第 1 篇〈開春〉，將此例寫為：昔王季歷葬於渦山之
尾，水齧其墓，見棺之前和。

　　「齕」和「齧」通假的用法，不僅出現於先秦，西漢《史記》中也有一筆「齕」字，如下例：

（11）何故不殺？且秦復得志於天下，則**齮齕**用事者墳墓矣。」
　　　（《史記·田儋列傳》）

　　考察歷代經師對「齕」字的解釋。（南朝宋）裴駰《史記集解》如淳曰：「齮齕猶齗齧。」（唐）司馬貞《史記索隱》「齮音蟻。齕音紇。齮齕，側齒齩也。」（唐）張守節《史記正義》「按秦重得志，非但辱身，墳墓亦發掘矣，若子胥鞭荊平王墓。一云墳墓，言死也。」

　　從釋文來看《史記集解》將「齕」、「齧」作為近義詞，《史記索隱》認為「齮齕」是「齗齩」，也就是啃、咬的意思。因此，「齕」的本義仍保存於各歷史語料中。

　　上述，依《說文》的解釋和相關語料的佐證，「齕」、「齧」明確的具有「近義詞」（near-synonym）意涵[7]。因此，我們可以表示如下：「齕」≈「齧」[8]。本文認為向熹（1993）和解海江、章黎平（2008）所述，具有高度的說服力，兩者的論點可以下列呈現：

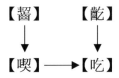

7　若從認知語言學的「原型理論」（The prototype type theory）來看，「齕」、「齧」、「食」、「噬」就認知來說，都具有家族相似性（family resemblance），也就是說，雖然和「口」部動作相關，但是其中各個字的語義間，仍有區別，不完全等同。因此我們用「近義詞」，來避免武斷的同義說法。

8　「≈」表示近似於。

以「口」代替「齒」部件，在漢字演化中有同樣的例子可循。據《教育部異體字字典》下面的漢字，其原始部件為「齒」其後改為「口」字邊。

齩---咬。齔至---咥。齁---号。齗禁---噤。齳---嘈

就文字演化來說，這無疑是「以簡馭繁」的現象，李孝定（1986：175）認為文字演變的過程中，形體結構有幾項變化規律：偏旁位置不定、筆劃多寡不定、正寫反寫不定、橫書側書無別、事類相近之字偏旁多可通用。

「事類相近之字偏旁多可通用」正好可以解釋，「齧」和「齕」的「齒」部件以「口」代替，而成為「喫」和「吃」字。王玉新（2009：223）以文字認知功能而論，「口」邊有兩種認知功能：一為表形，作為會意字的構造，或是作為類化符號，表示人或動物的口或與口有關的部位；二為借形，表示與口有關的行為，如：吞、咽、哺，或是言語動作，如：唱、喚、呼。

「齧」和「齕」其原始意涵，都和口部動作相關。因此，文字部件「齒」替換為「口」不僅語義相通，文字變化過程也有相同的例子可作為證據。

3.3 「齧」與「喫」的字形語義關係

上述我們認為「齧」和「齕」具有字形部件替換的現象，分別形成「喫」和「吃」。但是，這並不意味「齧」和「齕」演化為「喫」和「吃」的時代一致。據向熹（1993）的說法，南朝宋（西元420-

479年)《世說新語》即出現了「喫」字[9]，而唐代才有「吃」，他引了下列的例（12）作為例證：

> （12）宣武曰：「卿向欲咨事，何以便去？」答曰：「友聞白羊肉美，一生未曾得喫，故冒求前耳。（《世說新語》下卷上〈任誕〉第二十三）

張萬起（1993：413）將這裡的「喫」，解釋為「吃」亦即和口部動作有關的飲食行為。關於「喫」字，本文檢索了「漢籍」最早應該在西漢（西元前206-西元8年）賈誼《新書》中就有一筆「喫」字如下例（13）：

> （13）會稽越王之窮至乎喫山草。（《新書》卷七）

為求謹慎再以「四庫」作為比對，找到了「喫」在西漢語料的書影，如下圖（3.1）：

---

9 「喫」字早出現於《莊子外篇》：黃帝遊乎赤水之北，登乎崑崙之丘而南望，還歸，遺其玄珠。使知索之而不得，使離朱索之而不得，使喫詬索之而不得也。（《莊子‧外篇》卷五上，〈天地〉第十二）「喫詬」〔清〕王先謙（1842-1917）《莊子集解》引述〔清〕郭嵩燾（1819-1891）詬，怒也，怒亦聲也。集韻云「喫詬」力諍者是也。這裡的「喫」其實和口部動作無關。並且在《莊子》中也僅有一例，同時代的戰國文獻，並無「喫」字用法。其後東漢許慎的《說文解字》無「喫」字的記載，《莊子》中的「喫」字仍需要再細究。

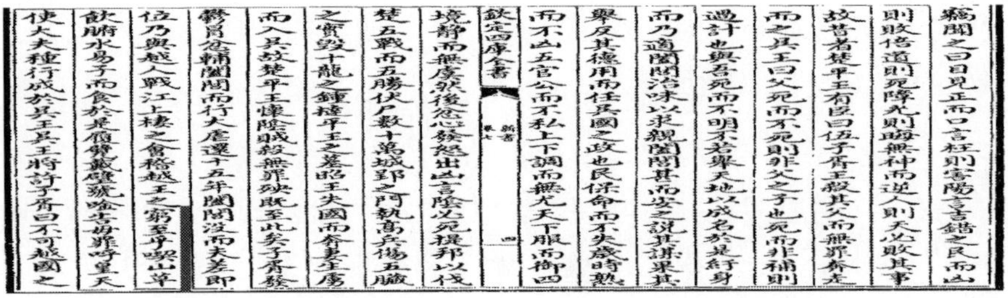
竊聞之曰目見正而口言枉則害陽言錯之民而凶
則敗倍道則死障光則晦無神而逆人則天必敗其事
故昔者楚平王有臣曰伍子胥王殺其父而無罪奔走
而之吳王曰父死而不死則非父之子也死而非補則
過計也與吾死而不明不若舉天地以成名於是紆身
而乃適闔閭治味以求親闔閭甚而安之說其謀果其
舉反其德用而任吳國之政也民保命而不失歲時熟
而不凶五官公而不私上下調而無尤天下服而御四
欽定四庫全書　新書 卷七　四
境靜而無虞然後忿心發怒出凶言陰必死提邦以伐
楚五戰而五勝伏尸數十萬城郢之門執高兵傷五臟
之實毀十龍之鍾撻平王之墓昭王失國而奔妻生虜
而入吳故楚平王懷陰賊殺無罪殃既至此矣子胥發
鬱冒忿輔闔閭而行大虐還十五年闔閭沒而夫差即
位乃與越人戰江上棲之會稽越王之窮至乎喫山草
飲腑水易子而食於是履甲截璧號唫告毋罪呼皇天
使大夫種行成於吳王吳王將許子胥曰不可越國之

圖（3.1）　《新書》「喫」字書影（《文淵閣四庫全書》）

根據上下文的語境推測，這裡的「喫」應當從「齧」字演變而來，表示越王困窮至極，只能啃、咬山草度日（亦即越王落魄如動物一般）。然而，在西漢的文獻當中，以整個文獻資料搜尋也僅有這一筆語料。

其後東漢《說文》所列九五三五的字，其中未收「喫」字。這樣看起來，西漢《新書》和東漢《說文》似乎出現了「喫」字斷層，然而《說文》未收錄並不表示沒有「喫」這個字。本文認為，主要是因為「食」字在甲骨文時代就已經出現，並且在語言資料中占為多數。因此，相對來說「喫」算是一個少用生僻的文字。以《中研院上古漢語語料庫詞頻統計》顯示，「食」在上古漢語算是高頻詞，而「喫」字則是沒有任何的記錄。

表（3.1） 上古漢語「食」個別詞的頻率

No	Rank[10]	Word[11]	Frequency
124	**122**	食（VC1）〔＋nv〕	**111**
327	**325**	食（NA2）	**42**
453	**445**	食（VP）〔＋nv〕	**30**
1720	**1629**	食（NI）	**6**

從表（3.1）詞頻的分佈來看，上古漢語「食」以動詞和名詞為主，其中作為及物動詞的用法占最多數，詞頻排序為一二二位，其次是「食」用作普通名詞，足以表示「食」字在上古漢語中就已經有文字記載。

3.3.1 「喫」、「齧」語義有別

東漢以後西晉文獻中，仍有「喫」字的蹤影。在西晉葛洪（西元283-363年）《肘後備急方》中共有二十七筆「喫」字，摘舉如下例（14）至（18）以及部分書影圖（3.2）。

（14）茱萸分等搗末蜜和丸如麻子服二丸日三服勿喫熟食。（卷一〈治卒心痛方〉第八）

（15）又方竹葉切五升小麥七升石膏三兩末綿裹之以水一斗五升煮取七升一服一升盡喫即差也（卷二〈治傷寒時氣溫病方〉第十三）

---

10 上古漢語語料庫共有五〇六萬個詞，數字越小表示詞頻排序越高。

11 VC：表示及物動詞 NA：表示普通名詞。語料庫的詞類顯示並無「NI」但推測應是名詞的次類。

（16）生粟袋貯懸乾每日平明<u>喫</u>十餘顆次<u>喫猪腎粥</u>（卷四〈治卒患腰脇痛諸方〉第三十二）

（17）平旦井花水頓服令盡服訖量性飲酒令醉仍須<u>喫水</u>能多最精隔日又服一劑百日不得食肉（卷四〈治虛損羸瘦不堪勞動方〉第三十三）

（18）許以酒煎化溫溫呷若得逆便吐骨即隨頑涎出若未吐更<u>喫溫酒</u>但以吐為妙（卷六〈治卒諸雜物鯁不下方〉第四十七）

欽定四庫全書　　附後偏急方　卷三

之莫雜噢飯及魚鹽又專飲小豆汁無小豆大豆赤

可用如此之病十死一生急救之

又方削擣或桐木煮取汁以漬之并飲少許加小豆妙

又方生猪肝一具細切頓食之勿與鹽乃可用苦酒妙

又方煮豉汁飲以溽傳脚

備急方療身體暴腫滿

附方

榆皮擣屑隨多少雜米作粥食小便利

欽定四庫全書　　附後偏急方

又骨蒸亦曰內蒸所以言內者必外寒內熱附骨也其

最精隔日又服一劑百日不得食肉

花水頓服令盡服訖量性飲酒令醉仍須喫水能多

桃仁一百二十枚去皮雙仁留尖杵和為丸平旦升

又治骨蒸

鹿角膠炙擣為末以酒服方寸匕日三服

外臺秘要補虛勞益髓長肌悦顏色令人肥健

燒礬作灰細研末一匙頭沸湯投之淋洗痛處

又方吳茱萸五合桂一兩酒二升半煎取一升分二服

又方吳茱萸二升生薑四兩豉一升酒六升煑取二升

效

半分再三服

又方白鷄一頭治之如食法水三升煑取二升去鷄煎汁取六合内苦酒六合人眞珠一錢復煎取六合内

末麝香如大豆二枚頓服之

又方桂心當歸各一兩栀子十四枚擣為散酒服方寸

七日三五服亦治久心病發作有時節者也

又方桂心二兩烏頭一兩擣篩蜜和為丸一服如梧子

欽定四庫全書

大三丸漸加之

暴得心腹痛如刺方苦參龍膽各二兩麻栀子各三兩苦酒五升煑取二升分二服當大吐乃差

治心疝發作有時激痛難忍方真射罔吳茱萸分等擣

末蜜和丸如麻子服二丸日三服勿喫熟食

又方灸心鳩尾下一寸名巨闕及左右一寸並百壯又

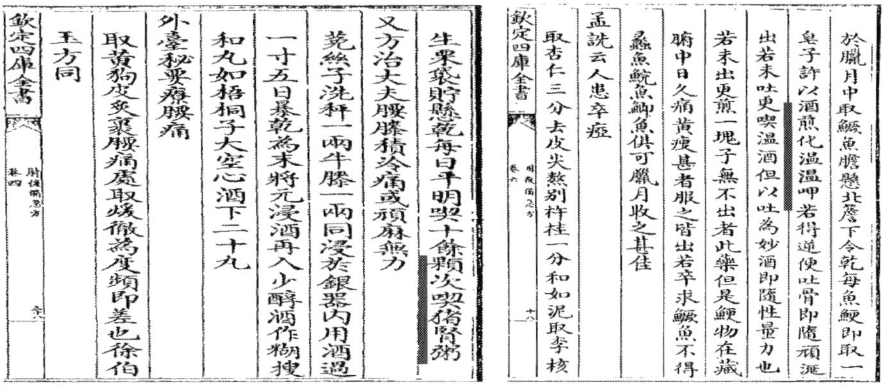

圖（3.2）　（西晉）葛洪《肘後備急方》「喫」字書影
（《文淵閣四庫全書》）

《肘後備急方》是一部醫書，其內容必定記載諸多與藥材食補相關的詞彙，這些「喫」字都具有表達口部動作的飲食行為[12]，並且行為的施事者是為人類。

上溯先秦《莊子》、西漢《新書》就有少數的「喫」字出現，在東漢《說文》雖並無記載，但至西晉（西元265-316年）「喫」字就稍微有增加的現象。就上述語料所示，「喫」字應該最早就出現在西漢，較為謹慎而論則出現於西晉，不會遲於南朝才出現。

另外，《肘後備急方》可看到兩筆「齧」字的用法。如下例（19）、（20）及其書影圖（3.3）：

（19）七八月中諸虵毒旺不得洩皆齧草木即枯死（卷七〈治虵瘡敗虵骨齧人入口繞身諸方〉第五十四）

（20）蜈蚣甚齧人其毒殊輕於蜂當時小痛而易歇蜘蛛毒（卷七〈治卒蜈蚣蜘蛛所螫方〉第五十六）

---

12 相同時代的《三國志》、《搜神記》並無「喫」字。

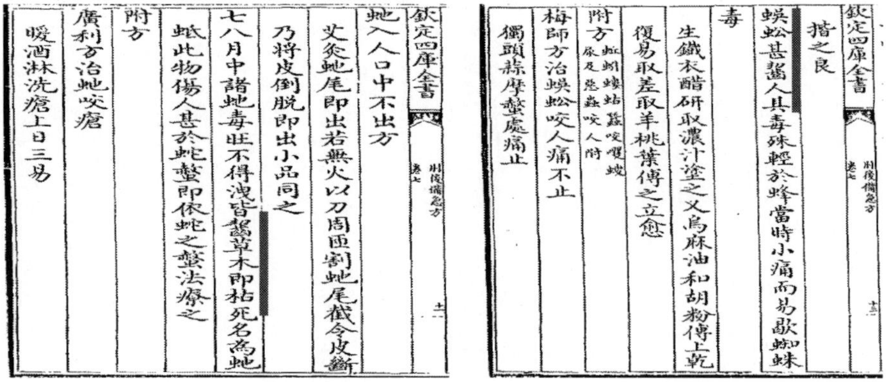

圖（3.3） （西晉）葛洪《肘後備急方》「齧」字書影
（《文淵閣四庫全書》）

例（19）、（20）其主語都是動物「虵」、「蜈蚣」，由上可見「齧」字和「喫」字仍有共存階段，並且「喫」用以陳述人類例（14）至（18）；「齧」用以陳述動物例（19）、（20）。

3.3.2 「喫」的語義陳述對象擴大

南朝宋以後，到了南朝梁（西元502-557年）文獻，仍然可以見到「喫」字。並且，此時已被字書《玉篇》[13]正式所輯錄並解釋為「啖也」。如下 ：

---

13 《玉篇》編者，南朝梁（西元502-557年）顧野王，字希馮。

北朝（西元381-581年）《齊民要述》及《魏書》各有一筆「喫」的用
法如下：

（21）但留母一日，寒月者，內羔子坑中，日夕母還，乃出之十
　　　五日後，方**喫**草，乃放之（《齊民要術》卷六〈養羊〉第
　　　五十七）

（22）世宗正始二年三月，徐州蠶蛾**喫**人，厄殘者一百一十餘
　　　人，死者二十二人。（《魏書》〈靈徵志〉八上第十七〈蝗
　　　蟲螟〉）

這些「喫」字，都是用作表述動物「羊」、「蠶蛾」咬、啃的動作，結
構為動賓式。

　　在先秦漢語的「齕」、「齧」例（4）至（10）專用為動物所用，
而西漢《新書》以「喫」字陳述人類，類似動物飲食行為。因此，可
以推測「齧」字簡省為「喫」字後，施事主語可指涉為人類及動物。
對比例（12）及例（21）、（22）。

　　魏晉南北朝以後，唐五代「喫」的用法，有大量增加的趨勢。以
「四庫」、「漢籍」和作交叉檢索，「喫」和「齧」的次數分配表如下
表（3.2）：

表（3.2）　先秦至南唐「喫」、「齧」字次數分配表

時代	書名	喫／次數	齧／次數	時代	書名	喫／次數	齧／次數
先秦至西漢	上古漢語語料庫	0	8	唐	外臺秘要	141	0
西漢	新書	1	2		白氏長慶集	7	1
東漢	說文解字	0	1		寒山詩集	14	1

時代	書名	喫／次數	噄／次數	時代	書名	喫／次數	噄／次數
晉	三國志	0	8		敦煌變文新書	68	0
					銀海精微	3	0
					劉賓客嘉話錄	1	0
	肘後備急方	27	2	十國後蜀	鑑誡錄	6	0
	搜神記	0	3		才調集	3	0
	甄異傳	0	0	十國南唐	祖堂集	133	2
南朝宋	世說新語	1[14]	1		續仙傳	13	0
南朝梁	玉篇	1	1				
北朝	齊民要術	1	3				
	魏書	1	3				

摘舉語料如下：

（23）以水七升。煮取三升。去滓。溫服一升。須臾喫稀粥一升
助藥力（《外臺秘要》〈論傷寒日數病源并方〉二十一首）

（24）必須平旦空腹服。服藥之後。勿洗手面漱口。勿通外人。
勿喫食。勿勞力。（《外臺秘要》〈山瘴瘧方〉一十九首）

（25）有詩不敢吟，有酒不敢喫，今雖在遠今雖在疏遠，竟歲無
牽役。飽食坐終朝，長歌醉通夕。（《白氏長慶集》卷八）

（26）歸去來頭已白典錢將用買酒喫（《白氏長慶集》卷十二）

（27）又寶雞縣市令樊旭初喫犬肉（《鑑誡錄》卷十）

（28）總是悠悠造未撻如饑喫鹽加得渴枉卻一生頭（《鑑誡錄》
卷三）

---

14 《世說新語》中，一共出現三筆「喫」，我們扣除兩筆混用「口吃」的「喫」字。

（29）無奈牧童何放牛**喫**我竹隔林呼不應叫笑如生鹿欲報田舍翁更深不歸屋（《才調集》卷八）

（30）白羊成隊難收拾**喫**盡溪邊巨勝花（《才調集》卷四）

（31）饑來即**喫**飯，睡來即臥暝。愚人笑我，智乃知賢。（《祖堂集》卷第三〈懶瓚和尚〉）

（32）師曰：「**喫**飯也未？」對曰：「**喫**飯了也。」（《祖堂集》卷第四〈丹霞和尚〉）

（33）地是黃金山是玉，林是笔璃水是茶，三春早**喫**頻婆果，此間四月咬生瓜。（《敦煌變文集新書》卷二〈五、佛說阿彌陀經講經文二〉）

（34）兔子答云：「我到樹邊，**喫**噉樹葉，口到樹頭，枝机花葉。」（《敦煌變文集新書》卷七〈七、四獸因緣〉）

（35）服其藥一粒十年絕食而常須飲酒**喫**水暢之顏益紅白齒髮不衰得其藥者甚多壽皆八九十（《續仙傳》卷中）

（36）主人曰合內物可**喫**隨意取之乃揭一合是茶主人曰以湯潑**喫**及**喫**氣味頗異於常茶（《續仙傳》卷下）

　　從這些語料所示，「喫」的確不僅用以陳述人類，例（23）至（28）等，亦可陳述動物「兔子」、「羊」、「牛」例（29）、（30）、（34）。另外，就「喫」的賓語語義屬性來看，不論是固體的「藥」、「鹽」、「犬肉」、「果」、「飯」，或是液體的「酒」、「水」、「茶」甚至是例（36）的「氣味」，都可以用「喫」字表達。

　　從上述的表（3.2）次數分配，以及語料（23）至（36）來看，「喫」字在唐代至十國發展得相當鼎盛，相對的北朝以前「齕」、「喫」，雖然在次數分配上不分軒輊。但是，「喫」字集中於西晉《肘後備急方》中，其後到《世說新語》中才又出現，顯得分佈不均。而

「䰞」字從先秦到北朝文獻，都較為平均分佈呈現，唐以後「喫」字成為大宗，「䰞」字相對減少，這也能反映出，文字筆劃由繁複演化為簡省的事實。

3.4 「喫」與「吃口吃」的混用

上節考察了「喫」字在魏晉南北朝時期，用以描述人類和動物的飲食行為。然而，表示飲食義的「喫」和表示「謇言」的「吃」是否有混用的情形？底下再行論述。

《世說新語》中除了例（1）以「喫」字表達動作飲食行為外，尚有兩筆「喫」字。但是，都解作「謇言」。張萬起（1993：413）[15]將底下這兩例（37）、（38）的「喫」解釋為說話結巴。

（37）鄧艾口喫，語稱艾艾（《世說新語》上卷上〈言語〉第二）

（38）頭責秦子羽云：「子曾不如太原溫顒、潁川荀羽、范陽張華、士卿劉許、義陽鄒湛、河南鄭詡‧此數子者，或謇喫無宮商，或尫陋希言語，或淹伊多姿態，或譁譁少智謏，或口如含膠飴（《世說新語》下卷下〈排調〉第二十五）

---

15 張萬起（1993：704）錄有「口吃」，劉注引嵇康《高士傳》：「為人口吃，善屬文」。但是這裡的用法並不是《世說新語》原書中的「喫」字，而是後代所注用。

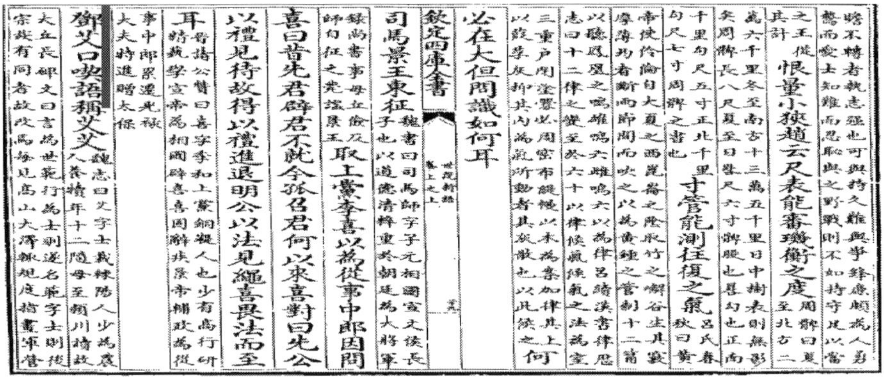

圖（3.4）　《世說新語》表口吃的「喫」字（《文淵閣四庫全書》）

由上例（37）、（38）可見「喫」字，在該文獻中已經和表示「謇言」
的「吃」字混用，就結構來說是為主謂結構，「喫」兼有口部動作的
飲食行為，同時也表示結巴。

　　李慈銘[16]針對上述例（37）作了說明：「案喫當作吃。《說文》：
吃，語謇難也。《玉篇》始有喫字，云：啖，喫也。後人遂分別口吃
之吃為吃，啖喫之喫為喫。其實古祇有吃無喫也。故啖喫字可仍作
吃，而口吃字不可作喫。《三國・魏志・鄧艾傳》作吃不誤。」

　　據李慈銘的說法，「喫」的本義表示飲食，若表示「飲食」義則
「吃」和「喫」可以混用。但是，若表示「謇言」則宜用「吃」字，
《三國志》「吃」字是沒有錯誤的。我們比對了比《世說新語》更早
的《三國志》[17]中，有一筆表「謇言」、「吃」的語料，如例（39）：

　　（39）鄧艾字士載，義陽棘陽人也。少孤，太祖破荊州，徙汝
　　　　　南，為農民養犢。年十二，隨母至潁川，讀故太丘長陳寔

---

16 李慈銘（1830-1895）《越縵堂日記》，《世說新語》箋疏。稱越縵先生。清末著名詩
　　人。

17 〔西晉〕陳壽著。

　　碑文，言「文為世範，行為士則」，艾遂自名範，字士
則。後宗族有與同者，故改焉。為都尉學士，以**口吃**，不
得作幹佐。(《三國志》〈魏書〉〈王毌丘諸葛鄧鍾傳〉第二
十八〈鄧艾〉〈州泰〉)

　　《三國志》的作者是西晉時代的陳壽，而《世說新語》是（南朝
宋）劉義慶的著作，一前一後。因此，將例（37）、（39）對照來看，
例（37）中表示「謇言」的「喫」已經和「吃」（蹇言）混用，而
《三國志》仍存用來「吃」字，藉此以印證了李慈銘的說法。

　　綜合上面的討論，可以歸結幾項觀點：

一、「喫」字在西晉的《肘後備急方》，有較多的例證作為表示口
　　部動作的飲食行為。到了六朝字書文獻《玉篇》才正式輯錄，
　　在《世說新語》中「喫」除了有用以表示飲食行為外，另外
　　「喫」字和表「蹇言」的「吃」有混用的情形，如例（37）、
　　（38）。

二、「喫」字的原始來源應為，同表口部動作的「齧」字，其
　　「齒」字部件由「口」字取代，並且「喫」字的成形應在西
　　晉。就文字的歷史演變來說「隸書」的出現，對於文字起了重
　　要的影響。裘錫圭（1988：74-85）認為隸書和楷書，起自於
　　漢代，當時最通行的文字是隸書，隸書的出現對漢代以前的篆
　　文，出現了下列五項的影響：解散篆體、改曲為直。省併、省
　　略。偏旁變形以及偏旁混同。所謂「偏旁混同」，他指出隸書
　　為求簡便，把某些生僻或是筆劃較多的偏旁，改成形似相近，
　　筆劃較少又比較常見的偏旁，足見筆劃「以簡馭繁」的傾向。

　　「齧」字演化為「喫」字，不代表「齧」完全被取代，而是仍然
繼續保留，因此在西晉《肘後備急方》可見到「喫」、「齧」共存。據

此，以「齒」字替代「口」字邊，「齧」演化為「喫」是有其根據所尋。另從語料來看「喫」字在西漢《新書》中出現，其後漸漸增多，正好也符合文字演化的規則。

三、唐代以後「喫」字開始大量的出現，並且其語義更加擴張，不論固體液體甚至是氣體，都可以用「喫」，如例（38）、（39）。

四、「齕」、「齧」在先秦文獻中，多為陳述動物的口部行為，其中「齧」演化為「喫」後，不僅可用以陳述動物，人類也用「喫」字，如例（13）。也就是說，在「齧」字簡化為「喫」字以後，語義的擴張也同時發生。

3.5　「齕」與「吃」的字形及語義關係

上節關注於「齧」、「喫」兩字從先秦到唐五代的文字以及語義使用。論述至此，「齧」和「喫」可視為一組異形同義字。然而，尚有未解的問題：同屬口部動作的「齕」其發展為何？清人李銘慈認為「啖喫字可仍作吃」和向熹（1993：490）指出「喫」在唐以後用為「吃」。是什麼樣的機制讓「吃」、「喫」混用？底下，再進行論述。

3.5.1　「吃（口吃）」及「吃（飲食）」義的混用情形

「吃」、「齕」兩字在《說文》以及《玉篇》中都分別作為「謇言」以及「齧」的意思。如下書影圖（3.5）：

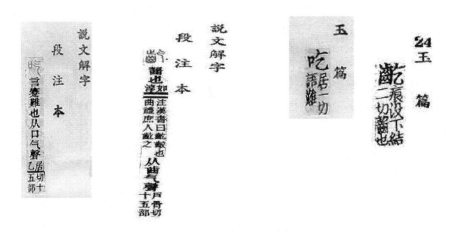

圖（3.5）　《說文解字》及《玉篇》「吃」、「齕」兩字書影

前述指出，「齕」字最早在戰國《呂氏春秋》、《禮記》就已出現例（2）、（3）。並且，在先秦時代「齕」和「齧」通假，都是表示口部動作行為，「齧」演化為「喫」字。下文我們認同「齕」字也演化為「吃」字，並且和表示「口吃」的「吃」產生了「同形異義」的用法。

向熹（1993：490）認為「吃」字和表口部動作飲食行為的「喫」，混用起於唐代，他用了下列的例子為證：

（40）水畔蹲身，即坐**吃**飯。（伍子胥變文）

（41）歲餘有道士至，甚年少巫詢之，道士教以食豬肉，仍**吃**血。（《玄怪錄補遺》）

在此，暫以唐代作為一個分界點，檢索當代語料觀察「吃」字的使用情形。以「四庫」和「漢籍」檢索唐代部分文獻[18]所示，「吃」至

---

18 據語料庫所尋《唐詩三百首》以及《全唐文》、《白氏長慶集》、《寒山詩集》都無「吃」字。

少可以表示「口吃」以及「口部飲食動作」兩種意涵，底下將各書籍
的次數分佈呈現如下表（3.3）：

表（3.3） 「吃」字在唐代文獻的次數分佈

作者／書名	表謇言（口吃）	表口部飲食動作
孫思邈／《銀海精微》	0	15
韋絢／《劉賓客嘉話錄》	0	2
《敦煌變文新書》	0	3
《外臺秘要》	0	2
孫思邈《千金翼方》	2	0
孫思邈《備急千金要方》	4	0
李延壽《北史》	6	0
歐陽詢《藝文類聚》	5	0
張守節《史記正義》	4	0
李百藥《北齊書》	2	0

語料摘舉如下：

（42）動風動血之物諸般母肉莫**吃**新撞者易治若撞久血凝不散無
痛者難治也。（《銀海精微》）

（43）紙包七重煨熟蛋息火氣空心與**吃**連**吃**四五箇蛋止不可多
用。（《銀海精微》卷下）

（44）日莫食。其蟲**吃**藥之後。或利出。或內消。皆差。（《外臺
秘要》第二十六卷〈痔病陰病九蟲等三十五門〉）

（45）微火上煎之不著手成。宿勿食。空腹旦先**吃**肥香脯一片。
服如大豆許一百丸。（《外臺秘要》）

（46）秦王擊缶，不可把茶請歌，不可為茶交舞。茶<u>吃</u>只是□
　　　疼，多吃令人患肚。（《敦煌變文集新書》卷七〈茶酒論一
　　　卷并序〉）

（47）治腎寒虛為屬風所傷。語音蹇<u>吃</u>。不轉偏枯。（《備急千金
　　　要方》卷第八〈諸風〉）

（48）恒山湯主之。方在第十卷中。若其人本來<u>不吃</u>。忽然謇<u>吃</u>
　　　而好嗔恚。（《備急千金要方》卷第十九〈腎藏〉）

（49）急即押之左營目。令彼<u>吃</u>訥不能言也。（《千金翼方》卷二
　　　十九〈禁經上〉）

（50）<u>口吃</u>不能持論頗使酒誕節為世所譏。（《北史》卷三十）

（51）斯時也何者為榮欲同<u>吃</u>如鄧士載欲作辯似羹君卿為守為相
　　　並如此少意少事不成名。（《藝文類聚》卷十九）

（52）河南鄭詡此數子或謇<u>吃</u>無宮商或尫陋希言語或淹伊多姿態
　　　或驊騄。（《藝文類聚》卷十九）

例（42）至（46）為「吃」表示口部的飲食動作，並且可用為陳述動
物「蟲」，如例（44）以及人類，如例（42）、（43）等皆為動賓結
構。例（47）至（52）則為「口吃」皆為主謂結構。

　　《銀海精微》、《千金翼方》、《備急千金要方》三部書籍為孫思邈
（西元581-682年）所著，不論是「蹇言」還是「口部飲食」，都寫作
為「吃」字。可見，唐代的文獻中「吃」為同形異義字。就這十部唐
代文獻來看，表示「口吃」和表示飲食的「吃」，總計次數不相上下，
但並不表示在唐代這兩種用法，達到勢均力敵的程度，僅表示「吃」
字用為兩種意涵，關於「吃」在各時代的使用狀況將在後文呈現。

3.5.2　「喫（飲食）」與「吃（飲食）」的混用機制

另外表示飲食義的「喫」和「吃」，在唐代的確有混用的情形呈現如下表（3.4）：

表（3.4）　「吃」和「喫」表飲食義在唐代文獻的分佈情形

作者／書名	喫	吃
孫思邈《銀海精微》	3	15
韋絢《劉賓客嘉話錄》	1	2
《敦煌變文新書》	68	3
《外臺秘要》	141	2
《白氏長慶集》	7	0
《寒山詩集》	14	0
《北齊書》	3	0

以物質名詞「飯」作為賓語，在《敦煌變文新書》中僅一例用為「吃飯」另有五例為「喫飯」底下摘舉對照：

（53）人情實亦難通，水畔□（蹲）身，即坐**吃飯**。（〈伍子胥變文〉）

（54）目連見母**喫飯**成猛火，渾搥自撲如山崩。（卷四〈大目乾連冥間救母變文〉）

（55）每到日西獨**喫飯**，飢人遙望眼精穿。（卷二〈佛說阿彌陀經講經文二〉）

《外臺秘要》也將「喫」、「吃」混用，但仍以「喫」為主要用法。

如物質名詞「藥」可以和「吃」亦可和「喫」構成動賓式。如下：

（56）今日欲服預前一日莫食。其蟲**吃藥**之後。或利出。或內
消。（《痔病陰病九蟲》）

（57）忽患痢。即先食二三口飯。然後**喫藥**。（〈大腹水腫方〉五
首）

（58）此四色常須服藥不絕。自餘諸患看發。即依方**喫藥**。（〈張
文仲療諸風方〉九首）

該書中「喫」可以和許多物質名詞形成動賓式，如：「喫稀粥」、
「喫粳米飯」、「可喫食」、「不得喫冷水」、「亦不得喫生蔥生菜」、「童
子勿令喫五辛」、「飽食喫羊肉」、「生乾脯不可喫」、「喫藥」。但是，
「吃」字只有「吃藥」、「吃力迦即白术」、「吃肥香脯一片」。「吃」和
「喫」雖然在唐代有混用，但是仍以「喫」字為最多。

《北齊書》[19]中，本文找到了三筆「喫」的用法，其動作的施事主
語都是動物。如下例（59）、（60）和例（54）、（55）的主語不相同。

（59）頭生角又日羊羊**喫**野草不**喫**野草。（《北齊書》卷三十四）
（60）蝮蛇瞋長史含笑判清河生**喫人**。（《北齊書》卷十五）

上述兩例的動作行為，皆指「羊」、「蛇」動物，而例（54）、（55）都
是人類。可見，唐代文獻中「喫」字不專門為表述人類所用。

至於「吃」和「喫」的文字混用，實際上是有其聲韻解釋的，聲
符屬於「乞」、「契」聲。如下所示：

---

19 〔唐〕李百藥著。

反切	聲紐	韻母	聲調	攝 開 合 等	中古音	國音
乞：去訖	溪母	迄韻	入聲	臻攝、開口、三等	*kʰjət	tɕʰi（聲調不定）
契：去訖	溪母	迄韻	入聲	臻攝、開口、三等	*kʰjət	tɕʰi（聲調不定）

就上述資料來看，聲符「乞」、「契」同音字可以相互替用。舉旁證說明，楊聯陞（1957）指出《老乞大》一書是元朝古籍，「老乞大」就是「老契丹」，也就是指中國，也就是說，「乞」和「契」是同音字。

　　雖然，唐代「吃」和「喫」混用，表為口部動作飲食義，同時「吃」也和「口吃」的「吃」形成同形異義字。但是，並不表示「齕」字在唐代就消失，語料所尋「齕」仍然保有啃、咬的用法。摘舉如下例（61）至（65）及其書影圖（3.36）：

（61）莊子曰馬蹄可以踐霜雪毛可以禦風寒齕草飲水翹陸而居此馬之真性也。（《藝文類聚》卷九十三）

（62）令孺子懷錢挈壺往酤而狗迎齕之酒所以酸而不售。（《藝文類聚》卷九十四）

（63）羊齕荊榛飛鳥好羽毛疑是綠珠身。（《禪月集》卷一）

（64）牧以充其地使馬牛猪羊齕草於空虛之田。（房玄齡《晉書》）

（65）今六軍誠嚴水陸齊舉熊羆踴躍齕噬爭先鋒鏑一交玉石同碎。（房玄齡《晉書》）

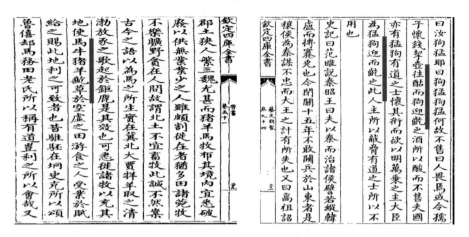

圖（3.6）　《晉書》及《藝文類聚》「齕」字書影
（《文淵閣四庫全書》）

先秦時「齕」字的施事主語可為動物，亦有少部分用於人或是工具，如例（2）、（5）、（6），在唐代「齕」字的施事主語，也都是一些動物「馬」、「狗」、「羊」、「豬」、「熊」，如例（61）至（65）。對照唐代「吃」的用法，多為人類所用，如例（42）、（43）、（45）、（46），亦有少部分陳述於動物，如例（44）。另外就表（3.4）所示「喫」在唐代文獻中處於主導地位。

　　前述，從文字演化推測，表飲食的「吃」是「齕」字的簡省，並且「吃」（口吃）和「吃」（飲食）為一組同形異義字，同時飲食的「吃」並和「喫」相互混用。

3.5.3　「齕」與「吃」字形語義的使用分佈

　　什麼時候「齕」字演化為「吃」，而使得「吃」開始有飲食意涵？本文檢索《文淵閣四庫全書》找到一筆「可能」的語料如下例（66）及其書影圖（3.7）：

（66）走婢問狗汝來何為狗云欲<u>吃食</u>耳於是婢為設食。（《搜神後記》）

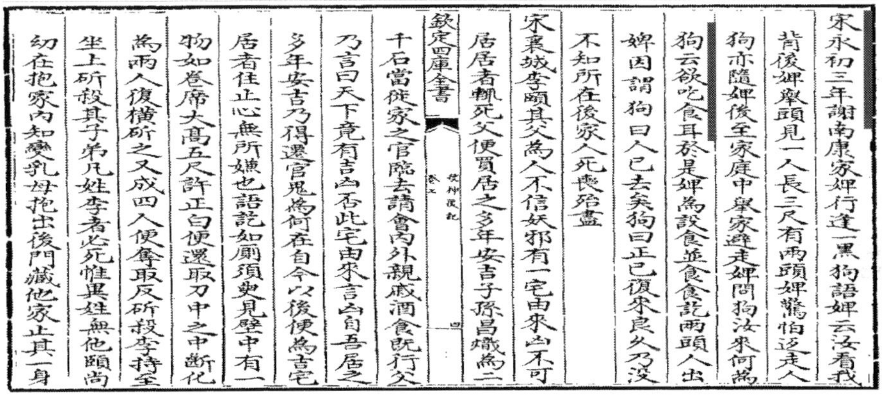

圖（3.7） （東晉）陶潛《搜神後記》「吃」字書影
（《文淵閣四庫全書》）

依據圖（3.7）所示《搜神後記》確為「吃」字，按上下文理解，是指「狗欲吃食物。」

《搜神後記》題為東晉陶潛所著，陶淵明（西元365-427年）為東晉末年至南朝宋（西元420-479年）初期人。並且，在該文一開始其年代題為「宋永初三年」，「永初」乃南朝宋武帝劉裕的年號。這樣看來「吃」字表飲食義，應該在東晉末年南朝宋時就已經出現。

但是，在南北朝[20]文獻中卻沒有看到「吃」字作為飲食義的用法。之後隋代（西元581-618年）文獻《諸病源候總論》、《摩訶止觀》都是以「吃」表示「謇言」如下例（67）、（68）：

---

20 《文心雕龍》、《南齊書》、《宋書》、《金樓子》、《世說新語》、《昭明文選》、《梁皇懺法》、《後漢書》中「吃」都用為「口吃」。

（67）腑臟之氣不足而生**蹇吃**此則稟性有關非針藥所療治也若腑臟虛損經絡受邪亦令語言**蹇吃**所以然者心氣通於舌脾氣通於口脾脈連舌本邪乘其臟而摶於氣發言氣動邪隨氣而干之邪氣與正氣相交摶於口舌之間脈則否澀氣則壅滯亦令言**蹇吃**此則可治養生方云憤滿傷神神通於舌損心則**蹇吃**。（諸病源候總論）

（68）摩訶衍耳若開脣動舌**重吃**鳳兮之聲。（摩訶止觀）

因此，例（66）這筆語料是否就能判定「吃」字，表示飲食義源於東晉，那麼南北朝的文獻為何沒有相關用例，仍待進一步細究。

以廣角的視點來看，表飲食義的「吃」字，出現於東晉末年至南朝宋的文獻，但僅有一筆語料可證。以較為謹慎的觀察，表飲食義的「吃」字在唐代有較為明顯的增長。底下，本文略估算先秦至五代「齕」和「吃」（口吃）、「吃」（飲食）三者次數分配如下表（3.5）：

表（3.5） 先秦至南唐「齕」、「吃」字次數分配表

時代	書名	齕	吃(蹇言)	吃(飲食)	時代	書名	齕	吃(蹇言)	吃(飲食)
先秦至西漢	上古漢語語料庫[21]	12	0	0	唐	銀海精微	0	0	15
西漢	史記	1[22]	4	0		劉賓客嘉話錄	0	0	2
東漢	說文解字	1	1	0		敦煌變文新書	0	0	3

---

21 表中以上古漢漢語料庫稱之，是為了不繁列各本書籍，因此視為一個由先秦到西漢的文獻資料庫。

22 《史記》當中共有十三筆「齕」與人名「王齕」有關，其中僅有一筆跟「吞噬／侵犯／侵害」相關。

時代	書名	齕	吃 (蹇言)	吃 (飲食)	時代	書名	齕	吃 (蹇言)	吃 (飲食)
晉	三國志	0	2	0		外臺秘要	0	0	2
	肘後備急方	1	1	0		千金翼方	0	2	0
	搜神後記	0	0	1		備急千金要方	0	4	0
魏晉南北朝	世說新語	0	0	0	唐	北史	0	6	0
	玉篇	1	1	0					
	齊民要術	0	0	0		藝文類聚	5	5	0
	魏書	0	0	0		史記正義	0[23]	1	0
	文心雕龍	0	2	0		北齊書	0	2	0
	南齊書	1	1	0					
	宋書	1	2	0		禪月集	4	0	0
	金樓子	0	1	0		晉書	2	0	0
	昭明文選	6	1	0	十國後蜀	鑑誡錄	0	0	0
	梁皇懺法	0	2	0		才調集	0	0	0
	後漢書	2	2	0	十國南唐	祖堂集	0	0	0
隋	諸病源候論	0	5	0		續仙傳	0	0	0
	摩訶止觀	0	1	0					

　　表（3.5）中，表示飲食的「吃」僅有一筆出現於東晉的《搜神後記》如例（66）。然而，上至先秦下至隋代就語料所示，都未出現「吃」字用作飲食義。一直到了唐代才有部分的文獻，將「吃」字用為飲食義。因此，我們不敢斷定，「吃」字的飲食義出現的時間，只能就語料陳述「吃」字在唐代有飲食義。相反的，「吃」字的蹇言義，從先秦一直到唐代都有零星的分佈。

23　《史記正義》中一共出現三筆「齕」，但因為都是「王齕」因此不列入表中。

　　「齕」字大多出現在先秦至隋代文獻，其後唐代「齕」字呈現衰弱的情形，只出現在部分文獻當中，這也能說明「齕」字簡化為「吃」字（飲食義）。

　　綜合上面的討論，我們可以歸結幾項論點：

一、表示飲食義的「吃」字，原始來源應為表口部動作的「齕」字，其「齒」字部件由「口」字取代。雖然，在東晉文獻中，有一筆「吃」字飲食義用法，但因為文獻語料掌握不易，不敢定論其時代。但是，「吃」字表飲食應在唐代左右出現。

二、唐代「吃」字飲食義，其賓語可為固體的「飯」、「藥」、「蛋」也可為液體「血」、「茶」，如例（41）。

三、「齕」在先秦文獻中，多為陳述動物的口部行為，少部分用為工具或是人類。其後演化為「吃」字後大多用為陳述人類的行為，少部分陳述動物的飲食行為。「齕」字演化為「吃」字，不代表「齕」完全被取代，而是仍然繼續保留，並且同樣存有原始的口部動作意涵，如例（61）至（65）。也就是說，在「齕」字簡化為「吃」字以後，語義仍屬於分工階段。

四、飲食義的「吃」和謇言義的「吃」在唐代已成為「同形異義」字。如例（42）至（52）。

五、飲食義的「吃」和「喫」在唐代已有混用情形例（53）至（58）。

3.6　本章結論

　　總結前述各節的討論，「吃」、「喫」、「齕」、「齧」的文字意義關係，向熹（1993）和解海江、章黎平（2008：258）認為「喫」、「吃」的來源為「齕」，「齧」的觀點在本文中獲得了印證顯示如下：

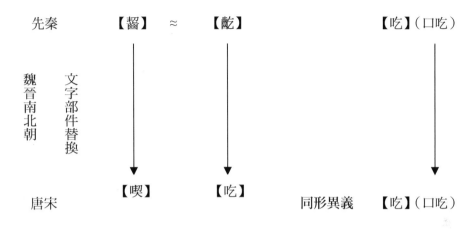

　　先秦《呂氏春秋》「齕」、「齧」為通假字，經由文字的部件替換「齒」字邊簡化為「口」字邊，形成了「吃」和「喫」兩字。「喫」字最早出現在六朝文獻《玉篇》中，而「齕」簡化為「吃」字應在東晉至唐期間。並且，飲食義的「吃」字和表示「口吃」的「吃」形成了同形異音異義字。「齧」字簡化為「喫」；「齕」簡化為「吃」，這兩組字的消長情形如表（3.2）及（3.5）所示，都是大約在唐代左右。

　　唐代以後，飲食義的「吃」、「喫」有混用的情形如表（3.4）其機制是聲符「乞」、「契」音同。此外「吃」、「喫」形成的動賓式，其賓語不限於固體名詞，亦可為液態名詞，並取「齕」、「齧」也同時與「吃」、「喫」共存。

　　「齕」、「齧」的本義為「咬」、「啃」，在先秦文獻中用於表示動物的口部動作。其後，演化為「吃」、「喫」兩字時，大多用為表示人的口部動作，亦可用於動物。

　　除了上述「齕」、「齧」意義通假以及文字簡化為「吃」、「喫」以外，本文下章將從聲韻方面證明「吃」、「喫」的混用原因以及字音的歷史音變過程。

第四章
詞彙擴散下「喫」、「吃」的歷史音變兼論現代方言「齕」、「齩」的語音對應

　　前章，採取以文字語義的方式描述「吃」、「齩」、「齕」、「喫」在歷史語言中的發展，主張「齩」、「齕」簡化為「吃」、「喫」。而現代漢語表示飲食義的「吃」有一個同音同義字「喫」都讀作 tʂʰʅ 這兩者的關聯是什麼？除此「吃」還有一個表示「口吃」的 tɕi 音。另外，歷史文獻中，曾經占有一席之地的「齩」、「齕」是否存留在現代漢語方言中？本章，將從現代漢語方言「吃」的語音現象觀察起，先追溯「吃」、「喫」的歷史語音發展，接著再討論「齩」、「齕」在現代漢語方言的語音對應。

4.1　現代漢語方言「吃」字的語音表現

　　根據《漢語方音字彙》[1]（2003：2008）所載無「齩」、「齕」、「喫」三個字，只有「吃」字（吃飯／苦擊切）在二十個方言點中的語音，如下表（4.1）所示：

1　底下簡稱《字彙》。

表（4.1） 《漢語方音字彙》「吃」字音表

北京	濟南	西安	太原	武漢	成都	合肥	揚州	蘇州	溫州
tʂʰɻ	tʂʰɻ	tʂʰɻ	tsʰəʔ	tɕʰi	tsʰɻ	tɕʰiəʔ	tɕʰieʔ	tɕʰi I ʔ	tsʰɻ
(陰平55)	(陰平213)	(陰平21)	(陰入2)	(陽平213)	(陽平21)	(入4)	(入4)	(陰入4)	tɕʰiai
									(陰入323)

長沙	雙峰	南昌	梅縣	廣州	陽江	廈門	潮州	福州	建甌
tɕʰi文	tɕʰi文	tɕʰiak	tsʰət	hɛk 文	hɐt	kʰɪk	ŋuk	ŋeiʔ	kʰi
tɕʰia 白	tɕʰio 白	(陰入5)	(陰入1)	jak 白	(上陰入 24)	(陰入 32)	(陰入 21)	kʰeiʔ	(陰入24)
(入24)	(陽平13)			(下陰入33)				(陰入23)	

　　《字彙》一書，標明「吃」（吃飯）^{苦擊切}，梗攝開口四等錫韻入聲。如上表所示武漢、合肥、揚州、蘇州、溫州、長沙、雙峰、南昌，這些地區的語音都讀作 tɕʰ「顎前音／齦顎音」[2]（alveolar-palatal）。然而，其他地區：北京、濟南、西安、溫州、太原、成都、梅縣、廣州、陽江、廈門、潮州、福州、建甌。這些地方的語音卻是顯得相當分歧。

　　侯精一（2004）《現代漢語方言音庫》把各地的「吃」音記錄如下表（4.2）：

2　中文的語音翻譯依據朱曉農（2010）。

表（4.2）　《現代漢語方言音庫》「吃」的語音：侯精一（2004）

字目	吃	字目	吃
中古 音韻	梗開四 入錫溪	中古 音韻	梗開四 入錫溪
北京	tʂʰ1⁵⁵	上海	tɕʰiɪʔ⁵
哈爾濱	tʂʰ1⁴⁴	蘇州	tɕʰiəʔ⁵
天津	tʂʰ1²¹	杭州	tɕʰioʔ⁵
濟南	tʂʰ1²¹³	溫州	tsʰ1²¹³
青島	tʃʰ1⁵⁵	歙縣	tɕʰiʔ²¹
鄭州	tʂʰ1²⁴	屯溪	tɕʰi⁵
西安	tʂʰ1²¹	長沙	tɕʰi²⁴ tɕʰia²⁴
西寧	tʂʰ1⁴⁴	湘潭	tɕʰio²⁴
銀川	tʂʰ1¹³	南昌	tɕʰiaʔ⁵
蘭州	tʂʰ1¹³	梅縣	tsʰət¹
烏魯木齊	tʂʰ1²¹³	桃園	kʰet⁵⁵
武漢	tɕʰi²¹³	廣州	hɛk³
成都	tsʰ1³¹	南寧	hɛk³³ hɐt⁵⁵
貴陽	tsʰ1²¹ tɕʰia²¹	香港	hɛk³
昆明	tʂʰ1³¹	廈門	-------
南京	tʂʰ1ʔ⁵	福州	kʰɛiʔ²³
合肥	tɕʰiəʔ⁵	建甌	ki²⁴ i⁴²俗
太原	tsʰəʔ²	汕頭	ŋiɑk²
平遙	tsʰʌʔ¹³	海口	xit⁵
呼和浩特	tsʰəʔ⁴³	臺北	tsiaʔ⁴⁴

需要說明的是：表中標示較粗底線的是「文讀音」，較細底線的為「白讀音」。如：貴陽文讀為 tsʰʅ，白讀為 tɕʰia；長沙文讀為 tɕʰi，白讀為 tɕʰia。表中共十三個方言點集中於 tʂʰʅ 音，十一個方言點讀為 tɕʰi，其餘依次為六個方言點讀作 tsʰʅ；三個方言點讀作 kʰ；而讀作 tʃʰ，i，x，ŋ 各為一個方言點。比較特別的的是「臺北」的「吃」標音為 tsiaʔ，這與實際上口語的發音有明顯的不同，tsiaʔ 應為閩南語的「食」字。

謝曉明（2008：162）[3] 據漢語十大方言：官話、吳語、贛語、徽語、晉語、湘語、閩語、客語、粵語、平話，將飲食義「吃」的語音呈現如下表（4.3）：

---

3 謝曉明（2008：162）說明其語料來源係參照李榮《現代漢語方言大詞典》，共 42 卷。

表（4.3）　謝曉明（2008）漢語方言「吃」的語音

北京(官)	吃 tʂʻɿ⁵⁵	苏州(吴)	吃 tɕʻiəʔ⁵⁵
哈尔滨(官)	吃 tʂʻɿ⁴⁴	温州(吴)	吃 tsʻɿ²¹³
沈阳(官)	吃 tsʻɿ³³	杭州(吴)	吃 tɕʻioʔ⁵⁵
乌鲁木齐(官)	吃 tʂʻɿ²¹³	上海(吴)	吃 tɕʻiəʔ⁵⁵
西宁(官)	吃 tʂʻɿ⁴⁴⁻²¹ 扫 soⁿ⁵³（借）	崇明(吴)	吃 tɕʻiəʔ⁵⁵
		宁波(吴)	吃 tɕʻyoʔ⁵³
		丹阳(吴)	吃 tɕʻiʔ³⁵
西安(官)	吃 tʂʻɿ²¹ 噏 tsue²³	金华(吴)	吃 tɕʻiəʔ³³
洛阳(官)	吃 tʂʻɿ³³	南昌(赣)	吃 tɕʻia⁵
徐州(官)	吃② tʂʻɿ²¹³	黎川(赣)	吃 tsʻə²²
济南(官)	吃③ tʂʻɿ²¹³ 嗫④ tʂʻuə²¹³	萍乡(赣)	吃 tɕʻia¹³
		雷州(闽)	食 tsia³³
成都(官)	吃 tsʻɿ³¹	福州(闽)	食 sieʔ²⁴ 噇③ tsʻouŋ⁴³
武汉(官)	吃 tɕʻi²¹³	厦门(闽)	食 tsiaʔ⁵⁻³²
昆明(官)	吃 tʂʻɿ³¹	潮州(闽)	食 tsiaʔ⁴⁻²¹
柳州(官)	吃 tsʻɿ²¹ 叨 ta²¹ 韶⑥ sa²¹	海口(闽)	食 tsia²³
		建瓯(闽)	食 ie³¹
贵阳(官)	吃 tsʻɿ³¹ 服⑦ fu²¹	梅县(客家)	食 sət⁴
银川(官)	吃 tʂʻɿ¹³	于都(客家)	食 ʂe⁴²
南京(官)	吃 tʂʻɿ⁵⁵	绩溪(徽)	吃 tɕʻiʔ³²
合肥(官)	吃 tɕʻiəʔ⁵⁵	广州(粤)	食 ʃikʔ 吃 jak³³
扬州(官)	吃 tɕʻieʔ⁴	阳江(粤)	吃 hɐt²⁴
牟平(官)	吃 tɕʻi²¹³ 咞 tai²¹³	太原(晋)	吃 tsʻəʔ²² 食 saʔ⁴³
万荣(官)	吃 tʂʻɿ³¹	忻州(晋)	吃 tɕʻia²² 食 ʂəʔ²² 喝③ xɔʔ²²
		南宁(平话)	吃 hek⁸
		娄底(湘)	吃 tɕʻiɔ¹³
		长沙(湘)	吃 tɕʻia²⁴

表（4.3）所示太原、忻州（晉語區）「吃」、「食」兼用，而閩、客、粵三區都用「食」而不用「吃」。綜合上述三者的漢語方言「吃」字音表，可以分作下列六組：

舌冠音 {
　tɕʰ 組：武漢、合肥、揚州、蘇州、溫州、長沙、雙峰、南昌等。
　tʂʰ 組：官話、北京、濟南、西安、銀川、南京、哈爾濱等。
　tsʰ 組：太原、成都、溫州、貴陽、梅縣等。
}

非舌冠音 {
　kʰ 組：廈門、福州、建甌。
　ŋ　組：潮州、福州、汕頭。
　h　組：廣州、陽江、南寧平話[4]。
}

其中，又可以把這六組依據發音部位分作「舌冠音」（coronal）與「非舌冠音」（non-coronal）兩大組討論：tɕʰ，tʂʰ，tsʰ 三者一組，ŋ，h，kʰ 三者一組，其餘的 tʃʰ，i，x 將在底下行文中一併說明。下節從歷史聲韻觀點，先討論舌冠音組的音變，接著再說明非舌冠音組的對應。藉以驗證第三章的字形與意義關係。

4.2 「舌冠音」組──詞彙擴散下的歷時音變

4.2.1 聲符「乞」、「契」的混用

　　如前所述，現代漢語「吃」有兩個讀音（tʂʰ /tɕ i），分別表示飲食及結巴。首先，找尋「吃」、「喫」兩個字在《廣韻》的反切以及中

4　hɛ 組又有些微差異，在陽江粵語以及南寧平話「吃」，而在部分粵語區廣州則是用「食」。

古音至國音對照[5]，如下表（4.4）其後再進行說明。

表（4.4）　「吃」、「喫」中古至現代國音對照

反切	聲紐	韻母	聲調	攝　開　合　等	中古音	國音
吃：居乞切	見母	迄韻	入聲	臻攝、開口、三等	＊kjət	tɕi （聲調不定）
喫：苦擊切	溪母	錫韻	入聲	梗攝、開口、四等	＊kʰiɛk	tɕʰi （聲調不定）

　　據竺家寧（1991：445）中古至國語的演變規律，「吃」字「見」母 k，在細音 j/i 前都會顎化（palatalization）產生「顎前音／齦顎音」（alveolar-palatal）；韻母則是 p/t/k 入聲韻尾消失；聲調為全清聲母、入聲，現代國音聲調不定，國音擬為 tɕi。據此，可以知道「吃」居乞切，就是「口吃」義，和飲食無關聯。

　　第三章指出「齧」、「齕」分別簡化為「吃」、「喫」兩字後，「吃」就和口吃的「吃」形成同形詞，而到了唐代「吃」、「喫」就產生了混用（參見第三章表 3.4）。這個混用的現象是有其聲韻依據，「吃」和「喫」就文字上來說都是從口部，聲符屬於「乞」、「契」聲。而「乞」和「契」在《廣韻》所尋，都是屬於同音字。如下書影圖（4.1）及表（4.5）：

5　就目前能力所限，歷史音韻文獻，僅能以北宋《廣韻》為參考依據。但就聲韻學家
　　所推論，《廣韻》一書與隋代《切韻》屬於同一屬系。因此，就音韻時間上的推
　　敲，可能會有所差距。

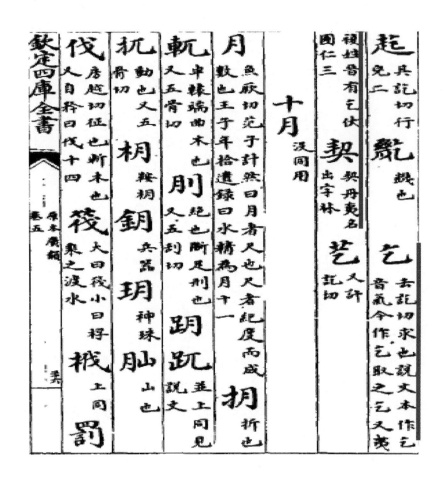

圖（4.1） 《廣韻》「乞」、「契」字例

表（4.5） 「乞」、「契」中古至國音對照

反切	聲紐	韻母	聲調	攝 開 合 等	中古音	國音
乞：去訖	溪母	迄韻	入聲	臻攝、開口、三等	$*k^hjət$	$t\varphi^hi$（聲調不定）
契：去訖	溪母	迄韻	入聲	臻攝、開口、三等	$*k^hjət$	$t\varphi^hi$（聲調不定）

　　就上述資料來看，聲符「乞」、「契」同音字可以相互替用。舉旁證說明，楊聯陞（1957）指出《老乞大》一書是元朝古籍，「老乞大」就是「老契丹」，也就是指中國。也就是說，「乞」和「契」是同音字。太田辰夫（1988、1991：166）也是持同樣看法，他認為「乞大」是 Kitai（契丹的轉音，在北方民族中指中國）的譯音。

　　這也就可以說明第三章表（3.4）中「吃」、「喫」在唐代混用的情形，具有聲韻上的解釋。特別需要注意的是，「乞」、「契」的語音假借，是由「乞」的入聲求取義而來。因此，我們高度的懷疑「吃」、「喫」的被動用法，和「乞」的求取義有關。

　　王云路（2010：513）指出在中古漢語中，有利用改換聲符而產生的新詞，例如：「橦」>「桐」[6]進一步對照中古音系「童」和「同」，都屬於「定母東韻」*dʰuŋ，因此兩個聲符可以相互替換。由上可知，「乞」和「契」同聲符互換的情形就更加明確，足見「喫」、「吃」混用是因為聲符「乞」、「契」同音。

　　從《廣韻》所載「喫」字表示飲食義，而「吃」則表示口吃。基於「乞」、「契」的音同混用，使得「吃」和「喫」產生了關聯。

6　王云路（2010：513）還有舉其他例子，如：箅>籭。

因此，若要認真細究飲食義的「喫」、「吃」用字為何，「喫」是不二人選，而「吃」字則是因為「乞」、「契」同音所造成的借用現象。

4.2.2 顎化音的翹舌現象

上節「契」、「乞」同音，使得「喫」和「吃」混用。連帶著原本表示飲食義的「喫」轉嫁給了「吃」，形成同音同義異形字。接下來將討論「喫」(吃)[7]的歷史音變。

「喫」苦擊切字為「溪」母 k^h「錫」韻入聲，中古音擬為 $*k^h i\varepsilon k$ 按至國音的演化，聲母顎化（palatalization）聲調為次清聲母、入聲，現代國音聲調不定，現代國音應擬為 $t\varepsilon^h i$。但是，「喫」字在現代國音卻不讀作「顎前音」（alveolo-palatal） $t\varepsilon^h i$ 音。

對照表（4.1）至（4.3）「喫」臺灣華語、北京話及濟南、西安卻讀為「舌尖翹舌音」（apical retroflex） $t\underline{s}^h\underline{\imath}$ 陰平；太原入聲、成都平聲、溫州入聲、貴陽入聲等讀作舌尖「齒音」（dental） $ts^h \underline{\imath}$；而只有武漢平聲、合肥入聲、揚州入聲、蘇州入聲、溫州入聲、長沙入聲、雙峰平聲、南昌入聲循此顎化規律讀作 $t\varepsilon^h i$ 音。中古音「喫」擬作「舌根音」（ $*k^h i\varepsilon k$ ），按理顎化為 $t\varepsilon^h i$，那麼 $t\underline{s}^h\underline{\imath}$ 和 $ts^h \underline{\imath}$ 又是如何而來？先從「顎化音翹舌化」的來源文獻看起。

張淑萍（2008：151）指出在某些漢語方言中「見」系和「精」系字，經過顎化後仍保留顎化音，但是在某些方言中，顎化聲母卻變為捲舌音。他認為顎化音捲舌化的動因[8]，以張光宇（2008a、b）漢

---

7 表示飲食義的「喫」和「吃」字，在第三章表（3.4）顯示唐代就已經混用了，這裡我們主要是採取保守的態度，借用北宋《廣韻》加以驗證這個混用現象有其聲韻依據。因此，底下以「喫」(吃)表示兩者是「同音同義異形」字。

8 張淑萍（2008）論文中提出七項漢語方言顎化音成為捲舌音的文獻討論，分別為

語方言「魯奇規律說」（Ruki-rule）最為可信。

　　張光宇（2008a、b）兩文，透過大量的漢語方言語料以及歷史音韻演化，分述「魯奇規律」在現代漢語方言以及古代聲韻的歷史演化。所謂的魯奇規律是指梵語的捲舌化音變，即梵語的 s 在 r、u、k、i、j 音後變成翹舌音 ṣ，例如：agni+su>agniṣu（在眾火之中）；vãk+su>vãkṣu（在詞語當中），如下簡化公式：

　　s> ṣ/ r, u, k, i, j-＿＿＿

　　他並指出，漢語語音史上有兩次的捲舌化運動，首次為「莊」tʃ、「章」tɕ、「知」t 系[9]，其後「精」ts 系在洪音前一步到位為捲舌化，「見」k 系、「曉」x 母在細音 i 之前，經由舌面化後再變為捲舌。並就現代漢語方言地理分佈來看，長江以北捲舌聲母較為常見，以南則是少見。不同於梵語的捲舌化，只是一個單獨的輔音（consonant），漢語是成套成組的演化。

　　張淑萍（2008：163）總結指出，方言顎化後是否需要再進行捲舌化，是一個選擇性的問題，顎化或是捲舌化沒有絕對性或必要性。並且捲舌音和舌面音的分佈情形呈現如下：

四呼	捲舌音	舌面音
開	○	×
齊 i	×	○
合 u	○	×
撮 y	×	○

「介音說」、「類化說」、「拉鏈說」、「推鏈說」、「語言接觸說」、「音系協合說」、「魯奇規律說」。

9　據竺家寧（1991：447）各組至國音捲舌化的歷程如下：

　　莊 tʃ>tʂ　　（如：炸、債、抓、斬、壯、爭）

　　章 tɕ>tʃ>tʂ　（如：周、朱、之、制、針、專、正）

　　知 t>tɕ>tʃ>tʂ（如：豬、智、追、展、珍、竹、哲）

他指出捲舌音和舌面音之間有互補分佈，因此可以合理的解釋漢語顎化後發生捲舌化的現象，其原因為捲舌音和舌面之間，是一種轉換跟選擇關係。為了說明這種轉換現象，張淑萍（2008：166）羅列了十組現代國音中，捲舌音和舌面音互對的例子如下：

國語兩讀	畜	車	省	仇	臭
捲舌音	$tʂ^hu^4$	$tʂ^hɤ^1$	$ʂən^3$	$tʂ^hou^2$	$tʂ^hou^4$
《廣韻》切語	丑六切	尺遮切	所景切	市流切	尺救切
舌面音	$ɕy^4$	$tɕy^1$	$ɕiən^3$	$tɕ^hiou^2$	$ɕiou^4$
《廣韻》切語	許竹切	九魚切	息井切	巨鳩切	許救切

國語兩讀	吃	廈	闡	身	莘
捲舌音	$tʂ^hʅ^1$	$ʂa^4$	$tʂa^2$	$ʂən^1$	$ʂən^1$
《廣韻》切語	--	--	--	失人切	所臻切
舌面音	$tɕi^2$	$ɕia^4$	$tɕia^2$	$tɕuan^1$	$ɕiən^1$
《廣韻》切語	居乞切	胡雅切	古盍切	--	--

這十組當中，前五組在韻書有記載一字兩讀，但後五個組在韻書中只有一個反切。歸其一字兩讀的原因他指出共有下列四項觀點：

兩音字	形成原因
畜、車、省、仇、臭	韻書記錄有兩切語
身	翻譯
莘	偏旁誤讀
吃、廈、闡	語音發生捲舌化

論述到此，張淑萍（2008）直接將中古「吃」居乞切字，作為與翹舌音

相對的讀音。但是，我們的觀點不同，回到上節「喫」苦擊切和「吃」居乞切，就《廣韻》所載兩者的音義不同，但因為「乞」、「契」同音，才使得「喫」將飲食義轉嫁給「吃」，「吃」字以同義同音字的姿態和「喫」混用。也就是說，飲食義的「吃」不是直接從中古的「吃」居乞切來的，是以「喫」苦擊切為其來源。固然，「吃」也有機會由顎化音演變為捲舌音，但要釐清的是，飲食義的「吃」和口吃的「吃」是不同的來源，前者是與「喫」苦擊切有關，後者是「吃」原有的「居乞切」。

接著，張淑萍（2008）指出「吃、廈、閘」這三組翹舌音是顎化後進行捲舌運動的結果。並且將這三組字的翹舌音演化歸納如下：

吃(喫)：*kʰiek＞tɕʰi＞（tʃʰi）＞tʂʰʅ

　聲母：*kʰ＞tɕʰ＞（tʃʰ）＞tʂʰ

　元音：ie＞i＞ʅ

　韻尾：k＞ʔ＞ø

閘：*kâp＞kiap＞tɕiap＞tɕia＞(tʃia)＞(tʃa)＞tʂa

廈：*ɣja＞hia＞ɕia＞(ʃia)＞(ʃa)＞ʂa

從他的推論，「吃」的聲母先進行顎化作用，接著聲母不斷的進行前化運動（fronting）最後演變成翹舌音，相同的情形也發生在「閘」、「廈」兩字。

本文認為，「前化運動」固然可以說明發音的部位不斷由後往前，最終牴觸到舌尖以後產生翹舌。但是，有沒有生理語音上的論證及說明整個運動過程？再者歷時上也應該要交代音變的過程，以符合

「每一個詞都有他自己的歷史」的精神。因此，底下將討論關於「翹舌聲母」的相關文獻來源。

4.2.3　翹舌聲母的歷史來源——知、莊、章合流

就聲韻學家（董同龢、林尹、竺家寧、麥耘、楊劍橋等）的普遍認定，現代北京話的翹舌音來自於中古聲母「知」t、「莊」tʃ、「章」tɕ 系，而「見」k 系則是部分聲母演化[10]為顎化音。「喫」為中古「見」系、「溪」母 kʰ 字擬作 *kʰiɛk，正如前述現代國音應讀為 tɕʰi，但北京等地區卻讀作 tʂʰ ʅ。按照規則音變「溪」母字只有顎化的路徑，怎又會顎化後朝著翹舌化走？因為在歷史音變的過程中，並非完全一一沿襲原有的音韻系統，而是有所謂的「合流」現象[11]，亦即語音的演化過程中不斷的進行歸併的現象。

首先，從「知」、「莊」、「章」三系的歸併看起，陳秀琪（2005）指出這三系的合併可以有兩種路徑：一是「章」系與「莊」系約在晚唐的時候合流；「知」系從塞音變成塞擦音之後，約在南宋時期與「章」、「莊」系合流，如下圖（4.2）第一類；另一種是「知」系併入「章」系之後再與「莊」系合流，如圖（4.2）第二類。她並指出這兩種類型無論是「章」、「莊」先合再與「知」合，或是「知」、「章」先合再與「莊」合，最後兩者結果是殊途同歸，都合併成 tʃ 再往翹舌音發展，繼而平舌化為ts。

---

10 見系，包含了中古的「見、溪、群、疑」，前三者有顎化現象，「疑」母則是零聲母化。

11 王力（2008：595）合流，指的是兩個以上的聲母合併為一個聲母。

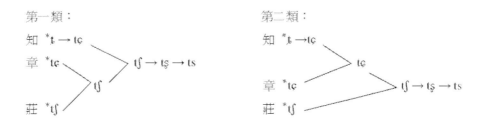

圖（4.2）　「知」、「莊」、「章」三系的歸併類型
陳秀琪（2005）

　　據此，她歸結說明雖然這兩類歸併的模式不同，但是從音理上的一致性（uniformitarianism）來看，它們的語音發展模式相同，依循如下的演變規律：tɕ＞tʃ＞tʂ＞ts。

　　關於「知」、「莊」、「章」三系的合併先後問題，陳秀琪（2005）指出，由於所參考的文獻以及地域的不同，歸併的類型也有所差別，部分學者（魯國堯、馮蒸、莊初升）主張第一種類型；而第二種類型主要出現在吳語、客語、少數贛語、閩語文讀層、粵語、西南官話。

　　竺家寧（1991：318）指出「莊」系和「章」系在隋唐《切韻》時期是各別不同的聲母，到了中古後期三十六字母[12]才與「照」系合併。林濤、耿振生（2008：328）同樣也指出約在初唐至五代末期，「莊」系和「章」系合併為「照」系。也就是上述圖（4.2）的第一類型。楊劍橋（2005：153）把「莊」、「章」合併的年代以及歷程細分如下圖（4.3）。

---

12 竺家寧（1991：241）三十六字母是宋代通行的聲母，並引述陳澧：「三十六字母者，唐末之音也。」王力《漢語史稿》：「三十六字母對於十世紀到十二世紀之間的聲母實際情況。」

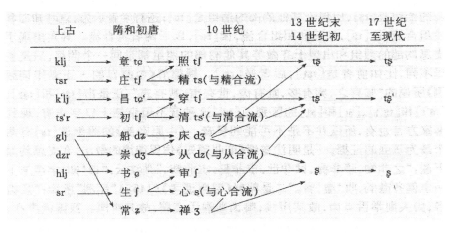

圖（4.3）　「莊」、「章」系合併歷程

楊劍橋（2005：153）

上圖呈現了中古漢語「章」、「莊」合流的現象。在隋和初唐這兩系都是分別各自獨立的聲母，到了十世紀（五代十國、北宋初期）「莊」系分別流入了「照」系、「精」系，而「章」系也同樣與「照」系合流。到了十三、十四世紀（約南宋末期至元末）則產生了翹舌聲母。

　　而「知」、「照」系的合併，竺家寧（1994：113）考察宋代文獻《九經直音》中「知」、「照」系的合併已經出現[13]。林濤、耿振生（2008：336）論及宋金時期的聲母變化時指出，朱熹《詩集傳》、《楚詞集注》反映了「濁音清化」、「知照合流」的聲母變化。楊劍橋（2005：152）認為大約在南宋（12世紀）就已經出現，並把「知」系「照」系合併如下圖（4.4）：

---

13 竺家寧（1991：428、429）指出「知」、「照」兩系在北宋邵雍《皇極經世書》很可能暗示了合流現象。而在南宋朱熹《詩集傳》就已經出現「知」、「照」合併。

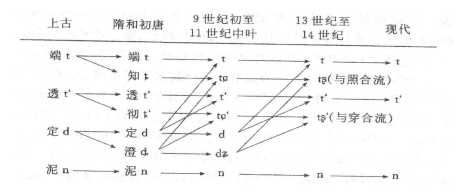

圖（4.4）　「知」、「照」系合併歷程

楊劍橋（2005：152）

圖（4.4）為「知」、「照」系的合併，「知」系在九世紀至十一世紀（中唐至北宋）逐漸的經歷了顎化作用成為 tɕ，其後則和「照」系 tʃ 合流，至十三、十四世紀（約南宋末期至元末）成為翹舌音。綜合上述各家學者的說法，可以總結如下各點：

一、就歷史語音演化來說，「莊」、「章」、「知」捲舌音的產生依循下列歷程：tɕ＞tʃ＞tʂ＞ts。

二、中古聲母「莊」tʃ「章」tɕ 系合流為「照」tʃ 系約在十世紀（五代十國）。

三、中古聲母「知」ȶ 系，約在十二世紀（北宋末至南宋）與「照」tʃ 系合流。而「知」系與「照」系合流的前一步則必須產生顎化音成為 tɕ，即如第一項所述和圖（4.4）的整併過程。按時間的發展順序來看，「莊」、「章」合流在先（五代十國）形成「照」，其後「知」、「照」合流（宋末），表示「知」系的顎化時間至少應在宋初完成。王力（1985、2008：663）所列在中晚唐「知」ȶ 系字，到了宋代產生顎化現象，底下摘舉諸例：

中晚唐／例字	宋代	北京音
知 ȶi／置、致、知	tɕi	tʂʅ
徹 ȶʰi／恥、抽、暢	tɕʰi	tʂʰʅ
澄 ȡ／直、治、秩	tɕi	tʂʅ

竺家寧（1991、1994：419、105）觀察宋代文獻《九經直音》已有部分字有顎化現象，但是只能算是零星的跡象。

　　從上面所述的內容可以得知，我們是基於陳秀琪（2005）的第一類合流模式，即便不區分這兩種模式的先後，就發展路徑兩者都循序著 tɕ > tʃ > tʂ > ts 演化。

　　從上述的討論，現代國音的翹舌聲母，來自於中古的「莊」、「章」、「知」三組聲母，並且在歷史演化中，不斷的進行整併。但是，「喫」卻是「溪」母字，又為何會讀作翹舌音？底下繼續說明。

4.3　詞彙擴散下「喫」的歷史音變

　　據上節總結的三點，本節將討論「喫」由「見」系、「溪」母字 *kʰiɛk 發展為翹舌音過程。

　　鄭錦全（1980：77）指出大約十六、十七世紀時，「見」系中（見、溪、群）和「曉」母、「匣」母字就已經全面形成顎化現象，並且到了十八世紀前葉《圓音正考》（1743）對尖團音的分析，表示顎化已經完成。竺家寧（2005）表示顎化現象，到了清乾隆時期的韻書才被記錄，而韻書對於現象變化呈現的時間較遲，因為韻書的記載沒有口語上的變化快。林濤、耿振生（2008：336）同樣也表示在明末以後「見」系中（見、溪、群）和「曉」母、「匣」母字顎化為舌面音。

　　歸結上述學者的觀點，「見」系中（見、溪、群）和「曉」母、「匣」母字的大規模顎化完成大約在明中葉至清初。因此，可以推測，明代中葉以前「見」系中（見、溪、群）和「曉」母、「匣」母字，可能有部分零星的顎化。明朝朝鮮時代漢語教學文獻《老乞大集覽／單字解》[14]作為佐證，「喫」記錄為「喫」，正音 kʰi，俗音 tɕʰi，喫打 mad-da，字雖入聲俗讀去聲。如下圖（4.5）書影所示：

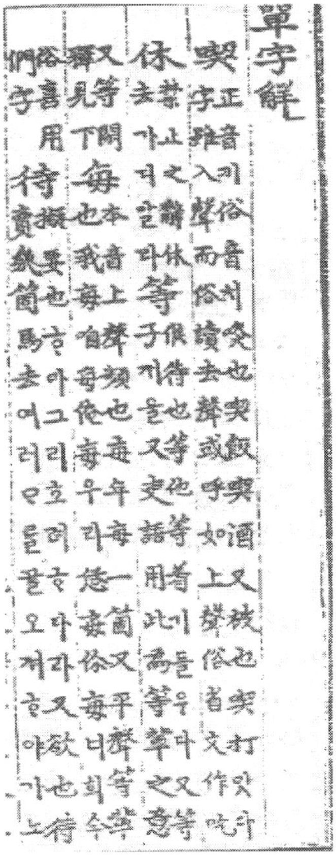

圖（4.5）　《老乞大集覽／單字解》「喫」字書影

14　李泰洙（2003：2）指出作者為崔世珍（1473-1542）。

該書的作者為明代中葉時代，所記錄的語音即是明代通行的語音，可見「喫」的俗音 tɕʰi 應出現在更早之前。附帶一提的是，該書不只記錄了語音資料，也記錄了「喫」可以作為「被」，同時省寫為「吃」。藉此，也驗證了表示飲食義的「喫」和「吃」兩者有關聯。

再往前推至元代《中原音韻》[15] 裡「喫」和「尺、赤、叱、勅」同樣放入「齊微」韻。如下圖（4.6）書影：

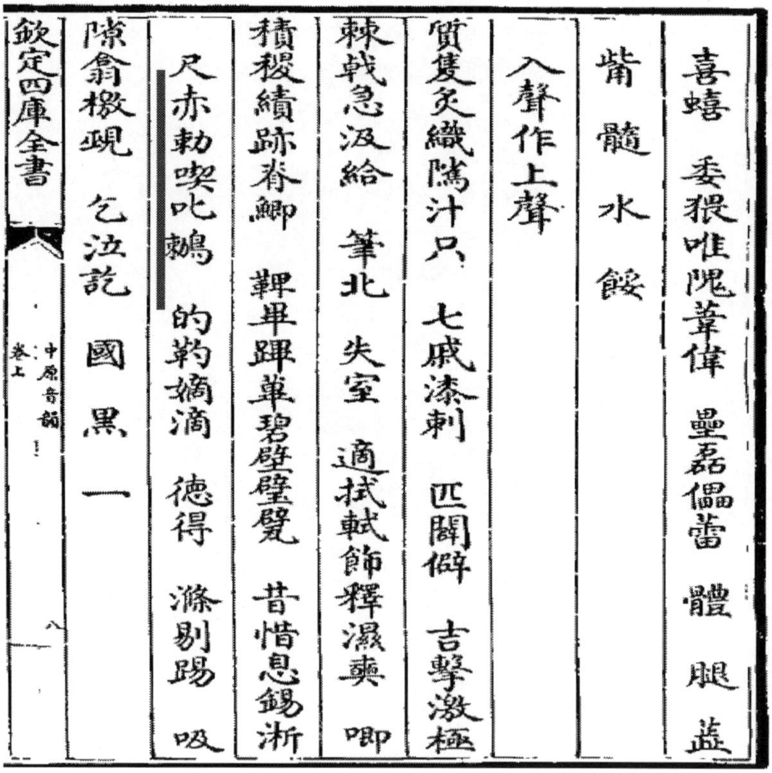
喜嬉 委猥唯隗葦偉 壘磊傴蕾 體 腿 蕋
觜 髓 水 餒
入聲作上聲
質隻炙織隲汁只 七戚漆刺 匹闢僻 吉擊激極
棘戟急汲給 筆北 失室 適拭軾飾釋濕奭 唧
積稷績跡脊鯽 鞸畢蹕蓽碧壁璧覓 昔惜息錫淅
尺赤勅喫叱鶒 的菂嫡滴 德得 滌剔踢 吸
隙翕檄覡 乞泣訖 國 黑 一
欽定四庫全書 中原音韻 卷上

圖（4.6）《中原音韻》「齊微」韻「喫」字書影

15 竺家寧（1991：113）《中原音韻》記錄了十三、十四世紀的北方音系，亦即「早期官話」。作者為周德清，書成於元泰定元年（1324）年。

「齊微」韻的擬音各家學者（董同龢 1998：64、楊劍橋 2005：96、
竺家寧 1991：114）擬作三組 i、ei、uei[16]，其中「喫、尺、赤、
叱、勑」的韻母為 i。

關於聲母的擬音，董同龢（1998：61、62）認為《中原音韻》的
tʃ tʃʰ ʃ 大致和國語的 tʂ tʂʰ ʂ 相當，但是捲舌音與 i 拼合是極不自然
的，因此可以作一項合理推測：在北曲語言裡 tʃ tʃʰ ʃ 不與 i 配時，因
而近於 tʂ tʂʰ ʂ。從董同龢（1998）的論述可以得知，tʃ tʃʰ ʃ 和 tʂ tʂʰ ʂ
這兩對聲母和 i 韻母存在著「互補分佈」的關係。

就「尺、赤、叱、勑」等字來看，中古聲母皆屬於「章」系、
「昌」tɕʰ 母，依循圖（4.3）所示在十世紀（五代十國）「章」、「莊」
合流為「照」tʃ 系，而翹舌音出現在十三世紀末十四世紀初（約南宋
末至元末）。因此，可以推測約在十二世紀至十三世紀（元朝）這些
字「喫、尺、赤、叱、勑」的聲母都讀作 tʃʰ。如此一來，也符合各
家對於《中原音韻》的聲母擬音[17]。

既然在元代《中原音韻》「喫」讀作 tʃʰ，這也就表示在元代以
前，「見」系、「溪」母字的「喫」字已經有顎化現象。但是，「喫」、
「見」系「溪」母，如何由中古 *kʰiɛk 走向「照」tʃ 系的翹舌化路
徑？

我們推測，從隋唐到北宋其間「見」系聲母中，有部分聲母已經
零星產生顎化，並且到了南宋元初混入「照」系 tʃ，其後發展為翹舌
音。先借用其他的例子來討論，重新檢視張淑萍（2008）所列的
「閒」、「廈」兩字的翹舌化。

「閒」為「古莧切」，「見」系、「見」母，莧韻（開口二等），中

---

16 寧繼福（1985）將這三組韻稱為，齊微一 i、齊微二 ei、齊微三 uei。

17 楊劍橋（2005：92）引述羅常培（1932）擬音。董同龢（1998：59）、竺家寧
　　（1991：113）等人皆把現代翹舌音「中、莊、充、床、雙、申」擬作 tʃ tʃʰ ʃ。

古音擬作 ＊kɑp，由中古的介音變化規則，凡開口二等舌根（牙喉音），在主要元音和聲母中間增添一個 i（竺家寧1991：460）。因此，張淑萍（2008）將「閒」擬作下列演化。

閒：*kâp＞kiap＞tɕiap＞tɕia＞(tʃia)＞(tʃa)＞tʂa

再來檢視「廈」為「胡雅切」，「匣」母，麻韻（開口二等），中古音擬作＊ɣa，同樣由於開口二等舌根（牙喉音），在主要元音和聲母中間增添一個 i，張淑萍（2008）將「廈」擬作下列演化。

廈：*ɣja＞hia＞ɕia＞(ʃia)＞(ʃa)＞ʂa

「閒」和「廈」中古聲母不同，但是這兩個聲母「見」、「匣」按規律應演化為顎化音。而翹舌聲母來自於「知」、「莊」、「章」系合流的「照」系，這表示「見」、「匣」兩母中，部分的零星字詞顎化後朝向「照」系發展。

「喫」屬於「溪」母，同屬於「見」系。理論上，「喫」、「閒」和「廈」都應該走向顎化音，但是卻是產生翹舌音。對此現象，我們借用「詞彙擴散」來解釋。詞彙擴散理論的中心概念即：當某一語音產生變化時，不是立即的影響到所有的語音，而是逐漸擴散、逐漸影響；所以當要完成一個整體性的語音變化時，需要經過長時間的累積。

「喫」和「閒」同屬於「見」系字，「見」系部分聲母零星顎化後，其後混入「照」系 tʃ，到了明末清初時產生了翹舌音；「廈」為「匣」母，同樣也是部分顎化後混入 ʃ 之後朝翹舌音發展。可見，「廈」、「閒」和「喫」產生翹舌音的路徑是相同的。底下呈現「喫」與「廈」、「閒」翹舌音的演化過程如下圖（4.7）：

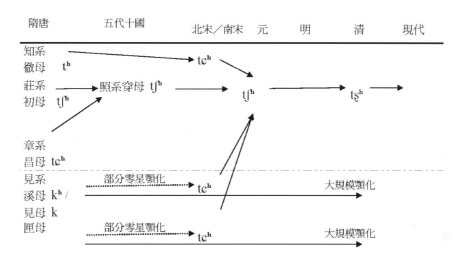

圖（4.7）　「廈」、「閘」與「喫」翹舌音的詞彙擴散過程

　　圖（4.7）中「見」系（溪母／見母）與「匣」母，由隋唐時的
牙喉音，部分突變為顎化音 tɕ 系。直到北宋末南宋初，因為發音部
位與 tʃ 相同，融入了 tʃ 這一個系統中，而逐漸向翹舌音發展。將詞
彙擴散路徑套用至「廈」字為「匣」母字，同樣的聲母經由部分零星
顎化後 ɕ，約在宋末元初混入 ʃ，到了明末清初時產生了翹舌音。

　　需要特別注意的是，就時間的推測上，本文採取較為保守的態
度。也就是說部分「見」系（溪母／見母）與「匣」母字，顎化後其
實可以在五代十國，就直接與「照」系合流。但是，正如前面王力
（1958）及竺家寧（1991、1994：419、105）指出顎化現象在宋代已
有文獻佐證。當然，我們相信書面語所記錄的現象，遲於口語中的變
化，所以若是將部分「見」系（溪母／見母）與「匣」母字，合流至
「照」系的時間，推至五代十國也是可以的。

　　在這個音變的過程，牙喉音遇到前高元音 i/j 產生顎化音，是突
變現象（abrupt）。而這種變化在詞彙中卻是漸變的（gradual），並且
在任何一個時期當中，都可以發現若干詞具有雙重的發音。上述圖

（4.5）《老乞大集覽／單字解》中「喫」的兩讀，在在說明詞彙擴散現象發生在明代以前，而本節透過「喫」和「廈」、「閒」這三組字，發現在晚唐這些不規則的音變過程，早已持續的產生。

隋唐時代「喫」苦擊切，「見」系「溪」母字擬作 * kʰiɛk。其後分為兩條路線：一條大約在晚唐至宋代期間，「見」系部分聲母有零星的顎化現象（如：「溪」母的「喫」及「見」母的「閒」字），並且入聲韻尾也產生弱化[18]，「喫」其可能的擬音為 tɕʰiɛʔ，接著聲母零星顎化後在南宋元初混入 tʃʰ，到了明末清初產生翹舌音[19]；另一條則是直到了明末清初，「見」系產生大規模的顎化。亦即符合前述，鄭錦全（1980）竺家寧（2005）林濤、耿振生（2008）對於「見」系顎化完成的推論時間。

有一則明代的語料，可以在作為我們對於「喫」字語音詞彙擴散的佐證：

> 張皮雀指出其中一聯云：「吃虧吃苦，掙來一倍之錢；柰短奈長，僅作千金之子。」、「吃虧吃苦該寫「喫」字，今寫「吃」字，是「吃舌」的「吃」字了。「喫」音「赤」，「吃」音「格」。兩音也不同。「柰」字，是「李柰」之「柰」。「奈」字，是「奈何」之「奈」。「耐」字是「耐煩」之「耐」。「柰短奈長」該寫「耐煩」的「耐」字，「柰」是名，借用不得。你欺負上帝不識字麼？（《警世通言》第十五卷）

---

18 竺家寧（1991：383-442）《中古後期語音概述》即有說明在宋代-p -t -k 韻尾已經弱化為喉塞音-ʔ

19 竺家寧（2005）所列韻書當中，最早記錄有捲舌音者為《四聲通解》（1517），其後有《等韻圖經》（1602）、《韻法直圖》（1612）一直到《正音通俗表》（1870）。他並總結翹舌化在明代漸漸演變，到了明末清初才完成。

　　這裡所謂的「今寫」是明代，而「喫」讀作「赤」足以顯示當時這
兩個字的韻母已經相同。直至這裡，藉由「詞彙擴散」理論，說明了
「喫」由「見」系「溪」母字的翹舌化過程，並且以「聞」（見系見
母）、「廈」（匣母）作為旁例，闡述了在歷史上部分的牙喉音於晚唐，
就已經產生零星顎化，並在宋代混入「照」系，最後產生翹舌音。

　　接下來，試圖將「喫」歷史音變和現代漢語方言作簡單的對照，
「舌冠音」組的「喫」重新呈現如下：

　　tɕʰi 組：武漢、合肥、揚州、蘇州、溫州、長沙、雙峰、南昌等。

　　tʂʰɿ 組：官話、北京、濟南、西安、銀川、南京、哈爾濱等。

　　tsʰ 組：太原、成都、溫州、貴陽等。

比對圖（4.7），中古音「喫」字「見」系「溪」母字擬作 * kʰiɛk，
從晚唐開始就已經有顎化跡象，到了宋末元初時混入 tʃʰ，一直到了
明末清初才形成為翹舌音，亦即官話、北京、濟南、西安、銀川、南
京、哈爾濱等的讀音 tʂʰɿ。而由晚唐開始產生的顎化音，存留在武
漢、合肥、揚州、蘇州、溫州、長沙、雙峰、南昌等即 tɕʰi 組。

　　至於 tsʰ 組：太原、成都、溫州、貴陽等屬於「去翹舌化」的語
音，就發音的部位來說，則是把舌尖的翹舌平放，以致接近牙齒。正
如，在正常的口語談話當中，tʂɿ 組和 ts ɿ 組較容易混用，其來源依據
也是因為 tʂɿ 組的舌尖需要較多的力量作翹舌的動作，而 tsɿ 組較為省
力。這也就能說明「前化」的過程是因循這個演化模式：tɕʰ > tʃʰ >
tʂʰ > tsʰ。

　　有趣的是，「見」系「溪」母的「喫」，由牙喉音到顎化音再到翹
舌音的現象，在北京話中只是一個「特例」，按歷史語音的演化來看
「見」系字，在北京話發展為顎化音，產生翹舌化也就以「喫」最為
特別。從語言使用的角度來看，或許可以說明這個特殊現象。

　　第三章表（3.4）列出了，唐代文獻裡「喫」和「吃」的分佈情

形，「喫」苦擊切出現的次數，遠遠高於「吃」字，可能是因為語言使用的關係，催化「喫」的音變產生。如果把語言的範圍擴大，其實在漢語方言中也有「見」系部分字讀作翹舌音。並且，有相當可觀的量數，底下繼續說明。

4.3.1　漢語方言中顎前音翹舌化的例證

魏鋼強（1990：71、1998）指出，萍鄉方言（贛語），今讀 tʂ̩ 組聲母的，除了來自於中古「知」系外，還有果、遇、山、臻、梗，五攝合口三四等的見、溪、群、曉、匣母和「知」系合流讀作 tʂ̩ tʂʰ̩ ʂ̩。如：畜曉母（tʂʰ u 陰平13）、軍見母（tʂʯŋ 陰平13）、窮群母（tʂʰəŋ 陽平44）。

龍海燕（2008：54、176）同樣以洞口贛方言觀察，在他所調查的一三四個「見」母字裡，有七十二個字在洞口方言都讀作 k，以音韻條件來看，這些字都是「見」母一、二等字；而「見」母三、四等字的讀音有 tɕ（賈 tɕia）、tʃ（舉 tʃy）、tʂ（加 tʂa）這三種類型。他認為這個現象就是以「詞彙擴散」的方式，韻攝和等呼為條件逐漸發生變化；而不同的方言點，語音演變的速度是不一樣的。「見」母三、四等率先顎化，成為舌面音 tɕ，一、二等相對於穩定。

從魏鋼強（1990）、龍海燕（2008）的方言觀察，間接提供了對於「喫」、「詞彙擴散」的佐證，「喫」苦擊切四等字、梗攝，其音變過程應該顎化為 tɕʰi，但是實際上在歷史的音變過程中，與「照」系合流後才成為翹舌音，對於北京話來說是一個個案，但是對於方言來說，卻是一種部分的傾向。

曹志耘（2008：45）《漢語方言地圖集、語音卷112》標示了漢語方言翹舌音 tʂ tʂʰ ʂ 的來源，其中不外乎最典型的「知」系，除此有少部分的方言，其翹舌音的來源除了「知」系，還有「見」系，例如

「溪」溪母字：在浙江的松陽、文成，湖南的吉首、麻陽讀作 tʃʰ；湖南的洞口、武岡讀作 tʂʰ，浙江的麗水、青田、溫州讀作 tsʰ；東南沿海的福建、廣東大多讀作 kʰ；浙江及江西大多讀作 tɕʰ。「溪」和「喫」同屬於中古的「溪」母，由此足以顯示歷史上詞彙擴散速率的不同，也反映在個別的字詞上。

何大安（1988：38、50）引述楊逢時（1974）所調查瀏陽方言及澧陵方言（贛方言）中，也能找到部分「見」系及「曉」母讀作翹舌音，如下：

瀏陽方言部分「見」系及「曉」母在 ɥ 韻母〔ɥ 的特徵屬性為（-後元音＋圓唇）〕前讀成 tʂ tʂʰ ʂ。例如：均（見母）k > tʂɥʌn；群（群母）g > tʂʰɥʌn；許（曉母）x > ʂɥ，其規律為：k kʰ h> tʂ tʂʰ ʂ/＿＿ɥ。

而澧陵方言「莊」系「章」母，在 y 韻母〔y 的特徵屬性為（-後元音＋圓唇）〕前讀成 k kʰ h。例如：豬 ʈ > ky；追 ʈ > kyei；除 ɖ > kʰy，其規律為：tʂ tʂʰ ʂ > k kʰ h/＿＿y。

瀏陽方言及澧陵方言同屬於贛方言，他認為這是所謂的「規律逆轉」（rule reversion），亦即例如有一條規律 A>B，在演變的過程中，這項規律在某些人的語言中變成了 B>A，他認為這是漢語的特殊演變方向，也就是說，在這兩個方言中是相互循環的過程，其語音變化的條件屬性都是一樣的。

張光宇（2008b）的文章中，討論了山西萬榮方言中，中古部分「見」系及「匣」母聲母，現代讀作翹舌音，如下語料所示：

i 类（万荣）：家 ₌tʂa，夹 ₌tʂa，甲 ₌tʂa，嫁 tʂaˀ，厦 ʂaˀ；觉 ₌tʂɤ，角 ₌tʂɤ，契 tʂˀ¸ˀ；紧 ˤtʂei，劲 tʂeiˀ；胶 ₌tʂau，教 ₌tʂau，浇 ₌tʂau，搅 ˤtʂau，醮 tʂauˀ，窖 tʂauˀ，觉 tʂauˀ，叫 tʂauˀ，敲 ₌tʂʰau，巧 ˤtʂʰau，轿 tʂʰauˀ；间 ₌tʂæ̃，肩 ₌tʂæ̃，坚 ˤtʂæ̃，茧 ˤtʂæ̃，拣 ˤtʂæ̃，见 tʂæ̃ˀ，牵 ₌tʂʰæ̃。

　　他並指出這些讀音，屬於萬榮方言的白讀層，而且這些翹舌聲母的來源是舌面音 tɕ tɕʰɕ。例如「家」字可能經歷了下列的變化：ka>kia>tɕia>tʂa。張光宇（2008b）從音理歸結為：「見」系「匣」母聲母原來是舌根音，捲舌化的過程中必須先經過舌面化的階段，最後再變為捲舌音。從舌面音到捲舌，或者經過舌葉的階段或者不經，那是代表一種趨勢，亦即前化運動。他並引述 Hock（1986）的觀點：捲舌只不過是舌面音的另一種表現（retroflex may merely be an alternative to palatal articulation）。

　　從他所提供的語料來看，「巧」、「牽」、「契」中古聲母為「溪」母，在萬榮方言裡讀為翹舌音；「廈」中古為「匣」母，其餘的「家」、「夾」、「甲」、「嫁」等字都是中古的「見」母，同樣也是翹舌音。由此可知，中古部分的「見」系聲母，的確在現代漢語方言中演變為翹舌音，但就數量上來說北京話的「喫」（溪母）則屬於個案，但是漢語方言中卻可以找到一些少數的例子。

　　上述的這個現象，以詞彙擴散而論也可以得到相同的解釋，亦即在山西萬榮方言中，部分「見」系聲母及「匣」母顎化為 tɕ 後，持續朝翹舌音成形，然而相對於北京話來說，「見」母的「間」和「溪」母的「喫」、「匣」母的「廈」，成為翹舌音屬於該語言中較少發生的情形。但是，在某些漢語方言中（如：瀏陽方言、萬榮方言）顎化音成為翹舌音是一種趨勢。顯示擴散的速度不一樣，同時足以顯示個別的差異。

4.3.2　小結

　　本節論證了，「喫」在歷史音韻及漢語方言 tɕʰi、tʂʰ、tsʰ 三組音的演化。中古「見」系「溪」母字部分顎化後與「照」系 ʧ 合流，

之後並朝向翹舌化；其餘多數的「見」系字在明末清初大量的產生顎化，本文利用了「詞彙擴散理論」為此現象作了上述的說明，並將演化路徑歸結於圖（4.7）。

　　此外，我們也引述了何大安（1988）、曹志耘（2008）、張光宇（2008ab）等人的漢語方言語料，藉以印證部分「見」系字及部分「曉」母字，顎化後朝向翹舌音的演變，並非只出現在北方方言，而是跨方言的現象。

　　另外就方言地理類型分佈來看，以袁家驊（2001：24）對北方話[20]的區分，可以將 $t\varphi^h i$、$ts\!\!\!\!/^h\!\imath$、$ts^h\!\imath$「舌冠音」組的漢語方言地理方佈整理如下：

北方方言：　$ts\!\!\!\!/^h\!\imath$ 音北京（河北）、濟南（山東）、哈爾濱（黑龍江）

西北方言：　$ts\!\!\!\!/^h\!\imath$ 音西安（陝西）、銀川（寧夏自治區）

　　　　　　$ts^h\!\imath$ 音太原（山西）

西南方言：　$ts^h\!\imath$ 音成都（四川）、貴陽（貴州）

　　　　　　$t\varphi^h i$ 音武漢（湖北）

江淮方言：　$t\varphi^h i$ 音合肥（安徽）、揚州（江蘇）

　　　　　　$ts\!\!\!\!/^h\!\imath$ 音南京（江蘇）

　　從上面可見在北方話的系統中，「喫」、「舌冠音」組 $t\varphi^h i$、$ts\!\!\!\!/^h\!\imath$、$ts^h\!\imath$ 分佈非常廣闊。另外，就其他方言資料來看「喫」亦有讀作 $t\!\!\!/^h i$ 音，姜嵐（2006：104）所記錄山東半島的威海方言中，威海市、文登、榮成、乳山地區將北京話的「喫」讀作 $t\!\!\!/^h i$ 音，如：$t^h i\eta$ in $c^h yan$，$x\alpha u$ **$t\!\!\!/^h i$ fan**（文榮話／聽人勸，好吃飯），in tuo xau tsou ʂəŋ

20　袁家驊（2001：24）將北方話分為下列四種次方言：一、北方方言分佈於河北、河南、山東、東北三省、內蒙。二、西北方言：山西、陝西、甘肅、寧夏。三、西南方言：湖北、四川、雲南、貴州。四、江淮方言：安徽、江蘇。

xuor，in ʃau xau **ʧʰi fan**（文榮話／人多好作生活ㄦ，人少好吃飯）。

而讀為 tɕʰi 音則分佈於蘇州、溫州（吳語）；長沙、雙峰（湘語）；南昌（贛語）。總結來說，「喫」字「見」系「溪」母字的漢語方言對應關係如下：

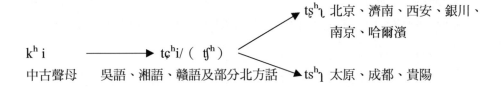

kʰi ⟶ tɕʰi/（ʧʰ） ⟶ tʂʰʅ 北京、濟南、西安、銀川、南京、哈爾濱

中古聲母　　吳語、湘語、贛語及部分北方話 ⟶ tsʰʅ 太原、成都、貴陽

需要特別注意的是，顎化音 tɕʰi/（ʧʰ）轉向翹舌 tʂʰʅ 和齒音 tsʰʅ 是分作兩條路線，也就是說在發展為顎化音後，有的方言選擇翹舌，有的方言則否，因此這是一種選擇和轉換現象，這種現象不只發生在跨方言。就單一方言中也存有這種轉換關係，萬波（2009：153-168）研究贛語「見」系聲母今讀 tʂʅ tʂʰʅ ʂʅ（翹舌音）和 tsʅ tsʰʅ sʅ（齒音）的發展，歸結出兩條路線如下：

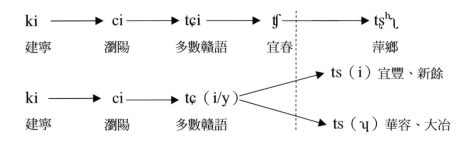

ki ⟶ ci ⟶ tɕi ⟶ ʧ ┆ ⟶ tʂʰʅ
建寧　　瀏陽　　多數贛語　　宜春 ┆ 萍鄉

┆ ⟶ ts（i）宜豐、新餘

ki ⟶ ci ⟶ tɕ（i/y）
建寧　　瀏陽　　多數贛語

┆ ⟶ ts（ʅ）華容、大冶

兩條路徑的共同點都是由塞音 k 音變為顎化音 tɕ，其後有的方言點朝向圓唇的 ʧ 音（宜春），再發展翹舌化（萍鄉）；有的方言點直接由顎化音 tɕ 朝向齒音 ts（宜豐、新餘、華容、大冶）。據此顯示同一個方言區內，翹舌與非翹舌是一種選擇和轉換的關係，同樣的，「喫」發

展為顎化音後，是否翹舌也是經由相同的機制運作。

　　本節透過詞彙擴散與聲韻學理論，討論「喫」的音變歷程，並將「舌冠音」組與現代漢語方言的對應，做了詳細的說明解決了長久以來，對於牙喉音突變為顎化音後，產生翹舌化的問題。那麼除了從歷史語音的推測外，是否有現代音理可以支持本文的看法，底下說明之。

4.4　現代音理對顎前音翹舌化的解釋

　　從歷史音韻發展而論，語音合流和擴散速度的不同為「喫」由顎化音到翹舌音的演化，提供了一個可能性的解釋。那麼這種歷史音韻的流變，在現代音理，是否能得到相同的驗證。下面，將歷史音韻未盡詳述的部分進行說明。

　　首先，依循歷史音韻的演化方式：$\text{t}\wildcard{c}^h > \text{t}\wildcard{f}^h > \text{t}\wildcard{s}^h > \text{ts}^h$ 在音理上必須有一套解釋。塞音（stop）k 變成塞擦音（affricate）可以從「音韻氣流強度層級」（phonological strength hierarchies）獲得詮釋。音韻學家普遍認同氣流循下列層次由強漸弱：

　　　　清塞音（voiceless stop）>濁塞音（voiced stop）>清塞擦音
　　　　（voiceless affricate）
　　　　>濁塞擦音（voiced affricate）>鼻音（nasal）>近音
　　　　（approximant）[21]

Katamba（1989：103）把這個相對的過程稱為「強化」strengthening

21　中文譯名參照自，朱曉農（2010）《語音學》。

（fortition）和「弱化」weakening（lenition）。這種強變弱是一個相對的概念，所謂的強弱是指依據發音阻塞程度的釋放氣流而論。

　　「喫」其中古音為 k^h 清塞音聲母，因為顎化（palatalization）變成了 tɕ^h/tʃ^h，其氣流依循上述的序列排比，從塞音變塞擦音，這一個過程顯示了氣流強度的「軟化」，其他的例子如英文的 face 中-ce 讀為 s，而其形容詞 facial 則讀為 ʃ，又如：na*ti*on, na*tu*re, deci*si*on, vi*si*on, mix*tu*re, ques*ti*on。這些詞當中，原本的塞音 t 因為後面母音 i/u 的影響發音成 ʃ 或 tʃ，而這樣的影響可稱為「中立化」（neutralization）或是同化（assimilation），亦即使子音和母音的位置都在口腔中間區域。他並把這個過程稱為「擦化」（spirantisation），其規律歸納如下：

$$t，k \longrightarrow s/\underline{\qquad} i$$

經由跨語言的觀察，綜合來說，「喫」中古聲母由清塞音 k^h，原本其氣流受器官阻擋氣流較強，待器官放鬆後而釋出氣流變弱軟化為 tɕ^h/tʃ^h，這個過程可以視為「擦化」（spirantisation）。

　　但是，接連出現的問題是：tɕ^h/tʃ^h 這兩個聲母在音理上應該如何看待？為何不是先有 tʃ^h 而是先有 tɕ^h。Ladefoged& Maddieson（1996：12-13）根據生理語音的劃分，將發音部位，分為「主動部位」（moveable structures）（圖（4.8 A））和「被動部位」（target areas for the moveable articulation）兩種（圖（4.8B））如下所示：

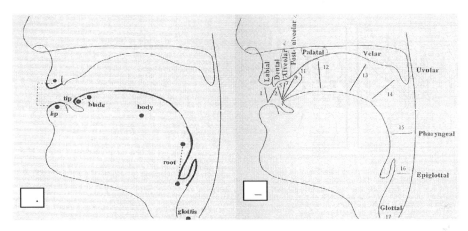

圖（4.8）　「主動部位」和「被動部位」位置圖：
Ladefoged & Maddieson（1996）

在國際音標（IPA：2005）中能看到 ʃ 音，其發音位置稱為 post-alveolar。而 ɕ 音被放在其他符號（other symbols），其發音位置稱為 alveolo-palatal。

對照圖（B）來看 ʃ, ɕ 這兩個音的被動部位都在齦後（post-alveolar）和硬顎（palatal）這個範距之間，就主動部位圖（A）來看，這兩個音都是運用舌頭的舌面（body）和舌葉（blade）往齒齦和硬顎範距提升。

如果就主動部位和被動部位來看，中古「喫」（吃）聲母 kʰ 音，我們引述朱曉農（2010：113）採用周殿福、吳宗濟（1963）的發音生理如下圖所示（4.9）：

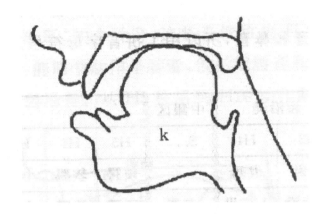

圖（4.9）　k 音發音圖（朱曉農 2010：113）

　　朱曉農（2010：113）從解剖生理認為，傳統將 k 音稱為「舌根音」（root）不甚準確，應該稱為「舌面中部」（body）。從圖（4.8）來看主動部位為舌面中後部，並和受動部位「軟顎」（velar）產生碰觸。

　　「喫」中古聲母 kʰ 音，因循上述的氣流軟化和擦化過程，而成了塞擦音（affricate）tɕʰ/tʃʰ，其主動部位由舌面中，轉換到了舌冠（舌葉／舌尖），並往被動器官齦後（post-alveolar）和硬顎（palatal）這個範距提升。

　　據此，以主動部位來看 kʰ 變成 tɕʰ/tʃʰ 由舌面中後往舌冠（舌葉／舌尖）前移；以被動部位來看 kʰ 從軟顎牴觸往前到齦後（post-alveolar）和硬顎（palatal）這個範距。因此 kʰ 轉變成 tɕʰ/tʃʰ 的過程，基於生理語音而論可視為前化（fronting）運動。

　　由上述可知，「前化」不僅僅是一種歷史音韻的現象，同時更是一種人類生理機制的反映。但是，應該如何看待 tɕʰ/tʃʰ 這兩個音的生理發音。Ladefoged & Maddieson（1996：90）指出，在世上大約有百分之四十五的語言中有 tʃ（palato-alveolar）音，而少數的語言中（如：漢語）有 tɕ（alveolo-palatal）。

　　林燕慧（2007：27-31）把漢語的 tɕ tɕʰɕ 這三個音統稱為 alveolo-palatal，這三組音，其受動部位涵蓋了齦後（post-alveolar）和硬顎（palatal）這兩個範域，其主動部位則是運用了舌葉（blade）以及舌前（front of the tongue），並且由這兩個主動部位提升至接近於硬顎位置。

　　在英語中也有相似的語音，接近於漢語的 alveolo-palatal。例如：*show* 的 ʃ, *chip* 的 ʧ，林燕慧（2007）把這組音稱為 palato-alveolar。其受動部位包含了上齒後以及齒槽（alveolar ridge）並運用舌尖（tip of the tongue），與其接觸。

　　朱曉農（2010：132）把 palato-alveolar 譯為「齦後音」即 ʧ、ʃ、ʤ、ʒ，其被動部位為齦後主動部位為舌葉；而 alveolo-palatal 譯為「齦顎音」即 ȶ、ȡ、ɕ、ʑ，其被動部位和主動部位和「齦後音」相同。他的立論基礎來自於 Ladefoged & Maddieson（1996：14）"anterior part of the vocal tract"，「聲道的前部」。朱曉農（2010：119）並作了一些調整，如下圖（4.10）所示：

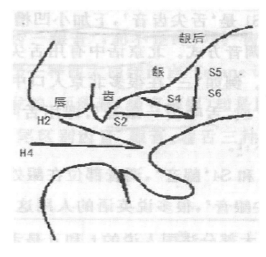

圖（4.10）　　「聲道的前部」（朱曉農 2010：119）

該圖中的 S5、S6[22] 可視為主動部位和被動部位大致相同，S5 表示由舌葉接觸或是靠近齦後所發出的「齦後音」或稱為「顎齦音」即：ʧ、ʃ、ʤ、ʒ。S6 則稱為「顎前音」或是「齦顎音」即：ȶ、ȡ、ɕ、ʑ。

據此，就其主動部位和受動部位來看，「齦後音」和「齦顎音」都具有同樣的生理基礎，那麼何需兩個不同的名稱，而指稱相同的主動和受動部位的語音。

林燕慧（2007：47）引述了 Ladefoged & Maddieson（1996：150-3）的說法指出：漢語的「顎前音／齦顎音」（alveolo-palatal）tɕ tɕʰɕ 是「固有的顎化」（precisely palatalized）。顎化（palatilization）是屬於次要發音（secondary articulation），並附加在主要發音位置（primary place of articulation）即「齦後」（post-alveolar），其舌面（front of the tongue）的高度提升至硬顎（hard palatal）位置。而「顎前音／齦顎音」（alveolo-palatal）和「齦後音／顎齦音」（palato-alveolar）ʧ ʧʰ ʃ 有一個重要的差異：「顎前音／齦顎音」發音時，其舌葉和舌面的提升高度，高於「齦後音／顎齦音」。其發音生理位置如下圖（4.11）所示：

---

22 「s」表示 sibilant「噝音」。

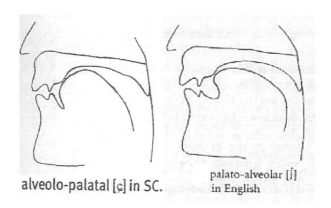

**圖（4.11）　漢語及英語「顎前音／齦顎音」和「齦後音／顎齦音」
　　　　　發音圖（林燕慧 2007：29）**

　　朱曉農（2010：124）也持同樣的論點提出 ʃ，ɕ 這兩個音並不同
時出現在一個語言中，主要的原因是兩者的部位非常接近，甚至沒有
任何區別。但不同的是，ɕ 的顎化程度更高，其次 ʃ 基本上為圓唇，
並且其舌面是有溝槽狀（grooved），而 ɕ 的舌面是拱的。綜合林燕慧
（2007）和朱曉農（2010）的論點，可以整理如下三項：

一、「顎前音／齦顎音」（alveolo-palatal）和「齦後音／顎齦音」
　　（palato-alveolar）兩者的主動部位和受動部位大致上相似相近。

二、「顎前音／齦顎音」發音時，其舌葉和舌面的提升高度，高於
　　「齦後音／顎齦音」。

三、「顎前音／齦顎音」屬於「既有的顎化」（precisely palatalized）。
上述學者主要從生理語音解釋「顎前音／齦顎音」和「齦後音／顎齦
音」的差異。其中第三點「固有的顎化」（precisely palatalized）暗示
了「顎前音／齦顎音」的產生早於「齦後音／顎齦音」[23]。

―――――――――――――――

23 Alan（1997：51-69）討論了「顎前音／齦顎音」和「齦後音／顎齦音」摘舉文中的

接續下來，將討論 tʂ tʂʰ ʂ 和 ts tsʰ s 這兩組。在國際音標（IPA：2005）把前者稱為 Retroflex 後者稱為 alveolar；傳統漢語語音學將前者稱為「捲舌音」或是「舌尖後音」，後者稱為「舌尖前音」。然而，在近代的語音學研究中，有了不一樣的稱法。

林燕慧（2007：27-28、45-46）指出，所謂的 Retroflex 其主動部位舌尖向上同時並向後捲曲，而舌尖的底部收縮，接近於被動部位齦後（post-alveolar）的位置[24]。然而，對於北京話來說只是舌尖表面向上，而不是舌尖表面下收縮於齦後。因此，他認為漢語的 tʂ tʂʰʂ 並不是典型的 retroflex，而是應該稱為 apical post-alveolar，如果以嚴式音標（narrow transcription）所示 retroflex 應標為 tʂ ʂ。

朱曉農（2010：183）大抵也持同樣的看法，稍有不同的是他將 tʂ tʂʰʂ 稱為 apical retroflex 並譯為「舌尖翹舌音」有別於 tʂ ʂ（sub-apical retroflex）「舌下捲舌音」。並就主動部位和受動部位來看，「舌尖翹舌音」的受動部位和 ɕ，ʃ 都在齦後；而「舌下捲舌音」則是在硬顎前端。「舌尖翹舌音」的主動部位是用舌葉或是舌尖；而「舌下捲舌音」則是運用舌下部。

Ladefoged & Maddieson（1996：151）曾經在一九八四年與吳濟宗測得北京話 s、ɕ、ʂ 三組音的發音位置，其後朱曉農（2010：182）則改良如下圖（4.12）：

核心概念，底下兩點和上述學者的看法一致。「顎前音／齦顎音」tɕtɕʰɕ是固有的顎化（alveolo-palatal are inherently palatalized）。其次世上的語言中沒有出現「顎前音／齦顎音」和「齦後音／顎齦音」互為對比的例子（no language can contrast palato-alveolar and alveolo-palatal）。

24 原文如下：A retroflex sound is made by curling the tongue tip upward and backward and using the underside of the tongue tip to make a constriction at the post-alveolar region. However, for these Beijing speakers, it is the upper surface of the tongue tip rather than the under surface of the tongue tip that forms the constriction at the post-alveolar region.

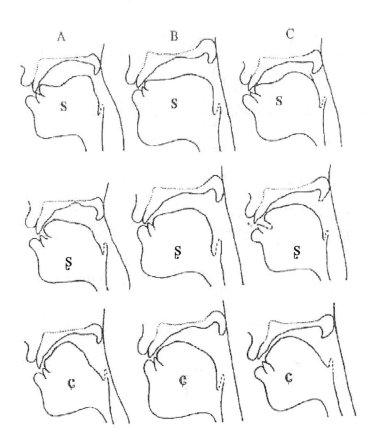

圖（4.12）　漢語「齒音」、「舌尖翹舌音」、「顎前音／齦顎音」發音
　　　　　　圖（朱曉農 2010：182）

他並作了如下的說明，上圖中發「舌尖翹舌音」用的是舌尖和舌葉的
部位，收縮點大致在齦脊（alveolar ridge）之後，位置近於英語的 ʃ。
而 ɕ 如前所述和 ʃ 可視為同樣的受動部位，只不過 ɕ 舌葉提升較多。
因此，可以把 ɕ、ʃ、ʂ 這三組音的受動部位都視為齦後，相較於 s 音
發音時則是舌尖碰觸了牙齒。另外，他也指出從社會語音發展來看，
上述的語音差異反映了新舊北京話的遞嬗，新北京話是「舌尖翹舌
音」，舊北京話則是「舌下捲舌音」。

綜而論之，ɕ、ʃ、ʂ 這三組音的受動部位都在齦後，而主要的差異在於主動部位的不同：ɕ 的舌葉和舌面高度更接近於齦後略高於 ʃ，而 ʂ 主動部位則在舌尖上並且在齦後位置收縮。

接著，來看看 ts tsʰ s 和 tʂ tʂʰ ʂ 的生理關係。ts tsʰ s 三組音林燕慧（2007：45）朱曉農（2010：120）都稱為「dental」（apical dental）「齒音／舌尖齒音」。相較於「舌尖翹舌音」tʂ tʂʰ ʂ，「齒音」其主動部位同樣是利用舌尖運作，但是「舌尖翹舌音」的受動部位在齦後，「齒音」的受動部位在牙齒成音，如下圖（4.13）所示：

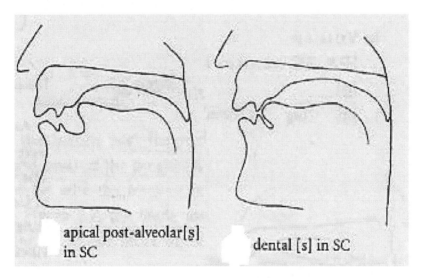

apical post-alveolar[ʂ] in SC

dental [s] in SC

圖（4.13）　漢語的「舌尖翹舌音」和「齒音」發音圖
（林燕慧 2007：29）

在一些的漢語方言中，如閩南語、客語、粵語、吳語、贛語等音系中沒有「舌尖翹舌音」而有「齒音／舌尖齒音」。因此，像是「山」ʂan 容易念作 san。這樣的現象可以稱為「去翹舌化」（deretroflextion）或是平舌化。

4.4.1　小結

　　回顧「喫」的歷史發展，我們沿用了前人的發展脈絡：
$tɕ^h > tʃ^h > tʂ^h > ts^h$，並且本文也提供了足夠的語音學證據，說明此序列
的發展，為歷史音韻未盡明確的部分補強。

　　總結來說，中古的「喫」聲母 k^h 由基於「音韻氣流強度層級」
（phonological strength hierarchies）由較強的塞音變成較弱的塞擦音
（affricate）。這些塞擦音中 $tɕ^h$ $tʃ^h$ $tʂ^h$ 的受動部位都在齦後，就主動部
位而論，$tɕ^h$、$tʃ^h$ 運用舌葉和舌面，$tʂ^h$ 則運用舌尖。$tɕ^h$、$tʃ^h$ 兩組的差
別在於 $tɕ^h$ 屬於「固有的顎化」（inherently palatalized），並且其舌葉
和舌面高於 $tʃ^h$ 而且也帶有圓唇的屬性。$tʂ^h$、ts^h 主動部位都在舌尖，
所不同的是，$tʂ^h$ 的受動部位在齦後，ts^h 的受動部位在牙齒。

　　需要特別注意的是，$tʂ^h$、ts^h 的認定基礎，就歷史音韻而論，現
代北京話中「翹舌聲母」的產生，如上所述大約在元末以後至明初，
其來源為「知」、「莊」、「章／照」三系；而現代北京音系的兩套聲母
ts 和 tɕ 的來源，和中古音系中「精」ts 有關。就此，時間順序來看似
乎應該是 ts > tʂ 而非 tʂ > ts。

　　然而，以共時方音來看，現代北京話「翹舌聲母」如：車、朱、
鼠、炸、楚、事等字，考證其來源皆為「知」、「莊」、「章／照」三
系；而「齒音聲母」如：租、草、才、三等字皆來自於「精」組洪
音；「顎前音／齦顎音」如：尖、妻、錢、小、象等字來自於「精」
組細音。因此，現代北京話的「翹舌聲母」、「齒音聲母」、「顎前音／
齦顎音」三套聲母其歷史來源都不一樣，不能將其混為一談。

　　再者，根據竺家寧（1991：318）所示，「知」、「莊」、「章／照」
三系在現代方音中主要有下列幾種念法：北京話、濟南話讀為捲舌
音；廣州話念作舌面音；雙峰一部分字讀為舌面前音；其他地區讀作

舌尖音[25]。

另外,張光宇(2008ab)指出漢語方言有兩次翹舌運動,首次為「知」、「莊」、「章/照」三系,其次為「精」組洪音以及「見」系「曉」母細音。「喫」中古音就屬「見」系「溪」母細音,其發展如圖(4.7)所示,和「精」組的演化分屬兩個不同路線。

tʂ 和 ts 的翹舌與否並非是一種絕對性,有些地區如:官話、北京、濟南、西安、銀川、南京、哈爾濱把「喫」讀作「舌尖翹舌音」tʂʰ;而有些地區如:太原、成都、溫州、貴陽、柳州則選擇讀作「齒音」tsʰ,由 tʂʰ 到 tsʰ 可以視為一種發音省力的作用,並稱為「去翹舌化/平舌化」。

從本節開始至此,解釋的論點都集中在「聲母」的歷史以及共時演化。最後,將簡單論述「韻母」的可能發展。

現代漢語音系中「舌尖翹舌聲母」和「齒音」分別後加一個舌尖元音ʅ、ɿ,一般的說法把前者稱為「不圓唇舌尖後元音」,後者稱「不圓唇舌尖前元音」。朱曉農(2010:248)指出舌尖元音在漢藏語中很常見,尤其是ɿ「不圓唇舌尖前元音」。

就歷史音韻而論,竺家寧(1994:223-239)、麥耘(2004:19-47)皆認同現代漢語方言的兩個舌尖元音ʅ、ɿ都是受了聲母的影響,從 i 韻母脫離而出。前者來自於「止攝」、「蟹攝」三等韻開口的「知」、「莊」、「章/照」三系;後者來自於「止攝」開口「精」系。

我們檢視了「止攝」、「蟹攝」三等韻開口的擬音,董同龢(1998)、林慶勳、竺家寧(1989)擬作如下:je、jei、i。「苦擊切」的「喫」中古為梗攝、開口、四等韻母擬作 iɛk。如前各節所證,部分「溪」母字顎化後混入「照」系朝向翹舌音發展,而這混入的語

---

25 這裡的發音名稱係採自竺家寧(1991:318)原文所述。

音，極有可能使得原本的韻母產生變化。就如同在前節裡《中原音韻》「齊微韻」擬作 i。

　　在此，並不打算作全面討論，只提供一些可能的發展方向，首先就 je、jei、i 和「喫」的中古韻母 iɛk 來看。這些韻母的主要元音，依據舌位的高低依序如下：i > e > ɛ。如下圖（4.14）「增補元音圖」所示：

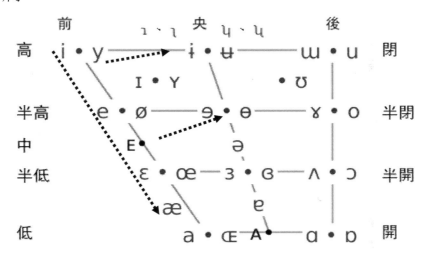

圖（4.14）　增補元音圖（朱曉農 2010：232）

我們認為 e、ɛ 舌位的高低分佈可能影響了介音，使得介音 j 和 i 越往舌位的中間靠攏形成 ʅ、ɿ。另外，麥耘（2004：21）也提及 ɿ 的音質其實和 ə 相近。

　　也就是說，中古音「喫」*kʰiɛk 韻母，可能經歷了下列改變：主要元音 ɛ 消失，而韻尾 k 弱化為喉塞音 ʔ，最後韻尾消失。i 成為舌尖中、高元音 ʅ 主要元音。這個推測必須建立在，與聲母相互搭配的情形，也就是說，「翹舌聲母」產生於元末明初。因此，ʅ 發展完全定型也應該在同一時代；其次入聲韻尾 k 的消失時代，必須早於元末

明初。再者，同一韻攝，梗攝、開口、四等韻母中是否還有其他的例證能夠支持，北京話中部分「見」系「溪」母字，發展成為翹舌音。亦或是「喫」是唯一的「個案」，這些都需尚待更多的語料。

4.5 詞彙擴散的另一例證——蒙、滿譯音

上述各節從縱向的歷史音韻，解釋了「喫」（吃）在官話音系的翹舌化演變。就官話系統的「喫」（吃）來看，經由詞彙擴散效應，合流入了「照」系；以現代音理來看，主動部位不斷的前化，其氣流相對的也減弱，自然符合人類發音的省力原則。前述各節的立場，是以漢語的歷史語音發展為起點，討論了「翹舌化」聲母的來源。那麼，這個「翹舌聲母」是漢語自身的發展？還是語言接觸下的產物？由歷史語音推論，翹舌化的出現時間，是近代滿清入關時期（明末清初），那麼有沒有可能捲舌化是由「滿語」而來？

4.5.1 滿語譯音

愛新覺羅瀛生（2004：967）以母語使用者（native speaker）立場指出，清代的滿族學童在學習滿語時，教師極力改正「漢音滿語」現象，即滿語的 tʃ tʃʰ ʃ 受漢字注音影響，讀作知、吃、失，純正的滿語不是這樣讀法的。而「漢音滿語」大約出現在清代道咸時期[26]。滿語教師，糾正發音時總是提醒「舌尖放鬆，別緊頂上（膛）顎，頂緊了是漢語，鬆著才是滿洲話。」由此可見，清代的滿語教師在教學上，努力確保滿語的純正性，可見當時滿語語音系統，多少都有受到了漢語的影響。

---

26 道咸即道光 1821（清宣宗）和咸豐 1851（清文宗）。

　　季永海（2008）指出，滿語的輔音歸納系統，存在著一項重要的分歧即 ʧ ʧʰ ʃ 和 tʂ tʂʰʂ 歸屬，該文認為滿語本身是沒有 tʂ tʂʰʂ 三組輔音，其來源是受漢語的影響。他指出，在元代《中原音韻》中只有 ʧ ʧʰ ʃ，大約在《等韻圖經》（1606）至《李氏音鑑》（18世紀中葉）出現了翹舌化。而滿語注音剛好就在這段期間，同時考察了朝鮮時代，官方的翻譯機構「司譯院」，滿文有朝鮮的注音，並且是用北京音所注 tʂ tʂʰʂ。因此，他推斷翹舌化的輔音是北京音系獨有。

　　由此看來，兩位學者所論及的時間（大約是明末至清代中期），相當符合聲韻學家所推論翹舌化產生的時間。這樣看起來，翹舌化的現象是漢語產生的，並且影響了後期滿語的語音系統。

　　為了能再多理解清代滿語的語音狀況，我們考察了一八九二年，據今約一二〇年前的一部滿語資料——《A Manchu grammar》作者為 P. G. von Möllendorff（穆麟德）。[27]他利用拉丁字母拼寫，歸納滿語的母音和輔音系統，其中有十組專用以拼寫漢語使用如下：

> The 6 vowels are a, e (ä), i, o, u, ū (not ö as generally represented).[1]
> The 18 consonants are k, g, h, n, b, p, s, š, t, d, l, m, c, j, y, r, f, w.
> The 10 marks are k', g', h', ts', ts, dz, ž, sy, c'y, jy.[2]

> *For transcribing Chinese syllables:—*
>
> k' 丂, g' 扌, h' 厷, ts' 扌, ts 乜, dz 冫, ž 丆, sy (囮) 乇, c'y (勅) 屮, jy (智) 凸

其中 c'y（勅）屮，現代滿語研究者，利用國際音標標示的音質不盡相同，有的標為 ʧʰi（愛新覺羅・瀛生、王慶豐 2005），有的標為 tʂʰɿ

27　穆麟德（P. G. von Möllendorff），又譯穆麟多夫（1847年2月17日至1901年4月20日），是十九世紀末的普魯士貴族，他提倡的滿文轉寫方案至今廣為滿語研究的語言學家採用。他曾出使中國，並為李鴻章所託前往朝鮮，曾撰文建議為當年夾在清朝、日本和沙俄之間的朝鮮半島訂立為中立地區。一九〇一年死於中國寧波。

（愛新覺羅・烏拉熙春 1983、高娃 2005）。正如上述，這是滿語輔音分歧點。然而，穆麟德（1892）的記錄表示在清末時期，所用的輔音應為 ʧʰi。有一段話可以看出當時漢語已經影響滿語語音系統。

š=sh ; c=ch in Chinese ; j=j in judge ; y when initial=y in yonder.

Pronunciation.

Many of the Manchu words are now pronounced with some Chinese peculiarities of pronunciation, so k before i and e=ch', g before i and e=ch, h and s before i=hs, etc. H before a, o, u, û, is the guttural Scotch or German ch.

（許多滿語詞語現在都帶有漢語的發音特質，例如 k 在 i 和 e 之前讀為 ch'，g 在 i 和 e 之前讀作 ch，h 和 s 在 i 讀作 hs 等等。H 在 a、o、u、ū 之前讀作如蘇格蘭和德文的喉音 ch）

如果認定，晚清的滿語就有翹舌化，那麼穆麟德何必多作區分 ㄉ c=ch(**Chi**nese) 和 ㄏ c'y（勅）。反之，如果把用作拼寫漢語的滿語 ㄏ c'y 視為 ʧʰi，那麼，漢語翹舌化的產生就完全不符合，聲韻學家所推論的明末清初時期，反而是一八九二年十九世紀以後出現的。由此可知，在晚清滿語中應該是沒有翹舌化的輔音出現，而漢語已經有翹舌聲母。另一項證據，也可以提供參考。

首先，從滿文的制定說起。據諸家學者的考定，滿文始創於大約十六世紀一五九九年（明末），努爾哈赤命大臣額爾德尼、噶蓋兩人，參照蒙古字母拼寫滿語，創制無圈點滿文（老滿文）。愛新覺羅・烏拉熙春（1983：13）引述了《清太祖高皇帝實錄》第三卷：

> 上欲以蒙古字制為國語頒行。巴克什額爾德尼、紮爾固齊噶蓋詞曰：「蒙古文字，臣等習而知之，相傳久矣，未能更制也！」
> 上曰：「漢人讀漢文，凡習漢字與未習漢字者，皆知之；蒙古人讀蒙古文，雖未習蒙古字者，亦皆知之。今我國之語，必譯

為蒙古語讀之，則未習蒙古語者，不能知也！如何以我國之語
制字為難，反以習他國之語為易耶。」
額爾德尼、噶蓋對曰：「以我國語制字最善，但更制之法，臣
等未明，故難耳。」
上曰：「無難也！但以蒙古字，合我國之語音，聯綴成句，即
可因文見義矣。吾等已悉，爾等試書之，何為不可？」
於是，上獨斷，將蒙古字制為國語，創立滿文，頒行國中，滿
文傳佈自此始。

由此看來，明末時期努爾哈赤，統一女真族各部落，為使語言文字溝
通方便，基於蒙古語的語音，制定了所謂的「無圈點滿文」，其後沿
用三十餘年。至清太宗天聰六年（1632），滿文再次經歷改定《滿文
老檔》所載：

十二字頭，原無圈點。上下字無別，塔達、特德、扎哲、雅葉
等雷同不分。書中尋常語言，視其文義，易於通曉。至於人
名、地名，必至錯誤。是以金國天聰六年春正月，達海巴克什
奉汗命加圈點，以分晰之，將原字頭，即照舊書於前。使後世
智者觀之，所分晰者，有補於萬一則已。倘有謬誤，舊字頭正
之。是日，繕寫十二字頭頒布之。

愛新覺羅・烏拉熙春（1983：16）指出，巴克什達海所修訂的
「圈點滿文」（新滿文）其圈點的功能是：區別蒙古字與書寫滿語時
容易混淆語音。此外，由於和漢族交往日益密切，漢文書、牘需要譯
為滿文，因此巴克什達海又增加了外字拼寫漢字。
清史館《達海傳》：

> 國書十二字頭，向無圈點，上下字雷同無別，幼學習之，遇書
> 中尋常語言，視其文義，猶易通曉，若人名地名，必致錯誤，
> 爾可酌加圈點，以分析之，則音義明曉，於字學更有裨益矣。
> 達海遵旨尋繹，酌加圈點。又以國書與漢字對音未全者，於十
> 二字頭正字之外，增添外字。猶有不能盡協者，則以兩字連寫
> 切成，其切音較漢字更為精當。由是國書之用益備。

　　所謂的「外字」其數量究竟多少個？愛新覺羅・烏拉熙春
（1983：16）所列共有十一個，而對照穆麟德（1892）所列，拼寫漢
字的輔音共有十個，Li（2000：26）所列現代滿語共有十三個用以拼
寫漢語[28]。不論其外字數量的多寡，其中一組用以拼寫漢字的滿文ᠴᡳ
各家學者均有所列，並如上述穆麟德（1892）所標示漢字「勅」，愛
新覺羅・烏拉熙春（1983：3）以國際音標記為 tsʰ⁁，並用漢字「吃」
作記，Li（2000：16）亦用「吃」字來標示。

　　如前所述，如果認定滿文就有捲舌輔音，那麼穆麟德所區分ᠴ
c=ch(**Ch**inese)和ᠴᡳ cʻy（勅）似乎多此一舉。正如制定滿文之初
（1599），創字之時並無任何的圈點，直至一六三二年（皇太極）命
達海「圈點滿文」，其目的也就是要區分蒙語和漢語的語音詞彙。

　　另一項可參考的說法是，從社會語言學角度切入。對於滿文的使
用，有所謂的「規範語」（書面）和「口語」之分（季永海 1986、愛
新覺羅・瀛生 2004、王慶豐 2005）。

　　愛新覺羅・瀛生（2004：221、246、248）指出，後金時期在
（建州）努爾哈赤倡議下制定的滿文是為規範語（書面語），但是隨
著時間的推移，順治初年（1644）滿人入關，規範語自然被帶入京

---

28 這些差異主要是滿文輔音出現於詞首、詞中、詞尾的各個位置認定而造成。

城。然而，因為規範語和口語發音不一致，京語口語音變日亦增多。他並認為這種音變來源有二：一是語言使用中產生的；二是口語中原有此音，但規範語採用了一個通用程度較差的音。

　　王慶豐（2005：15）雖未言明，規範滿語和口語滿語的時代區分，但其所標記的語音系統，由下圖（4.15）所示也可見一二。

发音部位／发音方法	双唇		唇齿		舌尖		翘舌		舌面		舌根		小舌	
	口语	书面语	口语	书面语	口语	书面语	口语	书面语	口语	书面语	口语	书面语	口语	书面语
清送气塞音	p	p			t	t					k	k	(q)	k
清不送气塞擦音					dʐ	dʐ·ts	dʐ̠	j	dʑ					
清送气塞擦音					ts	ć	ʂ̌	c	tɕ					
清擦音			f	f	s	s	ʂ	š	ɕ		x	h	(χ)	h
浊擦音			v				z̠	ž			(ɣ)		(ʁ)	
鼻音	m	m			n						ŋ	ng		
边音					l									
颤音					r									
半元音	w	w							j	y				
清不送气塞音	b	b			d	d					g	g	(ɢ)	g

圖（4.15）　現代滿語「書面語」和「口語」的輔音音系
（王慶豐　2005：15）

　　從上面可以看到，「翹舌音」分作「書面語」tʂ ʂ z̠，「口語」c tʃ（č）ʒ（ž）。這能夠呈現，規範與描述的兩種語言觀點。綜合滿文的

制定和規範語、書面語的觀點來看，在建州時期，努爾哈赤（1616-
1627）所命，據蒙文制定的老滿文是滿語原始的樣式。然而，其語音
系統未盡完備，其後皇太極天聰年間（1628-16360）命巴克什達海將
老滿文改制，並加以圈點，作為識別蒙、漢語的語音詞彙。

　　戴慶廈（1992）認為，由於「民族雜居」，使得滿漢產生了語言
轉換（language shift）的現象。他指出順治元年，滿人入關大多數的
高級官員，主要通曉滿文滿語，部分官員兼通滿漢語，但這樣的情況
很不適切。因此，由皇帝做起積極學習漢文，上行下效之因，加上滿
漢兩族的交流，使滿人學習漢文蔚然成風。從順治中葉到康熙初年，
官員已經通曉漢語。康熙初年至雍正初年，漢語在八旗滿州、蒙古以
倍數成長，儘管政令極力推行滿文滿語，但最後仍致使滿語走向廢絕
之路。

　　順治初年，滿人入關以後將規範滿語帶入京城，京城內漢人為
多，而滿文滿語才剛進入，皇帝和官員多能使用滿文滿語。但是，因
為漢人居多，為了政令推行順利而皇室官員也學習了漢語，促使滿文
快速的受漢語影響。愛新覺羅・瀛生（2004：451）認為，滿人入關
以後，漸以漢語為母語至學齡入學才開始學滿語，並採漢字注音，使
得滿語固有的原音產生了變化。

　　不僅在語言學習上，漢語影響了滿語，連帶著政府的官方文獻也
能略見一般。莊吉發（1984）考定，清代皇帝的奏摺檔案指出，順治
朝及以前大多為滿文奏摺，康熙、雍正兩朝滿漢合璧奏摺居多，單用
滿文或漢文均很少。清代前中期大多用滿文發布詔、誥等，成為奏
報、公文、教學、翻譯和日常生活中使用的主要文字。

　　由此看來，清代初期制定「圈點滿文」，勢必是要抵抗漢語的影
響。然而，書面語（規範語）的變化，遠不及口語的擴張。入關以
後，前朝皇室雖然力保滿文之純正性，但時事所趨至清代中期，開始

使用滿漢同文，就此順勢滿文的使用開始漸漸減少。

　　正如愛新覺羅・瀛生（2004：251）所述，康雍時期是京語（口語）發展的早期，大致保留建州時期滿語的樣貌，所以漢音滿語的味道還不多。音變的路線一直發展至乾嘉時期「漢音滿語」使滿語失去了純正性。

　　上述，從滿文學習以及滿文的制定，和社會語言分佈討論翹舌化的形成，可以認為，在滿人入關以前「老滿文」書面滿文，是沒有翹舌化的跡象，直至入關以後，受漢語影響而產生「漢音滿語」的翹舌音，使「新滿文」的口語快速變化。正如聲韻學家所推測的，漢語翹舌化的產生年代在明末清初。因此，看來翹舌化應是漢語自身系統演化所致，為了進一步支持這項論點，底下繼續將語言發展的年代上推，考察整個音變過程。

4.5.2　元秘史中的譯音

　　明代以前的文獻資料，在元代秘史可找到一點蛛絲馬跡。《元朝秘史》又稱《蒙古秘史》、《脫卜赤顏》，成書時期大約是在十三世紀[29]。該書原為蒙古文撰寫，明朝推翻了元朝以後，明初洪武帝為了訓練通曉蒙古語的翻譯人才，命令投降明朝的通曉蒙古語的色目人撰寫教材，學習蒙語、通達蒙情。當時，除了有漢譯本的《秘史》以外，還有一本《華夷譯語》，都是作為學習蒙文所用。至於《秘史》和《華夷譯語》的先後，據陳垣（1934）考證《秘史》的漢譯在《華夷譯語》之後，但論其語言《秘史》，所反映的是元太宗初年（1229）的語言實況，《華夷譯語》所用則是明洪武年間的漢譯兩者相去一四○年。

---

29 蒙古採用十二生肖紀年，十二年為一輪迴，書中提到「鼠兒年七月」是指何年，眾說不一。有 1228 年、1240 年、1252 年、1264 年、1276 年、1324 年等說法。

我們考察了《秘史》的三個版本（四部叢刊本、葉德輝本、永樂大典本）和《華夷譯語》找到了「喫」的蒙語譯音，如下書影所示：

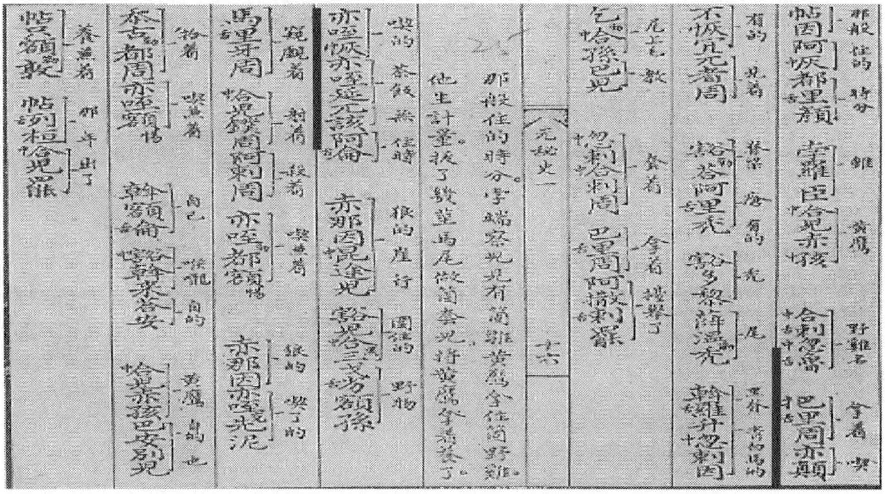

圖（4.16）　《元朝秘史》：四部叢刊本書影

（第一段漢譯：就在那樣住著的時候，孛端察兒看見一隻黃鷹抓住一隻雉雞吃，便用禿尾黑脊梁清白馬的尾毛作成套子，套捕那隻黃鷹，帶回去餵養調訓。）

（第二段漢譯：當食物沒有的時候孛端察兒就窺視山崖上被野狼困住的野獸，將其射殺來吃。有時撿拾狼吃剩下的自己吃，也餵養自己的黃鷹）

阿爾達扎布（2005：54-55）

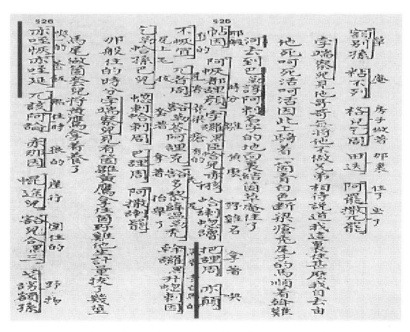

圖（4.16）　《元朝秘史》：葉德輝本書影

圖（4.16）　《元朝秘史》：永樂大典本書影

張興唐（1975：15）論述，《元朝秘史》的譯寫方式分為三種：音譯、字譯和段譯。由上面三部書影資料來看，蒙語的「亦咥（顛）」是漢語的「音譯」，而「字譯」為漢語的「喫」。陳垣（1934）《元祕史譯音用字考》一書對蒙漢語「喫」作了考釋，如下書影圖（4.17）：

圖（4.17）　「喫」《元秘史譯音用字考》（陳垣 1934）

《華夷譯語》把漢語的「喫」譯為蒙語的「亦迭」（音譯），而《秘史》則寫作「亦咥」和「亦顛」。如前述，陳垣（1934）所考定《秘史》所反映的是，元代蒙古語言狀況，那麼蒙古語的「亦咥（顛）」和漢語的「喫」有沒有相關性？首先，從聲韻方面來看，《中原音韻》是現代北方官話的前身，而再往前推溯可至北宋《廣韻》，因此將在這區間找尋語音的變化。

　　中古《廣韻》所載「顛」有兩個讀音，而「咥」分別有四個的讀

音[30]，整理為下表（4.6）：

表（4.6）　《元秘史》「亦顛」、「亦咥」聲韻擬音

反切	聲紐	韻母	聲調	《廣韻》釋義	中古音	國音
顛1：他甸	透	先	去	玉名。	tʰiɛn	tʰiɛn
顛2：都年	端	先	平	頂也。	tiɛn	tiɛn
咥1：丁結	端	屑	入	蛇咥氏番姓	tiɛt	tiɛ
咥2：徒結	定	屑	入	笑也又齧也易云履虎尾不咥人亨又火至丑栗二切。齧堅。	dʰiɛt	tiɛ
咥3：虛記	曉	脂	去	詩咥其笑矣，又大吉切易不咥人亨齧也。	xjĕi	çi
咥4：丑栗	徹	質	入	笑也。	ȶʰjet	tʂʰɻ

「顛1他甸切」的讀音在現代國音，已經沒有使用。但《廣韻》所載和「瑱」[31]音同；而「顛2都年切」的中古音和國音相同。

「咥1丁結切」，則是中古以後入聲韻尾消失，國音讀作「跌」；「咥2徒結切」，則是經歷了濁聲母清化，入聲韻尾消失，和「咥1丁結切」同樣讀作「跌」。

「咥3虛記切」中古「曉母」在細音前顎化，國音讀作「戲」[32]。比較特別的是，「咥4丑栗切」的讀法，按照中古音至國音「徹」母的變化如下：ȶʰ＞tɕʰ＞tʂʰ＞tʂʰ；韻母則是質韻、臻攝、開口三等，入聲調，對照現代國音韻母則是ï。

---

30 「咥3」虛器切，《廣韻》中未見。但六朝《玉篇》載有：咥，虛記虛吉二切。詩咥其笑矣，又大吉切易不咥人亨齧也。

31 注音：ㄊㄧㄢ丶，漢拼：tian4。

32 教育部重編國語詞典：載有「咥」可讀為ㄒㄧ丶（xi4）和ㄉㄧㄝˊ（die2）。

　　「咥4丑栗切」的音變路徑，對照圖（4.3）、（4.4），「知」、「照」二系合流。元代「咥4丑栗切」的聲母應讀作 ʧʰ，其韻母由中古入聲「質」韻，至《中原音韻》「齊微」[33]韻 i。據此，「咥4丑栗切」和「喫苦擊切」在元代的官話音系，都讀作 ʧʰi 為一個同音字。由此可證，從中古語音到宋末元初，漢語「喫苦擊切」的音變過程確實為詞彙擴散效應。

　　另方面，《密史》「亦咥（顛）」對譯漢語的「喫」，從語義來看寫作「亦顛」只是符合音譯（蒙語音），只取其音而不取其義。但「亦咥」則不僅取其音，更是取其義。如同《廣韻》所解釋的「咥」、「徒結切」和「丑栗切」，可表示笑和齧（咬）的意思[34]。對比「咥」和「喫」的音、義關係，可以如下表（4.7）所示：

表（4.7）　　元代「喫」、「咥」的音、義關係

	喫	咥4
元代讀音	ʧʰi	ʧʰi
語義	啖也	笑也齧也。
蒙漢語關係	漢語音義	漢語音義。

　　從上表來看，漢語「喫」從中古到元代透過「詞彙擴散效應」和「照」系合流為 ʧʰ；「咥4丑栗切」從中古「知」系「徹」母，到元代

---

33 據王力（2008：374）考證元曲，中古入聲「質」韻，流入《中原音韻》「齊微」韻 i 的例字有：室、膝、日等字。林濤（2010：140）也指出，「齊微」韻來自中古入聲「質」、「職」、「迄」、「德」、「錫」、「緝」等韻。

34 王雪樵（1987）指出山西遠城古稱「河東」在河東方言裡，表示飲食義都是用「咥」，如：他一口氣咥了三大碗麵、這頓飯咥飽了。另外，日語也以「咥」かむ用以表示嚙む、咬む、嚼む、嚙む的口部動作。

合流為「照」系後同樣也讀作 ʧʰ，可借此印證漢語「喫」的詞彙擴散
作用，就音、義而論，「喫」和「咥4ㄐㄧㄝ切」的發展是漢語自身的演
化。「咥4ㄐㄧㄝ切」ʧʰi 其音、義和漢語的「喫」相同，形成同音同義異
形字。

　　上面 4.2 至 4.5 節，透過大量的篇幅，陳述了「喫」（吃）的歷史
音變，並藉由現代音理、滿蒙語音作為佐證。然而，這些都主要是針
對「舌冠音」而論，底下將簡要說明表（4.1）中「非舌冠音」的方
言語音對應。

4.6　「非舌冠音」組的歷時與共時語音對應

　　第三章指出，「齕」字經由部件替換後成為「吃」字，並且和表
示「口吃」的「吃」成為同形異義字。而且，在唐代文獻中也和表示
飲食的「喫」混用。除了上述的因素以外，在聲韻方面也有足夠的證
據，能為此說立論。

4.6.1　「齧」組的方言對應

　　首先，將「齧」字在《廣韻》的反切以及中古音至國音，先作對
照如下表（4.8）其後再進行說明。

表（4.8）　「齧」中古至國音對照

反切	聲紐	韻母	聲調	攝 開 合 等	中古音	國音
齧：五結切（噬也）	疑母	屑韻	入聲	山攝、開口、四等	*ŋiet	nie51（次濁入歸去）

「齧」字_{疑母} ŋ 依照演變至現代國音應為零聲母，但與「孽、擬、牛、虐、逆」等字，屬於例外字，聲調為次濁聲母、入聲歸去聲，國音中念作 nie51。對照 ŋ 組：潮州、福州、汕頭方言點來看，應與「齧」相關。

蔡俊明（1991）所載，潮州話表示飲食義是用「食」讀作 tsiaʔ 如：食夜糜 tsiaʔ me mue（午夜點心）、食肉寢皮 tsiaʔ nek tsʰim pʰue（極端仇恨）、食桌 tsiaʔ toʔ（赴宴）、白食白呾 peʔ tsiaʔ peʔ tã（胡扯）。「吃」字則是讀為 ŋiak 如：吃力 ŋiak lak、吃緊 ŋiak keŋ、吃苦 ŋiak kʰou、吃水 ŋiak tsui。並且與「齧」、「嚙」、「吃」、「喫」列為具有相關語源[35]。就蔡俊明（1991）所分，「食」和「吃」有不同的讀音，前者表示飲食義後者則無，並且「吃」字的語源和「齧」、「喫」有關。

歐陽覺亞（2005）記錄潮汕話中「吃」讀作 ŋeg，而「食」字則有 tsian，ŋeg 兩個讀音，ŋeg 音可以表示「吃」和「食」。

若將兩者的說法相對比，可以看出「吃」ŋiak/ŋeg 其語源和「齧」、「喫」有關，而蔡俊明（1991）則將「食」和「吃」分作兩個不同來源，歐陽覺亞（2005）則是認為「食」訓讀[36]為「吃」ŋeg。

基於第三章所討論，「齧」在中古漢語演化為「喫」字後，不僅保留其表示「啃、咬」的本義，同時也可以表示飲食義。因此，潮汕話／潮州話的 ŋeg/ŋiak 語音和語義來說，都和「齧」都有高度的相關性，至於「食」tsiaʔ/ tsian 在潮汕方言中同樣表示飲食義，只是在語

---

35 除了這四個字以外，他還將「疙」、「纥」、「契」、「迄」、「訖」、「屹」列為與 ŋiak 相關，但仍需進一步論證，在此引為呈現。

36 所謂的「訓讀」，根據裴錫圭（1988：219）稱作「同義換讀」，他並引述了李榮、呂叔湘等人的稱法如「異音同用」、「同義替代」等。都是指不論其字原來的讀音，而將原本的這個字用相同或相近的詞替換。例如：閩南話中「黑」換讀為「烏」，「香」換讀為「芳」。

音表達上可訓讀為 ŋeg。

　　接著，再討論福州話。王天昌（1967：50）所列，福州話表示「齘」讀作 ŋau，中古反切為「五巧切」。如：齘牙切齒、齘文嚼字。另一個讀音為 ka 如：齘一嘴、齘碎。

　　陳澤平（2010：104、549）[37]所載，福州話「咬」字其音為 ŋau，並指出「咬」和古漢字「齘」相關。本文查找《四聲篇海》及《字彙補》[38]所載，「齘」和「齧」又同屬「異體字」，「齧」的本義為「咬」、「啃」，論語音或是語義都有其相關性。因此，我們更可以確認 ŋ 組的用字為「齧」，但因各地方言異體字關係，也可寫作「齘」。如下：

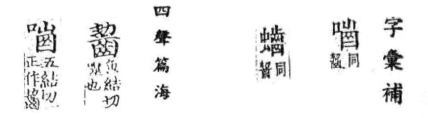

《字彙》載福州話飲食義寫作「吃」字，讀為 ŋeiʔ 同樣的也是訓讀的結果，據馮愛珍（1998：407）語料所記，福州話表飲食義是用「食」sieʔ 如：sieʔ tsa（食早／吃早飯）、sieʔ tau（食晝／吃中飯）sieʔ maŋ（食暝／吃晚飯）。由潮州和福州話來看，ŋ 組為「齧」，並與「食」訓讀使用。

　　接著再討論梅縣客語，《字彙》將飲食「吃」標為 tsʰət，此項有待商榷。表示飲食應為「食」sət 字。袁家驊（2001：154）指出，梅

37 該書頁 111，表示「齟齬」缺字，其音為 ŋaʔ 是否與「齧」有關，仍需進一步驗證。
38 資料來源為教育部異體字字典。

縣客方言 tsʰ 來源於中古聲母的「清」母 tsʰ（如：餐＊tsʰan＞tsʰon）或是「從」母如：從＊tsʰjuoŋ＞tsiuŋ。但是，《字彙》卻標示了「苦擊切」是「溪」kʰ 母，這並不符合梅縣客語的字音演變[39]，因此《字彙》標客語「吃」tsʰət 應是為了字音的完整性。

另據，謝棟元（1994：61、192）所載，梅縣客方言中表示「飲食」義，仍作為「食」sət，如：「食乳」sət nəu、「食朝」sət tsau（吃早飯）、「食晝」sət tsu（吃午飯）、「食夜」sət ia（吃晚飯）。

此外，在客方言中也有 ŋ 組表示「咬」、「啃」的用法，謝棟元（1994：60）標示客語的「齩」ŋat 表示咬、啃，如：齩一口梨奔老弟子食（咬一口梨給弟弟吃），「齩」五結切，噬也。或是「齩牙省齒」ŋat ŋa sən tsʰŋ（咬緊牙根）。

由此可見，梅縣客語和福州話、潮汕話一樣「齧」和「食」的語義是屬於分開的情形。也就是說，在這三個方言中，「食」是和飲食義相關的詞彙，並非用「吃」，而「齧」為口部的咬嚼動作，和飲食有所關聯。

4.6.2 「齕」組的方言對應

「齕」在《廣韻》裡一共有兩個反切，並且都解釋為「齧也」。如下表（4.9）：

---

39 中古「溪」kʰ母，在梅縣話中，應仍讀為 kʰ（如：可、快、看、康、空）（袁家驊 2001：154）。

表（4.9）　「齕」字中古至國音對照

齕1：乎沒切	匣母	沒韻	入聲	臻攝、開口、一等	*ɣuət[40]	xə35（全濁入歸陽平）
齕2：胡結切	匣母	屑韻	入聲	山攝、開口、四等	*ɣiɛt	çie35（全濁入歸陽平）

　　《字彙》的 h 組，分佈在粵方言以及南寧平話（見表4.2）。「齕」字《廣韻》所載共有兩個反切：「齕1乎沒切」，「匣」母 ɣ 濁音清化（devoice）洪音讀為 x，入聲韻尾消失，全濁聲母、入聲歸陽平，現代國音讀作 xə35 留存於現代。「齕2胡結切」，「匣」母 ɣ 濁音清化（devoice）細音前 j/i 顎化，全濁聲母、入聲歸陽平，現代國音應讀作 çie35。但此音在現代國音中，沒有相關的字記載形成「詞彙空缺」（lexical gap）。《廣韻》承襲隋唐《切韻》的編撰原則「因論南北是非、古今通塞」。因此，將「齕」列為兩個音讀，並且都解釋為「齧」，應為當時其他方音的讀音。

　　「齕1乎沒切」、「匣」母 ɣ，對照粵方言的演化來看。袁家驊（2001：193）指出，古「匣」母字開口呼，在北京話讀為 x，而粵方言讀為 h。如：賀 hɔ、鶴 hɔk、豪 hou、寒 hɔn、厚 hau，都是古代的匣母字，北京話讀為 x，而粵方言讀為 h。

　　據《香港中文大學粵語審音配詞字庫》以及《香港中文大學粵語音韻集成》所尋，「齕」在粵方言可分讀為 ŋaat 以及 hat 兩音，ŋaat

---

40 這裡需要說明的是：林尹校注，「齕」其同音字為五字，本來其韻母應該為「痕」韻入聲，但因其字少借寄於「沒」韻。竺家寧（1991：201）指出，「痕」入「沒」韻，一音五字借用「沒」韻，但是《韻鏡》仍置於「痕」韻入聲。就這兩位學者的論述，我們可以理解，「齕：乎沒切」其韻母應為「痕」韻 ən，但因其字少併入「沒」韻 uət。由此可見兩點：中古音中「陽入相配」亦即 nt 韻尾相互對應，另外押韻係指主要原音和韻尾相押即可，開合口 u 介音的有無則不考慮。所以「齕」字中古音應ɣən，但因其韻寄入「沒」韻 uət，「齕」其本身為開口呼，中古音應擬作ɣət國音為 hə。

注釋為 hat 的異讀字，hat 表示「齕齘」也就是「咬」、「齧」的意思。而 ŋaat 音也就是「齧」字，正好可以印證古漢語中「齕」、「齧」的通假。歐陽覺亞（2005）載廣州話「吃」讀作 heg，「食」讀為 ʃig。heg 的字音字形應為上述推論的「齕」。

而表示飲食義，據白宛如（1998）所載則用「食」字，並有兩個讀音 sek，ʃig 例如「食飯」sek fan、「食齋」sek tsai。對「食」的兩讀現象，袁家驊（2001：181）指出，廣州音系中 tʃ tʃʰ ʃ 的發音部位略後於 ts tsʰ s。tʃ tʃʰ ʃ 的音色接近於 tɕ tɕʰ ɕ，基於推行普通話的觀點，ts tsʰ s，tʃ tʃʰ ʃ 這兩套聲母的區別，可以表現在標寫的形式上。但是，基於研究廣州音的觀點，實際上並不存在這種區別。

李小凡、項夢冰（2009：205）所記錄的廣州音系中，並無 ts tsʰ s 這組，並且他們將「食」字的聲母標為 ʃ。據上述學者的觀點來看，在粵方言中表示飲食義，仍寫作「食」並可以讀為 sek、ʃig。

h 組當中還有「南寧平話」，「平話」的定位一直以來都是漢語方言學者討論的議題，王福堂（2001）認為「平話」只能視為一種「土話」，不宜歸入任何一個方言中。而李榮（1989）、張振興（1997）認為「平話」應有別於在廣西壯族區，獨立成唯一的方言區。在此，本文並不討論「平話」的歸屬問題，只針對 hɛ 組的語音作討論[41]。

依據整個南寧市的地理位置來看，屬於廣西壯族自治區，底下共分六區六縣：興寧區、青秀區、西鄉塘區、江南區、良慶區、邕寧區。武鳴縣、隆安縣、馬山縣、上林縣、賓陽縣、橫縣。其地理位置分佈如下圖（4.18）

---

41 由於「平話」的身分與來源一直都有爭議，因此這部分討論與中古音的對應關係仍具有爭議性。

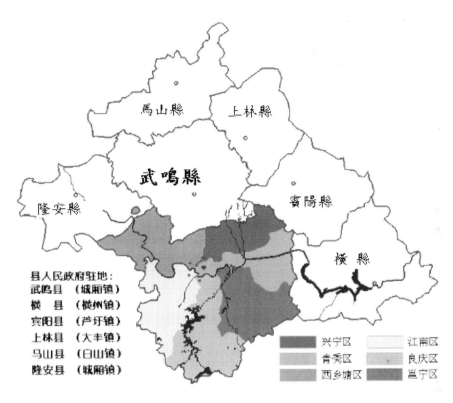

圖（4.18）　南寧市行政劃分

　　就其南寧市，官方語言文字資料所示，南寧市主要有白話（粵語）、平話、西南官話（桂柳話）和普通話和壯語[42]。

　　表（4.2）所示，謝曉明（2008）將南寧平話「吃」記為 hek。有趣的是，據鄧曉華、王士元（2009：246）所調查的語料，在武鳴壯語中「咬」讀為 hap，「吃」讀作 hɯn。更進一步對比，李方桂（1956：10、28、38）記錄的武鳴土話語料中「吃」讀作 kɯ，如：「吃人」kɯ xun、「吃飯」kɯ xɑu、「吃水丸」kɯ ʔbɑ，他並且指出在武鳴土話中，聲母 h 對應中古聲母的「匣」ɣ 及「溪」kʰ 母等。

─────────────────────

42 南寧市語言文字。參考南寧政務信息網：http://www.nanning.gov.cn/4/economy.htm

據此，若李方桂（1956：10）的推論正確無誤，那麼謝曉明（2008）「吃」標作 hek；鄧曉華、王士元（2009：246）所記錄的語料「咬」hap 或「吃」huɯn，其來源可能為「齕¹乎沒切」（匣母）和「喫苦擊切」（溪母）。正如上述，粵方言 hɛ 組來自於「齕¹乎沒切」字的中古音 ＊ɣuət 一樣，南寧平話「吃」hek 也是有相同的來源。

但是，南寧平話和粵方言不同的是：粵方言中「齕」（啃咬）和「食」（飲食）兩者從分；南寧平話中「齕」或「喫」（吃）都是表示飲食兩者從合。

覃遠雄（1997）的語料，可以輔助說明上述的看法，在南寧平話中「喫早飯」hek ku tsau、「喫飯」hek fan，而「咬」讀為 ɲau，如：咬牙切齒 ɲau ɲa kət tsʰi。藉此也可驗證，「齕」和「喫」的原字「齧」古漢語就有通假的用法。

綜合 ŋ，h 兩組，就 ŋ 組來看，梅縣客語、福州話，將「齧」（啃咬）和「食」（飲食）從分，而潮汕話則以「齧」（啃咬）涵蓋了飲食義。相似的情形也出現在 h 組當中，廣州話粵語將「齕」（啃咬）和「食」（飲食）從分，而南寧平話中「齕」（啃咬）涵蓋了飲食義。

4.6.3　閩方言裡的「喫」與「乞」

解決了 ŋ、h 兩組，接下來討論 kʰ 組。《字彙》中「吃」kʰ 組：廈門、福州、建甌的問題。這三個地方的韻母讀音標記為 ik、eiʔ、i。根據吳瑞文（2007：296）的研究，該文所列韻母福州 eiʔ、寧德和揭陽ek、廈門 ik、永安和建甌、建陽 i、莆田 iʔ 都是來自於中古入聲四等韻母字，就時間上來說大約出現在晚唐層，屬於文讀音系統。

由此觀之，《字彙》將 kʰ 組，寫作「吃」字有待商榷。因為，「吃」是中古的三等韻母而非四等字，唯一一個和飲食義有關的四等

字就是「喫」字。如前所述,「喫」中古音擬作 *kʰiɛk,按現代漢語的演化,聲母齶化後經由詞彙擴散進入「照」系穿母,讀作翹舌音。但是在閩方言裡,經歷了如下的變化[43]:

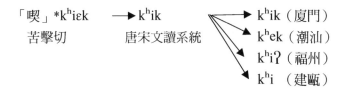

這個音韻的對應,顯示了廈門的 kʰik 屬於晚唐時期的文讀音,屬於滯古層,其他方言點則按音理變化。由這個字音字義之間的對應關係來看,《字彙》中「吃」kʰ 組,應為「喫」並且屬於文讀音。

解決了 kʰ 組的問題,另從語料發現,在廈門、福州、古田等地區有一個詞條表示「痛苦」、「吃虧、人使人吃虧」。這些用法羅列如下:

《廈門方言詞典》頁三三二詞條「克虧」解釋為「吃虧、人使人吃虧」,前字「克」讀作 kʰik 陰入調11,帶塞音韻尾,其變調為55短調。

《福州方言詞典》頁三六九詞條「喫虧」解釋為「難受、不舒服」,前字「喫」讀作 kʰiʔ 陰入調24,帶塞音韻尾,其變調為21微降調。

林寒生(2002:70)閩東地區的「痛苦」寫作「吃虧」,其字音呈現為福州、長樂、古田、福安、周寧讀作 kʰik 陰入調,福清、永

---

43 這個變化過程,本文採保守的觀點,將第三欄的語音並列在一起。但其中應該可以找出先後順序,然而因為仍須篇幅說明,又音韻層次並非本文所關注,因此僅引為參考。

泰、壽寧、福鼎讀作 kʰiʔ 陰入調。如果按照上述吳瑞文（2007：296）的韻母歷史推測，這些字音的本字也同樣是文讀音的「喫」字。但這個「喫虧」的「喫」又從何而來？

前面我們已經驗證了「乞＝契」，而且也見到「喫飲食／謇言＝吃謇言／飲食」。這四者的對應關係如下所示：

乞（三等入聲：求取義）　　　　　＝ 契（三等入聲）

≠

吃（三等入聲：本義謇言／衍生飲食：六朝）　＝　喫（四等入聲：本義飲食／衍生謇言：六朝）

「喫」這個字的語音關係，必然有兩個來源「乞」和「吃」，但「喫虧」的「喫」和「吃」的關係最先排除理由是：「吃」中古擬作 *kjət 不送氣的聲母，語義上表示謇言。而「喫」字中古擬作 *kʰiɛk，若要有所音同或音近，也應該是和同樣送氣聲母的「乞」*kʰjət 有所關係。據此亦可推論「乞」不等於「吃」，這也就說明了為何「乞」沒有謇言的用法。而「喫飲食／謇言＝吃謇言／飲食」是因為部件偏旁的音同假借，只限於飲食和謇言義上可以互通。

從音韻演變上來看三等字「乞」和四等字「喫」產生音近或音同現象[44]。

---

44 按照董同龢（1998）、王力（1980：195）的說法「迄」韻的「乞」韻母演化到現代漢語的順序是：jət＞it＞i。

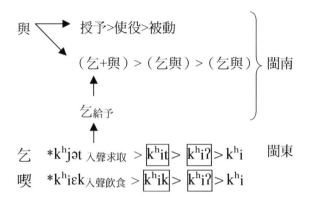

　　這個示意關係可以依序來看，獨用的「與」走向授予>使役>被動，而由求取義衍生的「乞」和「與」並列之後形成一組使役動詞，並朝向被動。因此在閩南地區使用被動標記「與」或「乞與」。另一條路線就是直接由「乞求取」衍生為被動標記。另外，請注意從音韻的對照來看「乞」、「喫」兩者會產生兩種關係。第一種是兩者並無相同的語義根語，而是各自發展，但是在歷史上的某個時代形成的同音字，也就是說只有同音現象，而無語法及語義關聯。

　　第二種是兩者一開始不具語源關系，但是形成同音字後，音義混用。表示求取義的實詞「乞」讀作隨著語法化，讀音產生主要原音高化，介音脫落，讀作 k^hit；而飲食義的「喫」在詞彙擴散的推動下，一部分朝向顎化、翹舌化的路徑。另一部分 $*k^h$iɛk 的讀音同樣經歷主要原音高化，介音脫落讀作 k^hik。之後「乞」、「喫」二字產生音同，由其中某一方借入了語法及語義用法。至於是「乞」借給「喫」，還是「喫」借給「乞」。有一個可能性值得注意，如果「喫」借給「乞」的話，那麼「乞」應該可以衍生飲食義。但實際上由方言資料所知，飲食義是由「食」所擔負，因此「乞」沒有飲食義的用法是很容易理解的。反過來說，若是「乞」借給「喫」，那麼「喫」也負擔

了「乞」音韻削弱後的語法功能[45]。

這兩種說法的癥結點在於「同音是否同源」，若是不同的語義根源，那麼表示「喫」字被動式的演化有自己的成因，而「乞」字被動式內部就存在兩種變化，一個可能是受「與」所影響的「乞」走著和「與去聲」授予＞使役＞被動的相同路徑，並且產生複合，一個可能是來自於「乞入聲」求取義的語法化路徑，至於寫作「喫」字僅只是音同。若持「乞入聲」和「喫入聲」有相同語義根源，那麼表示南方所使用的被動標記「乞」，可能是古通語所遺留，而因「喫」的語音和「乞」音同，有些方言使用「喫」字，有些選用「乞」字。

就目前個人有限的研究能力以及語料，我們暫時只針對第一種說法進行討論，而不牽涉「乞」、「喫」同根源的語法及語義關係。

4.7　本章結論

本章是基於第三章的結論「吃」、「喫」有文字上的假借關係，並透過歷史音變及現代漢語方言的觀察，總結本章的成果如下：

一、首先，基於「虧」、「齧」在先秦為通假字，彼此的意義相互解釋，因此可稱為「近義詞」。經由文字變化後成為「吃」和「喫」，「吃」字和「吃」（口吃）成為了「同形異音異義」（homograph）字，在唐宋「吃」和「喫」也有混用的現象。其源於「乞」和「契」歷史聲韻同音，因此「喫苦擊切」就以「乞」作為橋樑轉嫁給「吃」，「吃」、「喫」就成為了「異形同音同義」字。

二、對於「喫」翹舌音的形成，透過歷史音變和方言觀察，運用

---

45 按照語法化的研究，一個詞的語法化過程中實到虛，伴隨著音韻的弱化與削弱，這或許可以提供「乞」、「喫」語音削弱後成為功能相同的語法標記。

詞彙擴散理論，把整個過程呈現在圖（4.7），解決了第一章所提及，長久以來「喫」字翹舌音的問題。這個音變過程不僅適用於「喫」，也類推到了「廈」、「闞」等兩讀字，其他部分的漢語方言也具有同樣的適用性（參見 4.3.3.1 節）。

　　三、「喫」由顎音翹舌化，具有生理發音基礎（4.4 節），發音部位的不斷前化，以及氣流由較強的塞音，減弱為塞擦音，最後分向翹舌與平舌，這兩者是屬於選擇關係，而平舌的產生，是由於發音部位的省力作用導致。

　　四、經由「漢蒙滿譯音」（4.5 節）的初步觀察，漢語翹舌聲母應為其自身語言的變化，係指基於詞彙擴散效應，「喫」的中古語音部分產生顎化後，其音變路徑與「照」系合流，從上述元《秘史》的「亦咥」可作為印證。對於，「喫」的歷時音變過程，本文是建立在下列的這個模式：

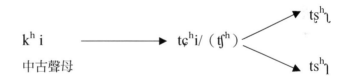

從此觀之，這個縱軸的歷時變化，將與橫軸的共時語音相互呼應。

　　五、最後，就 h、ŋ、kʰ「非舌冠音」組，對應漢語方言來看〔如下圖（4.19）〕，「齧」（喫）ŋ 組是表示「啃咬」，使用在部分閩語區（潮州、福州）以及部分客語區（梅縣），但是表飲食義則使用「食」。「齕」h 組有些微差異，在陽江粵語以及南寧平話，「齕」可作為飲食的「吃」，而在部分粵語區（廣州、《粵語音韻集成》表飲食則是用「食」，而「齕」則是作為「齧」。kʰ 組則是「喫」出現在部分閩語區（廈門、福州、建甌），但是飲食義仍用為「食」。

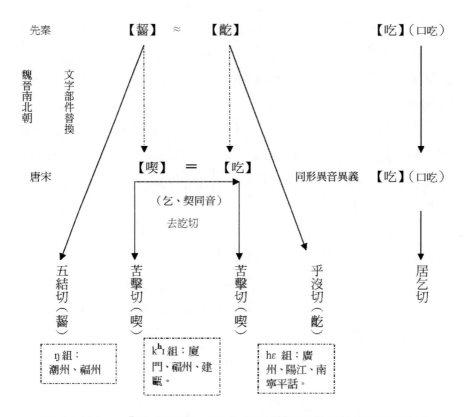

圖（4.19）　「非舌冠音」組的文字意義與漢語方言語音分佈

第五章
跨語言的觀察及理論架構

　　英語的「get」可以表示接受、獲取之意，但在雙賓結構中表示給予（I got Mary a book）等同於「give」，其次「get＋過去分詞＋（by＋agent）」可以表示被動。本章先藉由英語「get」的觀察，試圖建立兩項假設路徑：「乞」由求取衍生給予義，以及「乞」如何由求取產生被動意涵。

5.1　英語「Get」的啟發

　　英語的「get」可以表示「拿」或是「獲得」如：John got a book to (from) Mary. 差別在於介系詞所標記的是受益者還是來源。除此，還可以在雙賓結構中表示給予義如：John got Mary a book. 這個現象和「乞」兼表求取和給予，有相同之處。底下就簡述「get」的用法，進一步推敲出「乞」給予義的發展路徑。

　　A. $\boxed{\text{S+get(v.t)+O}_{\text{noun}}\text{+(from/to/for)}}$ 及物動詞「get」加直接賓語，表示「求取」類的獲得、收到、得到的語義，其後的介系詞用「from」標記來源。但介系詞若為「to」、「for」標記受益者為與格結構。如例（1）至（4）：

　　（1）I got mail from the U.S.
　　（2）John got a letter from Lucy.

（3）I got a new coat to/for you.（與格）

（4）He got a book to/for Mary.（與格）

例（1）、（2）是 S（主語）（I, John）收到 O（mail, letter）的受益者，而例（3）、（4）介系詞「to/for」後面的名詞是受益者，S 是動作的施事者表示「S 拿而給某人」。

　　B. S+get(v.t)+NP+P.P.+(by+S)「get」+直接賓語+過去分詞（past participle）可以表示被動義，其後可以加上「by」引介動作的施事者，但因為句義主要強調受事者，所以一般都可省略。如下句（5）至（8）：

（5）John got Mary arrested (by the security police).

（6）John got Mary fired (by Lisa).

（7）I got a haircut (by the hair dresser).

（8）I must get my bike repaired (by a repairer).

上面的例句中 Mary, hair, bike 是受到動作影響的受事者，而過去分詞當作賓語的補語。這些句子除了帶有被動義以外，也具有「使役／致使」的意涵，即「某人使某人去做某事」（X cause Y to do something.）。

　　C. S+got+P.P.+(by+S)「got」後加及物動詞的過去分詞（P.P.），亦可表示被動。同樣的句末可以加「by」引介施事者，而且也可以省略。如下例句：

（9）Tom got dressed (by his sister).

（10）Go to the bathroom and get washed! (by Mom)

（11）He got caught (by the police).

（12）she got arrested (by John last night).

（13）The crystal glass got <u>stolen</u> (by John).

（14）It got <u>attacked</u> (by some crows).

（15）Barry got <u>invited</u> to the party (by Mary).

前面的兩句，如果省略了施事者，一般的句義就有自我完成動作的意味（Tom got himself dressed.）。例（9）至（15）除了被動以外，更帶有超出預期的偶發事件，在這些句子裡，主語都是受到動作影響的受事者，「got」是作為助動詞的角色而非主要動詞，而動詞帶有及物性，句義主要表示存在的狀態。

D. $\boxed{\text{S+get+Adj.+(by+S)}}$ 「get」後接的是分詞形容詞，「get」作為系（繫）詞（copula），語義具有「變得／成為」（become）。如例句（16）至（20）：

（16）John got (very) <u>confused</u> (by Mary's explanation).

（17）I got (very) <u>worried</u> (by your comment).

（18）Tom got (very) <u>frightened</u> (by the loud noise).

（19）He got (very) <u>angry</u> (by John).

（20）He got <u>disillusioned</u> (by the future).

句中的這些分詞形容詞，由表示人類心理狀態的及物動詞（mental verb）而來，說明主語的狀態表示「感到」、「受到」，一般來說，主語都是人類。「got」的被動義大多含有負面的性質，如遭受到攻擊（get hit）、受到阻擾（get hindrance）或是心理狀態的壓力（get punished）。

Collins（1996）從英語語料庫，分析「get-passive」的類型以及不同的語義。一共分為五種類型：

1. Psychological get-passive：這種類型的被動式中，表示心理狀態的形容詞和動詞過去分詞很容易混淆，形容詞可以用「very」修飾。如：I got bored by them. / She gets very excited.

2. Reciprocal get-passive：這些類的動作大多指向說話者自己本身，如：Let's get dressed up. / That is a reason to want go get married.

3. Adjectival get-passive：在這種被動式中施事者不出現，帶有變得／變成的意涵，「get」是係詞（copula）作為主語和謂語形容詞的聯繫。如：She gets (becomes) very entangled/*she got entangled by her aunt.

4. Formulaic get-passive：具有固定格式及成語性，如：get used to, get fed up with , get hold of and get accustomed to.

5. central get-passive：有相對應的主動式以及屬人的施事者出現，主要表示施事者的意圖傾向。如：I get phoned by a woman. 但是也可以出現非人的施事者如：John got struck by lightning. 並且在具體的語境下句中的施事者往往可以不用出現，如：He got hit by a train and he got killed.

從這五種「get-passive」來看有一個共同點，即是：受事者都是出現在句首的主語，而句末由「by」引介出的施事者，可以是屬人的（by someone），也可以是自然界的現象（by lightning），並且可以省略整個介賓詞組。

　　除了劃分類型以外，他將這五種被動式的出現頻率做了計算，總計一〇一一筆語料中得出了下列由多到少的順序：

Central (291)>Adjectival (211)>Formulaic (202)>Reciprocal (158)> Psychological (149)

　　其中 Central get-passive 裡，有百分之九十二是可以省略施事者，這就突顯了被動義中受影響的主語較受到關注。他認為「get」被動歸責（imputation）於主語的原因是，及物動詞「get」具有獲得（acquire）（John got a new car today.）及使、讓（cause）（John got me fired.）的用法。另外，雖然「got+P.P.」常具有被動的損害貶義，但並不是所有的情形都此，如：Jane got promoted. 這時候 Jane 反而是受益者（beneficiary），在二九一筆 Central get-passive 裡有一九四筆（67.4%）帶有貶義；六十八筆（23.4%）帶有受益及二十七筆（9.3%）中立化不帶褒貶（如：They get taught the "Look and Say" technique. / Did you get baptized in a river?）。造成中立化的原因，是對話裡缺乏歸責的對象。最後，他從語料文體分析指出，「get-passive」的體語較屬於口語化的用法。透過上面的討論，可以把「get」的句式整理如下：

　　A. S+get+O$_{noun}$+to (for)（與格）

　　　　A.1 S+get+O$_{noun}$+from（接收來源）

　　B. S+got+NP+P.P.+(by+S)（使役／被動）

　　C. S+got+P.P.+(by+S)（被動）

　　D. S+got+Adj+(by+S)（被動）

A 型裡介系詞「to/for」所標記的是受益者，而 S 是施事者。即：S 做了 get（拿）的動作後使受益者擁有 O$_{noun}$，「get...to/for」是「拿而給」。介系詞「from」標記的是來源而 S 是受益者，即「from」後面的名詞使 S 擁有 O$_{noun}$。它們雖然共享同一種結構（S+V+O$_{noun}$+P），但是介系詞標記不同，使得 S 的語義角色也不一樣。因此有必要分出 A.1 型。

　　B 型由使役到被動的發展，可以採用「反身允讓」（reflexive permission）來測試，也就是說，在這個句型裡，如果 O 是反身詞就會被理解為被動句，如：John got Mary fired – John got himself fired—John got fired。最後一例，等同於 C 型。

　　B、C、D 三種類型，當「got+P.P.(Adj.)」，S 是受事者，而 by 所引介的是動作的施事者。對照一下例（2）和（9）至（15），「from」所標記的是來源，但實際上也算是一種施事者。因為 Lucy 具有屬人的特性，也就是 Lucy 使 John 獲得 letter，並帶有使役意涵。同樣的，「by」引介出動作的施事者，也具有使役表示「某人使他人遭受 P.P.」。並且，這些動詞過去分詞，大多是具有貶義的成分（arrested, stolen, attacked）。

　　張麗麗（2006）以漢語為觀察，指出在使役結構中，主語具有自願性、意圖，當主語處在非常情況時，不希望某事落到自身上，就容易理解為被動義，稱為「非自願允讓」（unwilling permissives）。英語「got+P.P.」裡帶有貶義的動詞過去分詞就被視為具有被動意涵。透過「get」的觀察，其句法形式及語義有整理如下：

　　一、「get」在句子裡作為主要動詞時，動詞語義表示求取，介系詞「to/for」引介受益者（A 型）或「from」標記了來源（A.1型）。在「get…to/for」主語的語義角色為施事者；在「get…from」主語的語義角色為受益者，這跟介系詞標記的引介功能有關。

　　二、B 型裡施事者（S）及被使役的對象（NP）不共指同一人，「got+NP」則帶有使役意涵，如果以反身詞替換 O 則形成 C 型。

　　三、C、D 型都是在非自願允讓的情況下，「got+P.P.」理解為被動義，和 A、B 型相較「got」的動詞性較弱。此外，C 型的執行者可以是無生命（John got struck by lightning.），此時被動意涵更加明確。

　　四、當句子裡出現第二個動詞時，「got」的動詞性就會減弱為助動詞（B、C、D 型）。也就是說，「got」形成助動詞的句法環境為，在兩個動詞並列的情形下，第一個動詞性減弱，後一個動詞成為主要動詞。

5.2　假設與討論

5.2.1　「get…to/for」和「乞」的雙賓句

英語「get」出現在上節的四大句式[1]。但是，在 A 型裡因為介系詞標記的不同，只有 A 型句式「S+get+O+to/for」可以透過變形句法規律（transformational rule）操作，轉換為「雙賓句」（double object）形成：S+get+IO（indirect object〔間接賓語〕）+DO（direct object〔直接賓語〕）。以「he **got** a <u>book to me</u>」為例，可以轉換為「he **got me a book**」。前一個例子「get」表示求取（拿）並由介系詞（to）標記受益者，句法上將這樣的結構稱為「與格」（dative construction）；後一個雙賓句裡沒有介系詞標記，原本 DO（book）在 IO（me）之前，但是形成雙賓句 IO（me）在 DO（book）之前，兩種句型的賓語語序改變了。這個過程可以推導如下。

首先，基於「題元階層」（thematic hierarchy）的排列順序：Agent>source/goal>theme (Jackendoff, 1972; Radford, 1997)「to」標記的是一個受益目標。接著動詞往前移位形成「動詞短語殼」[2]（VP-Shell），介系詞「to」經由動詞吸收，如下的句子：

〔he〔to me〔got a book〕〕〕
Agt　　　G　　　　Th
〔he got$_i$〔me〔　t_i a book〕〕〕

1　Givón and Yang（1993：119）該文從歷時觀點討論英語「get」的歷史演變，但是因為該文主要從語義觀點切入，對於句法上的討論並不多，因此本文未詳細回顧該文獻。

2　中文譯名參照鄧思穎（2010）。

「he **got** a book **to** me」形成「he got me a book」的「雙賓結構」（double-object）其意義接近於同樣的「雙賓結構」結構「he gave me a book」。如果把「to」後面換成一般的人稱詞，如：「he got a book to John」也可以轉換為「he got John a book」等同於「he gave John a book」。「get…to」可以轉換為「S+get+IO（間接賓語）+DO（直接賓語）」的雙賓結構。形成兩種結構不同，但是句式的語義都是表示給予義。需要注意的是，「get」在「get…to/for」的語義是「取而給」，但形成雙賓句後「get」的語義體現為給予義，使得「get」近於「give」。可以把上面的討論整理如下：

Deep structure 深層結構	移位變形 介系詞併入	Surface structure 表層結構
S+get+O(NP1)+**to/for**+NP2「get」表示拿取「get…to/for」表示拿……給	⟶	1a.S+get+NP2+O(NP1)「get」在雙賓句式裡體現為給予

經由移位後，形成的雙賓結構，是直接來自於與格（dative construction），形成如下樹狀圖（5.1）：

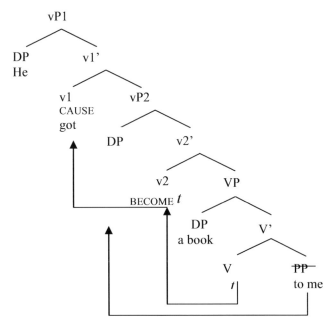

圖（5.1）　英語「get」由與格形成雙賓結構樹狀圖

動詞「got」由中心語移位到輕動詞 BECOME 的位置，再上移到 CAUSE。「me」移到輕動詞的 DP（指定語位置），使得間接賓語和「a book」形成了輕動詞短語（vP2），形成了間接賓語在上，直接賓語在下。

　　動詞「give」所形成的典型雙賓結構，主要突顯「給予」意涵。除了「get…to」間接賓語前的「to」可以省略，「get…for」也是一樣[3]可以形成雙賓結構，例如：

I'll get a drink for you. > I'll get you a drink.

I got a pen for you. > I got you a pen.

3　除了動詞「get」，其他的動詞「take/give/sell/send…to」、「buy/make/order/reserve…for」都是可以在間接賓語前省略介系詞。

「get...for」主要突顯施事者的意圖性，同樣的，也是具有「拿而給」的意涵。

　　然而，為何介賓詞組需要移位到動詞前？而又為何介系詞會消失不見？鄧思穎（2003：108-109）和湯廷池（1993：154）以漢語作為討論，底下依序說明上述的兩個問題。

　　鄧思穎（2003）指出與格結構裡的介系詞短語移位，是為了強調間接賓語（IO）有焦點、強調的作用。試對比下列兩個句子：

　　　　a. 他寄了一封信給<u>一個人</u>。
　　　　b. 他給<u>一個人</u>寄了一封信

a. 句末的間接賓語可以是有指（specific）或是無指（nonspecific）的意思，但 b. 句間接賓語前置只允許有有指的詮釋，也就是說，我們可以知道「一個人」是預設，大概知道那是誰，反之，例 a. 句就不知道。因此，介系詞短語移位有強調的作用，突顯動詞與間接賓語有其「目的性」。然而，動詞移位體現了中心語語序的差異，普通話（漢語）的輕動詞賦與誘發動詞移位的詞綴特徵。但並非所有的語言動詞移位到輕動詞的位置[4]。

　　至於為何在介賓詞組移位後，介系詞消失的現象。湯廷池（1993：154）提出所謂的介系詞併入（P-incorporation）例如下例：

　　　　a. 小明送一束鮮花給小華。；*小明送一束鮮花 e 小華。
　　　　b. 小明送給小華一束鮮花。；小明送 e 小華一束鮮花。

4　鄧思穎（2003：126）進一步比對了英語、漢語、粵語，英語是將動詞詞位到 TP
　　（時態短語）的中心語 T 的位置；漢語則是移位到輕動詞詞組的中心語 v 的位置；
　　粵語則是在 TP 與 vP 多了一層的功能性短語（XP）的中心語位置 X。

　　在 a. 句中，「給」標記「小華」，到了 b. 句可以消失，只有在動詞與介系詞相連出現的時候，介系詞能併入。除此之外，還有一條同音刪略（haplology）的規則運作：

　　a. 他給（了）十塊錢給我。
　　b. 他給（了）我十塊錢。
　　c. 他給（了）〔P.P. 給我〕十塊錢。
　　d. 他〔v 給給〕（了）〔NP 我〕十塊錢。

　　b. 句的例句是經過 c. 句的間接賓語提前（又稱與格轉換），再經過 d. 句的重新分析形成「給給」動詞後，刪除同一個重複音節而來。
　　我們認同上述學者的看法，介系詞所引介的間接賓語詞組，因為為了強調焦點作用而移位到動詞前。而進一步顯示中心語位置的差異，動詞移到介賓詞組之前，並且透詞介系詞併入，動詞吸收了介系詞屬性。綜合上面的討論，可以得出下列三項觀察：
　　一、「get...from」雖然「from」是標記來源，但卻不能透過移位變形及介系詞併入。例如：「I got a letter from Lucy.」不能透過變形及併入形成「I got Lucy a letter」。因為「from Lucy」介系詞片語做修飾語（modifier）修飾「a letter」。
　　二、「get...to/for」介系詞「to/for」標記受益者（IO），可以經由移位並由動詞併入介系詞形成雙賓給予句，動詞「get」具有兩個論元；然而「get...from」以介系詞片語作為修飾賓語，「get」只有一個必要論元，無法經由句法操作形成雙賓句。也就是說，動詞「get」形成雙賓的前因是在「to」的與格形式。
　　三、A 型「S+get...to/for」經由句法操作後形成 S+get+IO+DO，「get」的語義由原本的求取義，形成雙賓句後其語義同於

「give」我們認為是受到整個句式義的影響。

回到「乞」的討論，第二章裡閩方言的「乞」表示求取義，另外在雙賓結構裡表示給予義，就先後順序來說求取義在先，衍生義給予在後。先看「乞」表示給予義的語法形式。

江藍生（1989：47）認為，東漢文獻就已經出現「乞」的給予義，唐宋時多見，清人偶有出現。例子如（21）至（24）：

（21）居一月，妻自經死，買臣**乞其夫錢**，令葬。（《漢書‧朱買臣傳》）

（22）罪臣不煞將金詔，感恩激切卒難申。**乞臣殘命歸農業**，生死榮華九族忻。（《敦煌變文》）

（23）僧迴頭。師曰。**乞我一文錢**。曰道得即與汝一文。（《五燈會元》）

（24）一夜，盜入其居，夫婦惶懼不知所為。妾於暗中手一杖，開門徑出，以杖擊賊，踣數人，餘皆奔竄。妾厲聲曰：「鼠子不足辱吾刀杖，且**乞汝命**，後勿復來送死。」（《池北偶談》卷二十六〈談異七‧賢妾〉）

從上面的例子，可以看到「乞」出現在雙賓給予句裡，而這個「S＋乞＋IO＋DO」我們認為是來自於「S＋乞＋<u>DO＋介系詞＋IO</u>」的與格形式，介系詞所標記的是受益者和「get...to/for」一樣，經由移位變形、動詞併入介系詞後，形成雙賓句。初步推測「乞」的雙賓句型發展路徑如下圖（5.2）：

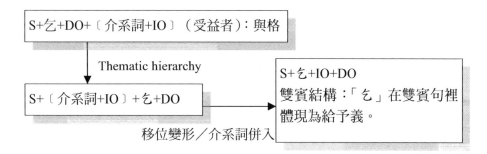

圖（5.2）　「乞」雙賓結構的初步發展路徑

　　圖（5.2）中的介系詞功用，為標記受益者目標（像是「to/for」），這個與格結構接著移位變形介系詞併入，形成雙賓句。對照「get…to/for」和「乞＋DO＋介系詞＋IO」，我們初步認為，與格都可以形成雙賓句。就動詞語義來看，兩者也都是由原本的求取義，形成雙賓句後體現為給予義。

　　上面這些雙賓句，「乞＋IO＋DO」的「乞」都是以單音節出現。另外，在東漢及魏晉的其他文獻裡找到「乞 X」＋IO＋DO 的雙賓句。

（25）鄧弘收恤故舊，無所失，父所厚同郡郎中王臨，年老貧乏，弘常居業給足，**乞與衣裘輿馬**，施之終竟。（《東觀漢記》傳四〈鄧弘〉）

（26）江夏文獻王義恭，幼而明穎，姿顏美麗，高祖特所鍾愛，諸子莫及也。飲食寢臥，常不離於側。高祖為性儉約，諸子食不過五酸盤，而義恭愛寵異常，求須菓食，日中無算，得未嘗啖，悉以**乞與傍人**。盧陵諸王未嘗敢求，求亦不得。（《宋書》）

「乞＋IO＋DO」和「乞 X＋IO＋DO」的生成背景是否相同，為何出現這兩種不同形式，功用是什麼？將在第六章說明。

5.2.2 「got+P.P.」和被動標記「乞」

　　「get+O$_{noun}$+from」和「got+P.P.+by」中，先前說過，B、C、D型裡「got+P.P.」後面 by 所引介的是動作的施事者，這兩個形式的差異在於「get」後面成分是動詞性還是名詞性。

　　A1. 型裡「from」雖然標記的是名詞 O 的來源，但實際上也算是一種施事者，因為「from」引介的是名詞賓語（O）的施事者，即「某人使他人獲得 O」；而「got+P.P.+by」是「by」引介出動作的施事者，即「某人使他人遭受 P.P.」。但是，「from」的介系詞片語做修飾語，不能透過移位刪除，而「by+agent」是一種選擇性的存在。據此「get」後面的屬性名詞還是動詞，也就決定了「get」是主要動詞，還是助動詞的關鍵。

　　「乞」後面成分是動詞還是名詞，對於推測被動標記「乞」的產生有很大幫助，如同在第二章表（2.2）所列出。閩方言裡，表示被動的「乞」出現在「NP1（受事）＋乞＜NP2（施事）＋V」、「乞」之後，帶有另一個主要動詞。

　　同樣，先從古漢語觀察「乞」的語料。先秦古漢語中，能看到用「乞……於」的用法，如下例（27）至（29）：

（27）晉將伐鄭，使樂黶乞師於魯（《國語》〈周語下〉〈單襄公論晉將有亂〉）

（28）不協之故。用昭乞盟於爾大神。以誘天衷。（《春秋左傳》〈僖公・二十八年〉）

（29）出於五鹿。乞食於野人。野人與之塊。（《春秋左傳》〈僖公・傳二十三年〉）

如果，把「乞」後面的成分「師」、「盟」、「食」當作是名詞性賓語（O），介系詞「於」所引介的是來源（和「get+O+from」一樣），整個意思就是「某人使他人獲得 O」。

如果，「乞」後面的是動詞，介系詞「於」所引介的是動作的施事（和「got+P.P.+by」一樣），整個意思就是「某人遭受某種動作狀態」，而這種動作狀態是來自於「於」所引介的人。因此，若「乞」後面的成分，確立是動詞性時，就會形成被動標記，暫且透過「被」的形成來看。

曹逢甫（1990、2005：87）討論，簡單句裡的單一主題（topic），其中被動句的形成有助於對「乞」的分析。他將 Bennett（1981）對「被」的討論，作了整理說明。「被」原本是一個表示「接受」的動詞，帶名詞賓語，如：「國被攻」。然而，由於古漢語裡，名詞沒有任何的標記，加上「攻」具有強烈的動作性，所以很容易被重新分析（reanalysis）為動詞，此時「被」就失去了主要動詞的地位，而成為動詞「攻」前的助動詞。同時，他也觀察到「被」和「給」的發展有一個有趣的現象，「被」原本是作為標記被動動詞，而後產生了標記施事的功能；「給」的功能剛好相反，「給」在被動句中先是施事標記，後產生標記被動動詞的用法。

從上面「被」的句法環境來看，一旦「被」後面的成分被認為是動詞，並且和「被」形成動詞並列時，「被」就被重新分析為助動詞。透過「被+動詞」的觀察，「乞」極有可能是在「乞+動詞」的語法環境裡，經由重新分析形成。

「乞＋O＋於＋NP」，除了 O 有動詞和名詞性的變因外，介系詞「於」的標記功能也是變因之一。洪波、解惠全（1988：2010）、魏培泉（1993）、Sun（1996）一致認為「於」可以標記「受給予者」及

「受求取者」[5]。如下用例（30）、（31）：

（30）己所不欲，勿**施於人**。（《論語》——引進給予的對象）
（31）今我欲徵福假靈**於成王**。（《左傳》——引進受求取的對象）

按照賓語（O）是動詞或名詞，以及介系詞「於」所標記的功能不同，S+乞+O+於+NP 可以產生四種不同的格式語義如下：

1. S＋乞（求取）＋O（名詞）＋於＋NP（受給予者）——「get...to/for」與格
2. S＋乞（求取）＋O（動詞）＋於＋NP（受給予者）——？？？「get+P.P.+to/for」[6]
3. S＋乞（求取）＋O（名詞）＋於＋NP（來源）——「get...from」
4. S＋乞（求取）＋O（動詞）＋於＋NP（動作施事者）——「get+P.P.+by+agent」

第一種情形，其實就和「乞」雙賓句的形成相同，都可以透過移位變形和介系詞併入，產生如圖（5.2）的路徑；第二種情形不符合動作的邏輯，第三、四種情形的變因在於 O 的詞性是動詞還是名詞，按一般對語義角色的稱法「乞＋O（名詞）」介系詞「於」標記「來

---

5 這裡語義角色的稱法為三位學者的用法，「受給予者」即為「接受的目標」；「受索取者」為「來源」、「動作的施事者」。

6 英語有 He got killed for money. 但是此例「for money」引介的是原因，和我們標記接收者不同。

源」（如同 John got **a letter** <u>from</u> Lucy）；「乞＋O（動詞）」介系詞「於」標記「動作施事者」（如同 John got **fired** <u>by Lucy.</u>），但是英文的「by+agent」介賓詞組可以省略。

　　第三、四這兩種句型，不論介系詞「於」所標記的是「來源」還是「施事者」，同樣可以採用移位變形及介系詞併入，呈現如下的發展歷程：

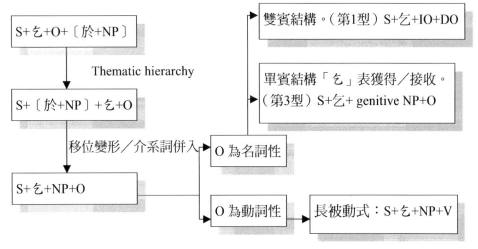

圖（5.3）　被動標記「乞」發展的初步假設

第一型雙賓，是源自介系詞「於」標記受益者，並且可以還原為與格，如同圖（5.1）、（5.2）所示。第三型是源自介系詞「於」標記「來源」，形式上像是雙賓結構，但實際上，在底層結構裡「乞＋O＋於＋NP（來源）」卻是單賓結構，不能有「與格轉換」（dative alternation）。第四型介系詞「於」是標記「動作施事者」而 O 為動詞，但和「get+P.P.+（by+agent）」有所不同的是，介賓詞組「於＋NP」移位到動詞「乞」之前，又經動詞移位介系詞併入，形成長被動「乞」。

　　上面兩節裡，建立了「乞」的雙賓及被動標記，產生的假設路徑圖（5.2）及圖（5.3），這兩個模式有相同句法操作。

一、建立在與格及介系詞來源標記：在圖（5.2）裡作為主要動詞的「乞」，之後有一個介系詞標記受益者，形成與格。

二、兩個模式，都可以基於「題元階層」將介賓詞組，移位到主要動詞「乞」之前，接著透過動詞「乞」移位介系詞併入。雖然，這兩者經由句法操作後，都可以產生「S＋乞＋NP＋NP(V)」的形式，但要注意的是，圖（5.2）裡的介系詞引介受益者，其雙賓結構來自於與格轉換，並且 IO、DO 都是名詞性成分。而圖（5.3）的介系詞卻是標記動作的來源，其中有一個成分是動詞性。

三、被動標記「乞」的形成關鍵是：後面帶有動詞性賓語，這點和「get+P.P.」相同，就會產生重新分析，即其中一個動詞性減弱為助動詞。

5.3　理論架構

上節透過「get」和「乞」的語料觀察，建立出「乞」由求取義衍生雙賓給予義，是基於與格轉換的關係，而且被動標記「乞」的形成也是透過同樣的句法操作，差異在於「乞」之後是兩個名詞成分，還是其中一個為動詞性。底下將引介相關理論及跨語言觀察，支持我們的假設。

5.3.1　雙賓結構的形成──建立在連動、與格的框架下

對於雙賓結構（double object construction, DOC）的生成方式，在句法學研究領域裡還沒有得到共識，主要分為兩派[7]：第一派認為與格

7　除了這兩外，還有第三派學者則認為這兩種句式沒有相互的衍生關係，代表者為 Hale & Keyser（1993）、Browers（1993）、Pesetsky（1995）、何曉煒（1999、2003、2008）。

（dative construction, DC）轉換為 DOC 代表者 Larson（1988、1990）、顧陽（1999）等。第二派則認為 DOC 轉換為 DC 代表者為 Aoun & Li（1989）、Li（1990：67）、Jackendoff（1990）。本文在此不詳述這兩種類型的優缺點，只作摘要的說明。

　　Larson（1988、1990）認為 DC 轉換為 DOC 的過程中，動詞經歷了被動化（passivelization）的變化，稱之為「Dative shift as passive」，如例「John sent a letter to Mary.」轉換為雙賓結構，如下樹狀圖。

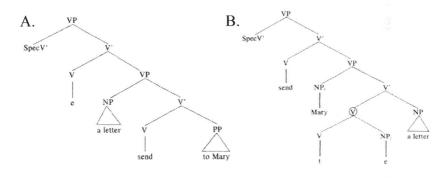

圖（5.4）　　與格轉換為雙賓樹狀圖

動詞「sent」形成過去分詞「send」，圖（A.）「a letter」是 VP 的內主語（inner subject），動詞「send」吸收（absorb）間接賓語的格（to），直接賓語（a letter）降格（demotion）到 V'之下形成附加語（adjunct），間接賓語（Mary）沒有格位往上提升到 VP 主語的位置，最後動詞提升到 V-head 的位置，並指派 VP 的主語（Mary）格位，形成如圖（5.4B.）的 DOC[8]。

8　對於 Larson（1988、1990）與格轉換為雙賓結構的過程，鄧思穎（2003：141）某些部分是持正面看法，但是他認為間接賓語移位的目的是為了得到格位，這個說法目前不能說得通，因此被動化也應當修改。在此，我們無意討論與格與雙賓之間的生成句法理論，而是借用與格轉換及動詞移位介系詞併入來討論雙賓句的形成。

　　需要特別指出的是，並非所有的動詞都可以有 DC>DOC 的轉換。
Larson（1988、1990）指出像是「donate」、「distribute」、「contribute」
這類動詞語義沒有傳遞或轉移的意涵，因此在 DC 裡需要有介系詞標
記對象，一旦失去這個介系詞標記就不能表達傳遞或轉移的關係。

（32）a. I <u>donated</u> money <u>to</u> charity.

　　　*b. I <u>donated</u> charity money.

　　　a. I <u>distributed</u> apples <u>to</u> the children.

　　　*b. I distributed the children apples.

　　　a. I <u>contributed</u> my time <u>to</u> the auction.

　　　*b. I <u>contributed</u> the auction my time.

另外，像是動詞「give」、「send」，因為動詞語義本身，就已經有傳遞
或轉移的意涵，因此多附加介系詞標記對象就會是多餘。DC>DOC
的轉換，除了受到動詞語義的限制外，Larson（1988、1990）也注意
到了有些動詞由 DC 裡的單賓動詞，形成 DOC 雙賓動詞，動詞的論
元由兩個增加為三個。如下：

（33）a. Mary <u>baked</u> a cake <u>for</u> John.

　　　b. Mary <u>baked</u> John a cake.

　　　a. Mary <u>cooked</u> a meal <u>for</u> John.

　　　b. Mary <u>cooked</u> John a meal.

動詞「bake」、「cook」在 DC 裡帶有兩個論元（Mary, cake/meal）如 a.
句，「cake」、「meal」是經由動詞所創造出來的，而需要表明受益的
對方，因此增加了一個表示受益者的論元「John」，如 b.句。他把這

個現象稱為「論元增生」（argument augmentation）。

Larson（1988、1990）不僅觀察到了 DC>DOC 的轉換，受到動詞語義的限制，同時部分的動詞，將由帶兩個論元的結構，增生為三個論元。

Aoun & Li（1989）、Li（1990：67）也是基於轉換生成語法。但是，他們認為是間接賓語被降格後，為了獲取格位使得「to」加入，而形成 DC，由 DOC 到 DC 的過程如下樹狀圖所示。

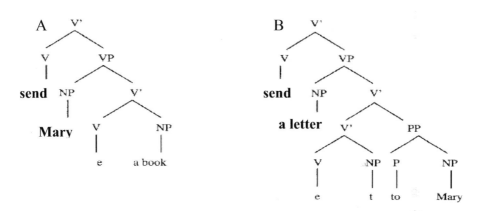

圖（5.5）　雙賓轉換為與格樹狀圖

圖（A.）V 動詞的被動化，使得直接賓語（a letter）為了獲得格位，提升到 VP 的主語位置，而間接賓語（Mary）則降格到 V'下，但需要格位，因此插入「to」賦予格位而形成與格圖（B.）。

這兩派學者，都有一個共同點即：都是以動詞被動化的形態為基礎，有所不同的是，DC 轉換為 DOC，是以直接賓語降格，間接賓語為了得到格位移至動詞組（VP）的主語位置，最後動詞移位到 V'為成授予格的任務。認為 DOC 轉換為 DC 者，在句法上直接賓語升格到間接賓語的位置，並由動詞指派格位。而間接賓語降格，並由加插的介系詞「to」賦予格位。

按照先前本文的假設，DOC 是基於 DC>DOC 而來，這其中有一個關鍵點，即必須確立與格標記「DO＋與格標記＋IO」（一本書給張三）。如此一來，才能透過移位變形和介系詞併入，得到 DOC。

那麼 DC 又跟什麼結構有關？可以透過貝羅貝（1991）和 Her（1999，2006）的文章來討論。

貝羅貝（1986，1991）從歷史語言考察認為動詞語法化（grammaticalization）為介系詞有四種結構[9]，而這四種結構都會經歷過連動式（serial verb constructions: SVC）。Her（1999，2006）主要是從現代漢語討論「給」的五種結構與詞性[10]。

貝羅貝（1986，1991）依據，他對於語料出現的順序，指出漢代早期出現了一種新的句式 V1+V2+IO+DO，V1的語義為〔+give〕（as offer, transmit, sell, distribute,etc.），V2的位置有三類表達「to give」的動詞「與」、「遺」、「予」。如下例（34）至（37）：

（34）而厚**分與其女財**。（《史記》）
（35）**分與文君童百人**。（《史記》）
（36）**假予產業**。（《史記》）
（37）**欲傳與公**。（《史記》）

他進一步認為，V1+V2+IO+DO 的結構，是從 V+IO+DO(DOC) 而來。因為，這兩個結構具有相同的限制，即動詞 V1都是〔+give〕。

9　這四種結構為：處置式（disposal construction）、比較式（comparative construction）與格結構（dative construction）、完成貌（perfective aspectual particle），我們只討論與格轉換的關係。

10　何萬順（1999、2006）「給」的五種結構為 double object [*gei* NP2 NP1]; prepositional dative [V NP1 *gei* NP2] ; V-gei compound [*V-gei* NP2 NP1] ; preverbal dative [*gei* NP2 V NP1];purposive *gei* [V NP *gei* NP VP]，我們只討論前三種與格轉換的關係。

漢代的後期 V1+V2+IO+DO 開始有分化的現象，到了六朝形成 V1+DO+V2+IO(SVC)，並且越來越廣泛。如下例：

（38）阮家既嫁醜女與卿。（《世說新語》）

（39）送一船米遺之。（《世說新語》）

V1+V2（與）+IO+DO 和 V1+DO+V2（與）+IO 都是 SVC 結構，直到唐代「與」才會語法化為一個 DC 介系詞標記「to」（與[+V]>與[+Prep]）。

　　貝羅貝（1991）的觀察，是從語料出現的先後順序，排列出 V1+V2+IO+DO 為先，而且這句式來源於 V+IO+DO(DOC)，之後兩個動詞的並列式分離為 V1+DO+V2+IO，而這兩個句式都是 SVC。V1+DO+V2+IO 的 V2到了唐代因為虛化成為了介系詞。

　　Her（1999、2006）主要是從共時的觀點，討論漢語「給」出現的各種句式，其中有三種句式和貝羅貝（1991）有相同的結構：double object [*gei* NP2 NP1]; prepositional dative [V NP1 *gei* NP2]；V-*gei* compound [*V-gei* NP2 NP1]。

　　Her（1999、2006）的文章指出，「給」出現在 SVC 的結構為[V NP1 *gei* NP2]。也就是「給」作為後一個動詞 V2。那麼，如何知道這個「給」是個動詞？曹逢甫（1989）從主題化（topiclization）出發，認為連動式裡面，後一個動詞的賓語可以提升到 V2 之前成為舊訊息如：他送一本書 *i* 給我看 *ei*。Her（1999、2006）從動詞的論元結構來看。如下例：

（40）李四賺錢 *i* 給老婆 *ei*。

（41）李四借了一千塊 *i* 給他 *ei*。

V2動詞「給」其實帶有兩個論元<goal theme>，作為 IO（老婆／他）DO（錢／一千塊）；V1「賺」和「借」也符合論元要求<agent theme>，但「借」是表示「borrow」（借入）。當動詞「借」（loand）作為雙賓動詞時，其論元結構<agent goal theme>需要一個標記借給的對象時，「給」就會是一個介系詞標記。以下列的公式表示：

　　a. [S V NP1*i* [**VP** *gei* NP2 *ei*]] （V 的論元結論<gaol theme>）
　　b. [S V NP1 [PP *gei* NP2]] （V 的論元結論<agent goal theme>）

b. 式裡「給」的虛化，成為了由 DC 為 DOC 的契機，如下列例（42）、（43）：

　　（42）李四分了一百萬給我。（DC）
　　（43）李四分了我一百萬。（DOC）

最後，Her（1999、2006）討論了，V-gei compound [*V-gei* NP2 NP1] 的形成，也是從論元結構來看，他認為動詞 V2「給」的論元結構為 <agent goal theme>（如：我給張三一本書）；V1也是有同樣的結構 <agent goal theme>（如：我送三一本書）。依據漢語的複合化來看，就很容易形成兩個並列式動詞（我送給張三一本書）。

　　貝羅貝（1986、1991）和 Her（1996、2006）兩位，討論了四種結構，而 SVC 是其他三種結構的樞紐。但是，兩者有一個很大的差異是：前者由歷史語料的觀察，後者是從共時語料觀察，這四種的結構關係，我們把兩者的關係圖（5.6）呈現如下：

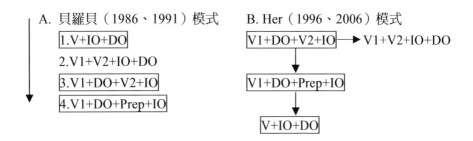

A. 貝羅貝（1986、1991）模式
1. V+IO+DO
2. V1+V2+IO+DO
3. V1+DO+V2+IO
4. V1+DO+Prep+IO

B. Her（1996、2006）模式
V1+DO+V2+IO ━━▶ V1+V2+IO+DO
V1+DO+Prep+IO
V+IO+DO

圖（5.6）　連動與雙賓結構關係圖（貝羅貝 1991，
Her 1996、2006）

這兩個模式中的四個句型，相同的關係是：SVC 結構（V1+DO+V2+IO）會演化出 DC 結構（V1+DO+Prep+IO）。從這兩個模式裡，可以看到兩位學者，對於 DC 和 DOC 之間的關係，貝羅貝（1991）模式是 DOC>DC，Her（1999、2006）模式是 DC>DOC。

另外，關於 V1+V2+IO+DO 的看法，兩位學者都將 V1後的成分視為動詞（V2），但是衍生的順序不同：貝羅貝（1986、1991）主張 DOC>VVcompound；Her（1999、2006）認為 SVC> VVcompound。

再從賓語的語序來看 V+IO+DO 和 V1+V2+IO+DO 的語序一致。貝羅貝（1986、1991）認為是 V1+IO+DO>V1+V2+IO+DO，Her（1996、2006）認為是 V1+DO+V2+IO>V1+V2+IO+DO。

由於兩位學者的切入角度不同，掌握的語料也不一樣。因此發展出的模式也不同，貝羅貝（1991）是直線狀，Her（1999、2006）是輻射狀。但是，這四種結構必然有相關的聯繫。之後，討論「乞」的 DOC，將以實際的語料進行說明，藉以觀察這兩個模式的發展。

5.3.2　施受同詞──詞義分解與中心語移位

　　黃正德（2005、2008）延續了 Larson（1988）對於雙賓動詞的分析方式，進一步解釋了漢語「施受同詞」的現象。他指出所謂「詞義分解」（lexical decomposition），就像是數學中的因式分解，可以把一個單詞的詞項，分析為好幾個詞根的組合（就如數字 12 可以分解為2×2×3）。例如英文動詞「kill」可以分析為由「cause + die」的結合，而「die」可進一步分解為「become + dead」。這種看法其實早在七○年代就許學者提出了。Larson（1988、1991）將英的雙賓動詞「give」分解為兩個部分。如「John gave the student a book」的分析如下圖所示：

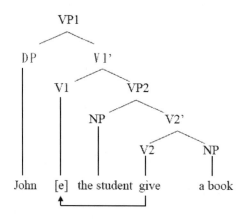

上圖結構包含 VP1 與 VP2 兩層謂語，下層 VP2 是上層 VP1 的補語。下層謂語以 V2 為其核心，而上層謂語的核心（V1）則是一個「輕動詞」少了語音成分，V1 不能獨立成詞，於是 V2 經過核心詞移位補入 V1 的位置，結果就得到「John gave the student a book」的表面結構。因此，表面句子聽到的雙賓動詞「give」其實是輕動詞與單賓動詞詞根「give」合併的結果。論述至此，前述湯廷池（1989）所謂

「介系詞併入」的精神，和這裡所謂的「詞義分解」還有動詞移位有相同之處。都是把動詞分解為由兩個以上的詞彙語義組和而成。

接著黃正德（2005、2008）利用這種語義分解來解釋「施受同詞」，該文指出 Larson 是把「give」分解為 CAUSE + HAVE 的組合，古漢語有大量所謂「施受同詞」的現象，見於如下這種例句：

A. 王授我牛羊三千。
B. 我受牛羊三千。

透過詞義分解將「授」分解為「使+受」兩個因子，施動與受動的分別，只在於前者比後者多了一個表示 CAUSE 的輕動詞成分，如下圖所示：

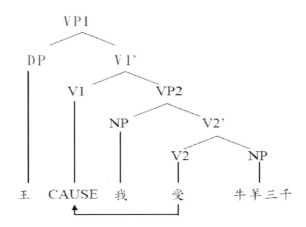

V2 經過動詞核心移位就得到 A 句。句子結構如少了輕動詞成分 VP1 而只有下層 VP2，結果就得到 B 句。因此可以說，施受同詞的現象的確為詞義分解與中心語移位理論提供了一項有力的證據。最後，他指出現代漢語的施受同詞少見，是因為自漢魏六朝以來，漢語已經喪失了大部分的合成（synthetic）特質，而演變成一個高度的解析性

（analytic）語言。其特質是每一個語義單位都以獨立的詞項來表達。像使、弄、搞、做、打等實詞。因為中心語不能移入輕動詞位置，所以就沒有施受同詞的情況。

黃正德（2005）透過詞義分析對「施受同詞」的現象作了解釋。我們認為由求取義的「乞」衍生為給予義的「乞」可以分析為〔+get〕〔+to〕的組合；而被動標記的「乞」是〔+become〕〔+stative〕的組合。

5.3.3　語義角色——原型施事及原型受事

以往，分析漢語的被字句（S＋被＋NP＋V），出現在句首的名詞被稱以「受事者」（patient），而在被動標記之後的名詞稱為「施事者」（agent）如：張三被李四打了。如果，將動詞替換為「愛／嚇／喜歡」，張三的語義角色（Thematic roles）則又稱為「經驗者」（experiencer）如：張三被李四嚇了。當動詞換成「稱讚」，如：張三被媽媽稱讚了，張三的語義角色則又稱為「受益者」（beneficiary）。同一個句式結構「S＋被＋NP＋V」，名詞的語義角色複雜多樣，恐將模糊本文的分析。因此，我們另闢方法，用最簡化的方式呈現語義角色關係。

石毓智（2006：8；2011：56）從詮釋（construal）的角度分析，被動事件結構有三個構成的要素：施事、受事和及物動詞。有鑒於此，本文試圖採用 Dowty（1991）的原型施事、原型受事對「乞」的語義角色進行分析。

Dowty（1991）革新了以往對於語義角色（thematic roles）紛雜不清的討論，建立了以原型施事（proto-agent：PA）及原型受事（proto-patient：PP）為兩大基本角色。並以各種屬性成分（properties）的強弱，藉以說明兩者間是一個連續的叢集（cluster），而不是離散的

（discrete）。這兩大角色的屬性如下表（5.1）所示：

表（5.1）　原型施事、原型受事語義屬性

原型施事（PA）	原型受事（PP）
a.自主性（volition）：參與事件或狀態的意志（volitional involvement in the event or state） *Bill* is ignoring Mary.	a.變化性（change of state）：經歷狀態的改變（undergoes change of state） John made a *mistake.* John erased the *error.*（ceasing to exist）
b.感知性（sentience/perception）： *John* sees/fears Mary.	b.漸成性（incremental theme）： John crossed the driveway.
c.致使性（causation）：造成事件的產生或是改變參與者的變化狀態（causing an event or change of state in another participant） *His* loneliness causes his unhappiness.	c.受動性　causally affected：參與者的因果關係影響（causally affected by another participant） Smoking causes *cancer.*
d.移動性（movement）：相對於其他的參與者（relative to the position of another participant） *The bullet* overtook the arrow.	d.固定性／靜止性（stationary relative to another participant）：相對於另一個移動者。 The bullet entered into the *target.*
e.獨立性（Independent existence）：獨立於動詞而存在的事件（exists independently of the event named by the verb）*John* needs a new car.	e.非獨立性，不獨立存在於事件之外existence not independent of event. John built a *house*/erased an *error.*

　　原型施事（PA）至少必須包含自主性或是致使性；原型受事（PP）則至少需包含變化性。致使與移動存在著因果關係。但是，移動不一定具有致使性或是自主性（如：the rolling tumbleweed passed the rock, water filled the boat.）。也就是說，這些例子中的賓語都是非生命性或

是偶然的位移；非獨立性是指句中名詞與動詞、事件之間不具有殊指（nonspecific）。這五類的屬性中，後三項是兩兩相對的概念。為了更清楚的描述原型施事（PA）及原型受事（PP）的屬性，整理了陳平（1994）[11]的相關說明及語料：

1. 自主性：如：老王跳了下去。老王參與了有關的事件。

2. 變化性：如：他打破了窗玻璃。窗玻璃的狀態發生變化。

3. 感知性：如：小張喜歡這本書。小張表現出感知能力。

4. 漸成性：如：他造了一棟房子。房子在事件中逐步形成。

5. 致使性和受動性：如：小李打了小王。小李施行某個動作，造成某種事件或狀態，小王承受某個動作或事件的後果。

6. 移動性和靜止性：如：小田去了上海。小田移動了位置，而上海處於靜止。

7. 獨立性和非獨立性：如：小劉畫了一群山羊。小劉先於事件獨立存在，山羊的存在是該事件的結果。

陳平（1994）認為，在具體事件中，名詞表現原型施事（PA）的特徵越多，施事性就越強；原型受事（PP）的特徵越多，則受事性就越強。

從 Dowty（1991）及陳平（1994）的理論及說明，原型施事（PA）和原型受事（PP）是整個語義角色的極端，從連續體（continuum）的觀點來看，屬性成分的多寡形成了漸次重疊、連綿漸進的關係。

這些語義屬性特徵，也反映在動詞的語法層次上。Dowty（1991）稱為「論元選擇」（argument selection principle: AEP）。以「Chris built a house」為例，擁有最多原型施事特徵的是「Chris」因為具有意志性、感知性、使動性、位移性、自主性。而「a house」有變化性、漸

---

11 陳平（1994）對 Dowty（1991）的屬性翻譯，本文作了更動，將陳平（1994）的使動改為致使、移位和靜態改為移動和靜止、自立性和附庸性改為獨立性和非獨立性，但定義是一樣的。

成性、受動性、靜態性，所以是原型受事。「Chris」是主語，而「a house」是直接賓語。也就是說，謂語動詞中帶有原型施事（PA）特徵越多的名詞一般都是當作主語；原型受事（PP）名詞特徵越多的作為直接賓語。

　　雖然，可以根據上述的五項屬性，來區分施事和受事，但是Dowty（1991）也承認這只是一種傾向，而不是絕對。因為，還存有一些的不確定性（AE Indeterminacy），例如：買（buy）、賣（sell）、借入（borrow）、借出（lend），因為在這些事件當中，雙方都具有自主性，即符合 PA 特徵（I rented it to her. / She rented it from me.）。另一類，則是心理動詞（mental verbs）像 like、fear、supposed、be surprised at 等，這些動詞中由經驗者（experiencer）擔任主語，符合原型施事（PA）的感知性；另一部分動詞如：please、frighten、surprise、disturb 則是由刺激（stimulus）致使產生反映在經驗者上，所以刺激亦為原型施事（PA）特徵作主語用。經驗者蘊含感知性，刺激蘊含使動性，這兩個論元都可以為主語。

　　Dowty（1991）利用五大的屬性，將傳統語義角色所稱的施事、受事、客體、來源、目標、受益者等，這些看似清楚但又無法一一劃分的各項作了整合。其最大的概念，是分為原型施事（PA）、原型受事（PP）兩大類型，其他的次類都是在連續的叢集當中，因為屬性的強弱發展出來的。但在這個模式下仍會有一些例外，這些例外的產生可能是動詞語義本身（方向性），或是因為語言使用所致。

　　徐烈炯（1998）對原型施事（PA）及原型受事（PP）理論表示贊同，因為在 Dowty（1991）的體系裡，動詞的論元選擇，也由其他條件決定。他指出，語義單位和人們對外部世界的認識有關，邊界的劃分必然比較模糊，可此可彼。例如「買」、「賣」、「借入」、「借出」除了主語、賓語參與的雙方，具有來源及目標意義外，又因為雙方都

可能有意志性和非意志性（如強買強賣），所以就又有可能分析為施事及對象，這也說明了語義角色的分類總是不確定的。他認為印歐語系有形態的變化，句法上的語義角色相對於漢語來得清楚，因此下面的例句雖然主語和賓語相同，但是一旦動詞替換了，主語和賓語的語義角色就顯得不穩定，他引了下例說明。他＋（燒／看／寫／丟）＋（了）一本書。

如果，從一個寬泛的角度來看，動詞前的名詞可能是「動作的發出者」（動詞燒看寫丟）、「狀態的感受者」（看丟）、「陳述的對象」（像）；動詞後的名詞可能是「受處置的事物」、「受影響的事物」、「表結果的事物」、「表屬性的事物」。

以 Dowty（1991）的理論來檢視先前部分語料中，「乞」的給予義和求取義的語義角色。在表示給予義的動作事件裡，〔如例（21）至（24）〕雙賓結構「S＋乞＋IO＋DO」。S 是給予動作的施事者，具有〔＋自主性〕〔＋致使性〕〔＋獨立性〕；間接賓語（IO）是受給予的受事者，具〔＋受動性〕〔＋非獨立性〕；直接賓語（DO）同樣是受事者但多了〔＋變化性〕。也就是說，給予的動作由 S 發出，在這個給予的動作裡，DO 受到轉移轉讓的影響變化，最終的結果是讓 IO 擁有 DO。

再參照例（29），表求取「乞」的動作由 S（某人）發出，向 NP（野人）求取 O（食），依據原型理論，發出求取動作的 S（某人），具有〔＋自主性〕〔＋致使性〕〔＋獨立性〕為施事者；NP（野人）是被求取的受事者，具有〔＋受動性〕〔＋非獨立性〕的屬性；O 同樣也是受事者，但多了〔＋變化性〕。但是，從下文看這裡的「乞」也隱含了獲得義，也就 NP（野人）使 S（某人）獲得 O。這時候，這些語義角色就產生了變化，S 為受事者，NP 為施事者，O 同樣是受事者並保有〔＋變化性〕。

　　透過 Dowty（1991）的原型理論，不論「乞」的動作事件，是表示「給予」還是「求取」，主語是「乞」的施事者。動詞後的名詞成分，為受事者（不論是受求取還是受給予），在求取和給予的動作裡，被轉移的物體同是受事者並有〔＋變化性〕。我們把動詞「乞」求取和給予的語義角色以下表（5.2）顯示。

表（5.2）　表求取和給予「乞」的語義屬性

	1	2	3	4
	PA	PA	PA	PA
S	＋	＋	－	
NP	－	＋	＋	

　動詞語義具有讓 NP 有不同的表現，而有三種選擇。由第一型開始，不論「乞」是「求取」還是「給予」，動詞前的主語都是施事者；動詞後的 NP 是受事者（不論是受求取還是受給予）。表示求取義的「乞」能轉換到第二型。也就是說，由主語發出求取的施事動作，而 NP 同樣具有施事能力使 S 獲得某物，於是第三型則是表達 NP 使 S 獲得某物。但是，表示「給予」的「乞」就只停留在第一型的語義屬性成分。

　　綜合來說，「乞」的語義角色為：施事者（PA）具有〔＋自主性〕〔＋致使性〕〔＋獨立性〕；受事者（PP2）具有〔＋受動性〕〔＋非獨立性〕；受動作轉移的事物同樣是受事者（PP1），但多了〔＋變化性〕。之後的內容裡，就不個別一一說明這些屬性，直接用施事者（PA）、受事者（PP1, PP2），並在必要時添加屬性以示區別。

5.4 本章結論

本章一開頭，先以英語的「get」作為起發，我們觀察到「get」可以透過句法操作，由求取義在雙賓結構中產生出給予義。並且引述了與格轉換理論、介系詞併入等理論，接著建立「乞」由求取衍生為給予義，以及被動標記「乞」的發展假設。總結本章的三點結論：

一、在5.1節及5.2節借用「get」的觀察，找出了四個句型，其中只有 A 型「S+get+O+to/for」經由句法操作後，形成 S+get+IO+DO，「get」的語義由原本的求取義，形成 DOC 後其語義同於「give」，我們認為是受到整個句式義的影響。例（21）至（24）中「乞」的 DOC，也是來自於相同的發展，即動詞「乞」之後帶有一個與格標記，透過 DC 轉換為 DOC，初步的假設路徑如圖（5.2）。

關於被動標記「乞」的形成，動詞「乞」之後帶有一個介系詞標記來源，也是經過基於「題元階層」，都將介賓詞組移位到主要動詞之前，接著透過主要動詞中心語的語序變化，與介系詞產生併入現象。而主要的關鍵在於，動詞「乞」後面的成分，一旦確立為動詞性，這個「乞」就會形成被動標記如圖（5.3）。

圖（5.2）、（5.3）這兩個模式，有相同句法操作：建立在與格轉換及介系詞來源標記；接著都將介賓詞組移位到主要動詞之前，透過介系詞併入、動詞移位。

二、在5.3節依循了三個理論架構：與格轉換雙賓、詞義分解以及（原型施事）PA（原型受事）PP。基於在5.2節本文的假設，雙賓是由與格轉換而來，而 DC 的形成又何什麼結構有關？圖（5.6）貝羅貝和 Her 認為 SVC 結構 「V1+DO+V2+IO」會演化出 DC 結構「V1+DO+Prep+IO」。但是，貝羅貝不支持 DC 進一步轉換為 DOC。這和本文的假設有所出入，之後將以「乞」的語料支持 SVC>DC>DOC 的路徑。

另外，為了能夠更加清楚的，描述各種語義角色，採用的 Dowty（1991）的分法作為本論文的語義角色分析：施事者（PA）具有〔＋自主性〕〔＋致使性〕〔＋獨立性〕；受事者2（PP2）具有〔＋受動性〕〔＋非獨立性〕；受動作轉移的事物同樣是受事者1（PP1），但多了〔＋變化性〕。

第六章
雙賓結構「乞」的形成及其辨義

第五章說明了與格轉換為雙賓結構的理論。本章將透過前述的理論，先對「乞」由求取衍生到給予義作討論，並觀察第五章中「乞＋DO＋IO」和「乞 X＋DO＋IO」這兩種形式究竟透露什麼意涵。是否暗示「乞與」結構中「乞」受「與」的影響下而走向被動標記，相反的，在沒有「與」的影響下，單用的「乞」其來源或許另有路徑，將在之後的章節論述。

6.1　雙賓給予義「乞」的出現年代

先前各章節裡，提及「乞」可作為雙賓給予義，底下再把「乞」相關的用法羅列整理。

「乞」的給予義：周法高（1963）、江藍生（1989）、王力（2000）、孫玉文（2007）等指出，「乞」的本義是求取義，衍生義為給予，大約在宋代給予義就已經消失。而他們引述「乞」用作「給予」的例子，出現在東漢的《漢書》如下例（1）。

江藍生（1989：47）認為，漢代文獻就已經出現「乞」的給予義，唐宋時多見，清人偶有出現。其他的例子如（1）至（4）：

（1）居一月，妻自經死，買臣**乞其夫錢**，令葬。（《漢書》〈朱買臣傳〉）

（2）罪臣不煞將金詔，感恩激切卒難申。**乞臣殘命**歸農業，生死榮華九族忻。(《敦煌變文》)

（3）僧迴頭。師曰。**乞我一文錢**。曰道得即與汝一文。(《五燈會元》)

（4）一夜，盜入其居，夫婦惶懼不知所為。妾於暗中手一杖，開門徑出，以杖擊賊，踣數人，餘皆奔竄。妾屬聲曰：「鼠子不足辱吾刀杖，**且乞汝命**，後勿復來送死。」(《池北偶談》卷二十六〈談異七〉〈賢妾〉)

從上面的例子可以看到，表示給予義的「乞」都出現在雙賓句裡，形成「S＋乞＋IO＋DO」。另外，在東漢以後的文獻裡可以見到「乞與」對舉出現的雙賓句事，其中「乞」可以分析為「求取」及「授予」兩義。如下（5）至（7）：

（5）鄧弘，字叔紀。和熹后兄也。天資喜學，師事劉述，常在師門，布衣徒行，講誦孜孜。奴醉，擊長壽亭長，亭長將詣第白之。弘即見亭長，賞錢五千，屬聲曰：「健直當然。」異日，奴復與宮中衛士忿爭，衛士歐箠奴，弘聞，復賞五千。鄧弘收恤故舊，無所失，父所厚同郡郎中王臨，年老貧乏，**弘**常居業給足，**乞與**衣裘輿馬，施之終竟[1]。(《東觀漢記》)

（6）江夏文獻王義恭，幼而明穎，姿顏美麗，高祖特所鍾愛，諸子莫及也。飲食寢臥，常不離於側。高祖為性儉約，諸

---

1 可能會有觀點認為「乞與」的主語並不是同一人，也就是說，王臨乞求鄧弘給予衣裘輿馬。但是若仔細看一下，前一句的「常居業給足」的主語是鄧弘，此句的主語是否是指王臨有待商榷。

子食不過五酸盤，而義恭愛寵異常，求須菓食，日中無
算，得未嘗噉，悉以**乞與**傍人。盧陵諸王未嘗敢求，求亦
不得。(《宋書》)

（7）**義恭**性嗜不恆，日時移變，自始至終，屢遷第宅。與人遊
疑，意好亦多不終。而奢侈無度，不愛財寶，左右**親幸**
者，一日**乞與**，或至一二百萬，小有忤意，輒追奪之。
(《宋書》)

　　例（1）至（4）只有一個表示給予義的動詞「乞」所形成的雙賓
結構。但是例（5）至（7）則是帶有副動詞（coverb）的「乞　X
（coverb）」，「乞與」的動作都是同一個主語，也就是「某人（拿╱
送）**給**某人某物」、「某人（拿╱送）某物**給**某人」之意。例（5）只
見到直接賓語（DO）；間接賓語就是前面的「王臨」；而（6）剛好相
反只見到間接賓語（DO），直接賓語是前面的「菓食」。例（7）的間
接賓語是前面的「親幸者」，直接賓語是「一二百萬」。這種間接賓語
或直接賓語位置非固定的例子，在古漢語中確實存在。試觀察下列
語料：

（8）釋**左驂**，以公命贈孟明。(《左傳》〈禧公〉三十三年)

（9）今予以百金送公也。(《戰國策》〈燕二〉)

（10）楚莊王既勝狩於河雍，歸而賞孫叔敖。(《韓非子》)

（11）其以乘壺酒、束脩、一犬賜人。

這四例中的直接賓語，都沒有出現在動詞之後，因為直接賓語是前面
話語中所提及的主題，因此就被省略了。而下例（12）至（14）是間
接賓語省略，只留下直接賓語。而例（12）至（17）就是典型的雙賓

結構「V+IO+DO」。

（12）令送糧無得取僦，無得反庸。（《商君書》）

（13）女子賜錢五千，男女老小先分守者人賜錢千。（《墨子》）

（14）秋毋赦過釋罪緩刑。冬無賦爵賞祿，傷伐五穀。（《管子》）

（15）荀伯盡送其帑及其器用財賄於秦。（《左傳》）

（16）**贈汝以車乎？贈汝以言乎？**（《孔子家語》）

（17）曰：伯父，女順命于王所，**賜伯父舍**。（《儀禮》）

本章將逐一說明「乞+IO+DO」和「乞 X」+IO+DO 的生成背景以及功用。

　　首先，對歷史分期及論述脈絡先做交代。本文對歷史語法的分期採 Sun（1996：3）的四期[2]製如下表（6.1）必要時會特別確指朝代。

表（6.1）　漢語語法史的四分期（Sun 1996）

名稱	年代	中國歷代紀元[3]
上古漢語 (Old Chinese)	西元前500-西元200年	夏商周西周、東周（春秋、戰國）、秦
中古漢語 (Middle Chinese)	西元201-1000年	西漢、東漢、三國、魏晉南北朝、隋唐五代北宋初
近代漢語 (Early Mandarin)	西元1001-1900年	北宋中、南宋、遼、金、元、明、清

2　石毓智、李訥（2001：8）認為歷史的分期問題不是一個絕對的「是或非」，合理的分期有助於理解歷史發展，同時使得問題的討論變得容易。因此，在這裡不詳述採用何者的分期依據。但因為本文關於歷史語法的資料理據多採用 Sun（1996），因此也就沿用他的歷史分期。

3　這裡的中國歷代紀元對照參考自王力（2000）。

名稱	年代	中國歷代紀元[3]
現代漢語 (Modern Mandarin)	西元1901-	現代

「乞」的本義是求取_{入聲}，衍生義為給予_{去聲}，屬於施受同形。徐丹（2004）認為，在上古漢語裡動詞的語義指向，可以通過下列幾種手段表達：改變聲調（去聲與非去聲）表達施事和受事的關係（如：食 shi2：食 si4）；句法手段通過詞序變換，選用介系詞表達句子的語法關係〔齊人攻燕……殺子之（主動）；秦孝王死，公孫鞅殺（被動）〕；語義手段則是通過上下文解讀句子。

這三個解讀動詞語義指向的方式，在之後的文章裡，主要關注句法手段及語義手段。因為，無法針對每一個「乞」的讀音做考證，而最直接的方式就是從形式結構觀察，透過結構了解語義。從時間順序來看，「乞」的雙賓給予義出現在東漢。那麼如何由求取衍生為給予？底下詳予說明。

6.2　雙賓結構給予義「乞」和「乞與」的產生

依據前人文獻所述，「乞」的本義表示求取，到了東漢才發展出給予義。我們認為上節七筆「乞」和「乞與」表層結構是 DOC，但是實際上深層結構卻是 SVC，前面四筆語料可歸為一類，後面三筆為一類。原因是，這兩類的「乞」在 SVC 裡，動詞位置的不同，底下依序討論。

6.2.1 連動式裡動後的「乞」——語法化與格標記

雙賓動詞「乞」確實出現在東漢如例（18）、（19），並且也能見到「乞」作為與格標記（dative marker）如例（20）、（21）。按照第五章的理論雙賓結構和與格有轉換關係，而與格又和連動結構有關即：SVC>DC>DOC。

（18）勤童幼有志操，往來賜家，國租適到，時勤在旁，賜指錢示勤日：拜，乞汝三十萬。(《東觀漢記》卷十二〈傳七〉〈竇融〉)

（19）居一月，妻自經死，買臣乞其夫錢，令葬。(《漢書》〈朱買臣傳〉)

（20）今縣官出三千萬自乞之何哉？ (《漢書》〈列傳〉〈田延年〉) 師古曰：自謂乞與之也。乞音氣。

（21）饑年穀貴，有餓餒，輒遣蒼頭以車載米鹽菜錢於四城散乞貧民 (《東觀漢記》〈梁商〉)

雖然，例（18）、（19）這些「乞」的表層結構都是 DOC，但是從例（22）、（23）可以看出，深層結構其實是 SVC。如下分析：

（22）今縣官出三千萬 i 自乞之 ei 何哉？

（23）饑年穀貴，有餓餒……以車載米鹽菜錢 i 於四城散乞貧民 ei。

這兩例 V2 帶有兩個論元，只是在這裡由「乞」作為動後 V2，並指派一個受給予的受事者（IO 之、貧民），另一個為被給予的受事者

具〔＋變化性〕（DO 三千萬、米鹽菜錢）。請注意這裡的語序為 V1
（出／散）＋DO＋V2（乞）＋IO。

　　例（22）、（23）動後 V2「乞」，除了具有動詞的身分外，也標記
受給予的受事者。朴正九（1997：45）透過跨語言的觀察指出，動詞
向介系詞的語法化都是在 SVC，這個現象不僅僅出現在漢語，其他
語言（Twi 語、Yoruba 語、Engenni 語等）及曹逢甫（2012）所指出
的日語，都有相同的現象。朴正九（1997：45）更進一步指出，動詞
語法化為介系詞，其意義可有幾類：「存在」（be at）、「給予」、（give）
「持有」（take）、「受惠者」（benefactive）等，如果這個觀察是正確
的。動後 V2「乞」的論元結構也有下列的表現。

> a. [S $\underline{V}$ NP1i [VP $\underline{乞}$ NP2 ei]] （V 的論元結論< PP(gaol) PP
> (theme)>）
>
> b. [S $\underline{V}$ NP1 [PP 乞 NP2]] （V 的論元結論<PA(agent) PP(goal)
> PP(theme)>）

例（22）、（23）的分析屬於 a. 式，但也可以同時視為是 b. 式，也就是
按照連動式語法化的說法，「乞」被分析為與格標記，作為引介 IO。這
兩個例子裡，動後「乞」則兼具動詞和與格標記的兩種身分，這點觀
察符合第五章圖（5.6）裡貝羅貝（1991）和 Her（1999、2006）認為
的 V1+DO+V2+IO>V1+DO+Prep+IO。

6.2.2　「乞」的雙賓結構——與格和雙賓結構的轉換

　　承襲上節，動後「乞」有動詞和與格標記的看法，本節將透過
第五章所的理論架構及假設討論「乞」的 DOC 形成。

例（18）、（19）這兩個例子為：「乞＋IO＋DO」（DOC），IO 在前 DO 在後，從上下文意的理解這裡的「乞」為給予義。

按照 Larson（1988）、Her（1999、2006）的 DC>DOC 轉換關係，V1+DO+乞（Prep）+IO>乞+IO+DO，也就是 DC>DOC。可以把例（18）、（19）反推為：V1+DO+乞（V2/Prep）+IO，形成 DO 在前 IO 在後。重現如下例：

（24）拜：**V1** 三十萬 *i* 乞汝 *ei*。（SVC/DC）

（25）買臣 **V1** 錢 *i* 乞其夫 *ei*。（SVC/DC）

反推後的例（24）、（25），可視為 SVC 或 DC，這個結構就和例（22）、（23）相同。也就是，動後 V2「乞」將會語法化為與格標記，成為 DC（如底線所示）。只是，如何得到例（18）、（19）「乞+IO+DO」的語序？

首先，動後「乞」語法化為與格標記，標記受給予的受事者（IO），形成 DC（三十萬乞汝／錢乞其夫），之後按照「題元階層」中重新排列突顯動作的目的性，也就是介賓詞組移位，將受給予的受事者移位到動詞 V1之前，如下兩例（25）、（26）。

（25）拜：乞汝 **V1** 三十萬。（介賓詞組移位——題元階層）

（26）買臣乞其夫 **V1** 錢。（介賓詞組移位——題元階層）

魏培泉（1993、2000）、柳士鎮（2002）、張赬（2002）認為，由先秦漢語到兩漢時期，漢語語法有重要的差異，其中一項考察就是介賓詞組的移位。他們認為，在先秦介賓詞組多置於動詞之後，到了兩

漢時期介系詞組已經演變到大抵和現代漢語相同，出現在動詞之前[4]。

接著，經由動詞 V1 前移、介系詞刪略後形成「動詞短語殼」，產生 DOC 結構（乞+IO+DO），IO 在前 DO 在後，如例（27）、（28）：

（27）拜：**V1** 汝三十萬。　（V1移位介系詞乞刪略形成 DOC）

（28）買臣 **V1** 其夫錢。　（V1移位介系詞乞刪略形成 DOC）

但是，為何介系詞「乞」需要消失？動詞前移的例（27）、（28）少了 V1，但原句例（18）、（19）卻有一個動詞「乞」，這又該如何解釋？曹逢甫（1988：179）將閩南語的「與」套入下列的三個句式：

a.*我與一領衫與伊。　（DC）

b.*我與與伊一領衫。　（同音刪略）

c.我與伊一領衫。　（DOC）

文章中指出 a.、b. 式裡，會被漢語的同音刪除律（hapology）所排除，所謂的同音刪除律是指，兩個語音形態相同的字詞，出現在同一個句子裡，因為距離太近會自動刪除其中一個音。所以 b. 式經由同音刪除後，產生合法的 c.式[5]。前述第五章湯廷池（1993）亦提及過介系詞並入及同音刪略的概念。

延續曹逢甫（1988）、湯廷池（1993）的思路來看，回到例

4　相關的用例如：

　　出於五鹿。**乞**食於野人。野人**與**之塊。（《春秋左傳》〈僖公〉〈傳二十三年〉）

　　過五鹿，飢而<u>從野人</u>乞食，野人盛土器中進之。（《史記》〈世家〉〈晉世家〉）

5　同音刪略的現象並不是必然，例如在蘭州方言裡可以說「你把書給小王給給了沒有」、「我給給給了」，有的則會可用「給給小郎」。請參考邢福義（1984）、公望（1986）。

（24）至（28）裡的 V1 實為，「乞」。也就是說「乞」出現在 V1 及
與格標記的位置，產生了「拜：乞三十萬乞汝」、「買臣乞錢乞其
夫。」V1「乞」的語義可以表示「拿」或「送」；而後一個「乞」則
是作為引介受給予受事者的與格標記。再經由「題元階層」排序，將
介賓詞組移位到 V1「乞」之前形成「拜：乞汝乞三十萬」、「買臣乞
其夫乞錢。」接著 V1 前移形成「動詞短語殼」並基於同音刪除、介
系詞併入，最後產生例（18）、（19）的 DOC 語序。以樹狀圖（6.1）
及形式呈現如下：

〔買臣／某人〔乞 v1 **錢／三十萬 乞 v2/ P 其夫/汝**〕〕〕
（SVC>DC）

〔買臣／某人〔**乞 p 其夫／汝**〔乞 v1錢／三十萬〕〕〕（介賓前
移——強調IO 的目的性）

〔買臣／某人〔**乞 v1乞 p 其夫／汝**〔錢／三十萬〕〕〕（動詞前
移，同音併入）

〔買臣／某人 乞1i〔其夫／汝〔 ti 錢／三十萬〕〕〕（DOC）

第一個步驟的 DC，是來自於 SVC 裡動後「乞」的語法化，第二步驟
是「題元階層」，將標記受給予的受事者移位到動詞「乞」之前，第
三個步驟是動詞 V1「乞」前移；接著第四步驟，因為動詞「乞」和
與格標記「乞」同音，因此介系詞「乞」併入不出現，最後形成
DOC。整個過程下來，是支持 SVC>DC>DOC 的轉換。

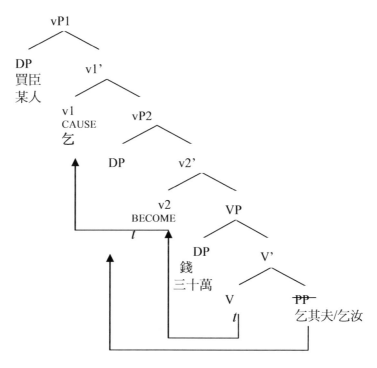

圖（6.1）　　「乞」由與格形成雙賓結構樹狀圖

動詞「乞」由中心語移位到輕動詞 BECOME 的位置，再上移到
CAUSE。「其夫/汝」移到輕動詞的 DP（指定語位置），使得間接賓語
和「錢／三十萬」形成了輕動詞短語（vP2），形成了間接賓語在上，
直接賓語在下，形成 DOC。在 DC 裡的 V1「乞」可以表示「拿」或
「送」，但是經由轉換後的 DOC 中，「乞」表示「送／給」也就是方
向性明顯的向外。綜合「乞」的 SVC>DC>DOC 的轉換，可以把表示
給予的 DOC「乞」的關係呈現如下：

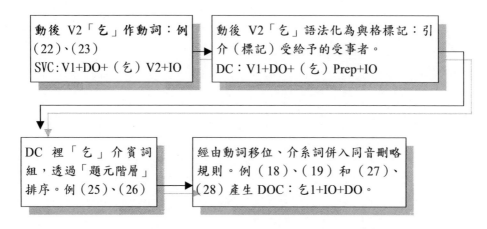

圖（6.2）　動後「乞」SVC>DC>DOC 的結構關係

　　例（20）、（21）來自於 SVC：V1+DO+V2+IO，「乞」因為不是句中的主要動詞，造成了語法化為與格標記的契機，其功能作為引介（標記）受給予的受事者，形成 DC。也就是說，在這個 SVC 裡 V1是中心語。

　　在「乞汝三十萬」及「買臣乞其夫錢」，其原本的語序是：SVC：乞+DO+乞+IO，V2「乞」語法化為介系詞，V1預設為「乞」。之後，因為介賓詞組的移位，使得語序重新排列，透過動詞 V1「乞」移位及介系詞併入規則後，進一步產生了 DOC。

　　此時的「乞」，全然成為主要動詞表示給予義。動後 V2「乞」原本在 SVC 裡帶有兩個論元< PP(gaol) PP(theme)>。但是，隨著語法化為介系詞後，形成 DC 透過移位轉換產生 DOC，此時主要動詞 V1的論元增為三個<PA(agent) PP(goal) PP(theme)>。

　　由上面的討論，印證了 Larson（1988、1990）指出部分動詞，在由 DC>DOC 的過程中產生「論元增生」現象，V1「乞」在原本的DC 結構裡，作為單賓主要動詞，經由句法操作後形成了 DOC，讓動詞的論元數量，由單賓增生為雙賓，並且只能解釋為給予義。

　　另外，仔細觀察一下 DC>DOC 轉換之間的 IO 及 DO 的語義，例（20）至（21）DC 裡 IO 都是生命性〔＋Animate〕（之／貧民）。因此，當由 DC 轉換為 DOC 後，IO 仍保有生命性，也符合，DOC 裡對於 IO 生命性的要求。再過來看 DC 和 DOC 裡的主語，一般而言 DC 和 DOC 裡的主語，雖然同樣都是施事者，但是 DOC 裡的施事者，可以具有〔＋自主性〕或〔－自主性〕。如：John taught Mary Chinese./This book taught Mary Chinese. 但是，DC 裡的主語就必須限制在〔＋自主性〕。因此，不能說 *This book taught Chinese to Mary. 只能說 John taught Chinese to Mary.

　　我們的語料裡，例（20）、（21）主語都是具有〔＋自主性〕的施事者（縣官／某人）。因此，當由 DC>DOC 時，主語的語義角色並沒有變化，也符合 DC 和 DOC 裡對主語語義的要求。

　　本節的討論和分析，是把例（18）、（19）預設了 V1 和 V2 都是「乞」，V2 語法化為與格標記後，經由句法操作以及同音刪略，最後產生「乞 v1 +IO+DO」，這些「乞」的語義都是表示給予。

6.2.3　連動式裡動前的「乞」——主要動詞

　　例（5）至（7）〔（乞與）〕+IO+DO 這三個例子表層結構為 DOC。它們的底層結構同樣為 SVC（V1+DO+V2+IO），如下（29）至（31）：

（29）乞衣裘與馬 i 與（之）ei，施之終竟。（SVC／DC）

（30）求須菓食 i，日中無算，得未嘗啖，悉以乞 ei 與傍人。（SVC／DC）

（31）左右親幸者 j，一日乞 ei 與 ej，或至一二百萬 i。（SVC／DC）

　　這三例的 V2「與」帶有兩個論元：一個為受給予的受事者（之、旁人、親幸者），一個為被給予的受事者（衣裘輿馬、菓食、一二百萬）。V1「乞」的語義可以有兩種意思：「拿」或是隱含「送」，例（29）可以有兩解「拿衣裘輿馬給之」或是「送衣裘輿馬給之」，例（30）、（31）也是同樣的分析，V1 和 V2 的主語為動作的施事者。這三例中，動前 V1「乞」的語義介於「拿取」和「給予」的兩解階段，引介 DO（衣裘輿馬、菓食、一二百萬），而動後「與」引介的是 IO（之、旁人、親幸者）。

　　由例（29）至（31）來看，V1 和 V2 的語法功能都是具體的動詞，整個結構為 SVC，動前 V1「乞」的語義可以有「拿」或「送」的兩解意涵，動後「與」則是引介出受給予的受事者（IO）。如魏兆惠（2008：201）指出 SVC 裡的 V1，為句子的核心，表示動作的支配、位移或是賜予；後一個動詞 V2 語義上表示處所、對象等。非核心的部分，往往會成為附加成分，而使語言結構重新分析，動詞向介系詞的語法化。V2 為表示處所、對象屬於非核心成分，因此 V2 容易語法化為介系詞。這裡 SVC 的 V2 成分，語法化為介系詞後，就和上一節 SVC>DC 有相同的發展路徑。

　　我們的看法和魏兆惠（2008）相同，也就是說，V1「乞」居於 SVC 裡的主要動詞地位，相對的，「與」位居於次要地位，則較為容易語法化為一個與格標記。因此，這三個例子也同樣是由 SVC>DC。

　　動後「與」視為與格標記，這三個例子的語序為：乞＋DO＋與＋IO，但「乞」的動詞語義不明確，可以表示「拿」或帶有「送」，而「與」則是作為引介受給予的受事者（IO），從動作的順序來看，不論是「拿」或帶有「送」，都是動作的起點，並有傳遞和轉移的意涵，而最終是要抵達受給予的受事者身上（IO）。

　　按照先前的分析，可以把 V1「乞」的動後成分（與）視為介賓

詞組，由於介賓詞組移到主要動詞之前，是漢代重要的語法變化，其功能是將焦點放在 IO。產生了下例（32）至（34）的語序[6]：

（32）<u>與（之）</u>乞衣裳輿馬，施之終竟。

（33）<u>與傍人</u>乞菓食。（SVC／DC）

（34）<u>與左右親幸者</u>，一日乞一二百萬。

可以看到介賓詞組移到動詞「乞」之前，使得「乞」置後，這三個例子語序為：與＋IO＋乞＋DO，接著動詞「乞」移位到「與」之前，就形成了複合式的 DOC〔如原例（5）至（7）〕。可以把動前 V1「乞」的結構關係呈現如下圖（6.3）：

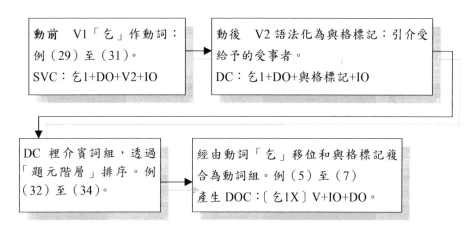

圖（6.3）　動前「乞」和 SVC>DC>DOC 的結構關係

例（5）至（7）表層結構是 DOC，但是深層結構是 SVC，V1「乞」為主要動詞，而 V2 由動詞語法化為與格標記，其功能作為引介受給

6　歷史語料中並未出現「與……乞」的用法，但是現代漢語有類似的用法：「給他送一杯水」。這裡我們主要談的是句法上的操作與轉換。

予的受事者，形成 DC。之後，因為介賓詞組的移位，使得語序重新排列，接著動詞移位到介系詞之前，兩者形成〔乞 1X〕的複合式 DOC。這裡的分析，大致和第五章 Her（1996、2006）的路徑一樣，只是對於 X 的詞性，本文當作是介系詞／副動詞（Perp／coverb）所複合而成。

最後，仔細觀察一下 DC>DOC 轉換之間的 IO 及 DO 的語義，例（29）至（31）DC 裡 IO 都是生命性〔+Animate〕（之、旁人、親幸者），因此當由 DC 轉換為 DOC 後，IO 仍保有生命性，也符合 DOC 裡對於 IO 生命性的要求，語料裡的主語都是具有〔＋自主性〕的施事者（某人）。因此，當由 DC>DOC 時，主語的語義角色並沒有變化，也符合 DC 和 DOC 裡對主語語義的要求。

6.2.4　小結

透過上面各節的討論，例（5）至（7）、（18）、（19）表層結構都是 DOC。並且，都是來自於深層結構 SVC：V1+DO+V2+IO，V2產生語法化為與格標記，而 V1為中心語。但是，例（18）、（19）是動後 V2「乞」語法化為與格標記後，由動前 V1「乞」移位、同音刪略後形成「乞1+IO+DO」；而例（5）至（7）是動詞「乞」的動後 V2「與」語法化為與格標記後，複合為〔乞 1X〕+IO+DO 形式。

由這裡來看，「乞」可以出現在 SVC 裡的 V1或是 V2 的位置，V2 會語法化為介系詞形成 DC，接著透過「題元階層」，將介賓詞組移位到主要動詞「乞」之前，接著分化兩條路：如果與格標記和主要動詞同音同形，則併入同音刪略；如果介系詞和主要動詞異形則採複合化，形成同義並列或反義並列。

回頭驗證，第五章裡對於「乞」DOC 的形成假設，透過前面的

各種語料所示，本文的立場是支持 DC>DOC 的轉換，並且 DC 是來自於 SVC，即 SVC>DC>DOC。也符合圖（5.6）Her（1996、2006）的部分觀點。更重要的是，從這些「乞」的結構來看，也是由單賓衍生出雙賓，也符合 Larson（1988、1990）與格轉換過程中，動詞的論元由兩個（單賓）增加為三個（雙賓），產生「論元增生」的現象。

　　另外，為什麼同樣都是 DOC，但是例（18）、（19）的形式是 DOC：乞1+IO+DO，而例（5）至（7）卻是複合式 DOC〔乞1X〕+IO+DO？而「乞」的語義，在前者表示給予，後者可以表示給予，也可以表示求取。這兩種形式的功用是什麼？下一節會特別說明這些問題。

6.3　雙賓結構與複合雙賓式的關係——語法化、重新分析及詞彙化

　　本節將討論透過相關文獻，討論 V+IO+DO 和〔VX〕+IO+DO 的關係。接著，再以「乞」作為分析。

　　顧陽（1999）該文也是支持 DC>DOC 的轉換。他認為，漢語的 DOC 裡有些動詞體現為「V 給」。如下例（35）：

（35）a. 我送一本書給他。（DO 在 IO 前）

　　　b. 他遞了一張名片給我。（DO 在 IO 前）

　　　c. 我送給（了）他一本書。（IO 在 DO 前）

　　　d. 他遞給（了）我兩隻筆。（IO 在 DO 前）

上面這四種句式同屬一類，a.、b. 為基本式，c.、d. 為衍生式。「V 給」是一個完整的動詞，可用完成體標記「了」測驗，只能加在動詞「V 給」之後，不能加插在之間。除此之外，語序也產生變化，其過

程是介賓詞組移到「一本書」、「一張名片」之前，動詞 V 與「給」進行合併（incorporation），形成一個新的動詞「V 給」，然後才有「了」加綴過程。

至於由「V……給」到「V 給」，他認為這應該從動詞語義來看，當動詞語義具有轉讓意義（如：送、遞、賣、還、分、寄、交、付等）時可以省略「給」，但是 DOC 裡多數的情形下，得以保留「給」（如：踢給、抄給、沏給、打給）。如下例（36）、（37）：

（36）a. 他踢了一個球給小明。

　　　b. 他<u>踢給</u>小明一個球。

　　　*c. 他踢小明一個球。

（37）a. 他倒了一杯水給小明。

　　　b. 他<u>倒給</u>小明一杯水。

　　　*c. 他倒小明一杯水。

這些動詞本身，為單賓的活動動詞，具有方向性，也就是說，通過某種活動使某一物沿著一定的途徑運行，而運行的結果就是到達目的地。所以，這些動詞可以增生一個論元來表示落點的受惠者，而這一個新的論元必須由「給」來指派。離開了「給」，動詞本身不能承載新增的論元，所以 c. 例都是錯誤的。至於「給」的詞性是介系詞還是動詞，也就是「V 給」是 VP compound 還是 VV compound，文中並沒有詳細區分，主要是討論動詞語義和「給」的關係。

顧陽（1999）由 DC>DOC 的轉換過程裡，其實就涉及了介賓詞組前移，對「乞」的 DOC 形成提供了可靠的依據。並且，從他的文章裡可以知道「V1+IO+DO」和「V1+給+IO+DO」有相互的關係。V1是否要帶「給」，取決於動詞語義是否具有轉讓意涵。並且，在

DC 裡的單賓動詞，轉換為 DOC 後，會增生一個新的論元，這個觀點和 Larson（1988、1990）一致。但是，有不足的地方是：動詞帶「給」與否，能不能歸納出一個系統性的解釋？再者，是否能從更詳細的結構討論？底下繼續說明。

　　曹逢甫（2012：276）[7]從漢語、英語、日語著手討論，這三個語言裡的單賓及物動詞到雙賓動詞的語法化和詞彙化過程。文中指出，這三種語言裡都有部分帶兩個論元的動詞，增加為帶三個論元，如同 DOC 的雙賓動詞。如下例（38）：

（38）a. Mom <u>baked</u> a chocolate cake for me.

　　　b. Mom <u>baked</u> me a chocolate cake.

a. 句的「bake」後面帶有介系詞子句引介接受者（recipient），雖然動詞「bake」沒有明顯的轉移或傳遞的語義（如：「sent」）。但是，b. 句的結構卻是 DOC。日語的例子如（39）：

（39）a. たろ　は　花子（はなこ）に　ドレス　を　買（か）って　あげた

　　　Taro-wa　Hanako-**ni**　doresu-o　**katte**　ageta

　　　Taro-NOM　Hanako-DAT dress-ACC buy give

　　　'Taro bought and gave a dress to Hanako. / Taro bought a dress to give to Hanako.'

　　　b. たろ　は　花子（はなこ）に　ドレス　を　買（か）った

　　　Taro-wa　Hanako-**ni**　doresu- o　**katta**

　　　Taro-NOM Hanako-DAT　dress-ACC　buy

　　　'Taro bought Hanako a dress.'

7　這裡對語義角色的稱法以原著使用。

日語的「katta」（buy）出現在上面兩個的句子，但是在 a. 句裡，
「**katte ageta**」接近漢語的「買給」（太郎買給花子一件衣服），b. 句
則是「買」（太郎買一件衣服給花子）。「ni」用來標記目標或接受者。

特別注意，漢語這些帶三個論元的動詞，有的會附帶一個「副動
詞」（coverb）「給」。但是，有的動詞卻不行，有的則可帶可不帶。
如下例（40）至（42）：

（40）a. 他帶一包糖給張三。

b. 他帶給張三一包糖。（obligatory 給）

（41）a. 我送一瓶酒給他。

b. 我送（給）他一瓶酒。（optional 給）

（42）a. *他搶了兩萬塊錢給銀行。

b. 他搶了銀行兩萬塊錢。（barring 給）

如果按照 Li and Thompos（1981）的說法，主要是因為語序的限
制，也就是說如果是 IO+DO 動詞會帶「給」形成：V 給 IO+DO；相
反的，如果是 DO+ IO，只能為：V+ DO +IO。

但是，曹逢甫（2012）認為不能光從語序討論，動詞的語義也有
重要的關鍵。因為，在下例（43）語序符合 Li and Thompos（1981）
的觀察，但是卻不能有副動詞「給」，只能保有主要動詞。

（43）她給妹妹一塊田。

主語「她」是來源（source），而 IO 是目標（goal），動詞「給」的語
義主要是說明 DO 具有「傳遞／轉移」（transfer）的意涵，不是強調
IO。因此，他認為應該回歸到動詞的語義。漢語有些動詞的方向性不

明確，屬於「雙向性動詞」（bi-directional verbs）如：「租」、「借」。

他租（借）我一部車──他租（借）給我一部車

在前面的句子裡可有兩種解釋「他向我租（借）一部車」，或是等同於後句的用法。也就是說，這類雙向動詞如果沒有副動詞「給」，就很容易產生歧義。他根據動詞語義先把動詞分作三類：

Class I: Verbs of movement（移動類動詞）
dì　（遞）「bring to」；jì（寄）「mail」；jiāo（交）「deliver，hand in」；diū, rēng（丟，扔）
「toss，throw」；bān（搬）「move」；tuē（推）「push」；ná，tài（拿，帶）「bring to」etc.
Class II: Verbs of acquisition（獲得類動詞）
liú（留）「keep, save」；sì（賜）「bestow」；mǎi（買）「buy」；tōu（偷）「steal」；qiǎng
（搶）「rob」；　jiè（借）「borrow／lend」；zū（租）「rent」
Class III: Verbs of creation（創造類動詞）
xiě（寫）「write」；huà（畫）「draw, paint」；zào（造）「make, build」；hōng（烘）「bake」；gài（蓋）「build」

　　動詞可以根據是否要標記「目標」或「接受者」，選擇使用或不使用副動詞「給」。例如：動詞「租」、「借」、「賜」，對於副動詞「給」可有可無。因為，這一類動詞隱含 DO 的存在，所以不需要特別用「給」標記 IO（除非有必須突顯 IO）；相反的，有些動詞「給」、「偷」、「搶」，就不能有副動詞「給」，因為動詞語義不需要標

記 IO，而是突顯「轉移／傳遞」DO 的意涵；另外像是「扔」、「寄」、「推」就必須一定要帶「給」，這類必須帶「給」的動詞，除了動詞語義以外，也經歷了三個語法操作的步驟：一、目標詞組前移（goal phrase fronting）；二、重新分析（reanalysis）；三、詞彙化（lexicalization）。經歷過這三個步驟後，這類動詞就由原本的及物動詞轉變為雙賓動詞。如下例（44）、（45）：

（44）a. 李四扔<u>一根骨頭</u>給汪汪。（焦點是一根骨頭）

　　　b. 李四扔給<u>汪汪</u>一根骨頭。（目標詞組前移──DOC 焦點是汪汪）

（45）a. 李四寄<u>一封信</u>給張三。（焦點是一封信）

　　　b. 李四寄（給）<u>張三</u>一封信。（目標詞組前移──DOC 焦點是張三）

a. 句「給＋IO」移位到動詞「扔」、「寄」之後形成 DOC（b.句），但是如果把「扔」的副動詞「給」刪除，則句子為不合法，因為「扔」所呈現的除了「轉移／傳遞」DO，同時也需要突顯傳遞和轉移之後的結果，所以需要副動詞「給」標記 IO；「寄」直接顯示 DO 的存在，所以不需要特別用「給」標記 IO。從語言訊息來看「目標詞組前移」突顯了強調的焦點不同，如同上例（44）、（45）。英語的例子如下：

（46）a. Tina read <u>the story</u> for the children.（焦點是 <u>the story</u>）

　　　b. Tina read <u>the children</u> the story.（焦點是 <u>the children</u>）

（47）a. Mom baked <u>a chocolate cake</u> for me.（焦點是 <u>a chocolate cake</u>）

　　　b. Mom baked <u>me</u> a chocolate cake.（焦點是 <u>me</u>）

　　由漢語和英語來看，「目標詞組前移」主要將焦點放在 IO，而漢語會因為動詞語義的不同，選擇性的使用「給」，英語「to」所引介的目標詞組前移後，介系詞將會刪除。

　　基於動詞的語義限制，漢語前移後的「給」則會和動詞融合（incorporate）成為一個複合詞（lexical compound），如下例（48）：

（48）a. 他 [帶]v [一包糖]NP]]VP [給]P [張三]NP]]PP]]]VP]]]]VP
　　　 b. 他 [帶]V [給]P [張三]NP]PP]]]]V' [一包糖]NP]]]V']]]]VP
　　　 c. 他[帶給]V [張三]NP]]V' [一包糖]NP]]]V']]]]VP

由 b. 式經歷了重新分析，形成 c. 式，「帶給」成為一個雙賓動詞。Parker（1976）指出在重新分析的過程中，有兩個條件會使動詞，多增加一個論元：兩個成分必須嚴格限制相鄰（the elements involved must be strictly adjacent.）；必須保留原來的意涵（their original meaning must be preserved.）。由 b. 到 c. 式中，「帶給」、「張三」符合鄰近原則，並且也並沒有改變原本的語義。英語也有相同的例子如（49）：

（49）a. Aunt Mary is looking after my daughter.
　　　 b. My daughter is being looked after by Aunt Mary.

a. 句為主動句，一般分析為一個動詞帶介系詞詞組（底線部分）；b. 句為被動式，介系詞（after）所管束的 NP「my daughter」被轉移到主語的位置，換句話說，介系詞「after」被重新分析為動詞「look」的一部分成為「look after」。

　　漢語的「V+給」是一個完整的詞彙（lexical item），因為在下列的例句中，「V+給」為一個完整的單位，具有詞彙完整性（lexical integrity）。

（50）a. 張三扔給了王五一條毛巾。

　　　b. *張三扔了給王五一條毛巾。

接著透過英語、日語、漢語的觀察，該文認為這三種語言裡，都有動詞雙賓化的現象，並把雙賓化的語法結構整理為下兩個表（6.2a、b）

表（6.2a）　英語、日語、漢語由及物動詞經歷為雙賓動詞列表
曹逢甫（2012：296）

Language	English	Japanese	Chinese
Verbs of creation			
1.	bake	yaku	*kǎo* 烤
2.	promise	yakusokusuru	*chéng-nuò* 承諾
3.	make	tsukuru	*zuò* 做
Verbs of acquisition			
1.	donate	kifusuru	*juān* 捐
2.	buy	kau	*mǎi* 買
Verbs of movement			
1.	hand	tewatasu	*ná* 拿
2.	pour	sosogiireru	*dào* 倒
3.	pass	watasu	*chuán* 傳
4.	bring	mottekuru	*dài* 帶
5.	throw	nageru	*diū* 丟
6.	lend	kasu	*jiè* 借(給)

表（6.2b）　英語、日語、漢語及物動詞雙賓化的語法變化

曹逢甫（2012：296）

Features	Language		
	Chinese	Japanese	English
Only transitive verbs of movement, acquisition & creation are allowed.	✓	✓	✓
There is an overt argument increment.	✓	✓	✓
Word order changes.	✓	✓	✓
Morphological changes are involved.	✓	✗	✓
SVC serves as an intermediate stage.	✓	✓	?

表（6.2a）所列的是，這三種語言裡雙賓化的動詞，在此不一一舉例詳述。主要關心表（6.2b）裡的語法結構，可以看到這三種語言裡，原本帶有兩個論元的動詞，雙賓化後都會多帶一個論元，形成 DOC 並且在語序上面產生變化，值得注意的是，漢語和日語都會經過 SVC 的中介階段。

最後，曹逢甫（2012：298）對「構式語法」（construction grammar）提出了修正建議，在 Goldberg 的理論下 DOC 具有下列的表徵。

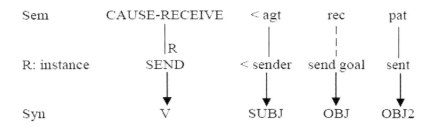

但是，該文認為在下列的句子裡，及物動詞「sweep」、「do」確不能符合 Goldberg 的理論。

（51）a. I swept the floor every weekend.

　　　b. ?? I swept Maria the floor every weekend.

（52）a. He did the dishes last night.

　　　b. ?? He did his son the dishes last night.

這兩個及物動詞，都需有施事者和受事者（a.句），根據 Golderg 的說法 DOC，加入的成分作為接受者／受益者（recipient／beneficiary）。但是 b. 句卻是不合語法。

　　綜合曹逢甫（2012）文章，可以總結三個觀點：

一、在 DOC 結構裡，不需要出現副動詞「給」，是因為受動詞的剝奪（deprivation）。如果動詞具有轉移或傳遞，則「給」為可有可無；主要動詞如果是「給」，基於同音刪除原則，因此不需要副動詞「給」；最後，動詞語義具有傳遞／轉移的起點，則必須帶「給」由及物動詞成為雙賓動詞。

二、上述三類動詞，具有及物動詞成為雙賓動詞的特性，如：「扔」、「搬」、「買」、「請」、「寫」、「蓋」。

三、在雙賓化（ditransitivised）的過程裡，「給」原本在 SVC 作為次要動詞，經由語法化為介系詞後引介目標／接受者，目標詞組前移和動詞重新分析，為一個詞彙單位，成為一個並列的形式。

透過曹逢甫（2012）的文章來看，前面所推論「乞」的 DOC 形成，獲得了支持，即：一、建立在 DC>DOC 的轉換。二、DC 的介賓詞組移位到動詞前，主要突顯受給予的受事者（受惠者）。三、動詞語義帶有轉移或傳遞，以及表示傳遞／轉移的起點，而進一步需要標記受給予的受事者（受惠者），則必須帶「給」。四、上述的三類動詞（移動、獲得、創造）可以由及物動詞成為雙賓動詞，由兩個論元增生為三個論元。

6.3.1　「乞」的雙賓結構與複合雙賓式

　　我們把例（18）、（19）的形式：「乞1+IO+DO」稱為 DOC；而例（5）至（7）〔乞1X〕+IO+DO[8]稱為複合式 DOC。這兩個結構，都是由 SVC 裡面的 V2 語法化為介系詞後形成 DC，接著介賓詞組提前〔即：曹（2012）目標詞組前移或本文的「題元階層」〕。這個介賓詞組，移位到動詞前之後有兩種情況：同音刪略而只留下一個主要動詞形成「乞1+IO+DO」，有的則是和介系詞（副動詞）形成〔乞1X〕+IO+DO。

　　例（5）至（7）複合式的〔乞1X〕+IO+DO，「乞」的語義可有雙向的解釋（拿隱含送），是受到 DOC 句式義以及同形詞（homograph）的影響。回想一下第五章討論「get」的用法（S+get+DO+to+IO），「get」的本義為求取，DC 經由句法操作後形成 DOC，「get」成為雙賓動詞。「get」除了保有〔+求取〕同時也吸收了介系詞「to」〔+標記受給予的受事者〕的功能，也就是說，「get」身兼兩職。對比一下先前「乞」和英語的例子，這些都是 DC。

　　　　乞1菓食與旁人。　　　I get DO to IO.
　　　　乞1與旁人（菓食）。　　I **get** IO DO.

　　轉換為 DOC 後，漢語為「乞與」動詞，「乞」承擔〔+求取〕，介系詞（副動詞）作為〔+標記受給予的受事者〕IO 的功能。由此觀之，「get」的語義除了涉及事物的轉讓，還兼有「to」標記 IO 的功能，可分析為〔+求取〕〔+標記受給予的受事者〕兩個語義的融合（incoprate）。

8　這裡的 X 即例（5）至（7）的「與」詞性為介系詞或為副動詞。

與「get」相對應的動詞「give」，也是吸收了「to」標記 IO 的功能，可分析為〔＋送〕〔＋標記受給予的受事者〕兩個語義的融合，這兩個動詞都可以形成 DOC。這個結構中，「get」本身的語義具有〔＋求取〕〔＋標記受給予的受事者〕，而「give」具有〔＋給予〕〔＋標記受給予的受事者〕，兩者以不同的詞彙形式（lexical item）出現在 DOC 裡，也就是施受不同詞形。

回到「乞」的例子來看，這些帶有介系詞（副動詞）的〔乞1X〕，動詞「乞」通過求取的動作，使某一物（DO）傳遞和轉移到達某人（IO）。介系詞（副動詞）X 的功能相當於「to」指派新的論元，「乞」除了具有〔＋求取〕以外，因為受 DOC 句式義的影響也帶有〔＋給予〕。對比「get」和「give」，雖然也出現在 DOC，但是「get」的語義還是保有〔＋求取〕。因為，由兩個詞彙各自分工兩個不同的語義。而「乞」是以單一個同形詞，出現在 DOC 裡，因而被認為是帶有〔＋給予〕。

例（18）、（19）中，「乞1+IO+DO」、「乞汝三十萬」、「買臣乞其夫錢」，IO 在 DO 之前，這個給予義也是受到 DOC 句式義的影響。

在整個上下文中，IO（汝／夫）是傳遞或轉移動作最終的落點，這個句子裡看不到標記〔＋標記受給予的受事者〕的介系詞（副動詞），「乞」必須負擔自身的〔＋求取〕還要擔當〔＋標記受給予的受事者〕。這種情形，跟上述「get」在 DOC 裡，身兼兩職是一樣的，但是「乞」只有一個詞形，在句式義的影響下，就會被理解為給予義，英語是兩個詞形（give、get）擔任兩個語義，因此即便「get」在 DOC 裡，還是保有求取義。反過來說，〔乞1X〕+IO+DO 和「乞1+IO+DO」，前者加上 coverb 就是要和後者區別。因為，就動詞語義來說，前一個保有求取義，後一個動詞只有給予義。兩者的關係呈現如下圖（6.4）：

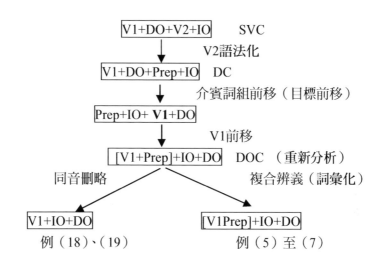

圖（6.4）　雙賓及複合式雙賓「乞」的關係圖

　　先從句法操作來說，「乞」的 DOC 形成是基於 SVC>DC>DOC 的轉換，這個部分和 Her（1996，2006）是一致的。但是，關於複合式 DOC，Her（1996，2006）認為是〔V1+V2〕+IO+DO 所形成，而本文的分析是，V2 語法化後成為介系詞（副動詞），經由介賓詞組移位到 V1 前，接著 V1 再與介系詞（副動詞）複合，有的是因為同音刪略介系詞只保留動詞；有的是為了要標記引介 IO 以及區別意義，因此形成〔V1X〕以動詞複合介系詞（副動詞）的形式出現。

　　從語義上來看，V1+DO+Prep+IO，V1 的語義可理解為〔＋給予〕或是〔＋求取〕，經由逐步形成 DOC 後，原本的〔＋求取〕在句式義影響下，產生給予義。若是動詞 V1 要維持〔＋求取〕，則是以複合方式保有產生〔V1 介系詞〕。就如同前述「乞1+IO+DO」和〔乞1X〕+IO+DO，〔V1X〕除了要突顯 IO 以外，其實也是在區別語義，尤其是施受同形的動詞。反過來說，若是一開始就把 V1 認定為〔+給予〕，那麼也可以產生相同的結果，只是對於 V1 來說，複合一個標記

IO 的介系詞（副動詞）是語義冗贅（semantic redundancy）。因為，動詞本身就吸收了標記 IO 的功能。

〔乞1X〕+IO+DO 和「乞1+IO+DO」都是出現在東漢六朝，諸多學者指出，「乞」的本義是求取讀作入聲，衍生義為給予讀作去聲。從構詞形態來看，這兩種 DOC 句式似乎，表示以聲調作為辨別「乞」的語義，在東漢時代可能已經不存在。因為，書寫者使用這兩種不同的句式結構。其目的是，藉由形式結構的差異，表達「乞」的語義區別。梅祖麟（1980）認為，傳統所謂「四聲別義」創始於六朝之說不合事實，去聲別義至少可以追溯到西元前八、九世紀以前。這個說法間接驗證了，東漢時期「乞」用去入別義的可能性已經消失，取而代之的是句式結構和構詞手段。

6.3.2 　餘論──連動式中心語和雙賓結構的形成關係

最後，本文做點假設性的討論：漢語 DOC 源於 SVC，但是因為動詞中心語的不同，以及 IO 和 DO 的位置不同，可能有兩種生成方式：一種為「V1+DO+V2+IO」，V1 中心語在前，V2 語法化為與格標記，形成 DC 再經由移位轉換後產生 DOC 就語序上為 V1+IO+DO，可稱為動前生成。

另一種是「Prep+IO+V2+DO」，V2 中心語在後，V2 前移後和 Prep 複合而成〔VX+IO+DO〕就語序上為〔V2X〕+IO+DO 稱為動後生成。援引漢語的「借」、「租」作簡短討論。如下例：

1a.我<u>借（租）1</u>一間房間<u>給</u>張三。（DC）

2a.我向張三<u>借（租）2</u>一間房間。

1b.我<u>借（租）1</u>給張三一間房間。（DOC）

2b.我<u>借（租）2</u>張三一間房間。（DOC）

　　1b. 和 2b. 都是形式上都是「V+IO+DO」，但是這兩個來源不一樣，1a. 裡 V1「租」、「借」是中心語在前，1b. 是由 DC 生成。2a. 則是中心語 V2「租」、「借」在後，2b. 是動詞移位後，理論上應該是以〔借向+IO+DO〕呈現，但因為和表示向外轉移的「借給」有語義區別因而只用「借」。

　　由 DC 轉換 DOC 而來的「租」、「借」，如果吸收了介系詞（副動詞）標記「給」，就會產生和 2b. 同樣的結構，造成語義歧義。為了區別 1b.、2b. 的差異，當要表達「求取了某物轉移到某人」時，1b. 的訊息量相較於 2b. 是最為精確的，相反的，當要表達「從某人求取了某物」時，1b. 的用法是不會被選擇的。

　　從 2b. 來看，這個結構可以是單賓動詞即：將 IO+DO 當作是領屬關係，也可以是雙賓動詞即：將 IO+DO 視為轉移遞交 DO 到 IO。

　　我們認為，能夠進入到上面 1a.、2a. 兩種形式的動詞，都會產生「V+IO+DO」的樣式。但是，為了區別 1b.、2b.，最佳的表達方式是以〔Vcoverb〕+IO+DO 呈現，其目的就是為了與 2b. 區別。有一類動詞（如：送、賜、給、贈）沒有像是 2a. 的用法，只有 1a.，因此形成 DOC 後，介系詞（副動詞）的有無並不會產生歧義的情形。

　　動前生成與動後生成的 DOC 和複合式 DOC 的關係，可能有語義上的區別性。另外的問題是 SVC 的中心語，漢語 SVC 結構的中心語可能會有上述的兩種情形，以及 DO 和 IO 的語序，這都是未來可以再進一步討論的課題。

6.3.3 方言資料裡的雙賓及與格標記

　　前面的各節，透過歷史語料推敲出「乞」可以出現在 SVC 中動詞的兩個位置，經歷過語法化、移位、重新分析等句法操作，形成 DOC 結構。接下來將透過部分方言語料作為參考。這裡的方言資料彙整了第二章表（2.2）及其他語料。為了方便討論重整如下表（6.3）。「乞」可以當作雙賓動詞和與格標記。

表（6.3）　閩方言裡與格及雙賓「乞」

與格標記「乞」	雙賓及複合式雙賓「乞」
a. 書乞 kʰeiʔ 蜀本乞我。 （古田——給我一本書）	m. 廠裡發乞伊蜀架摩托車。 （福州——廠裡發給他一輛摩托車——陳澤平，1998a.b.）
b. 書乞 kʰeʔ 蜀本乞 kʰeʔ 我。 （周寧給我一本書）	n. 我乞給汝蜀粒蘋果。 （福州——我給你一粒蘋果——佐佐木，2002）
c. 書馱蜀本乞 kʰiʔ 我。 （寧德給我一本書）	o. 伊乞 kʰøyʔ 我幾本書。 （福州——他給了我幾本書）
d. 書冊馱蜀本乞 kʰiʔ 我。 （福鼎——給我一本書）	p. 伊乞本書我 （海康——他給我一本書——黃伯榮，2001）
e. 我奶買一領衣裳和一雙鞋乞 kʰiʔ 我。（福鼎，2003）	q. 我乞伊三塊錢 （福州——梁玉璋，1990）
f. 書掏蜀本乞 kʰiʔ（陰入）我，我毛書呀。（霞蒲，1999）	r. 乞 kʰyk（陰入）伊錢（屏南，1999）
g. 薫掏蜀條乞 kʰøk（陰入）我。（福安 1999）	s. 乞 kʰyk（陰入>陽入）我（上聲）蜀本書（屏南，1999）
h. 你剪仔拿個把乞 kʰi 我。 （石坡——你給我一把剪刀）	t. 乞 kʰik（陰入）我蜀本書，我無書呀！（羅源，1998）
i. 渠桃仔拿個隻乞 kʰi 我。 （石坡——他給我一個桃子）	
j. 伊爸掏蜀把筆乞我。	

與格標記「乞」	雙賓及複合式雙賓「乞」
（福州——爸爸給我一枝筆——陳澤平，1998a.b） k. 廠裡**掏蜀**架摩托車乞他 （福州——爸爸給我一枝筆——陳澤平，1998a.b.） l. **借幾塊錢**乞我。 （借給我幾塊錢——陳淑梅，2001）	

由 a.-l. 可以觀察到，V1 動詞分別由「乞」、「馱」、「拿」、「掏」、「借」擔任，而且這些動詞的語義可以向內亦可向外，就如同 a. 和 b. 可以解釋為「書，送／拿一本給我」，也就是「乞＋DO＋乞＋IO」的與格形式，按照先前的歷史語料分析，「乞」出現在 SVC 的 V1 及 V2，V2 語法化為與格標記，這個觀點藉由語料獲得驗證，經由一連串的句法操作後，最終產生雙賓結構。

　　m. 的「發乞」的「乞」是 V2 位置語法化為與格標記，也就是「發＋DO＋乞＋IO」、「發乞」為複合式雙賓結構；n. 也是複合式雙賓，但是「乞給」的「乞」是 V1主要動詞，即：「乞＋DO＋給＋IO」這類用法就如同例（5）至（7）。而 o.-t. 是單音節動詞雙賓式，按照先前的說法，這類是由同音刪略兩個「乞」而得來，如同（18）、（19）。

　　「乞」同時可以擔任雙賓動詞或是與格標記的用法，不僅僅出現在現代閩方言裡，明清的《荔鏡記》中也能看到同樣的用法[9]。

9　秋谷裕幸（2005：245）在浙江南部的閩東方言區，也可用「乞」當作雙賓動詞或與格標記。如：
　　你乞我蜀本書。〔泰順——給我一本書〕
　　你書乞kʰaʔ本乞我。〔泰順——給我一本書〕
　　你書乞kʰəʔ（一）本乞kʰəʔ我。〔蒼南——給我一本書〕

　　既是曉得，親收錢提來乞我。(〈水底兒魚〉)

　　都牢，阮送三錢銀乞你買酒食，千萬（上毛下火）阮去見阮官
人。(〈金錢花〉)

　　馬不騎，送乞磨鏡師父乜事？(〈皂羅袍〉)

　　你向愛錢，甲恁查某仔去賣乞人(〈漿水令〉)

　　你緊掃，掃辛苦，我霎久討物乞你點心。(〈駐雲飛〉)

如前所述「乞」的本義表示求取，其後才衍生出給予義，其發展方式
已經作過陳述。同樣表示求取義的「得」，在部分漢語方言裡也可以
兼作雙賓、與格標記，本文推測，「得」的雙賓產生路徑和「乞」應
有相同之處[10]。

　　爾得我一把鉸剪。(吳語—楚衢開化——你給我一把剪刀)

　　乾旺叔要還一筆錢得你。(贛語—泰和)

　　中學同學寄幾本書得我。(贛語—泰和)

　　三伯教了一個善法子得三毛。(贛語—鄂東)

　　送枝筆得你。(湘語—益陽)

　　你明日買來，我就得錢你。(湘語—衡陽)

　　鞋他買（得）我。(江淮官話—湖北黃岡)

　　你送五十斤米、二十斤肉（得）二哥。(江淮官話—湖北黃
岡)

本文推敲了出「乞」，由求取義衍生為 DOC 給予義的路徑，從句法結
構 SVC>DC>DOC，經歷過 SVC 裡 V2語法化形成 DC，介賓詞組移

---

10 這裡的語料摘錄自陳麗雪（2004）。

位及動移前移，最終產生 DOC。從語義上來說「乞」分佈在兩種 DOC，並且出現在同一時代同一文獻：「乞1+DO+DO」和〔乞1X〕+IO+DO，前一個「乞1」受到 DOC 的句式語義影響，理解為「給予義」；而後一個形式〔乞1X〕，動詞「乞」和介系詞（副動詞），經由重新分析為一個單位後，最終詞彙化形成一個動詞組。動詞「乞」可以表示求取或是給予，整個過程如圖（6.4）所示。

最後，本文作了假設性的討論，認為漢語的 DOC 有兩種不同來源，一種是由 SVC 裡中心語在前 V1 為主要動詞，V2 語法化後 DC>DOC 轉換而來（如 6.3.2 節1a.）；另一種是 SVC 結構，V2 中心語在後（如上節 6.3.2 節 2a.）。如果動詞能夠進入這兩種句式，都會形成 DOC。

本章，找出了「乞」DOC 的形成，補充了先前學者們所欠缺的部分。在閩方言裡「乞」兼表給予、與格標記、求取、使役、被動標記〔第二章表（2.2）〕。但是，被動標記「乞」有沒有可能是和給予義有關？接下來要做的是，對於閩方言被動標記「乞」的來源進行簡單的篩選。

6.4　被動標記「乞」來源於雙賓給予義的可能性

上面各節，本文驗證的結果顯示「乞」出現在 DOC 裡，表示給予義用法，和江藍生（1989：47）所推測的出現年代一致都在東漢，並且按周法高（1963）、江藍生（1989）、王力（2000）、孫玉文（2007）的說法，給予義「乞」在宋代就開始消失。

按照類型學以及諸位學者，認為閩方言被動標記「乞」是來自授予義。然而，在第二章中我們見到，閩南方言使用「乞與」或「與」當作被動標記，但卻不太能使用「乞」；反之，閩東莆仙地區則單用

「乞」。而又例（5）至（7）「乞與」中的「乞」可有兩種語義解釋，表示他們是各自完整的動詞並列。那麼我們可能推測在「乞與」的形成之初是兩個反義或同義並列，但是經由「與」的感染共現，形成一組並列式的使役動詞，最後語法化為被動用法。如下所示：

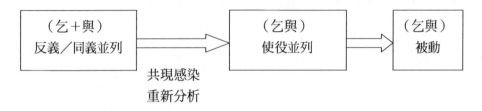

我們可以透過底下的說明，來看看這種可能性的推論。

1 授予動詞「與」兼表使役──被動的用法

郭維茹（2010）考察了，古漢語的授予動詞「與」的演化，她認為部分文獻指出「與」在先秦兼表使役和被動的用法，可靠性令人懷疑，利用授予動詞表示使役的用法很可能是，魏晉南北朝以後才發展，直到唐代例子才多起來。而「與」表示被動可靠用法，也要推至唐代。她以「與」作為例子，摘要討論如下：

（53）我滿十八歲女某甲，欲於如來法律中受具足。我今從僧乞二歲學戒，唯願阿梨耶僧憐憫故，**與我二歲學戒**。（東晉《摩訶僧祈律》）

（54）我某甲比丘，從長老乞伊止，長老**與我依止**，我依止長老住。（後秦《十誦律》）

這兩個例子，是出現在東晉時代，根據郭維茹（2010）的解釋，「乞」的語義為〔請求〕、〔授予〕，主語為求取者表示請求賜予受戒

的權利，相對「與」的主語是表示授予者，「與我二歲學戒」，就是「與其所願」讓某人達成願望。

　　我們從語料的觀察來看，這裡的「乞……與」和例（5）至（7）的「乞與」有所不同。此兩例「乞」和「與」的主語並不是共指。「乞求」的動作是「我」，而被乞求的對象是「僧」及「長老」，同時也是「與」的主語，也就是兼語形式。特別留意的是，受「乞求」的對象是「僧」及「長老」，介賓詞組出現在動詞「乞」之前[11]。

　　按該文的推測「與」的使役用法在六朝只有零星用例，唐代才逐漸發展。他將「與」的使役用法分做三種語義：容讓、至使、役遣，底下各舉一例該文中最早的例子。

　　（55）某甲擬欲入池，有一個老和尚，**不與**某甲入池裡，便喝。
　　　　　因此再見和尚。（《祖堂集》卷16）

　　（56）淨能曰：「必被岳神取（娶）也！」欲**與**張令妻再活。
　　　　　（《敦煌變文集新書》）

　　（57）三個大王都無天下之分。眾大臣商議不定，且**與**周勃權
　　　　　國。勃曰：「老臣不敢受此。（《前漢書平話》卷下）

這些例子嚴格來說已經到了晚唐時代，而「與」表示被動用法的也是出自於唐代如下例（58）、（59）：

　　（58）世間一等流，誠堪**與**人笑。（〈寒山詩〉）

---

11 此兩例可以對照本章註解 4 的例子：乞食於野人，野人**與**之塊。到了西漢成為：從野人乞食，野人盛土器中**進**之。我們稍微調整一下語序：我乞二歲學戒**於**僧，僧**與**我二歲學戒。就可以和上句對照，一個是「乞+N」一個是「乞+V」，而「於」所引介的對象是一個施事者。

（59）楚平王無道，枉誅我父兄；子尚是君之臣，如何不與設
計，遂與楚王遣死。（《敦煌變文》）

以唐代作為切分點，表示在東漢時由求取義衍生為給予義的「乞」，
必須在唐代以前出現使役的用法，如此才有辦法和晚唐盛行的使役動
詞「與」形成兩個使役動詞並列的面貌，進而兩個都虛化為被動用
法。

2　未見「乞」在魏晉南北朝表示使役的用法

按照時間推測，如果「乞」是依循給予—使役—被動，給予義
「乞」興起於東漢衰弱於宋代，表示「乞」的使役用法，必須出現在
宋代以前。我們考察了東漢以後的部分文獻，「乞」的動詞用法，主要
還是表示求取義。以西晉《三國志》為觀察「乞」在該文獻中一共出
現六十筆（包含南朝宋注釋），這六十筆中除了少數人名以外，「乞
降」（求降）共十四筆，其餘的例子都是表示求取義。摘舉如下：

（60）乞赦其一等之罪，為終身徒，使成書業。（《三國志》〈吳
書〉）

（61）太守李衡數以事侵休，休上書乞徙他郡。（《三國志》〈吳
書〉）

（62）上大將軍、定安縣侯，乞賜褒獎，以慰邊荒。（《三國志》
〈魏書〉）

這三個例子的「乞」是乞求某人，而某人赦免其罪，這個用法就和例
（53）、（54）同。西晉以後的南北朝文獻《後漢書》、《世說新語》、

《齊民要術》裡「乞」都還是當作求取義為主，零星出現給予義[12]。

（63）以示百姓，幸會赦令，**乞**罪請降。（《後漢書》〈列傳〉）

（64）聞卿詞，欲**乞**一頓食耳（《世說新語》〈任誕〉）

（65）以國貧不願之封，**乞**錢五十萬，為關內侯。（《後漢書》〈列傳〉）

（66）郗公始正謂損數百萬許；嘉賓遂一日**乞**與親友，周旋略盡。（《世說新語》〈儉嗇〉）

（67）**乞**人醬時，以新汲水一盞，和而與之，令醬不壞。（《齊民要術》〈作醬法〉）

前面兩例的「乞」都是表示請求，後三例就是「乞」表示給予義。

　　由上面的種種跡象以及語料表示，東漢以後到魏晉南北朝，這段時間「乞」兼有求取和給予義，但是仍以求取義為主要的用法。

3　遭受義／蒙受義「乞」出現的時間在唐代左右

　　在唐代的語料裡，我們找到在一些主語非自願的的語境裡，「乞」可以作為求取義及遭受、蒙受義的混合語境（Hybrid context）用法如下：

（68）監察御史李嵩、李全交，殿中王旭，京師號為「三豹」。每訊囚必鋪棘臥體人不聊生，囚皆**乞**死。（《朝野僉載》）

（69）朝宗至晚始蘇，脊上青腫，疼痛不復可言，一月已後始

12　《南齊書》裡有一段文字，值得注意：毀世祖招婉殿，乞閣人徐龍駒為齋（南齊書）。看起來很像「乞」的使役用法。但是，對比同期文獻《魏書》有更詳細的陳述：昭業素好狗馬，立未十日，便毀蹟所起招婉殿，以殿材**乞**閣人徐龍駒造宅。

可。於後巡檢坊曲，遂至京城南羅城，有一坊中，一宅門向南開，宛然記得追來及乞杖處。(《朝野僉載》)(乞杖處《廣記》卷三八〇引「乞」作「喫」)

先來看其他人對於「乞」的使用語境分析，吳崢嶸（2009：37）針對《左傳》求取類動詞研究指出「乞」的語義，都是主體在非常需要的情形下，向客體索要某物或要求某事。他的這番陳述，指出了「乞求取」的發生情況，往往都是在「非自願允讓」的情形下發生。

回到例（68）「囚皆乞死」這裡固然可以認為是「生不如求死」，也就是主語在非自願性的條件下只有求死，而死的陳述對象是就受事主語「囚」，也就是表示囚被弄死了。

我們可以透過一些方言現象來看，屈哨兵（2008）認為，漢語的被動標記有不同的認知語義來源。他觀察到在江西信豐、上猶、江蘇高淳，使用被動標記「討」，而海南屯昌則使用「要」[13]。這兩個都不是漢語典型的被動標記，但是含有「討」、「要」的語詞結構中，卻是可以包含相應的被動觀念。「討」有求取、請求與招惹這兩義項，當「討」後面續接的是一個動詞性成分，兩者之間就似乎隱藏著被動觀念，例如：討饒、討教、討厭、討嫌、討還。從這些「討 V」的結構語義來看，可以推知在「討」的後面，隱含有一個施事者，通常說的「討人厭煩」就是這種情況。

其實，在漢語裡「討」也具有求取和被動標記的用法，例如：討錢、討飯；討媽媽歡心、討人厭、自討苦吃、討打、求刑、獲罪。因此，被動標記「乞」的來源可能是從求取義而來[14]。

---

13 李惠琦（2000）認為海南方言被動標記「要」（ioh）接近於英語的「get」，其讀音可能是「著」（tioh）省略的聲母而來。對此仍待進一步細究。

14 第五章的註解六，湘語的安仁方言，使用「得」作為被動標記。亦為索取義的來源，請參照。

4　閩方言被動標記「乞」讀作入聲

第二章表（2.2）、（2.4）所列，閩東方言及莆仙還有閩北的方言點，都有使用「乞」作為被動標記。陳澤平（1998：198）考察福州話被動標記「乞」（kʰøyəʔ）讀作陰入調，而陰入調來自於中古《廣韻》的入聲、清聲母。此外，秋谷裕幸（2008：360-362）的閩北石坡方言裡，被動標記「乞」（kʰi）也是讀作陰入調，同樣的，石坡方言的陰入調，也是來自於中古的清入聲字。又按陳章太、李如龍（1991：144）所提供中古入聲清聲母，在現代的閩北方言裡，也都讀作陰入聲，古代「溪」母，現代閩北讀作 kʰ。

透過這些方言的讀音現象來看，表示求取義的「乞」中古為「去訖切、溪母（次清聲母）、入聲」。對照福州話和閩北石坡的被動標記「乞」，剛好具有語音上對應。或許，這個被動標記「乞」和求取義有可能的關聯。

6.5　本章結論

本章透過歷史語料的觀察與分析，推導出「乞」由求取義產生給予義的過程。驗證了學者所提出雙賓給予的「乞」出現在東漢。綜合來說，本章有幾點結論如下：

1　SVC>DC>DOC 的轉換動後成分的語法化

在 SVC 裡「乞」可以出現在 V1 及 V2 兩個位置，V2 成分的「乞」語法化為與格標記，接著基於與格轉換理論產生 DOC，但是因為同音刪略及介系詞併入的規則運作，與格標記「乞」併入動詞中，最終產生「乞1+IO+DO」整個論述過程在 6.2.1 節。

　　除了「乞1+IO+DO」的句式，還有「乞 X(coverb/prep)+IO+DO」的句式。同樣的，這個結構也是來自於 SVC 裡的，X（V2）語法化為與格標記後，經由與格轉換而生成 DOC。「乞 X(coverb/prep)+IO+DO」和「乞1+IO+DO」這兩個結構具有辨義的作用。

2　重新分析與詞彙化——辨義作用

　　「乞1+IO+DO」和「乞 X(coverb/prep)+IO+DO」，是為了區別「乞」語義。在6.3節的研究中，把前者稱為 DOC，後者稱為複合式 DOC。這兩個結構，都是來自於相同的句法操作，但是在「乞1+IO+DO」這個動詞「乞」只能作為給予義理解，而「乞 X(coverb/prep)+IO+DO」的動詞「乞」，既可以理解為「給予」也可以理解為「求取」。這種具有施受同詞的動詞，為了區別語義，往往會有附加標記的手段（如圖6.4）。就動詞語義上來說，表示給予義的「乞」可附加或不附加標記X，因為在整個 DOC 結構裡，就已經具有給予義；而附加 X 的「乞 X(coverb/prep)+IO+DO」主要是為了和給予義的「乞」作為分別。最後，從「乞1+IO+DO」和「乞 X(coverb/prep)+IO+DO」的構詞辨義，間接提供了古漢語以聲調別義的情形，應在東漢就已經消失。

　　最後6.3.2節的餘論，本文認為 SVC 裡的動詞 V1、V2，因為中心語的重點位置不同，可以形成兩種雙賓結構：動前生成、動後生成。動前生成，就是像給予類的動詞「送」、「給」、「贈」、「賜」等，動後生成像是「借」、「租」。語義上來說，部分的動詞可以進入到這兩種句式，但是由動後生成的雙賓結構，為了辨義往往都會附加一個介系詞標記「給」。

3　被動標記「乞」可能與求取義有關

　　在本章的最後一節 6.4 節，對於「乞」來自於給予義的可能性進

行討論。據孫玉文（2007）的推測，表示給予的「乞」在宋代消弱。再者，透過授予動詞「與」的文獻，郭維茹（2010）認為「與」的使役用法大量出現在唐代，被動標記用法更是推至唐代以後。若「與」的使役及被動大量出於晚唐，那麼以「乞與」作為被動標記的用法中，「乞」也應該在唐代完成虛化。重新再來看南宋代詩人袁文《甕牖閑評》的一段話：

> 詩家用乞字當有兩義：有作去聲者，有作入聲者。如陳無己詩云：乞去聲與此翁源不稱。蘇東坡詩云：何妨乞去聲與水精麟；此作去聲用也。唐子西詩云：乞入聲取蜀江春。東坡詩云：乞入聲得膠膠擾擾身；此作入聲用也。

由此可以看到唐代以後「乞與」的複合形式也讓文人難以辨析，我們推測當「乞與」形成動詞並列式之初，這個形式為反義並列就如例（5）至（7），但在複合的過程中因為「與」的感染作用這一組「乞與」也可視為同義並列，隨著授予動詞「與」語法化為使役用法出現在晚唐，「乞」也就連帶著被視為是一組使役動詞並列，再進一步成為被動標記。

　　從有限的閩方言語料來看，「乞與」沒有相關用例當作雙賓句（乞與 IO+DO），但是「乞」和「與」可以單獨出現在雙賓句。而此看來「乞與」的使役到被動，和單用「乞」的來源可能不同。或許這就可以說明為何在閩南方言中，只能用「與」或「乞與」而沒有單用「乞」，反之，閩東莆仙等地區都是用「乞」。

　　其次，透過閩方言的考察，閩東（福州）和閩北，被動標記「乞」都讀作陰入調，而這個聲調，來自於中古入聲清聲母。對照中古時期，表示求取義的「乞」剛好有語音上的對應關係。

第七章

「乞」、「喫」（吃）被動式的使用觀察及「乞」求取

——被動的成因推測

按前述諸位學者的討論，「喫」、「吃」、「乞」被動式在元明文獻已經混用，就時間上來說，「吃」的出現不晚於北宋。本章首先觀察中古漢語以後「喫」、「吃」、「乞」被動式的使用狀況，其後再針對閩方言「乞」由求取衍生為被動用法進行推測。

7.1　唐代文獻裡的被動標記「乞」、「喫」

我們以《中央研究院漢籍電子全文》以及《文淵閣四庫全文》的語料作斷代式的搜尋。觀察到「乞」、「喫」在隋唐時代已經有相互作為被動標記的用法例（1）至（7），但是「吃」字卻沒有。

（1）朝宗至晚始蘇，脊上青腫，疼痛不復可言。一月已後始可。於後巡檢坊曲，遂至京城南羅城，有一坊中，一宅門向南開，宛然記得追來及乞杖處。(《朝野僉載》)

（2）我欲笞汝一頓，恐天下人稱你云撩得李日知嗔，喫李日知杖。你亦不是人，妻子亦不禮汝。(《朝野僉載》)

（3）急承白司馬，不然即喫孟青。(《大唐新語》)

（4）他家頭尖，憑伊覓曲，咬嚙勢要，教向鳳凰邊遮囑。但知免更**喫杖**，與他祁摩一束。（《敦煌變文》〈鷰子賦〉）

（5）師云：「合**喫棒**，不合**喫棒**？」[1]（《祖堂集》）

（6）得伊造作：耕田人打兔，蹠履人**喫朧**[2]，古語分明，果然不錯，硬努拳頭，偏脫胳膊。（《敦煌變文》〈鷰子賦〉）

（7）你下牒言我，共你到頭，並亦火急離我門前，少時終須**喫摑**。（《敦煌變文》〈鷰子賦〉）

（8）黃羊野馬捻槍撥，鹿鹿從頭**喫箭川**（穿）、（《敦煌變文》〈王昭君變文〉）

　　這些例子「乞杖」、「喫杖」、「喫棒」都是表示遭受義，「杖」、「棒」具有施為動作的表達[3]，也就是被挨打（遭受打），而且「乞」和「喫」同時採用。按江藍生（1989）的論述，這是「喫」字被動式的雛形。江藍生（1989）認為被動標記「喫」、「吃」的產生，是因為後面的名詞賓語，由可吞嚥的食物，經由隱喻擴展為不可飲食的「杖」、「棒」、「孟青」等，而產生詼諧的語言風格。我們認為除了隱喻的運作外，在結構上不論「喫」或是「乞」都出現在「喫／乞＋V」的句法環境裡，讓「喫」、「乞」有產生遭受被動的機制，比喻是催化其產生。所以「乞」、「喫」表被動遭受，不單單只是比喻義的運作，動詞性賓語也起了重要的作用，就和「被＋V」的發展相同。

　　另外，在同一時代的語料中，「乞杖」的用例鮮少，只有出現在《朝野僉載》中的一筆，大多是「喫杖」、「喫棒」、「喫孟青」、「喫摑」。王錦慧（1993）認為，唐代是「喫」字句被動式的萌芽期，但

1 　按：喫棒一詞為佛事修行用語，即受杖責。

2 　朧音ㄏㄨㄛˋhuo4 表示烹煮，如：《文選》曹植〈七啟〉：「朧江東之潛鼉。」

3 　「杖」、「棒」在古代也是動詞、名詞同用。

仍以「被」字為主流。她認為「喫摑」可以當被打、喫耳光之義，
「喫杖」的「喫」當作是遭受義，或表被動關係。因為在同本文獻中
「喫杖」與「被杖」互用，由此可見，「喫」相當於「被」。如例（8）。

（8）婦聞雀兒被杖，不覺精神沮喪。（《敦煌變文》）

「被」在唐代仍為主流，「喫」直到宋元明小說、戲曲「喫」才和
「被」平分秋色，所以「喫」字句的流行是有時代限制的。

　　由上所述，「乞杖」、「喫杖」、「被杖」互用。不僅如此，在唐代
的文獻亦可以見到「被棒」的用法，試對比例（9）。

（9）師曰：「汝得入處更作摩生？」僧無對，被棒。（《祖堂
　　集》）

如果從王錦慧（1993）所提供的觀點來看，「喫」和「被」在唐代文
獻中都有用例，但「被」是主導地位。反觀「乞」和「喫」，「乞
杖」、「喫杖」互用，正好也可以說明相對於「乞」來說，「喫」是主
流優勢，而「喫」相對於「被」，「被」更是普遍的用法，對照例
（1）、（2）、（8）可見一二。

　　唐代「乞」表被動遭受用例鮮少，同時「喫」字表示被動遭受的
用法開始萌芽，這其中的原因我們推測是「喫」和「乞」已經演化為
一組同音字。因此可以見到「乞杖」、「喫杖」互用表示「被杖」。但
是同音字的使用，並不能說明被動式「喫」的發展，和「乞」字被動
式的語義根源一致。但是如果就結構形式來說，他們都共構於「喫／
乞＋V」。

　　至於「吃」在唐代的文獻中，未見表示被動遭受的用法。但是

「吃」兼有表示謇言和口部飲食動作，並且和「喫」字相互使用，而「喫」也是謇言與口部飲食動作兼有，在有限的語料庫中，唐代文獻僅有一筆表示謇言，如例（10）。

（10）療卒中風。口喫不能語言。四肢緩縱偏痺。攣急痛風（《外臺秘要》）

綜合來說，隋唐文獻裡「乞」、「喫」除了各自的本義以外，兼有被動遭受義，但是「吃」字卻沒有被動遭受義，但帶有謇言及飲食義。由此可見，「乞」、「喫」、「吃」被動式三者在歷史上出現的時間，並不是齊頭並進。

我們進一步考察了唐代「乞」、「喫」的被動式使用情形。根據語料所尋，唐代時期「乞」用作被動標記的次數，遠不及「喫」字。大多數的文獻都寫作「喫」字。為了可以更詳細觀察被動標記「喫」在唐代的分佈，以《中研院漢籍電子全文》作斷代的地毯式搜尋，在整個語料庫中唐代共十九部文獻，「喫」字出現五六四次。其中用作被動標記「喫」分佈在五部文獻中。如下表（7.1）：

表（7.1）　唐代文獻裡被動標記「喫」的分佈[4]

文獻	筆數
大唐新語	1
朝野僉載	2
舊唐書（五代）	1
敦煌變文（五代）	5

4　本表未區分長短被動「喫」，但是據我們對語料的觀察，多數都是短被動「喫」。

文獻	筆數
祖堂集（十國）	4
總數	12

　　唐代文獻中，「喫」表被動遭受也僅僅只有二例（例2及3）。若稍加留意這些筆數的分佈，「喫」在晚唐五代的文獻中占了多數的比例。而且，在這三部晚唐五代的文獻中，只能找到「喫」用作被動標記「乞」卻沒有。對照前述例（1）、（2）同一部文獻中「乞杖」、「喫杖」可混用，顯示在晚唐五代「喫」這個詞形就已經固定表達：被動遭受、飲食、塞言三個意義。除了先前陸續呈現的語料外，底下再摘舉數筆。

（11）有人問：「大業底人，為什摩閻羅天子覓不得？」師云：「是伊解藏身。」進曰：「忽然投著時作摩生？」、「喫拳喫趯。」[5]（《祖堂集》）

（12）吾與你講經，有何事里（理）頻啼泣。汝且為復怨恨阿誰，解事速說情由，不說眼看喫杖。（《廬山遠公話》）

（13）借貸不交通，有酒深藏著。有錢怕人知，眷屬相輕薄。身入黃泉下，他喫他人著。破除不由你，用盡遮他莫。（王梵志詩）

5　王力（2000）認為，「拳」可以表示拳頭、力氣、拳法、屈曲。此例的「拳」詞性不易確定，但卻是表示挨打的動作性用法。英文俚語「duke it out」中 Duke 這個詞通常作名詞用，意思是公爵或者大公。它在俚語中的意思是拳頭。「duke it out」這個習慣用語裡 duke 顯然當動詞用了，表示搏鬥、打架，是說拳打腳踢、大打出手的肉搏。

例（11）「喫拳喫趯」和現代漢語用法有些相似，如同「被拳打腳踢」。「趯」按照教育部異體字字典，讀作「ㄊㄧˋ」表示踢及跳躍。如果，從上下文來看，因為「藏身」使得「閻羅天子覓不得」，「忽然投著」後，就被拳打腳踢。「拳」、「趯」具有動作性的隱喻表達。（12）「不說眼看喫杖」也有前因後果之效，「杖」也是施為性動作，此兩例都可算是短被動「喫」。

例（13）「他喫他人著」根據張錫厚（1983）、邱瑞祥（2003）的詮釋。王梵志詩叫人不要貪戀錢財、名位，因為這些東西都是身外之物，最終非你所得。「死得四片版，一條黃金被，前財奴婢用，任將別經紀」、「臨死命欲終，吝財不千悔。身死妻後嫁，總將陪新婿」、「身入黃泉下，他喫他人著」。這些詩句明白的指出，世俗所追求的一切，最終都成為他人之物。

若是根據學者們對詩句的說明，這裡的「他喫他人著」，「著」有獲得、得到利益，也就是說，別人的利益被別人獲得，此例則為長被動「喫」。

從上面的觀察而論，被動標記「喫」在唐代屬於形成期，並且可能因為同音或是音近和兩者混用，直到晚唐五代「喫」的用法略為興盛。如下圖（7.1）：

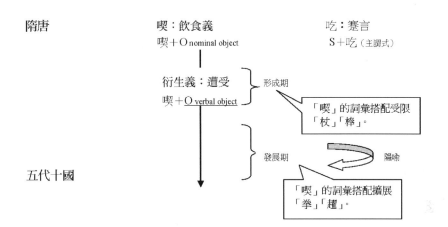

圖（7.1）　隋唐五代被動標記「喫」搭配詞的語義擴展

　　「喫」字被動式，在本義上為飲食，之後因為所吞嚥的不是人體可以食用的「杖」、「棒」而引申出被動遭受用法，但是更重要的是「喫＋V」的結構中，動詞性的施為動作，讓被動遭受更加突顯[6]。

　　直到晚唐五代，被動標記「喫」有略為增加的現象，並且不僅沿襲原本唐代的「喫杖」、「喫棒」，還有例（11）「喫拳喫趯」。這一個簡略的變化，突顯了被動標記「喫」原在較為受限的搭配用法「杖」、「棒」，至晚唐五代也擴及其他動作性動作「拳／趯」。因此，稱之為被動標記「喫」的發展期。這也就表示了「喫」的用法逐漸脫離受限的詞彙搭配，此時才能夠真正的說：表示遭受的「喫」所搭配的詞彙語義產生擴展，是受到隱喻的運作所致。

6　圖（7.1）中把「喫＋N」的箭頭指向「喫＋V」。撰寫至此，我們開始思考江藍生（1989）所謂的「喫」從原本可吃的食物（N）變成不可吃的食物（杖、棒），這個轉變的確可以用隱喻解釋。然而，像是「喫拳喫踢」，以及之後看到的「喫殘害」、「喫人議論」等用法，都比較像是「喫＋V」的形式，而此形式是否直接來於「喫＋N」尚待討論。若「喫＋N」和「喫＋V」各自因著不同的機制產生被動遭受，那麼「喫＋V」的來源就值得研究，是否和同類的被動式產生關聯。目前限於能力，我們僅能做一些推測的想法，更待之後的驗證。

由上述的觀察，間接驗證了王錦慧（1993）所言的「喫」在唐代是流行用法。但更精確的說[7]，唐代是被動標記「喫」形成期，並和「乞」做混用，但其詞彙搭配有所限制「棒」、「杖」。五代十國是「喫」的發展期，此時脫離詞彙搭配受限的局面。

7.2 宋代時期「喫」的穩固期

上節說過，唐代時期都可見「乞」、「喫」作為被動標記，並以「喫」為大宗。而「吃」在隋唐只有謇言和飲食兩義。那麼以「吃」這個詞形，當作被動標記是在何時？又是如何形成？本節將一一說明。

進入宋代之後，「喫」、「吃」除了原有飲食和謇言混用的基礎上，被動標記「吃」也出現相關用例。但「乞」表示被動遭受的用法，卻不如其本身的求取義和給予義。被動標記「喫」進入宋代以後確實可見到搭配的詞彙，承襲晚唐五代擴展的趨勢「杖」、「棒」、「拳」同樣承前，如下例（14）至（16）：

（14）豈有己則能攻人，而人則不欲其攻己哉！諺云：「喫拳何似打拳時。」（《鶴林玉露》）

（15）記得追來及喫杖處其宅空無人居（北宋《太平廣記》）

（16）看汝主人面，不欲送汝縣中喫棒。（《雞肋編》）

（17）三娘到莊，定是喫殘害。（《劉知遠諸公調》）

7　這裡補充說明的是，「乞」用作求取和給予義的用法，在五代十國仍見。如：若乞食時得雜肉食，云何得食，應清淨法。又如：居道曰：自計所犯誠難免脫，若為乞示（求），餘一計較。以上「乞」當作求取義解釋。另外又如給予義的用法：撥棹乘船過大江，神前傾酒數千甕。傾杯不為諸餘事，男女相兼乞一雙。以上諸例來自於黃徵（2005：315-316）《敦煌俗字典》上海教育出版社。

例（14）至（16）就不再說明。例（17）動詞「殘害」的對象是施及「三娘」[8]。上述的例子都是短被動「喫」，長被動「喫」[9]的用例如（18）至（20）：

（18）免不得略遮庇，只管喫人議論。（《朱子語類》）

（19）愚意以為可且為營一稍在人下職事、喫人打罵差遣，乃所以成就之。（《鶴林玉露》）

（20）花兒偏向蜂兒有。鶯共燕，喫他拖逗。（柳永詞）

李文澤（2001：410）認為「喫」產生於中古時代，晚唐五代「喫」具有遭受、蒙受的意思，這樣就與「被」的詞義吻合，它的發展軌跡和「被」應該相同。在宋代文獻中，用例為數不少。

李文澤（2001）的說明透露著被動式「喫」的發展過程中，和「被」有關而「被」的形成中不容忽視的是「被＋V」的關鍵，就如同我們在晚唐看到「喫」已經和施為動作搭配。另外，雖然他並未提供數據說明，為何「喫」在宋代為數不少。但是，由上面的語料所示，被動標記「喫」相較於唐、五代十國，宋代的文獻其用數增多的原因，其實是「喫」所能帶的動詞語義不斷泛化擴展有關，使得被動標記選用「喫」這個字形者的比率也有所上升。我們隨機挑選了五部宋代時期的文獻，觀察被動標記「喫」的次數分佈如表（7.2），並對照表（7.1）來看，確實在數量上有穩定現象，因此稱為「穩固期」。

---

8 這個例子很像是《世說新語》中：亮子被蘇峻害，改適江虨（音賓）。

9 我們按照一般語言學家認為的，帶有施事者的被動結構，稱為「長被動句」（NP1＋喫＋NP2＋V）；反之，則為「短被動句」（NP1＋喫＋V）。

表（7.2） 宋代時期被動標記「喫」的次數分佈

文獻	筆數
太平廣記	5
鶴林玉露	4
雞肋編	1
東京夢華錄	1
朱子語類	4[10]
總數	15

值得注意的是，宋代被動標記「喫」後面出現的動作動詞有多樣的趨勢，像是上述的「殘害」、「議論」、「打罵」、「拖逗」以外，還有下例的「鞭」、「棒」。

（21）勝者賜以銀节錦綵・拜舞謝恩・以賜錦共披而拜也・不勝者毬頭喫鞭。（《東京孟華錄》）

（22）傳宣云：須決卻杖二十後，別取處分。尋決訖，再取旨，真宗云：只是怕喫棒後如此。即已決了，便送配所配所，指流放服役之地。更不須問。（《折獄龜鑑》）

底下將宋代被動標記「喫」的詞彙搭配語義擴展呈現如下圖（7.2）：

---

10 這四筆只列入較為典型的用法，另外像「喫力」、「喫緊」，其實也是用為表示遭受，描述受事主語。「喫力」、「喫緊」將在內文中簡要討論。

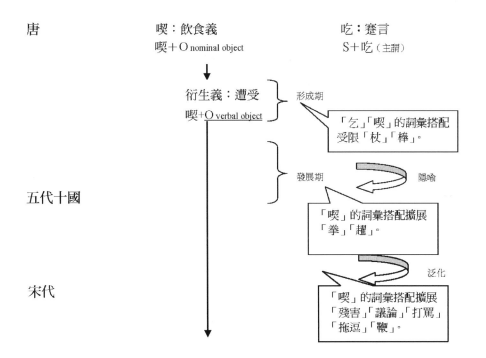

圖（7.2） 宋代被動標記「喫」搭配詞的語義擴展

7.2.1 「喫」與「吃」的音韻關係

　　由隋唐到五代十國，未見「吃」用作被動標記，直到宋代才見到如下的用法：

（23）急丞白司馬不然即吃孟青。（《太平廣記》）

（24）蓋意有餘而文不足，則如吃人之辯訟，心未始不虛，理未始不直，然而或屈者，無助於詞而已矣。（《容齋隨筆》）

（25）神宗讀至「無官可削，撫己知危」，笑曰：「畏吃棒耶！」（《宋人軼事》）

（26）鬥不多時，只見阿速魯眼上吃敬瑭射著一箭。（《五代史平
　　　話》）

　　例（23）對照例（3）一則寫作「吃孟青」，一則為「喫孟青」。
但以「喫孟青」出現的較早，可見到了宋代被動標記「喫」、「吃」開
始混用。例（24）對照例（18）、（19）都是採用長被動形式，「吃」
和「喫」都當作被動標記。例（25）「吃棒」對照例（22）「喫棒」，
這裡的「吃棒」就是表示被棒打。例（26）則為典型的長被動
「吃」。
　　由以上的語料所示，被動標記「吃」出現在宋代，並且和唐五代
的「喫」混用，然而混用的機制是什麼？我們需要借助音韻的分析。
　　首先，將幾個語法形式出現的時間點整理，再輔以音韻關係討論：
一、「吃」和「喫」的蹇言、飲食混用出現在魏晉六朝，參照第三
　　章的研究。
二、「吃」被動標記出現在宋代，並且和「喫」混用。
　　為了解釋「喫」、「吃」的關係，必須藉由有限的音韻資料，並再
次推衍「喫」、「吃」可能的音韻關係如下圖（7.3）：

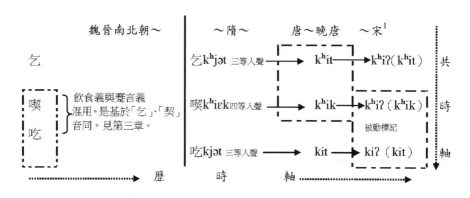

圖（7.3）　被動標記「喫」和「吃」的音韻關係

　　隋代以前，根據本文先前的研究（第三章），「喫飲食義」和「吃蹇言義」在各自的本義上，經由「乞」、「契」的音同假借產生衍生義。這是「喫」、「吃」的第一次假借接觸。

　　隨著動詞「乞求取義」其音韻形式產生弱化，並在唐代與「喫」形成最小對偶詞（minimal pairs），所以在先前的語料中，能見到「乞杖」、「喫杖」的混用，足見當時這兩個被動標記為自由變異（free variation）。我們需注意的是「自由變異」的先決條件是語義上也必須沒有差別，但是這僅能說明在唐代「乞」、「喫」是個「同音同義異形字」，卻不能直接認為「乞」、「喫」產生被動用法的語義根源是同一個來源。

　　晚唐以降，這三組語音再次經歷弱化。此時被動標記「喫」kʰiʔ和「吃」kiʔ，形成最小對偶詞，而且在表示被動義的用法上，兩者並無語義上的區別，所以在先前的語料中，能見到「喫孟青」、「吃杖」、「喫人議論」、「吃人之辯訟」的混用，足見當時這兩個被動標記為自由變異（free variation），這是「喫」、「吃」的第二次接觸。據此，「吃」在宋代就有三種意義：本義為蹇言，衍生義飲食、被動遭受。

　　另外，就語言文字的共時和歷時層面來看，kʰiʔ 的這個讀音分別可寫作「乞」、「喫」和「吃」字屬於「同音同義異形」。如此一來，就能進一步說明學者（江藍生、張惠英等，參見第二章）指出，元明以後被動標記「乞」、「喫」、「吃」三者的混用的成因。也就是說，三者成為同音的方塊字後，問題就落在選字的使用上。

　　再者，「乞」、「喫」也體現在閩方言中。試回顧第二章表（2.2）閩語中的被動標記，有些地區讀作 kʰit，有些讀作 kʰik 正好也可反映這個語言事實。也就是在歷史上的某個時代「乞」、「喫」曾經一度具有「同音同義異形」關係，但是其語義根源未必一致。同理，現代漢

語常用的「喫虧」、「喫官司」亦可寫作「吃」，也是具有「同音同義異形」關係。

回到詞彙語法來看，唐代產生的被動標記「喫」，除了原有的「喫杖」、「喫棒」，經由隱喻的運作，所能搭配的施為動作不斷泛化為「棒」、「孟青」、「摑」等等就如圖（7.1）所示。到了宋代被動標記「喫」達到了穩固期，不僅所搭配的施為動作多樣「喫議論」、「喫打罵」、「喫拖逗」，並且透過音韻的關係和「吃」產生混用，而且也直接承襲了多樣搭配的施為動作，如例（23）至（26）。由上可以清楚的明白動作性的擴展現象，符合 Bybee & Hopper（2001：13、14）認為經由語義的泛化和功能的轉移，語法化產生音韻削弱（phonological reduction），這兩種變化是同時發生的。

7.3 元明清被動標記「乞」、「喫」和「吃」的分佈情形

唐宋時期「喫」、「吃」被動式均為大宗，而以「乞」作為被動標記的用法，比較能夠受接受的只有例（1）。然而，與此不同的是，「乞」表示被動遭受在元明清文獻裡卻是可見。底下將繼續觀察。

7.3.1 元代「乞」、「喫」和「吃」的並進期及相關語言現象

在元代的各個文獻中，仍有「乞」、「喫」、「吃」混用的現象。先從「喫」、「吃」看起。祖生利等（2009：65）所列「喫」字可作短被動、長被動，用例如下：

（27）問不問有錢的自在，是不是無錢的**喫嗔責**。（《看錢奴》二折）

（28）只怕假做庚帖被人告，**喫拷**。（《琵琶記》）

（29）殺死他，**喫控持**。（《小孫屠》十四齣）

（30）你**喫人打罵**，做不得男子漢。（《元典章》〈刑部〉卷四）

（31）我家怎地**喫官司封**了門。（《小孫屠》十四齣）

（32）以後被孫子敗了他的軍馬，**喫天下人笑話**，那其間休要悔。（《直說通略》）

　　從他們所提供的語料來看，被動標記「喫」散見在不同的文獻當中。祖生利等（2009：65）察覺到表被動「喫」語源是個未解之謎。在文中指出：表被動的「喫」有沒有可能從其他的用法（使役）衍生而來？如果不是，又是如何而來？另外，他們還指出了另一個問題：宋元明時期「喫」比較活躍，入清以後一下銷聲匿跡，現代漢語方言也沒有用它作被動標記的報導卻是一個謎。這個問題的解答，就是本文前述（第四章），閩方言裡的「喫虧」其實就是保有「喫」本字的用法。至於，入清以後為何銷聲匿跡，我們初步認為，應該受其他被動標記競爭取代之後的結果，將在之後討論。

　　除了「喫」，也可見到「吃」字當被動標記。高育花（2007：321）以元刊《全相平話五種》作被動標記的統計，在整部文獻中，被動句一共出現二一七次。其中「被」占二〇二次高居榜首，其次為「為」六次，再來是「吃」、「教」各占三次，還有「於」二次、「著」一次。摘舉「吃」的語料如下：

（33）鬼谷**吃蘇代執告**不過，只得下山。（〈樂毅圖齊〉）

（34）黑韃麻趕將來，**吃李牧舉起斧砍落**。（〈秦併六國〉）

從他所統計的數據顯示,「被」作為主導地位,而「為」、「吃」、「教」只能作為少部分用例。由此可知,被動標記在歷史上,真實存在著競爭、取代的互動關係,最終趨向單一的標記使用。其他「吃」字用作被動標記的用法,也出現在《朴通事》表示挨受或遭受義。如下例(35)、(36)[11]:

(35)家中沒甚的事時賞你,有些事時吃打。(《朴通事》)

(36)路上必定吃人笑話。(《朴通事》)

上述,透過語料所示,「吃」、「喫」在元代文獻中,都已經混用為被動標記。另外,還有一個語言現象特別需要提及。據黃樹先等(1998:48)所編的《元代語言詞典》,「吃」除了表示被動的挨受外,這個字形可和「乞」、「赤」互用。如下:

(37)稅錢比茶船上欠,斤兩去等秤上掂,**吃緊**的歷冊般拘雛。
      (喬吉〈水仙子〉)

(38)怎不教我憤氣填胸,**乞緊**君王在小兒彀中。(《趙氏孤兒》
      〈一枝花〉)

(39)賣著領雪練也似狐裘,**赤緊**的遇著那熱。(《范張雞黍》)

作者將「赤緊」分列兩義:表示確實、實在,如例(37),另一則為表無奈,如例(38)、(39)。如果他們的觀察是正確的,那麼「乞」、「赤」、「吃」這三個字形雖然不同,但其讀音應該是完全一樣的。就如同在第四章圖(4.6)顯示《中原音韻》裡,將「赤」、「乞」、「喫」

---

11 語料摘路自謝曉安(1991:60)。

都放入齊微韻，可見在元代「乞」、「赤」、「喫」可視為同音異形字的事實。

除此，在一些從元代跨度到明初的作品裡，《水滸傳》[12]已經可以見到較多使用「乞」作為被動標記。如下例 (40) 至 (47)：

(40) 宋江是個快性的人，乞那婆子纏不過 (《水滸傳》)

(41) 今晚必然乞那老咬蟲假意兒纏了去。(《水滸傳》)

(42) 空自去打草驚蛇，倒乞他做了手腳，卻是不好。(《水滸傳》)

(43) 從來老實！休要高做聲。乞鄰舍家笑話。(《水滸傳》)

(44) 只說武大郎自從武松說了去，整整的乞那婆娘罵了三四日。(《水滸傳》)

(45) 小弟不肯讓他。乞那廝一頓拳腳打了。(《水滸傳》)

(46) 那婦人拭著眼淚說道：我的一時間不是了，乞那廝局騙了。(《水滸傳》)

(47) 若等將令來時，你哥哥乞他剁做八段。(《水滸傳》)

例 (40) 至 (47) 為長被動「乞」，引入施事者。對照在唐代出現的例 (1)「乞伏」，元明之際的《水滸傳》出現「乞」用作被動標記遠遠大過前代。而且這類「乞」字被動式後面都帶有一個動詞，和現代漢語的長「被」字句有相同的語法表現[13]。

---

12 《水滸傳》中所呈現的語言地域，有研究指出是以江淮方言為基礎，摻雜了其他方言用法。見王毅 (2002)〈明清小說江淮方言釋例〉，《古漢語研究》第 4 期，頁 78-80。

13 我們查找了《水滸傳》中，「乞」字被動式的形式都是長被動，僅僅有一例像是短被動「乞」。如下：

徐寧道：「既然如此，這張弓又走不動，都上車子坐地。只叫車客駕車了行。」四

　　《水滸傳》中除了用「乞」以外，同時也使用「吃」字。許仰民
（1988、1990）、曹煒（2009：57）曾對《水滸傳》裡的「吃」字被動
式作過統計。前者所計算的數據有一二一例；後者認為有一一五例，
兩者的差距不大[14]。除了「乞」、「吃」，還有「喫」字被動式。例如：

（48）李逵跳將起來道：好哥哥，正應著天上的言語。雖然吃了
　　　他些苦，黃文炳那賊也喫我殺得快活。（《水滸傳》）

（49）不好打那撮鳥。若打不著，倒喫他笑。（《水滸傳》）

（50）太爺立等回話。去遲了，須帶累我每喫打。快走，快走。
　　　（《水滸傳》）

由上元代及跨度的語料來看，這三個被動標記在元代算是齊頭並進[15]。

7.3.2　明清方言文獻裡的「乞」、「吃」、「喫」被動式

　　上節祖生利等（2009）指出，入清以後，「喫」字被動式消失不
見。這個現象的確值得探究，因此本節將透過部分的明清文獻，觀察
「乞」、「吃」、「喫」的分佈及消長。

　　個人坐在車子上。徐寧問道時遷：「你且說與我那個財主姓名。」時遷乞逼不過，
　　三回五次推托，只得胡亂說道：「他是有名的郭大官人。」
　　這個例子可以從上下文得知，時遷是被逼問的人，而逼問的施事者是徐寧。但這樣
　　的短被動「乞」的用例顯少出現，是否反映書面寫作與口語表達的差異，可備一說。

14 除了「吃」字式以外，兩篇文章都針對「被」計算過，許仰民認為「被」有七四九
　　例；曹煒認為有六六五例，數據雖有落差，但是清楚看到「被」是最大宗。

15 為了避免堆疊大量語料，根據我們的考察，在《水滸傳》中「喫」除了被動用法
　　外，還保留原本的飲食義；「吃」也是同樣兼有飲食和被動，卻未有寒言義，除非
　　在特定的詞組「口吃」才能見到。此外，「乞」兼表被動及保有求取義，但卻沒有
　　給予義，是不是由「給」取代，值得進一步討論。

　　《金瓶梅》一書成書的時間在明代，其所反映的語言帶有山東方言色彩[16]。

　　許仰民（1989、1990、1991）共有三篇文章專文討論《金瓶梅》裡的「乞」字句、被動句、「吃」字句、「被」字句。據他所計算「乞」字被動式有四十六例，「吃」字式有八十九例，「被」字句有四四八例占最大宗。用法摘舉如下[17]：

> （51）從門背後採出鈇安來要打。乞金蓮向前把馬鞭子奪了，掠在床頂上。
>
> （52）誰的妻小？後日乞何人占用？
>
> （53）我的一時間不是，乞那西門慶騙騙了。
>
> （54）若不早把那蠻奴才打發了，到明日，咱這一家子乞他弄的壞了！
>
> （55）隨你和他過去！往後沒的又像李瓶兒，乞他害死了罷！
>
> （56）大則身亡家破，小則吃打受牢，財入公門。
>
> （57）今日只當吃人暗算，弄出這等事來。
>
> （58）這西門慶吃他激怒了幾句話，歸家已是酒酣。
>
> （59）你這斷了腸子的狗材，生生兒吃你把人就毆殺了！

從上述這些語料來看，對照《水滸傳》的長被動「乞」都有相同的用法[18]，至於這個被動標記如何而來？許仰民（1989）指出，在《金瓶

---

16 相關的文獻請直接參考：孟昭蓮（2005）的整理。

17 除了許仰民（1989）的文獻以外，亦可參見曹煒（2011：182）統計該書「乞」有四十四；例「吃」有七十三例，「被」有四八二例。內容論述亦有重複之處，故不徵引入正文。

18 《金瓶梅》中長被動「乞」是主要的用法，但也出現了一例是短被動「乞」。如下例：西門慶道：「我今日不知怎的，一心只要和你睡。我如今殺個雞兒，央及你央及

梅》中「乞」可以表示承受、感受或挨受義。這些語義是從「乞」的求取義而來，求而得之，自然會有承受、感受引申為遭受、挨，並且同時代的「吃」字走著大而相同的演變道路。至於為何同一本文獻中會出現兩種不同的詞形，卻表示同一種語法功能。他解釋說，為了語言的多樣化，避免重複、呆板用通語或某方言寫的作品中，適當收入一些方言詞。許仰民（1989）認為，《金瓶梅》的被動標記「乞」可能來自於求取義，這個說法間接推測了，本文認為閩方言內部有一類的被動標記「乞」，根源來自於求取義的立場相同。

特別的是，在《金瓶梅》中未見「喫」字被動式。同時期的作品《醒世恆言》、《警世通言》、《喻世明言》、《初刻拍案驚奇》、《二刻拍案驚奇》[19]，宮田一郎、石汝杰（2005）指出「三言二拍」使用的主要是蘇南和浙北地區的吳語[20]，譚耀炬（2005：55）同樣認為帶有吳方言的特徵。這些作品和《金瓶梅》有所不同的是「三言二拍」未見到「乞」表示被動用法，但是「喫」、「吃」兩者都可以表示被動或是飲食義。我們抽檢了《醒世恆言》和《初刻拍案驚奇》「吃」、「喫」的語義次數比如下：

兒，再不你交丫頭撮些水來洗洗，和我睡睡也罷了。」李瓶兒道：「我倒好笑起來。你今日那裡吃了酒？吃的怎醉兒的來家，恁歪斯纏！我就是洗了，也不乾淨。一個老婆的月經，沾污在男子漢身上，贓剌剌的也晦氣。我到明日死了，你也只尋我。」於是乞逼勒不過，交迎春撮了水下來，澡牝乾淨，方上床與西門慶交房。

這個用法和注十四《水滸傳》中的短被動「乞」相似，這兩部文獻的短被動「乞」都僅有一例。

19 按一般文學史的稱法，我們直接稱「三言二拍」。按袁行霈（1999：155）考定，三言的作者是馮夢龍（1574-1646），今蘇州人；二拍的作者是凌濛初（1580-1644），浙江湖州人。

20 該書中羅列了許多明清時期文獻裡帶有吳方言色彩的「吃」字句，但為了不堆疊語料，請進一步查照，頁 72-76。

表（7.3）　　《醒世恆言》、《初刻拍案驚奇》「吃」、「喫」
　　　　　　的語義次數分配

	喫		吃	
	飲食	被動	飲食	被動
醒世恆言	405	75	151	23
初刻拍案驚奇	184	72	171	43
總計	589	147	322	66
比率%	**80.03**	**19.97**	**83**	**17**

表（7.3）顯示「喫」和「吃」在飲食義及被動用法的數量稍有落差，但是如果就比率來說，兩本書中的「喫」字中，當作被動用法為百分之十九點九七（589＋147／147）飲食義占百分之八十點〇三（589＋147／589）；而「吃」字當作被動用法為百分之十七（322＋66／66）飲食義占百分之八十三（322＋66／322）。這些數據顯示，「吃」、「喫」不論在飲食義或是被動用法，均已達到勢均力敵。摘舉語料如下：

（60）我的小名叫作勝仙小娘子，年一十八歲，不曾吃人暗算。

（61）一年吃蛇咬，三年怕草索（《初刻》）

（62）討少了，怕不在行；討多了，怕吃笑（《初刻》）

（63）張皮雀指出其中一聯云：「吃虧吃苦，掙來一倍之錢；柰短柰長，僅作千金之子。」、「吃虧吃苦該寫「喫」字，今寫「吃」字，是「吃舌」的「吃」字了。「喫」音「赤」，「吃」音「格」。兩音也不同。「柰」字，是「李柰」之「柰」。「奈」字，是「奈何」之「奈」。「耐」字是「耐煩」之「耐」。「柰短柰長」該寫「耐煩」的「耐」

字,「柰」是名,借用不得。你欺負上帝不識字麼?(《警
世通言》第十五卷)

例(63)出自於《警世通言》[21]看起來是一段戲謔的話語,但其
中把「喫」、「吃」的字音及語義清清楚楚的記錄下來,這個「吃」字
本源為「喫」字,只是現今(明代)寫作為「吃」,「喫」又其音同於
「赤」。由此可證,第四章中「喫」在詞彙擴散的歷史音變下與
「章」系、「昌」母的「赤」合流。

接續而來的問題是:帶有山東方言色彩的《金瓶梅》與「三言二
拍」兩相對比之下,表被動「喫」字不出現在前者,卻出現在後者;
而表示被動「乞」只出現在前者,不出現在後者;而「吃」當被動是
這些文獻共有的現象。為什麼會有這種區別?

試圖對比上述元末明初的《水滸傳》,據香坂順一(1985)的研
究指出《水滸傳》所反映的是宋至明初的白話文語法樣貌。我們推測
《水滸傳》使用「乞」用作被動用法,可能是反映宋至明初的語言樣
貌,直至《金瓶梅》仍使用「乞」並帶入了口語詞「吃」,也就是
說,具有早期語言與口語色彩的融合。而「三言二拍」未見「乞」而
只有「吃」、「喫」用作被動標記,即作者使用的是口語詞。

從方言古文獻資料來看,若是按照「音」與「詞」的搭配關係來
看至少可以有四種搭配:一、文言音與口語詞,像是部分閩語的「喫
虧」將「喫」讀作文言音的 k^hik 入聲但選用口語詞「喫」。二、文言音
與文言詞,像是部分閩語的「乞儂搦去」被動標記讀作 k^hit 入聲,並
寫作「乞」。三、口語詞與口語音,像是蘇州方言「喫官司」的

「喫」讀作 tɕʰiəʔ陰入kuø ʂ、「喫倒帳」tɕʰiəʔ陰入 tæ tsã、「喫香」tɕʰiəʔ陰入ɕiã（受歡迎）[22]。四、口語音與文言詞，有一項可靠的證據在第四章已經引用過了《老乞大集覽／單字解》中記錄了「喫」記錄正音 kʰi，俗音 tɕʰi，喫打 mad-da，字雖入聲俗讀去聲，俗省文作「吃」。重引如下：

在這筆文獻資料中，明白的記錄了「喫」本作入聲，並有正俗兩音，同時又可寫作「吃」字。如此可見至少在明代文獻中，「喫」、「吃」兩字混用以外，「喫」又有正俗兩音，而正音的 kʰi 正好和「乞」kʰi 形成「同音同義異形」。因此，可以推測《金瓶梅》用「乞」、「吃」當作被動用法，混雜了早期語言與口語詞；而「三言二拍」使用「喫」、「吃」為口語詞。

　　入清以後「乞」、「喫」、「吃」出現了不同的變化。在《紅樓夢》、《桃花扇》、《儒林外史》、《鏡花緣》、《海上花列傳》、《醒世姻

22 語料摘自李榮（1998：311-313）《蘇州方言詞典》。

緣》仍可以找到「喫」、「吃」用作被動義，但是其數量上不如使用「被」字句。而且，這些文獻當中已經見不到「乞」當作被動用法。再對比前期的《金瓶梅》，同樣帶有山東方言色彩的《醒世姻緣》，卻見不到「乞」當作被動用法。而吳方言色彩的《綴白裘》、《吳哥甲集》又有零星出現用被動標記「乞」。據宮田一郎、石汝杰（2005：489）指出《綴白裘》是清中葉的吳方言作品，《吳哥甲集》是清末到民初。「乞」表示被動「被」作為不如意的遭遇。並且在「乞虧」的詞條下特別說明了「乞」記「吃」的口語音。他們提供的語料如下：

（64）二伙長頭上一頂帽子，**乞拾拉里哉**，拿得去換甲酒吃吃藥是好個。（《綴白裘》八集二卷）

（65）個個錢玉蓮明明是吾個房下，**乞哩央個許將仕做子媒人**，竟搶子去。（《綴白裘》四集四卷）

（66）非唯抹壞，**乞哩竟拿個四兩氣力拿個碑來一搉**，竟跌做兩段。（《綴白裘》八集二卷）

（67）**乞娘打子滿身青**，寄信教郎莫吃驚，我是銀匠鋪首飾由渠打，只打得我身時弗打得我心。（《吳歌》）

（68）我張大官人囉里個搭弗去子，**乞虧殺個帶腳柱哉**。（《綴白裘》十集三卷）

江藍生（1989）也觀察了《水滸傳》、《金瓶梅》「乞」、「吃」、「喫」被動式混用的情形，他認為「乞」應是「吃」的音借字，而不是給予義的「乞」。這個看法其實就是圖（7.3）所見的唐宋以後這三個方塊字形成同音字，因此主要是反映用字上的選擇現象。

那麼，又該如何解釋山東方言色彩的《醒世姻緣》沒有被動「乞」，而第二章中表（2.5）列出了現代北方話裡的被動標記，在部

分的山東方言裡，都是使用「給」、「叫」、「讓」，沒有一處使用「乞」，為什麼會有這樣的現象？

7.3.3 語言變異與變化下的解釋

徐大明（2006：2）引述了 Sapir（1921）的論點指出：人人都知道語言是變異（variation）的，但是在語言學歷史上的大部分時間裡，語言學家卻都迴避語言變異的現象，認為最重要的工作是從紛繁的語言材料中抽象出整齊劃一的條條框框，因此語言描寫的成果基本上排除了變異的內容。

這段話給了我們很大的啟示，對於語言變化的解釋除了觀察語言本體以外，應該採取合理的變異討論。所謂的「變異」徐大明（2006：91）引述了 Anttila（1989、2002：210）的說法：變異可以看成是形式和意義之間的特定關係，理想的自然語言應該是一對一的關係，但是實際上語言會產生偏離。偏離分為：變異和歧義。前者是一個意義與好幾個形式相對應（如：A），後者是某個形式對應好幾個意義（如：B）。

從語言變異與變化的精神來看，我們認為「乞」字被動標記，之所以會在入清以後消失其原因有二：「內在趨同」與「外部接觸」。

　　曹逢甫、連金發、王本瑛、鄭縈（2002：221）的研究雖然是以現代的語言作為分析，他們指出歷時的研究關注在業已完成的演變，但從社會語言的切入來看觀察正在進行中的演變不再是不可能。而所謂的趨同（convergence），就是語言的演變朝著對應結構的方向。

　　若以此觀點來看「乞」、「喫」、「吃」被動式，首先是面臨「被」的競爭取代。「被」字式自唐代以後就逐漸成為趨勢，又從前面的元明清文獻中的數據顯示了「被」占有主流地位，這造成了「乞」、「喫」、「吃」被動式的使用面臨挑戰，也就是在語言趨同的效應下，朝向使用主流的「被」字式。「被」自唐代後高頻使用，自然其他同樣功能被動標記也就相形黯淡。

　　另外，還有一個「外部接觸」，也就是說在明末清初，北方有一股勢力引進將授予動詞「給」推進到表示被動標記，進而取代了以求取義演化為被動標記的「乞」。張美蘭（2011：386）從域外官話文獻的研究發現，明末清初才出現「給」表示使役，而用「給」表示被動是清末的新用法。在她所觀察的兩本文獻《官話類編》（1892）及《官話指南》（1881）裡，前者講述被動句其例證都是用「叫」、「被」，沒有「給」字句；而後者用「給」表示被動也僅有三例。她再比對了《語言自邇集》（1887）未見「給」作為被動。因此可以說在十九世紀末北京口語裡「給」字被動句及為罕見。如果張美蘭（2011）的觀察是正確的，而又據羅杰瑞（1982、2010：63）橋本萬太郎（1987）指出，北方語言中使役兼表被動，屬於阿爾泰語系的特色，當外族在學習漢語時自然將母語中的特徵帶入漢語，而他們是統治者，因此則容易被他人模仿使用。

　　總合來說「乞」、「喫」、「吃」三個被動式，入清以後的使用狀況不如元明代，並非只受一方影響。北方語言的發展走向如此，在「被」以及「給」的雙軌影響下，非主流的被動標記只能作為零星的

現象。表示被動意義的需求下「給」與「被」作為不同詞形下，表達同一個概念。

7.3.4 餘論 —— 動補結構中表示遭受義的「乞」、「喫」、「吃」

除了上述「乞」、「喫」、「吃」被動式的觀察外，我們也看到從唐代開始「乞」、「喫」、「吃」當作動詞，並帶數量補語表達遭受義句式為「S+V+數量+N」。如下：

（69）師云：「者沙彌好喫二十棒。」（《祖堂集》）

（70）峰云：「者個子好喫一頓棒，且放過。」（《祖堂集》）

（71）爾認了不致償命但喫六七十下棒而已。（五代《疑獄集》）

此三例的「喫」都是當作動詞，表示承受棒打。除了上述「喫＋數量＋仗」、「喫＋數量＋棒」這些用法外，以《文淵閣四庫全書》做搜尋，在晚唐五代的文獻裡表遭受的「喫」所帶賓語的語義有所不同。如下例：

（72）曹拮休莫詳其州里有妻孥居扁舟中來往宣池金陵每于山中兩錢價買柴赴江下一錢價賣與人自云喫利不盡。（南唐《金華子雜編》）

（73）獻臣曰：不問孫待制，官人餐來未？其人慚沮而言曰：不敢仰昧，為三司軍將日，曾喫卻十三。蓋鄙語謂遭杖為餐。（校：喫，揮犀五作乞。）（《夢溪筆談》）

例（72）「喫利不盡」，「喫」明顯的當作蒙受理解，也就是「受利不盡」這裡的「利」是名詞性。由這個例子來看，蒙受的「喫」並非全然如前都是帶有負面意涵的遭受，足以顯示「喫」逐漸能夠脫離原本的使用搭配。例（73）相當有意思「喫卻十三」後一句說「蓋鄙語謂遭杖為餐」，顯示這裡的「喫」就是「遭受」，而也足見當時「喫」具有飲食及遭受兩義。另參照校注，將「喫」作「乞」表示這個被動標記「喫」確實和「乞」有用字上的選擇關係。

　　除了這些用法以外，還有表示心理狀態的「辛苦」、「艱辛」、「虧」例（74）至（77）。由此可見，從晚唐五代一直到宋代，遭受義「喫」所搭配的義，泛化到心理狀態的層面。說明如下：

（74）嘗言：孔子煞喫辛苦來！橫渠又言：堯不曾喫辛苦，舜喫辛苦。但三十微庸，後來便享富貴。孔子一生貧賤，事事都去理會過來。問：「堯不曾喫辛苦做工夫，依舊聰明聖知，無欠缺。（《朱子語類》）

（75）今做時，亦須著喫些艱辛，如越始得范蠡文種，未是難。（《朱子語類》）

（76）前面險處，防有喫跌，便是慎。慎是惟恐有失之之意。（《朱子語類》）

（77）颼颼風露髮根涼月落菱歌盡意長分得鏡湖繞一曲喫虧堪笑賀知章（南宋《劍南詩稿》）

例（74）短短一句話中接連出現了四個「喫辛苦」，前面的「孔子」等人為受事主語，其餘的例子亦同。例（75）「喫跌」當然不是指飲食，這裡的「喫」亦同遭受，同樣也是指涉受事主語自發性的跌倒動作。

　　例（77）是我們找到最早使用「喫虧」的用法，「喫」就語義上

來說表示承受、蒙受，對照「堪笑」的「堪」（經得起）可知。

　　第二、四章曾從閩方言來看，在部分閩語區「喫虧」一詞讀作 k^hik 陰入 k^hui 陰平，字形雖寫作「克虧」經本文的考究應為「喫虧」。按音義的吻合，閩語的「喫虧」來自於唐宋時期的文讀音。值得注意的是，《朱子語類》表遭受義的「喫」和其他名詞或心理動詞搭配最多樣。除了前面語料所見的「喫跌」、「喫些艱辛」、「喫辛苦」。另外，還有「喫力」、「喫緊」。如下摘舉例（78）、（79）：

> （78）求言必自近，易於近者，非知言者也。此伊川**喫力**為人處。

> （79）然為學自有許多階級，不可不知也。如某許多文字，便覺得有箇**喫力**處，尚有這些病在。

這兩個例子的「喫力」，「喫」仍可以作為被動遭受，也就是指「受力」[23]。尤其是例（79）「覺得喫力」表示這種心理受到阻礙，由受事主語承受。但是，底下的「喫緊」就有兩種不同的語義：

> （80）伊川易傳序云：求言必自近。易於近者，非知言者也。此伊川**喫緊**為人處。

> （81）凡日用工夫，須是自做**喫緊把捉**。見得不是處，便不要做，勿徇他去。

例（80）和例（91）出現在同一文本，「喫緊」亦可作為「受到緊迫」。但是例（91）的「喫緊把捉」，更像是現代口語中的「趕緊把

---

[23] 閩方言中選用白讀音的「食力」，朱子語類所使用的「喫力」應該是讀作文讀音，亦同於「喫虧」的「喫」。

握」顯示「喫緊」有兩種不同的語義。這個「喫緊」（趕緊）的用法，是否從「喫」的遭受義而來？對此，本文暫時不作討論，未來將作其他專文說明。

宋代以降遭受義的「喫」也可以替換為「乞」、「吃」字，而且用法上除了還是帶有心理狀態的動詞外例（82）、（83），也能看到成語性的詞彙例（84）。

（82）不知哥哥心內如何？」晁蓋道：『壯哉！且再計較。你既來這里，想你乞了些艱辛。且去客房裡將息少歇。（《水滸傳》）

（83）武松道：高鄰休怪！不必乞驚！（《水滸傳》）

（84）奉山上哥哥將令，特使人打聽得哥哥乞官司，直要來鄆城縣劫牢。

遭受義動詞「乞」後接心理動詞「艱辛」、「驚」，試對照例（75）宋代「喫些艱辛」都是同樣用法。

例（86）「乞官司」也是現代漢語中所使用的「吃官司」。以「乞官司」這組詞彙來看，經由「漢籍」的統計次數。「乞官司」在《水滸傳》有二筆，「吃官司」有二十三筆；「喫官司」有七筆。摘舉部分用例如下（85）至（87）：

（85）俺自從喫官司到今日，有十數箇月不曾弄這箇道兒了。

（86）你自走了，須連累柴大官人乞官司。

（87）他是為你吃官司。你不去救他，更待何時。

這裡有一個問題暫時得不到解釋：為何同樣一組詞，作者選用三個不

同的字形，但其語義都是相同的？是為了多樣化嗎？還是著作者不只
有一人？未來值得細究。明清以後文獻顯示，表示遭受義的動詞
「乞」、「喫」、「吃」已經混而不分。如下例。

（88）你宅上大娘子得知，老婆子這臉上，怎<u>乞</u>得那等刮子
　　　（《金瓶梅》）

（89）平生不作虧心事，夜半敲門不<u>乞</u>驚！（《金瓶梅》）

（90）你是何妖邪！卻敢淫污天眷！不要走，<u>吃</u>吾一劍（《醒世
　　　恆言》）

（91）那玉貌花容，從來無兩，如何不認得！<u>喫</u>了一驚。（《醒世
　　　恆言》）

（92）便由你們搜，搜不出時，<u>喫</u>我幾個面光。（《初刻拍案驚
　　　奇》）

（93）真箇不去，<u>喫</u>我一刀，大家沒得弄！（《初刻拍案驚奇》）

若是根據一般對於被動句中動詞的限定而言，動詞都必須是動作性及
物動詞，部分的心理動詞、非動作性動詞不能進入被動句。而上面的
這些語料來看，表遭受義的動詞「乞」、「喫」、「吃」其來源可再細究。

7.4　歷史語言中的被動式

　　本節將從歷史語料中觀察相關被動式的形成與使用，並對「乞」
字被動式的形成建立假設。

7.4.1 長短「被」字式的形式

首先，從「被」字式的形式談起。王力（1957）[24] 指出「被」出現於戰國末期表示「覆蓋」，如下例（94）至（96）：

（94）光被四表。（《尚書》〈堯典〉）
（95）澤被生民。（《荀子》〈臣道〉）
（96）功被天下。（《荀子》〈賦篇〉）

從上面的語料來看，例（94）至（96）動詞「被」後，所接的是一個受事賓語；也就是王力（1989：283）所說的是主動地覆蓋或施及某一事物。這裡的「被」顯然作為及物動詞。然而，「被」還有一個被動地蒙受及或遭受某一事物，被動式的「被」是來自於此。如下例（97）至（100）：

（97）下施之萬民，萬民被其利。（《墨子》）
（98）處非道之位，被眾口之讒。（《韓非子》）
（99）晉獻惑於驪姬兮，申生孝而被殃。（《楚辭》）
（100）高祖被酒，夜徑澤中，令一人行前。（《史記》）

對比例（94）至（96）和（97）至（100）可以看到句法格式都是NP1＋被＋賓語（O），主要的差異在於 NP1和賓語（O）的語義角色不同，在前例賓語（O）是受事者，而後例是施事者。表示被動的「被」是從第二種形式語義結構而來。例（97）、（98）的語料足以顯

---

24 這裡的說法引自蔣紹愚、曹廣順（2005：379）。

示「被」後所帶的是名詞性賓語，因為「其利」、「眾口之讒」都是所有格形式，並不是單一的子句。

　　其後，當「被」後經常出現動詞時，就有了重新分析的機會，如例（101）至（103），「被」表示遭受義。

　　　　（101）今兄弟被侵，必攻者，廉也……。（《韓非子》〈五蠹〉）
　　　　（102）（晁）錯卒以被戮。（《史記》〈酷吏列傳〉）
　　　　（103）被汙惡言而死。（《史記》〈酷吏列傳〉）

而例（101）至（103）是一個動詞性賓語，對比例（94）至（100）共用同一種形式：NP1＋被＋O（noun/verb）。

　　王力（1957）進一步闡述，「被」字式到了漢末才開始帶有施事者。例如（104）、（105）：

　　　　（104）亮子被蘇峻害。（《世說新語》〈言語〉）
　　　　（105）舉體如被刀刺。（《顏氏家訓》〈歸心〉）

這兩個例子是：「NP1＋被＋NP2〔agent〕＋V」，「被」後所帶的是一個主謂式。蔣紹愚（2005：383、384）引述了諸多學者的意見指出，「被」字式的複雜化，首先表現從單個動詞，演變為漢末帶有施事者的複雜結構。並舉唐鈺明（1987）所統計，唐代各種文獻裡[25]，三七一個「被」字式，其中有二五七例帶有施事者，宋代以後不斷增加[26]。如下例（106）至（108）：

25　文獻包括《李白詩》、《杜甫詩》、《白居易詩》、《禪宗語錄》、《敦煌變文》、《祖堂集》。
26　唐鈺明所計算《朱子語類》被字式有四五七例，帶施事者有三九九例。

（106）一朝被馬踏，唇裂板齒無。（杜甫詩）

（107）數被官加稅，稀逢歲有秋。（白居易詩）

（108）若非俠客懷冤，定被平王捕逐。（《敦煌變文》）

如果採信上述學者的觀點，「NP1＋被＋V」出現的時間早於「NP1＋被＋NP2＋V」，並且這兩種句式裡的「被」解釋為遭受義，其關鍵是帶有動詞性賓語。再者，帶有施事者的被動式中，其動詞原本都是及物性動詞（踏、捕逐、害），經由被動化後，動詞為非及物性，賓語升格為主語。

周法高（1956）從歷史語料來看，表示蒙受的「被」，可以出現在「NP1＋被＋V」如例（109），及「NP1＋被＋V＋於＋NP2〔agent〕」如例（110）。

（109）今兄弟被侵，必攻者，廉也；知友被辱，隨仇者，貞也。（《韓非子》）

（110）以萬乘之國，被圍於趙。（《戰國策》〈齊策〉）

從這兩筆語料來看，「被」解釋為遭受義與後接的動詞性賓語有關。他並認為起初「被」不能帶有施事者，南北朝有之，唐以後盛行。綜合上述，「被」帶有施事者是在漢代以後才開始出現，唐宋以後為發展期。

唐鈺明（1987）以東漢及魏晉南北朝的文獻作為母體，抽樣統計出「被」共有五四一例[27]，其中「被 V」的句式占了四七四例。由此

---

27 東漢有二十九例，魏晉南北朝五一二例。

可見，「被 V」普遍存在東漢以後的文獻[28]。

　　按照一般語法學，帶有施事者的被動結構，稱為「長被動句」（NP1＋被＋NP2＋V）；反之，則為「短被動句」（NP1＋被＋V）。從前述的歷史角度，短被動式早於長被動式，這兩者是否有衍生關係？底下討論。

7.4.2　長短「被」字式的關係

　　語法學者（曹逢甫 1993；Huang, Li and Li 2009；石定栩 2009；鄧思穎 2010）認為「長短被動句」之間並沒有相互衍生的關係。

　　石定栩（2009：146）該文從七大項條件[29]，論證了「長短被動句」之間，並沒有相互衍生關係。短被動句的「被」應為動詞，因為無法像介系詞一樣懸空；長被動句不能刪除施事者形成短被動，因為長被動的句法性質和兼語相同，而其特點是，充當兼語的名詞性短語必須顯性出現。長被動後面有地點狀語，短被動則否（張三被李四在學校騙走了／*張三被在學校騙走了）。長被動句可以跨越小句，短被動則否（張三被李四派警察抓走了／*張三被派警察抓走了）。短被動是以動詞作為補足語而非小句（*這件事情不能被所理解）。長被動裡的代詞和主語同指，短被動則否（張三被李四打了他一下／*張三被打了他一下）。表示主語意志的狀語，可以出現在主語和「被」之間（張三故意被李四打了／張三故意被打了），也就表明了被動句的主語是原始生成（base-generated）。如此一來，長短被動句之間也可以

---

28 摘舉語料：東漢《漢書》錯卒被戮。《論衡》實孝而賜死，誠忠而被誅。《世說新語》公獵，好縛人士，會當被縛，手不能堪芒也。

29 這七項包括了：介系詞懸空、兼語刪除、「被」後的地點狀語、遠距離被動句、指項主語、被動句中的「所」、占位代詞。

分開生成，這兩個結構來自於不同句法形式如圖（7.4）所示：

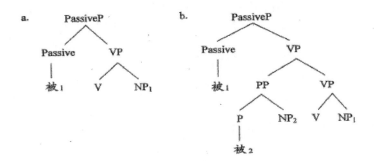

圖（7.4）　漢語的雙「被」結構

（石定栩、胡建華　2005；石定栩　2009）

圖中顯示漢語的「被」字句，實際上包含了兩個「被」。一個是被動標記動詞「被1」，一個是介系詞「被2」，但是都必須蘊含「被1」。短被動句只有「被1」而沒有「被2」，因此並不構成介系詞懸空，並且以動詞短語作為補足語。長被動句的兩個「被」通過同音刪略，合成為一個。

　　張伯江（2001：520）和鄧思穎（2010：194），他們認為漢語的長被動句，應該是由處置式（使役句）推倒出來的。如下例（111）至（114）及樹狀圖（7.5）：

（111）你的胃口被今天這頓飯全吃倒了。

（112）今天這頓飯把你的胃口全吃倒了。

（113）張三被李四打傷了。

（114）李四把張三打傷了。

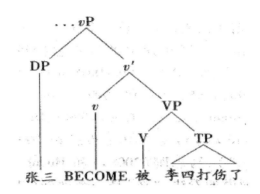

圖（7.5）　被動與使役關係句法樹（鄧思穎 2010：196）

「被」跟「李四打傷了」組成 VP，輕動詞 v 和 VP 組合，並以「張三」作為主語，「李四打傷了」是使役句組成，其核心就是輕動詞 BECOME，表示事件的變化。這個結構可以詮釋為，張三經歷了事件的變化，而這個變化的結果是，李四打傷了他。「被」是長被動句的詞根，「李四打傷了」是「被」的補語，主語「張三」，是「被」的論元。

　　石定栩（2009）和鄧思穎（2010），對於長被動句裡「被」的詞性認定不同。前者認為是介系詞，而後者是當作動詞，表示主語受到事件的影響，引申出非自願的意思。在此，我們不打算深究「被」的詞性。但是，這兩位的共同點都是認為「長短」被動句之間，並沒有衍生關係。透過「被」的觀察，長短被動句之間並無衍生關係，並且對長被動而言，並帶有使役意涵。

7.4.3　討論——類推效應下的「乞」字式

　　本節將說明「被」字式的形式結構，對「乞」字式的類推（analogy）效應。首先，整理前兩節的重點：

　　一、就時間順序的發展，短被動：「NP1＋被＋V」為最早出現的形式，已經獲得學者普遍的認可，而直到漢末才見到長被動「被」字句。梅祖麟（1998：20）引述了周法高（1968）、太田辰夫（1987）指出「被」、「為」經歷過三個相同的演變路徑：NP1＋被／為＋O〔nominal object〕>NP1＋被／為＋O〔verbal object〕>NP1＋被／為＋agent＋verb。該文論及漢語語法史中幾個反覆演變的方式，指出「被」、「為」等[30]，遵循下列的演變方式：

$$X+名詞 \qquad X+名詞$$
$$>$$
$$\emptyset \qquad X+動詞$$

X 這個動詞最先帶名詞賓語，後來帶動詞賓語。「被」發展到「NP1＋被＋V」，還繼續發展到「NP1＋被＋agent＋verb」；「為」也是同樣有相同的演變結構。漢語句子構造原則和詞組構造原則一致，所以無法從形式上，分辨賓語的名詞性還是動詞性。英語可以用後綴的方式，使動詞轉化為名詞，而漢語卻隱而不顯。

　　綜合言之，NP1＋被／為＋N，早於 NP1＋被／為＋V。其後才出現 NP1＋被／為＋NP2〔agent〕＋V。亦即帶有施事者的「被」字式為後起。

　　二、按照王力（1957、1989）的語料對比例（94）至（96）和（97）至（100），「NP1＋被＋N」這個形式中「被」後接名詞性賓語不提供「被」產生蒙受／遭受的環境。而「被」理解為「遭受義」其關鍵是：「NP1＋被＋V」帶有動詞性如例（101）至（110），起於先

---

30 除了這兩個以外還包括了「會」、「沒」、「解」。

秦兩漢有普遍發展趨勢[31]。

三、長短「被」字式之間並無衍生關係，長「被」字式所引導的賓語，語義上為施事者，而句首的主語是受事者，長「被」字式是從處置式（使役句）衍生而來，如例（112）至（114）。

我們暫時來看一些「乞」表示求取的用例，在《左傳》有兩種「乞」的句法形式：「NP1＋乞＋N」，「NP1＋乞＋N＋於＋NP2」。摘舉如下：

（115）秋，諸侯復伐鄭。宋公使來乞師，公詞之。

（116）郏莊公與夷射姑飲酒，私出。閽乞肉焉，奪之杖以敲之。

（117）北戎伐齊，齊使乞師于鄭。鄭大子忽帥師救齊。

（118）冬，秦饑，使乞糴于晉，晉人弗與。

吳崢嶸（2009：37）針對《左傳》求取類動詞研究指出「乞」的語義，都是主體在非常需要的情形下，向客體索要某物或要求某事。他的這番陳述，指出了「乞求取」的發生情況，往往都是在非自願的情形下發生。

從原型施事、原型受事的語義角色來看「NP1＋乞＋N」表示求取的「乞」，NP1施事者，N 為被求取轉移的受事者。「NP1＋乞＋N＋於＋NP2」，「乞」同樣表示求取，NP1施事者，N 為被求取轉移的受

---

31 NP1＋被＋O 並存於先秦漢語當中，這個句法格式裡的「被」有不一樣的意義，如例（1）至（3）和（4）至（7）。根據「被」在中古音的反切有：皮彼切，寢衣也，又姓。《呂氏春秋》有大夫被瞻。皮彼切，又皮義切。平義切，被服也，覆也，書曰光被四表，又平彼切，寢衣也。有沒有可能，在這個句法格式裡，還保有四聲別義的功能，未來可再進一步探析。

事者1，NP2為受求取的受事者2〔參見第六章表（6.3）〕。「被」字式和「乞」字式有相同的句法結構，而「被」字式的 NP1為受事者，NP2為施事者就如例（110），其關鍵在於「被」後的動詞性成分。底下將「被」字式和「乞」字式的句法格式和語義角色對照如下表（7.4）

表（7.4）　　「被」字式與「乞」字式的句式及語義角對照

	句　　式	語 義 角 色
「被」字式	1 a. NP1＋被＋N：例(97)至(100) 　b.NP1＋被＋V：例(101) 至(103)	NP1受事者
	2 a.NP1＋被＋V+於+NP2：例(110) 　b.NP1＋ 被 ＋NP2＋ V：例 (104)至(108)	NP1受事者，NP2為施事者。
「乞」字式	3 NP1＋乞＋N：例(115)、(116)	NP1施事者，N 為被求取轉移的受事者1
	4 NP1＋乞＋N＋於＋NP2：例(117)、(118)	NP1施事者，N 為被求取轉移的受事者1，NP2為受求取的受事者2

「被」字式和「乞」字式有相同的結構，歷史上「被」字式的1a.（NP1＋被＋N）先出現，而後因為名詞與動詞無法切分，部分的名詞帶有動詞性而成為 1b.「NP1＋被＋V」。要注意的是，「NP1＋被＋N」裡，這個主語的語義角色為施事者，即如例（94）至（96）。其後，「被」帶動詞性成分「被＋V」，「被」理解為「遭受」，NP1為受事者，如例（97）至（100）。由此可推測，在這個句式結構下，動詞後所帶賓語的詞性，將對動詞語義以及主語的角色造成影響，就如同「被」1a.到1b.的變化，帶有動詞性賓語讓「被」的遭受義更加明顯。

　　其次，2a.的「被」字式中「於」後所帶的是動作的施事者。若

我們能在有限的語料中找到「乞＋V」或是「NP1＋乞＋V＋於＋NP2〔agent〕」，那麼「乞」就有機會從求取義衍生為遭受義。

綜合來說，「被」用作被動遭受義，在先秦早有諸多例子。「被」和「乞」共享相同的句式結構，「被」理解為遭受義，辨別的關鍵是帶有動詞性賓語，而「乞」若是要衍生為遭受義，也是在同樣的條件下形成。

除了句構條件以外，如上所述，「乞求取」的情形往往都是在非常急迫的情形發生，這種帶有非自願性的語境，也應是被動遭受的條件之一。在此，初步觀察東漢以後（魏晉）的部分語料，表示求取的動詞「乞」後面的動詞性成分，都帶有貶義，並且是主語非自願性的動作，如例（119）所示：

> （119）高祖踐阼，進號輔國將軍。其年，率文武萬人南討林邑，所殺過半，前後被抄略，悉得還本。林邑乞降，輸生口、大象、金銀、古貝等，乃釋之。遣長史江悠奉表獻捷[32]。（《宋書》〈列傳〉）

例（119）上句「南討林邑」表示林邑是被討伐的受事者，下句「林邑乞降」固然可以理解為「林邑國求降」，把「林邑」當作具有施為動作（乞求）的人類，但是亦可以表示林邑遭受降伏，句中的主語（林邑）可視為受事者。此例可對照例（115）、（116），明顯的在這個句中「乞」的語義可以有兩種詮釋（beg to surrender or got tamed）。而「降」也由帶有及物性的「降妖伏魔」的用法，可經由動

32　《晉書》〈四夷列傳〉：林邑國本漢時象林縣，則馬援鑄柱之處也，去南海三千里。《南齊書》〈東南夷列傳〉：南夷林邑國，在交州南，海行三千里，北連九德，秦時故林邑縣也。

詞被動化後為不及物性[33]。底下，將長短「乞」字句的推測發展路徑，呈現如下圖（7.6）：

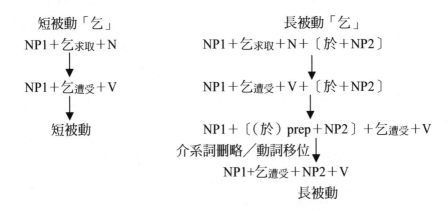

圖（7.6）　長短被動「乞」的推測生成路徑

短被動的形成，主要在於「乞」的後接成分，一旦成分為動詞性並且有不幸或是非自願性的情境，這個「乞」就有機會形成被動遭受；而長被動的形成則較為複雜。同樣的，「乞」後的成分也有名詞性和動詞性的選擇，但主要是「乞」動後的介賓詞組（於+NP2）移位到動前，其後透過句法操作，最後形成長被動句，這一連串運作過程，其後章節將逐一說明。

7.5　短被動「乞」的形成

本節將討論第二章指出的問題：閩方言被動標記「乞」和「與」、「乞與」的根源語義是否相同？（亦見第四章 4.6.3 節）。而閩東方言多使用長被動「乞」，這個長被動如何形成？其次短被動「乞」

---

33 請參照第一章 1.1 節註三的說明。

（見第二章表 2.2）是不是病句？我們暫時不能排除短被動「乞」的接受性，因此也試圖推測其成因。接下來承先第五章討論過英語的「get-passive」〔S＋got＋動詞過去分詞＋（by＋agent）〕，和漢語的相關句式作為說明。主要聚焦在「乞+賓語」的高頻句式，以及賓語詞性的擴展，並且究其使用的情形。

7.5.1　非自願性及賓語的模糊性

魏晉南北朝文獻「乞」的語義仍表示求取的用法，並且後接名詞性賓語。

（120）至夜，見屍邊有老鬼，伸手乞肉。（《幽冥錄》）
（121）吳時有徐光者，嘗行術於市里。從人乞瓜，其主勿與。
　　　　（《搜神記》）
（122）從公乞一弟以養老母。（《世說新語》）

例（121）、（122）動作求取的施及對象已經前置到動詞「乞」之前，並且替換為「從」[34]。

我們將語料的範圍縮小，觀察五部魏晉南北朝文獻[35]裡「NP1＋乞＋賓語」的賓語類型及詞性。如例（123）、（127）：

---

34 第六章註四有一組用例，間接透露了先秦「於＋NP」的介系詞「於」到了此時已經和相同功能的介系詞「從」所替換了。重引如下：
　　出於五鹿。乞食於野人。野人與之塊。（《春秋左傳》〈僖公〉〈傳二十三年〉）
　　過五鹿，飢而從野人乞食，野人盛土器中進之。（《史記》〈世家〉〈晉世家〉）
35 這五部文獻為：《世說新語》、《文選》、《三國志》、《宋書》、《後漢書》。

（123）永初三年，海賊**張伯路**等三千餘人，冠赤幘，服絳衣，自稱「將軍」，寇濱海九郡，殺二千石令長。初，遣侍御史龐雄督州郡兵擊之，伯路等**乞降**，尋復屯聚。(《後漢書》)

（124）李越以隴西反，則率羌胡圍越，越即請服。太祖崩，西平麴演叛，稱護羌校尉。則勒兵討之。<u>演恐</u>，**乞降**。文帝以其功，加則護羌校尉，賜爵關內侯。(《三國志》)

（125）章、遂聞大兵向至，黨眾離散，皆**乞降**。(《三國志》)

（126）追黃巾至濟北。**乞降**。冬，受降卒三十餘萬，男女百餘萬口。(《三國志》)

（127）《魏志》曰：青州黃巾，眾有百餘萬，入兗州，遂轉入東平。太祖遂進兵擊黃巾於壽張東，**破之**。黃巾至濟北，**乞降**。(《文選》)

例（123）的「乞降」，按照整個文路來看，「伯路」是反叛者「御史擊之」，最終「伯路等乞降」不久又再屯聚。就語義上來說，「乞」可以表示「求饒／求降」之意，但亦可理解為「遭受」義，此時這裡的「降」視為動詞性賓語。例（124）同樣也是「乞降」可以當作「遭受降伏」或是「求饒／求降」。而且請注意語境的發生情形是在非自願的恐懼下產生，所發生的情況往往不是主語自身所期望事態，但因客觀條件所限也無力抵抗。試對比和（120）至（122）的情形不一樣。例（126）「乞降」和「受降」互文出現，更可以說明「乞」在這類混合語境（hybrid context）下能有兩種理解。

這幾個例子可以看到動詞「乞」往往都是主語非自願性的表徵，就如同在《公羊傳》的一段話「衛人伐齊。公子遂如楚乞師。乞者何？卑詞也。(《公羊傳》〈僖公〉)」、「乞」所體現的是一種自卑之詞，

情勢不比人強只好屈於下風。這種「不幸說」，王力（1980：499）以
表遭受義的「被」為例指出，漢代至魏晉南北朝的文獻裡，「被」多
數和表示不幸的事情。他計算了《世說新語》的「被」字式有二十七
個，其中有二十二個表示不幸或是不愉快[36]。因為，在古代的封建社
會裡，上位者得恩寵以及災禍都是不可抗拒，所以有表示被動意涵。
底下可以簡單歸結幾項特點。

一、語義由主動到遭受：首先，對比例（120）至（122）動詞
　　「乞」本具有下對上的意涵，主語是「乞求取」的施事者。而例
　　（123）至（127）透過客觀的理解「乞降」是出自於非自願的
　　情況下。兩相對比之下，動詞「乞」所支配的語義角色，形成
　　權力轉移的動態發展，即：
　　　　　a. NP1（施事者）＋乞＋N（例120-122）
　　　　　b. NP1（受事者）＋乞＋V（例123-127）
二、「乞」的發展和「被」有相似處：按照前述表（7.4）來看，
　　「乞／被」原先都帶有名詞性賓語，當「乞／被」後面帶有動
　　詞性賓語，就使得「乞／被＋V」有了重新分析的機會。有一
　　個不容小覷的事實是，動詞「乞」從原本帶有名詞性，到後接
　　動詞性，使得「乞」作為表遭受義，從例（120）至（122）對
　　比例（123）至（127）賓語即可見一二。此外，動詞「降」已
　　經失去指派賓語受格的能力，但是賓語得不到格位，所以移到
　　句子的主語位置，即「乞」的句首位置。除了這個句構條件，
　　「不幸說」也能作為支持「乞」被動遭受的客觀條件。

---

36 在此不列出語料，請參考所引的文獻。另外，王力（1989：284）《漢語語法史》一
　書中載：《世說新語》全書的被動式有二十七個，其中有十九個表示不幸或是不愉
　快。對照之下，兩邊的數值不一，但不影響推論。

我們認為動詞「乞」後的賓語屬性，以及整個事件所發生的情況，起了重要的影響。「乞降」都是在主語非自願的情形下發生，而賓語的屬性帶有動詞性，使得動詞「乞求取」重新分析為「乞遭受／蒙受」。而且注意到動詞「降」原本是及物性動詞，形成被動動詞後，其動作行為所影響的對象是句中的主語。至於動詞「乞」的後置成分介於名詞動詞轉換，底下也將提出說明。

7.5.2　高頻句式與賓語擴展

如果暫時不論動詞「乞」後的賓語詞性，「NP1＋乞＋賓語」這個句法形式在六朝就占有主要優勢如表（7.5）。

表（7.5）魏晉南北朝文獻 NP1＋乞＋賓語句式次數表

	NP1＋乞＋賓語[37]
世說新語	8
文選	14
三國志	94
宋書	44
後漢書	148

表（7.6）顯示一個重要的事實：頻率與語言變化有重要的關係。Hopper & Traugott（1993、2005：126）指出，一般都把頻率分為兩類：型頻率（type frequency），某一特定的形式所使用的次數，及例頻率（token frequency），即某一個特定形式出現的次數。他們將頻率分作共時和歷時兩個層面，其中頻率的歷時研究基於一種假設，

---

37 這裡的次數已經扣除註文或釋文。

也就是隨著時間的轉移，造成某了結構使用頻率的增加，是語法化的直接證據。

石毓智（2011：92）也持同樣的看法，使用頻率也可以看作一個語法標記出現的時間，或是語法化程度的外顯特徵。在一個詞向語法標記虛化的過程裡，他會逐漸失去原來的具體詞義內容。與此同時，它搭配的詞彙限制逐漸縮小，可與之搭配的詞語越來越多。

我們必須注意到「語法化」的過程中，不單單只是詞彙項的本身變化，其重要的背後原因，和詞彙所存在的句式亦不可分割。正如「乞求取」由主要動詞，朝向表示遭受「乞遭受/蒙受」，除了是賓語屬性的擴展以外，更重要的是，「NP1＋乞＋賓語」這個句式，提供了變化的環境。Bybee & Hopper（2001：8）編撰了一本專著，特別討論語言結構和頻率共現議題。他們指出在英語裡，動詞所組成的結構是屬於「典型不可分離」（typically dispersed）。所以有「verb + particle」，「verb+ adverb」，「verb + preposition」，「verb + noun」，「aux + verb」的結構，動詞要素不易從結構功能當中抽離[38]。

在「NP1＋乞＋賓語」中，動詞和賓語形成一個共構關係，並且這個結構高頻出現使得賓語的屬性，更能容納其他成分。此外 Bybee & Hopper（2001：13、14）認為經由語義的泛化和功能的轉移，語法化產生音韻削弱（phonological reduction）和融合（fusion）的現象，這兩種變化是同時發生的，而且頻率是造成變化條件要素之一。「NP1＋乞＋賓語」動詞「乞」是否具有音韻削弱現象仍需證明，但是賓語屬

---

38 Verbs in most languages are multi-morphemic units (given the widespread occurrence of inflection on verbs), but in English verbal expressions are typically dispersed over multiplewords. Hopper 1991 cites examples of verb + particle, verb+ adverb, verb + preposition, verb + noun, aux + verb in which the verbelement is not readily separable from other parts of the functional group.

性的泛化及功能的轉移，就如上述是因為高頻率構式而產生。

　　彭睿（2007、2009：284）把構式跟語法化的關係，也作了討論。他引述 Himmelmann（2004）論述，語法化長期主要以語法項（grammaticalization elelment）為關注焦點，語法化的擴展（grammaticalization as expansion）核心觀點為：語法化發生在一定的構式裡，而非孤立的詞項；語法化以語境擴展（context expansion）為根本特徵。

　　彭睿（2009：310）指出，語法化的演變存在著「窄化」和「擴展」兩種效應：「窄化」是詞項自身語義、形態句法和語音特徵的減量，「擴展」是同構類型的增加及其所在構式的句法環境和語義、語用的轉移。這兩種效應「兼容」，只是程度不一。彭睿（2007、2009：310）的文章提供了重要的啟示。

　　簡單的說，如果一種句式／構式，長期處於高頻，提供了足量的句法環境，能擔當更多詞彙項的載體，此時不僅僅是句中成分的搭配關係，而產生語法化，更重要的是，這個句式／構式，提供了語法化的溫床。就如同「被」，在早先的句法格式都為「NP1被＋N」，「被」表「施及／覆蓋」（例94至96）和表「蒙受／遭受」、「NP1被＋V」（例97至100）都共享同一種構式，而將「被」理解為「蒙受／遭受」並不單單是因為「被」帶有動詞性賓語，同時也包括高頻句式環境。

　　「NP1乞＋賓語」賓語成分除了漢語「名詞動用」或「動詞名用」的模糊性外，這個高頻出現的句式結構，提供容納更多詞項。如同先秦古漢語中「乞＋N」到了「乞降（V）」這類用法，在非自願性的不幸語境裡，重新分析為表示遭受／蒙受。而賓語的屬性擴展和「NP1＋乞＋賓語」這個高頻構式有密不可分的關係。

7.5.3　小結——短被動「乞」的重新分析與不幸說

　　按照前面的討論，「乞」在「乞＋V」及不幸的語境下產生兩種理解。我們把簡略的推測過程呈現如下圖（7.7）：

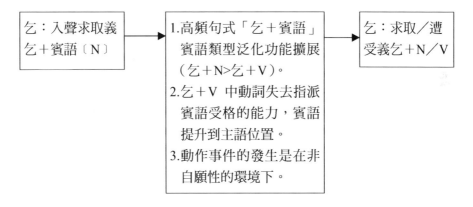

圖（7.7）　「乞」求取到被動遭受示意圖

「乞求取義」原本後接名詞性賓語，在六朝我們見到帶有動詞性賓語，其句法環境為「乞＋V」。而這個動詞（V）失去了指派賓語受格的能力，致使賓語移到主語位置取得格位，表示求取義的動詞「乞」，也就成為一個次要動詞，而且在不幸的客觀條件下語義也產生變化。

　　試對比「乞＋N」和「被＋N」在原始階段，這兩者都是帶名詞性賓語，直至「被／乞＋V」的賓語帶有動詞性，提供了一個重新分析的溫床，而衍生表被動遭受義。

7.6　長被動「乞」的形成

　　第二章表（2.2）所見長被動「乞」句法格式為「NP1（受事）＋乞＋NP2（施事）＋V」。而且按照資料所述，這個被動式中的施事者

必須存在。然而，更值得思考的是為何這是一個必要的現象。而歷史上如表（7.4）可以見到「被」出現在「NP1＋被＋V＋於＋NP2〔agent〕」和「NP1＋被＋NP2〔agent〕＋V」。我們認為前者的這個結構，可經由句法操作後引入施事者並帶有使役意味，而產生後者。而要說明長被動「乞」字句（「NP1＋乞＋NP2〔agent〕＋V」）的成因需要依序說明三個問題：

1. 「於＋NP2」NP2 的語義角色及語法功能是什麼？
2. 「乞＋賓語」賓語屬性的問題。
3. 這兩種結構的衍生機制。

7.6.1 原型施事、受事下「於+NP」的語義角色選擇

要解釋長被動「乞」的形成，首先要先解決「於＋NP」的角色。魏培泉（1993）指出先秦時期「於」的引介功能，可以是位格（locative）起點、終點或是給予者、收受者、施事者等等，這種語義上的區別是由動詞所決定。

我們先來看一些「NP1＋乞＋賓語（N）＋於＋NP2」的幾個用例，如下：

（128）出於五鹿。<u>乞食於野人</u>。<u>野人與之塊</u>。（《春秋左傳》〈僖公〉〈傳二十三年〉）

（129）楚子囊<u>乞旅于秦</u>。<u>秦右大夫詹帥師從楚子</u>（《春秋左傳》〈襄公〉〈傳十一年〉）

（130）冬。晉荐饑。使<u>乞糴于秦</u>。秦伯謂子桑<u>與諸乎</u>。（《春秋左傳》〈僖公〉〈傳十三年〉）

（131）秦景公使士雃**乞**師于楚。將以伐晉。楚子<u>許之</u>。（《春秋左傳》〈襄公〉〈傳九年〉）

（132）吾嘗飢於此，**乞食**於一女子，<u>女子飼我</u>，遂投水而亡（《吳越春秋》〈闔閭內傳第四〉〈闔閭十年〉）

就動作事件的構成成分來看，動詞「乞」的本義為求取，因此就必須有施事者作求取的動作，而且還有被求取的受事者，以及被求取的物件，也就是受到求取動作轉移的物體。據原型施事及原型受事理論「NP1＋乞＋賓語（N）＋於＋NP2」裡的 NP1、NP2語義角色屬性如下表（7.6）排列[39]：

表（7.6） 動詞「乞」求取事件的語義角色屬性

	1	2	3	4
	PA	PA	PA	PA
NP1	＋	＋	－	
NP2	－	＋	＋	

利用原型理論，重新檢視上古漢語「NP1＋乞＋賓語（N）＋於＋NP2」，動詞的語義讓 NP1 和 NP2 之間存在著語義角色的選擇關係。

這些例子的動詞「乞」都可以解釋為求取義，並且這個求取的動作是由 NP1先執行，而受到求取的受事者是 NP2「野人」、「女子」、「秦」、「楚」。然而，從下文觀察到「乞食」、「乞旅」、「乞糴」、「乞師」的結果是「與之」、「從楚子」、「與諸」、「許之」、「飼我」表示NP2使NP1達成求取的期望。

「乞食於野人。野人與之塊」，「乞食」的動作先由 NP1執行，根

---

39 這個表格以及詳細論述的內容，請參見第五章 5.4.2 節。

據下文「野人與之塊」表示「野人」（NP2）使 NP1 達成期望，此時
NP1的語義角色轉換為受事者，「野人」（NP2）是讓 NP1 擁有食物的
施事者。這一個語義角色轉換的過程，就如表（7.6）由第一型轉換
到第三型。

「楚子囊乞旅于秦……從楚子」，「乞旅」的施事者為「楚子
囊」，而「從楚子」的事實是由「秦右大夫」所致使的，也就是說，
「秦右大夫」讓「楚子囊乞旅于秦」。

「乞糴于秦」的結果是「與諸」，也就是「秦子桑」讓「晉」達
成「糴」。例（131）「楚子許之」的結果來看，「士雁乞師于楚」表示
NP1 從「楚」取得了兵力（師），即：楚使士雁取得師。最後一例的
「乞食」和例（132）的分析相同。

上面的用例分析，動詞「乞」的語義本身具有下對上的自卑之
詞，而「於」所引介的則是施為能力的主權者。因此，可以看到 NP2
由原本受求取的受事者，轉換為施事者。反之，NP1 由原本做求取動
作的施事轉換為受事，即：「NP2 cause NP1 have N」。需要注意的
是，求取動詞「乞+賓語（N）」裡賓語都是名詞性賓語。

另外，求取動作的初始，賓語（N）和 NP2 都是具有受事屬性。
但是，當動作事件產生變化，NP1 和 NP2 都改變了語義屬性，而賓
語（N）始終都是典型的受事者。底下例（133）中其結果是「弗
與」，表示「晉」具有施事能力。

（133）冬。秦饑。使乞糴于晉。晉人弗與（《春秋左傳》〈僖公〉
〈傳十四年〉）

此例「乞糴」的結果是「晉人弗與」，表示並沒有獲得「糴」。從
動作順序的發生來看，NP1 做了求取「乞」的動作，而後「晉人」

（NP2）使 NP1 沒有獲得「羅」，NP1 是受事者（NP2 cause NP1 don't have O），但換句話說也就是 NP1 還是保持施事者[40]。

　　從上面這些例子來看，不論結果如何，NP2 在整個句子裡是作為 NP1 執行求取動作後的另一個施事者。動詞「乞」本身所代的語義讓 NP1 和 NP2 的語義角色具有選擇關係。其他相關的例子如「求」和「請」。如下例（134）至（137）的「求」：

（134）楚子又使求成于晉，晉人許之。（《左傳》〈宣公〉）

（135）公疾病，求醫于秦。秦伯使醫緩為之。（《左傳》〈成公〉）

（136）晉魏錡求公族未得，而怒。（《左傳》〈宣公〉）

（137）樂王鮒言於君，無不行，求赦吾子，吾子不許（《左傳》〈成公〉）

從語義角色來看，NP1 是動作「求」的施事者，而 NP2 是受到祈求的受事者，在這四個例子裡，「求」帶有強烈的祈求義。並且，NP2 能夠選換成為另一個施事者。相似的例子還有「請」，如下例（138）、（139）：

（138）休兵數年，因令人請地於韓，韓康子欲勿與。（《韓非子》〈十過〉）

（139）克於先大夫，無能為役。請八百乘。」許之。（《左傳》〈成公〉）

---

40 其實這是一種完形概念（gestalt），也就是 NP1 在第一型裡，具有主控權，但是 NP2 的主控權高於 NP1，所以 NP2 掌有讓 NP1 獲得或沒有獲得的權利，NP1 不論有沒有獲得 O，都稱為受事者（PP2），但在沒有獲得 O 的情形下，NP1 還是保有求取的施事動作。

上面例子「乞」、「求」和「請」具有相同的形式:「NP1＋請＋（N）＋於＋NP2」。「請」都是當作及物動詞,表示求取義。例（138）「請」的結果是「勿與」,依據原型施事和受事屬性,「請」同樣也是NP1 先做了求取的施事動作,而 NP2（韓）為受求取的受事者,而這個 NP2 具有讓 NP1 期望成真的能力,因此 NP2 為施事者。由下文看結果是「勿與」、「請」的語義仍為求取。

例（139）「請八百乘」的結果是「許之」,表示有一個動作執行者,發生在求取的事件之後。

就「請」、「求」和「乞」來看,這三者都具有求取義。並且,可以見到動詞語義的表達讓 NP1 和 NP2 之間的語義角色選擇特性。對於「NP1＋乞＋賓語（N）＋於＋NP2」而言,NP1 為施事者表示 NP1 do（doing）,而 NP2 是受事者,接著 NP2 是施事者。整個句子即為:NP2 cause NP1 have N（don't have N）。如同表（7.6）所示是一個動態的變化過程,不論求取動作的結果,是達成或沒有達成 NP1 的期望,NP2 最終在整個動作事件中掌握了主控權。

是什麼原因使得 NP2 由受求取的受事者,轉變為施事者的主控性?本文推測是動詞「乞」的語義,具有弱勢向強勢請求祈使的意涵,如下例（140）:

（140）衛人伐齊。公子遂如楚乞師。乞者何?卑詞也。(《公羊傳》〈僖公〉)

從上例來看,受「乞」的受事者,位階高於「乞」動作的施事者,這也就呈現了動作順序 NP1 從高度的施事性,在動詞下對上的請求表達下,NP2 選擇為施事性。「乞者何?卑詞也」清楚的表示動詞「乞」,體現自謙之詞表示上下間的位階關係。

　　除此，NP2 為具有意志性的代詞，像是例（129）至（131）的
「秦」、「楚」雖然不是具體的人類。但是，借代為具有意志行為的用
法。如此能夠說明，動詞「乞」在求取事件裡 NP2 和 N 雖然同為受
事者，但當下對上的請求動作一旦產生運作 NP2 的語義角色就會轉
為施事者，而 N 自始至終都是受事者不產生語義角色選擇現象。

　　這類語義角色的轉換，並非只有「乞」作為特例，歷史上「施受
同詞」的現象亦可，底下舉一二例討論。

（141）a.師者所以傳道受業解惑也。（〈師說〉）

　　　　b.召令徒屬曰……且壯士不死即已，死即舉大名耳，王

　　　　　侯將相寧有種乎徒屬皆曰：敬受命。（〈陳涉世家〉）

（142）a.借人典籍，皆須愛護。（《顏氏家訓》〈治家〉）

　　　　b.有馬者，借人乘之。（《論語》〈衛靈公〉）

（143）a.其食足以食天下之賢者。（《呂氏春秋》）

　　　　b.長鋏歸來乎，食無魚。（《戰國策》）

（141）a. 中動詞「受」是由「師者」所發出施事動作；b. 句「受
命」的人是「徒」也就是「徒敬受命於某人」。（142）a. 的「借」是
借入，表示「借典籍於人」；b. 句「借」是借出。（143）a.「天下賢
士」是受到「食」（餵養）的受事者；b. 是「飲食」表示主語主動的
施事行為。由上簡短的討論，其實「施受同詞」的現象體現了語義角
色之間的選擇關係。

　　透過上面的討論，NP1、NP2 的語義角色不是完全固定不動，主要
的原因是動詞「乞」所表達的事件，有下對上的請求。NP1 先做了求
取的施事動作，NP2 為被求取的受事者。而後 NP2 同樣具有施事性，
產生致使 NP1 達到期望，但不論期望成立與否 NP1 都是受事者。如

此一來可知,「於」後面所帶的是一個施事者,就此「NP1＋乞＋賓語（N）＋於＋NP2」的第一個問題「於＋NP2」中是帶了一個施事者。接續的問題是,這個結構和被動式有何關係?

7.6.2 「於」[41]與被動結構——句法形式與動詞形態

上節將「NP1＋乞＋賓語（N）＋於＋NP2」的 NP1 和 NP2 處理為具有施事能力的名詞。然而,前面我們對短被動「NP1＋乞＋V」的分析列出兩個條件:一、動詞失去指派賓語的格位;二、非自願性的語境。這暗示了長被動「乞」的形成也和動詞的詞性有關。第一章裡,曾對「被動式」提出定義,指的是主動語態裡的主語、直接賓語,透過語法的轉換形成,主語降格（downgrading）為斜格（oblique）,而賓語升格（upgrading）為主語,這個過程稱為「被動化」（passivization）。

從漢語史的角度來看,諸多學者如王力（1958、2010）、貝羅貝（1989）、魏培泉（1993）、Reynolds（1996）指出,古漢語中的被動式有「於」字式、「為」字式等。周法高（1956）、洪波、解惠全（1988;2010）,認為上古漢語裡「於＋施事者」具有被動意涵。如下例（144）至（149）:

（144）禦人以口給,屢憎於人。(《論語》〈公冶長〉)

（145）勞心者治人;勞力者治於人。(《孟子》〈滕文公〉)

（146）通者長制人,窮者長制於人。(《荀子》〈榮辱〉)

（147）晏子見疑於景公。(《晏子春秋》)

---

41 我們這裡所謂的介系詞是指「adpostition」,依據位置又可分為前置詞「prepositons」和後置詞「postpostition」。

（148）郤克傷於矢，流血及屨。（《左傳》）
（149）憂心悄悄，慍於群小。（《詩經》）

從他們所提供的語料來看，「於」帶有施事者似乎與被動結構有關。特別注意的是，例（145）、（146）的動詞「治」與「制」的對象是賓語，後半句受治／受制的對象是主語。

Reynolds（1996：147）認為，古漢語中典型的主動句和被動句式如下：

Active: Noun〔agent〕+ Verb + Noun〔patient〕

Passive: Noun〔patient〕+ Verb + 於 + Noun〔agent〕

被動句式中的受事名詞，出現在動詞前，並且「於」之後引介出施事者，整個介賓短語都是在動詞之後。對比古漢語的「於」字被動式，現代英語的被動式如下：

Active: Noun〔agent〕+Agr Verb + Noun〔patient〕

Passive: Noun〔patient〕+Agr + be /Verb p.p +（by Noun〔agent〕）

他指出漢語、英語，有三個很大的差異處：一、英語的主動句、被動句中動詞具有形態標記；二、英語可以引介其他的動詞「be」形成被動句；三、英語的「by」是可選擇性的。

除此之外，主動句中名詞和動詞具有一致關係（agreement），被動句中動詞過去分詞作為不及物性（intransitive）以及被動化（passivized）。相較於古漢語的「於」字被動式，名詞、動詞都沒有形態變化、一致關係，再者「於」的選擇性與否也不容易確定。

　　Reynolds（1996：195）將「於」和動詞的語義關係做整理，「於」可以引介施事者、起因、工具，這些不同的功能是受到動詞差異。引介施事者的動詞為：中動詞（middle verb）[42]、賓格動詞（accusative verb）、情感動詞（emotive verb）底下摘舉數例：

（150）a.謀而困人不智；困而不死，無勇。（《國語》──中動詞）

　　　　b.內困於父母，外困於諸侯。（《國語》）

（151）a.楚子侵陳。（《左傳》──賓格動詞）

　　　　b.故上失其道則邊侵於敵。（《呂氏春秋》）

（152）a.秦必疑齊而不聽也。（《戰國策》──情感動詞）

　　　　b.王因疑於太子。（《戰國策》）

由他所提供的語料來看，在 a. 句裡都是主動句，帶有一個施事主語以及受事賓語，屬於二元作格動詞（two-place ergative verb）；b. 句屬於被動句「於」後面引介的是施事者，動詞則為一元作格動詞（one-place ergative verb），主語是受到動詞狀態或動作影響的對象。可以看到在整個被動化的過程中，動詞有「去及物性」（detransitivizing）的現象。

　　古漢語「於」所引介的功能，學者們認為「於」可以標記「受給予者」及「受求取者」[43]。按照 Reynolds（1996）的觀點，被動式和「於」字結構有相關性，對比英漢語這兩種語言，英語的被動化過程中，主謂賓三者都具有形態變化，然而漢語卻未有明顯的形態改變。這是否表示「於」字，是被動句的產生關鍵？

---

42 Reynolds（1996：156）所謂的中動詞是指：相較於 SVO 中主語是施事者，而被動結構中，動詞置後而主語是受事者。

43 參見第五章 5.3.2 節。

　　魏培泉（1993：767；1994：293）認為以「V＋於＋NP〔agent〕」，起源於西周。但是因為新興句式（如：見＋V＋於＋NP〔agent〕、為＋NP〔agent〕＋所＋V）的興起，到了東漢「V＋於＋NP〔agent〕」就已經不占有地位[44]。這類新興句式，標示著先秦動詞形態區別的喪失，因而用其他的語法手段來替代。也就是說，「V＋於＋NP〔agent〕」、「於」不足以標記被動，這個句式原本也就是靠動詞形態變化和主動句區別的，直到以動詞形態區辨的功能消弱後，才產生新興的句式。

　　丁仁（2004）從古漢語來討論「於」和被動結構的關係。認為被動意義並非取決於「於」引介施事者。他主張不帶「於＋NP」的句子已構成被動結構，「於＋NP」的句法功能為附加語（adjunct），類似英語的「by NP」。古漢語的「於＋NP〔agent〕」不能出現在動詞前，只能出現在動詞後如例（153）；但是「於＋NP〔location〕」可以在動前或動後（154）如下：

　　（153）彌子瑕見愛於衛君〔agent〕。（《韓非子》〈說難〉）
　　　　　＊彌子瑕於衛君〔agent〕見愛。
　　（154）襄子見圍於晉陽〔location〕。（《說苑》〈貴德〉）
　　　　　襄子於晉陽〔location〕見圍。

雖然「於 NP〔agent〕」只能出現在動詞後[45]，但是其他由「於」引介的狀語也僅能出在動後。如下：

---

44 該文指出兩漢新興的語法結構：「於＋NP〔agent〕」已經不處在動詞句末，動後的位置只容納表示終點的名詞組「於＋NP〔location/goal〕」。

45 「於 NP〔agent〕」是否只能出現在動後，尚未明確。按魏培泉（1993）的觀察有少數例外，如：余於伯楚屢困（《國語》〈晉語〉）。伯楚像是施事者。

（155）逢蒙學射於羿。（《孟子》〈離婁下〉）

（156）出於五鹿，乞食於野人。（《左傳》）

「於＋NP〔agent〕」的確可以讓被動語義更加清楚，但這並不表示這種區別一定要由「於＋NP〔agent〕」來表達。此外，在英語中引介施事的名詞「by NP」也可以表達處所狀語如（157），而且也不限於被動句式（158）。因此，也不需一定要將「於＋NP」與被動句式連在一起，認為它起了決定性的因素。

（157）He stood by the door.

（158）a. The university forbids talking by students during exams.

　　　　b. Cheating by students is punishable with expulsion.

還有一項論點，可以間接驗證「於＋NP〔agent〕」與被動句沒有直接的關聯。丁仁（2004）引述其他學者的（易孟醇 1989、姚振武 1999）看法，指出古漢語中有所謂的意念被動句，亦即「型態上是主動句，而在意念上卻是被動句」，如下例（159）：

（159）a.諫行言聽。（《孟子》〈離婁下〉）

　　　　b.魯酒薄而邯鄲圍。（《莊子》）

　　　　c.飛鳥盡，良弓藏，狡兔死，走狗烹。（《史記》）

　　　　d. 彼竊鉤者誅，竊國者為諸侯。（《莊子》）

這些意念被動句，動詞可分析為帶有隱性（covert）的被動標記，或中動語態（middle voice）。那麼「於」字式可以分析為，此種意念被動句帶上一可用的（optional）「於 NP」。根據這個看法，「於」字式

的被動語義應由動詞部分決定，而非由「於 NP」決定。英語被動化的過程中，施事論元降格（demoted），賓語格位吸收（accusative case absorption），可以說是被動詞綴 –en 起了作用。他並以動詞「見」和英語的「get」為例，認為漢語的短被動句，衍生的過程類似英語的「get-passive」。兩者的對照如下：

a. [$_{VP}$[$_V$ 見 [$_{VP}$ ⋯ V ⋯]]
b. [$_{VP}$[$_V$ ***get*** [$_{VP}$ ⋯ criticized ⋯]

「見」是個詞頭，附著在動詞上，起了降低動詞施事論元的地位，及吸收賓語格位的作用。

　　Reynolds（1996）和魏培泉（1993、1994）、丁仁（2004）的文章相對比下，兩者所持的觀點不盡相同。前者支持漢語的被動句，與介系詞標記「於 NP〔agent〕」有相關聯，而且這個被動結構和動詞的語義關係也有關係。後者採取的是，漢語被動句和介系詞結構並沒有直接關係，關鍵在於動詞有隱性的被動記號，簡單的說，即是：漢語和印歐語同樣都有動詞的形態變化（過去分詞表被動），只是漢語的動詞過去分詞是隱而不顯。另外，值得注意的是，魏培泉（1993、1994）提到由於動詞形態區辨的功能消弱，而產生被動句的「新興句式」，表示「於＋NP〔agent〕」的消亡和句式競爭亦有關聯。

　　按照先前對短被動「乞」的分析，我們支持魏培泉（1993、1994）和丁仁（2004）的說法。在「乞＋V」的結構中動詞失去了賦予賓語格位的能力，並在非自願性的語境表達下，「乞」就從求取到遭受義。由此看來，「乞」表示遭受義並非來自於「於＋NP〔agent〕」，而是其後的動詞性失去授予賓語格位的能力，賓語為了得到格位移位到句首。

　　至於動詞的形態變化，高本漢（1949：51）對上古漢語的觀察，他認為上古漢語利用音變手段，派生出同一詞根的例子，例如用不送氣輕聲母和送氣濁聲母，轉換動詞的主動和被動[46]（如：見 kian/g'ian）、人稱詞「吾」用於主格和屬格；「我」用於與格和賓格。透過大量的語料（英法德等）觀察，經由音韻變化、句法屈折變化得出一個結論：上古漢語的詞族，其中的詞都是共同詞根的不同變體，這些共同詞根的形態變化，表達純粹的語法範疇，如名詞和動詞的對立，主動動詞和被動動詞的對立等。這也就表明了，原始漢語具有屈折和詞彙派生系統，具有豐富的詞形變化。

　　據此，如果高本漢（1949）的說法是正確的，那麼漢語的被動句中，句構內的成分也應當有所變化，亦即：主語的降格、賓語的升格，動詞具有零形式的形態變化。

7.6.3　由 NP1＋乞＋V＋於＋NP2——衍生為長被動「乞」

　　我們簡單整理一下前面的討論，首先將「NP1＋乞＋N＋於＋NP2〔agent〕」、「於」所引介的是一個施事者，而古漢語中有一類被動式「NP1＋為／得／見／被＋V＋於＋NP〔agent〕」。魏培泉（1993、1994）、魏兆惠（2011：154）觀察了一批兩漢的被動式「為」、「得」、「見」、「被」。這一些被動標記，在先秦時都可體現為「為／得／見／被＋V＋於＋NP〔agent〕」，但這種由「於＋NP〔agent〕」的用法，到了兩漢有逐漸消弱的現象。摘舉一兩例[47]：

46　另外還：如：披 p'ia－被 b'ia 雖然高本漢未言明這是主動和被動的差異，但透過語料所示，「披」可視為主動動詞如：披其木，無使木枝外拒（《韓非子》）；公披衽而避，琴壞於壁（《韓非子》）。

47　魏培泉（1993）指出「V 於 agent」到了戰國中晚期，就被「見 V 於 agent」取代。

（160）彼其父為戮於楚，其心又狷而不潔（《國語》〈楚語〉）

（161）云不何使，得罪於天子。（《詩經》）

（162）萬乘之國被圍於趙。（《戰國策》）

（163）吳嘗三仕，三見逐於君。（《史記》）

這四個用例中都是「為／得／見／被＋Ｖ」，被動標記後帶著動詞出現。而且這些動詞「戮」、「罪」、「圍」、「逐」也具有從及物到不及物的作格化現象。

在有限的語料中，未見明確有「NP1＋乞＋Ｖ＋於＋NP2」的句型，但我們能從先前的語料作推衍，若將例（123）至（127）的部分用例做些變化則可以改為如下：

（164）伯路等乞降於龐雄〔agent〕。對照例（123）

（165）演恐乞降於某人〔agent〕。對照例（124）

（166）黃巾乞降於太祖〔agent〕。對照例（126）、（127）

這些原句的用例出現在六朝，而「於＋NP〔agent〕」至漢代早已削弱，所以可以把例（164）至（166）的句型視為底層結構。經由改換後的例子，就和例（160）至（163）相同。

那麼要如何產生長被動「乞」。有下列幾個步驟：

1. 「NP1＋乞＋Ｖ＋於＋NP2」裡，「於＋NP2〔agent〕」介賓詞
   組由動後經歷移位。

到了西漢出現「為 agent 所 Ｖ」又再一次取代了「Ｖ 於 agent」，並也取代了「見 Ｖ
於 agent」。東漢開始用「於」引介施事者的句式已不占地位。

2.「於＋NP2」移位到動前，介系詞在精密化、專門化的影響下，以不同詞形標記 NP2。

7.6.3.1 介賓詞組移位及動後賓語屬性

關於動後「於＋NP」介賓詞組的移位，魏培泉（1993、2000）、柳士鎮（2002）、張𧶽（2002）[48]一致認為先秦漢語到兩漢時期，漢語語法有重要的差異，其中一項考察就是介賓詞組的移位。先秦介賓詞組多置於動詞之後，到了兩漢時期介系詞組已經演變到大抵和現代漢語相同，出現在動詞之前。但是按前面例（153）的解釋古漢語的「於＋NP〔agent〕」不能出現在動詞前。因此下列的例子表面上都必須打上＊號：

（151）＊伯路等〔於龐雄〔agent〕乞降。

（152）＊演恐〔於某人〔agent〕乞降。

（153）＊黃巾〔於太祖〔agent〕乞降。

但是我們卻能見到下列的用例（154）至（156）：

（154）過五鹿，飢而從野人乞食〔N〕，野人盛土器中進之（《史記》〈世家〉〈晉世家〉）

（155）從公乞一弟〔N〕以養老母。（《世說新語》）

（156）吳時有徐光者，嘗行術於市里：從人乞瓜〔N〕，其主勿與，便從索瓣，杖地種之。（《搜神記》）

（157）人縛猿子於庭中樹上以示之。其母便搏頰**向**人欲乞哀，狀直謂口不能言耳。（《搜神記》）

---

48 參見第六章 6.3 節。

兩相對照之下，問題並非在於「於＋NP」不能移位到動詞前，癥結點應該是「乞」之後所帶的詞性，讓「於」有不同的功能。若是如此，我們就必須再解釋為何「NP1＋乞＋N＋〔於＋NP2〕」可以形成「NP1＋〔於＋NP2〕＋乞＋N」，但「NP1＋乞＋V＋〔於＋NP2〕」卻不能形成「NP1＋〔於＋NP2〕＋乞＋V」底下說明。

李英哲（2001：340）從介系詞的歷史發展來看，上古漢語早期大約有二十多個不同語音的介系詞，現代漢語至少有五十多個介系詞，就數量來說擴大了上古漢語的總數。此外，還有各種雙音節的介系詞，這個過程足見「語義專門化」和「精密化」造成詞彙繁衍。「NP1＋乞＋N＋〔於＋NP2〕」經由介賓詞組移位後所產生的「NP1＋〔介系詞＋NP2〕＋乞＋N」的這個句式裡，在移位以後被其他詞形的介系詞替換。

例（154）至（157）的例子很明顯的「乞」都是當作求取義來理解，並且之後所帶的賓語是名詞「乞＋N」，因此動詞「乞」語義上需要說明乞求的對象，所以介系詞標記的是指向求取的施及對象。若例（151）至（153）「乞」之後所帶的是名詞「乞＋N」，那麼這些例子就能像例（154）至（157）一樣「乞」作為求取義的動詞。

而「NP1＋〔於＋NP2〕＋乞＋V」未能出現的原因是動詞 V 作格化後其施及對象是在句首的 NP1，試圖參照前面對於短被動「乞」的產生。但又該如何解釋「NP1＋〔於＋NP2〕＋乞＋V」衍生為「NP1＋乞＋NP2＋V」。

7.6.3.2　句式趨同與競爭、取代

李英哲（1994、2001）該文論述了被動結構的歷史發展，並提出了四個不同階段：

> 1. 甲骨文、金文（古漢語初期）：A 式：受事＋動詞＋於／于＋施事。

2. 春秋戰國時期：新形式 B1：受事＋見＋動詞。B2：受事＋
   為＋施事＋動詞。

3. 戰國後期：**C1**受事＋見＋於／于＋施事。

   C2受事＋為＋施事＋所＋動詞。

   C3受事＋被＋動詞。

4. 戰國以後：**D1**受事＋見＋於／于＋施事。

   D2受事＋為／被＋施事＋（所）＋動詞。

   D3受事＋為＋（所）＋見＋動詞。

他認為漢語史的發展，存在著句法格式的競爭，以及各種格式的融合。從上面可以看到，第一階段「受事＋動詞＋於／于＋施事」這個格式，對於整個被動結構的發展起了「觸發」的作用[49]，也就是說，這個句法結構，提供了形成被動結構的環境。之後的第三、第四階段也能看到相同的句法環境，第二階段出現了兩個新的句法形式：B1 沒有介系詞，B2「NP1＋為＋NP〔agent〕＋V」、「為」引介出施事者，整個詞組出現在動詞前。對比之下，前述學者指出「於＋NP〔agent〕」不會出現在動詞前，而「NP1＋為＋NP〔agent〕＋V」出現在動詞前[50]。雖然表面上「NP1＋〔於＋NP2〕＋乞＋V」是未見的用例，但是我們認為這個形式沒有出現的原因，很可能是語言句式的趨同（sentential convergence）[51]。

---

49 這裡的觀點其實就是和丁仁（2004）相同，也就是「於＋施事者」具有明顯的語義概念。

50 魏兆惠（2011：159）研究兩漢被動式的差異，其中有一項是「施事者出現前移的趨勢」，西漢到東漢時期，施事者的位置出現了前移，原來施事者由「於／乎」引進，並置於動詞後；東漢則由「為／被」引進並置於動詞前。此一說法，也印證了我們的可能性。

51 趨同是來自於生物學的概念，定義如下：（Convergency）在演化生物學中指的是兩

　　根據唐鈺明（1988）、柳士鎮（1992：327）、魏培泉（1994）和蔣紹愚（2005：383）的說法：「被」字句的發展，並非在一開始就占有主導地位，而是有一連串的更迭。唐鈺明（1988）指出唐代口語中「被」字句，取代了「為」字句。「被」字句與「為」字句形式相似，表明它是在「為」字句的影響下發展出來的；「被」字句最終取代了「為」字句。之所以「被」取代「為」，主要的原因是「為」可以作介系詞、助詞、系詞、動詞，因此容易產生歧異。相較之下，表被動的「被」字句源於「蒙受」義，並不會影響施受關係的理解。

　　唐鈺明（1988）的觀察，指出了「為」、「被」之間具有類推效應，更重要的是，他點出了「為」的功能負載過重，因而相較之下「被」的語法語義較為單純，在唐代成為主流的被動式。柳士鎮（1992：327）也認為「被」字式由於受到「為」字式的類化作用，而相應產生各種結構。語法的類化，是指某個語法結構對於另一個語法結構的影響與滲透，事實上，唐宋以後「為……所」被動式在口語中逐步讓位於「被」字被動句。

　　魏培泉（1994）指出，由東漢到六朝其間「為＋NP〔agent〕＋所＋V」一直是含施事者的被動句大宗，「為」並不是介系詞，而是所謂的「系詞」。在歷史語言當中「見＋V＋於＋NP〔agent〕」曾流行於戰國中晚期，直到西漢「為＋NP〔agent〕＋所＋V」取代了它，到了東漢「於＋NP〔agent〕」已經不占地位。隋唐代以後「被＋NP〔agent〕＋V」才占有極高的比例，取代了「為＋NP〔agent〕＋所＋V」。

　　蔣紹愚（2005：383）把這兩個句式的關係，說得更直接了。它認為上古「為」字句的類化作用，也是「被」字式的發展動力。漢末

種不具親緣關係的動物長期生活在相同或相似的環境，或曰生態系統，它們因應需要而發展出相同功能的器官的現象，即同功器官。

「被＋NP〔agent〕＋V」的格式出現，如果只單純尋求句式的來源，那麼上古漢語的「為＋NP〔agent〕＋（所）＋V」就已經奠定了漢語被動式的基礎，此後各種的被動式都是沿著「介系詞＋NP〔agent〕＋V」的道路產生，「被」替換「為」只是詞彙替換。三位學者道出了重要的事實：

1. 「為＋NP〔agent〕＋所＋V」，盛行於隋唐以前，並在歷史上取代「見＋V＋於＋NP〔agent〕」。
2. 隋唐時「被＋NP〔agent〕＋V」取代了「為」字式。

第一項的論述，解釋了前述未找到「NP1＋〔於＋NP2〔agent〕〕＋乞＋V」的用法。因為隋唐以前主流的用法是「為＋NP〔agent〕＋所＋V」。值得注意的是，「為」的詞性是「系詞」，這表示引介施事者的功能，並非是由介系詞所負擔，而是由一個次類動詞擔任。另外，「為」字式取代了「見＋V＋於＋NP〔agent〕」。

就上面的論述，綜合來說，「X^{52}＋NP〔agent〕＋V」自東漢到唐代都是帶有施事者被動式的主要構式，因此「NP1＋〔於＋NP2〔agent〕〕＋乞＋V」中 V 的賓語移位到句首，而對於 V 來說以「於」來標記施事者，是一個非必要的選向，更重要的是表達被動的句式是以「X＋NP〔agent〕＋V」為主流，「於」所留下的空缺則由「乞」進行補位並給 NP2 格位，因此產生「乞＋NP〔agent〕＋V」。並且這個補位的「乞」是一個實詞，就和「為〔系詞〕＋NP〔agent〕＋V」的形式相同。我們可以把這種句式趨同與競爭的關係呈現如下圖（7.8）：

---

52 X 表示為／被。

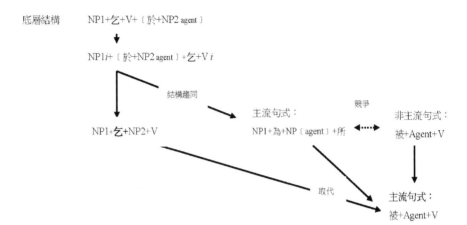

底層結構　　　NP1＋乞＋V＋〔＋NP2 agent〕

NP1*i*＋〔於＋NP2 agent〕＋乞＋V *i*

結構趨同

NP1＋乞＋NP2＋V

主流句式：
NP1＋為＋NP〔agent〕＋所

競爭

非主流句式：
被＋Agent＋V

取代

主流句式：
被＋Agent＋V

圖（7.8）　「乞」、「為」、「被」句式趨同與競爭、取代的關係

　　從歷史語料來看，「NP1＋乞＋N＋〔於+NP2〕」，介賓詞組移位後產生動前「於+NP2」引介動詞「乞求取」的施及對象，但當「乞」帶動詞性賓語時（NP1＋〔於+NP2〕＋乞＋V），這個由「於」引進功能就不需要存在。同時，在東漢到六朝主流句式是「為＋NP〔agent〕＋所＋V」，並且和「被＋NP〔agent〕＋V」互為競爭對手。

　　「NP1＋〔於+NP2〔agent〕〕＋乞＋V」在兩股勢力下朝向長被動「乞」發展。第一股力量是動詞「乞」之後賓語屬性為動詞性（乞＋V），促成了重新分析的契機，讓「乞」成為次要動詞，並且 V 的作格化讓賓語移位到句首獲取格位。第二股力量是趨同主流的句式「為＋NP〔agent〕＋所＋V」。如前所述，就我們所觀察的語料並沒有「NP1＋〔介+NP2〔agent〕〕＋乞＋V」的用法，因為就語義上來說，「乞」後所帶的是動作，並非是一個名詞，不需要標記施及的對象。再加上趨同「為＋NP〔agent〕＋所＋V」，「為」是一個「系詞」並不完全是虛詞，因此當「NP1＋（於）+NP2〔agent〕＋乞＋V」裡的「於」

是一個非必要成分時，則由動詞「乞」補位[53]。形成結構上與「為＋NP〔agent〕＋所＋V」相近。

如果說歷史上「被」、「為」字式有競爭和取代，一部分的原因可能是它們具有共構關係，即「被＋NP〔agent〕＋V」，取代了「為＋NP〔agent〕＋所＋V」。那麼，由「NP1＋〔（於）＋NP2〔agent〕〕＋乞＋V」＞「NP1＋乞＋NP2＋V」，不只是和「被」、「為」共構更有一種句式趨同。透過對長被動「乞」的生成推測，可以歸結下列幾項觀點：

一、「NP1＋〔於＋NP2〕＋乞＋V」雖然未見於東漢至六朝的用例，但這個結構本身卻是長被動「乞」的深層結構。其根本原因是，當時的主流句式是「為＋NP〔agent〕＋（所）＋V」，而受主流句式結構趨同所致，形成表層結構「NP1＋乞＋NP2＋V」。而這一連串的過程「為＋NP〔agent〕＋（所）＋V」扮演著「磁吸效應」（Magent effect）。也就是說，當「為＋NP〔agent〕＋（所）＋V」這個句式，成為漢代至六朝的被動式的主要結構，就會像磁鐵一般，吸引周邊相同表達的句式，進入「動詞＋NP〔agent〕＋V」這個結構。雖說「為」是作為系詞，但由此可證長被動句式中引導施事者的成分應當不是虛詞。

二、綜合長短被動「乞」的形成顯示兩項事實：這兩個結構當中「乞」並非虛詞，而是動詞之下的次類，可稱為次要動詞、副動詞。短被動「乞」是在詞彙結構之下，經由重新分析而產生，即「乞＋N」＞「乞＋V」，動詞 V 失去及物性，讓賓語前置到句首。長被動「乞」是在句法操作（介賓詞組移位、重新

---

53 按照 Larson（1988）的說法動詞短語殼的輕動詞 v 不是一個詞彙語類，而是一種詞綴-en，因此它能夠將動詞 V 吸引上來。鄧思穎（2003：121）指出動詞移位屬於中心語移位，中心語移不移位由詞綴特徵決定，而動詞移到什麼位置也是一項參數，普通話的 V 移位到 v 英語的 V 則是移位到 TP（時態短語）的 T 位置。

分析、結構趨同等）所產生如圖（7.8）所示。兩者的形成過程不同，但是卻有「乞＋V」的共同機制。

三、如果說「為＋NP〔agent〕＋（所）＋V」和「被＋NP〔agent〕＋V」，對漢語遭受類的被動式有磁吸效應，那麼其他漢語的被動標記「見」、「受」、「著」、「挨」、「得」、「遭」等，成因是否和「乞」有相同的路徑，未來仍需要繼續探討。

7.7 跨語言「求取」[54]類的被動用法

除了漢語史上求取類「乞」可以衍生為被動用法外，底下透過跨語言觀察到，在世界的其他語言也有相似的現象。透過跨語言的觀察，「求取」義也是被動標記的語義來源之一。首先從語義看起，接著再討論被動標記的形式。

Hsapelmath（1990）指出，被動標記的來源可以有兩種的類型：第一種為「active」（主動）即「agentive」（施事），另一種為「inactive」（非主動）即「non-agentive」。並且，多數的非主動性動詞屬於不及物性，只有少數是及物性動詞，像是「undergo」、「suffer」、「receive」。就句法層面來說，「及物性」意指必須有一個直接賓語（having a direct object），而這個非主動性的及物動詞，表示對主語產生影響，這個動詞來自於典型的及物動詞。例如：他被太太看見。

這種類型的被動標記，大多出現在孤立語（isolating language）的東南亞語中，像是越南語「bị」和「được」，前者表示「suffer」後

---

54 底下的內文裡為了不受近義詞的相互影響我們把「get」（得）「obtain」（獲得）「receive」（收到／接受）一律統稱為「求取」類。

者為「receive」[55] 如下語料所示：

（158）Nam　**bị**　　Nga　đánh

　　　　Nam　　　　Nga　beat

　　　　"Nam was beaten by Nga."

　　　　「Nma 被（遭）Nga 打了。」　　Siewierska (1984:149)

（159）Kim　**bị**　　John yêu

　　　　Kim　　　　John love

　　　　"Kim was loved by John."（it was unfortunate for her）

　　　　「Kim 被（遭）John 愛了。」

　　　　（帶有不幸的意涵）　　　　Siewierska (1984:150)

（160）kim　**được**　　John khen

　　　　Kim　　　　John compliment

　　　　"Kim was complimented by John."

　　　　「Kim 被（遭）John 抱怨。」　　Siewierska (1984:151)

（161）John **được** Kim đánh

　　　　John　　　Kim　hit

　　　　"John was hit by Kim."

　　　　「John 被（遭）Kim 打了。」　　Siewierska (1984:151)

這四個例子 bị được 都是表示遭遇經歷某個狀態。除了越南語以外，韓語也有以「求取—接受」類為被動標記的用法。如：되다（doeda）

---

55 我們對照了英語—越南語的詞典，「receive」對照為「nhận」動詞；而「obtain」對照為「được」動詞。並且，Hsapelmath（1990）文中並未列出語料，詳細的語料係引自 Siewierska（1984：149-159）。

「to become」받다（batda）「to receive」당하다（danghada）「to suffer」。韓語主動句裡的動詞，以名詞語幹加-하다（ha da）所構成的-하다（ha da）動詞，改變為被動句時則以받다（batda）取代原來主動句裡的-하다（hada）。如下例句（162）、（163）：

（162）　　학생들이　　　　선생님을　　　　존경**하다**

　　　　haksaengdeul-i　seonsaengnim-eul　jongyeong**hada**

　　　　學生們-NOM　　　老師-ACC　　　　尊敬

　　　　　　　　「學生尊敬老師」

　　　　선생님이　　　　학생들에게　　　　존경**받다**

　　　　seonsaengnim-i　haksaengdeul-ege　jongyeong-**batda**

　　　　老師-NOM　　　學生們-DAT　　　尊敬-PASS

　　　　　　　　「老師受學生的尊敬」

（163）　　　걱정**하다**　　　　　　　걱정**되다**

　　　　　geokjeong**hada**　　　　geokjeong**doeda**

　　　　　擔心　　　　　　　　　被操心

　　　　　협박**하다**　　　　　　　협박**당하다**

　　　　　hyeopbak**hada**　　　　hyeopbak**danghada**

　　　　　脅迫　　　　　　　　　被脅迫

　　　　　　　　　　張文禎（2001：76-77）

Heine & Kuteve（2002：146）觀察「get」、「receive」、「obtain」（統稱為求取）在各種語言語法化後，一共產生至少九種語義：ability（能力）、change of state（狀態的改變）、obligation（義務）、

passive（被動）、past（過去時）、permissive（允讓）、possessive（擁有）、possibility（可能）、succeed/manage to do（成事／使……作）[56]。其中，威爾斯（Welsh）語也有同樣以「求取」類表被動義的用法，底下語料來自 Hsapelmath（1990）[57]。

（164）**<u>Caffod</u>**　y　bachgen　ei　rybuddio　gan　y　dyn
　　　　got　　the boy　his　waring　　by　the　man
　　　　"The boy was warned by the man."
　　　　「男孩被（遭）那個人警告。」

從先前 Hsapelmath（1990）的被動標記來源而論，他所謂的「主動—施事」，應指由「給予」類產生的標記，另一種為「非主動—非施事」，應指由「求取」類的受事主語句。合理的懷疑，「求取」類若不是主語所期待的，就很容易被理解為遭受、被動義，如漢語的「被」由遭受—被動。

　　口語化的德文（Colloquial German），也能看到由「get」、「receive」語法化為被動與格標記（German *kriegen, bekommen, erhalten* "get" "receive," verb> marker of the dative passive），如下例（165）：

（165）Sie　**<u>kriegte</u>** den Wagen repariert
　　　　She　got　　the car　　repaired
　　　　"She got the car repaired."
　　　　「她為車子修理。」

---

56 這九種語義並沒有先後的排列，他們只將這九種的語義呈現出來。

57 威爾斯語「Caffod」原型為「cael」，表示「get」、「earn」、「win」、「find」，語法化為被動標記。（Heine & Kuteve 2002：146）

例（165）如果翻成中文，可以說「她替修理車子」。就語義來說，是人去修理車子而非車子修理人。其實，也不難看出帶有使役的用法，即「她使車子被修理」。按照 Heine & Kuteve（2002：146）的說法，口語化的德文「kriegte」語法化為與格被動標記，也就是相當於英語的「to」、「for」；漢語的「為」。

　　回到漢語的本身來看，「得」的語法化歷程和 Heine & Kuteve（2002：146）提出的九種語義有重疊性。「得」的動詞本義表示「求取─獲得」，Sun（1996：108）從現代漢語舉「得」的用法如下：

（166）得佝僂病。（動詞表示獲得）

（167）得 děi/ㄉㄟˇ寫個報告。（情態助動詞）

（168）耳朵凍得生疼。（V-DE-V 結構──情態助動詞）

（169）氣得他乾脆讓了車。（V-DE-S 結構──情態助動詞）

接著 Sun（1996）從歷史語料，建立「得」從動詞（求取─獲得）語法化的歷程，在發展的階段裡，「得」經歷過具有被動義涵。如下例（170）、（171）：

（170）而得天下。（《孟子》）

（171）**求之不得**。（《詩經》）

這兩例子，都是表示「求取─獲得」，但是句法結構不一樣，例（195）是連動結構（serial-verb construction），並且受事賓語不在動詞之後，出現在「得」之前（即：某人求之不得之）在某種程度上，這類結構的句子帶有被動意涵，又如下例：

（172）居下位而不獲於上，民不可<u>得</u>而治也。（《孟子》）

（173）其後有人盜高廟前玉環補<u>得</u>。（《史記》）

（174）使誠若申包胥，一人擊<u>得</u>，假令一人擊鼓。（《論衡》）

例（174）可有兩種的解釋，或為「某人擊鼓」或為「某人被擊」。但是，這個句中的受事者並不出現在動詞前，因此只能有某人擊鼓的理解。雖然，「得」的發展看似具有被動義，但卻存在不久，有兩點原因：首先，就句法結構 V-得-V 的出現使得「V 得」被消除[58]；其二，「V 得」後面的事件具有完成性，如例（175）：

（175）自從過<u>得</u>石橋後。（《祖堂集》）

「得」在歷史上，用作被動義的時間不長，但從上面的簡述可以知道，「求取—獲得」表為被動義，受事者往往都出現在動詞前面，並且在連動結構中促成被動義[59]。雖然漢語的「得」當作被動意涵的時間不長，但是從上面的例（173），「得」的被動用法和連動結構有密切的關係。如果，依據 Sun（1996）的說法，例（173）當作是連動結構，第二個動詞「得」隱含有一個賓語「之」。而這個賓語不在動詞之後，而在動詞之前。「求」是連動式裡的主要動詞，而「得」成

---

58 Sun（1996：120）所舉的例子為：清泉洗得潔。（唐代·皮日休）

59 除了古漢語，湘語安仁方言也可以找「得」到由獲得義發展到被動的用法，如：「得」(te)，擔那本書得我（獲得）；得水（讓水進去——使役）、得奶（讓孩子喝奶——使役）、你莫得佢看書（你別讓他看書——使役）；你得婆娘嚇到嗻（你被老婆嚇到了——被動）、菜不好，得其倒嘎嗻（菜不好，被他倒掉了——被動），參見陳滿華（1995：171）。除此之外，《漢語方言地圖集——語法卷圖 95》顯示湖南、浙江、江西都有方言區使用「得」表示被動，我們推測這個「得」可能是從求而得之的獲得而來，可供參考。

為了次要動詞，也就是促成了「得」動詞性減弱的契機。

　　透過上面跨語言的語料觀察，求取—遭受—被動，亦為被動標記產生的可能發展路徑之一。就語義層面來說，「求取」和被動義之間同樣具有關聯，固然正如第二章所述，就被動標記的語義類型學考察，給予義是比較典型的來源。但是，透過上面的語料，清楚的了解到，被動標記的另一個語義來源為「求取」。接下來觀察被動形式。

　　Siewierska（1984、2011）認為被動形式的表現（the form of passives）可以有兩方面的方式：Periphrastic or analytical passives（冗長型或分析型）及 synthetic passive（合成被動）。

　　1. Periphrastic or analytical passives （冗長型或分析型）：即動詞利用過去分詞形式（participal form）或是以動詞附加助動詞。如波蘭語（Polish）、韓語如例（176）、（177）：

（176）żniwa **zostały** zniszczone (przez intensywne descze)
　　　　harvest remained destroyed by intensive rain
　　　　"The harvest was destroyed by intensive rain."

Siewierska (1984、2011)

（177）유리가　　　아이에 의해서　깨어**지**었다
　　　　Yuri-ka ai-eyuyhayse Kkay-e-**ci**-ess-ta.
　　　　glass-Nom child -by break-become-Pst-Decl
　　　　"The glass was broken by the child." O'Grady (2004：112)

例（176）為波蘭語，採用動詞的過去分詞形式 **zniszczone**；例（177）則是使用助動詞**지**標記。Keenan（1985：257-261）和 O'Grady（2004：112）也有相同的稱法 Periphrastic strategy（冗長策略），即

運用助動詞和動詞組合，而成被動形。英語及歐洲語言大多採取這種操作模式。這些助動詞本身的意涵至少有下列四類：

A. 「being」or「becoming」（是或成為／變成）

English: Harvey **was/become** disillusioned by the new policy.

German:　　　Hans **Wurde** von seinem Vater bestraft

　　　　　　Hans became by　his　　father punished

　　　　　　"Hans was punished by his father."

　　　　　　「Han 被他的父親處罰」

B. 「receiving」（接收／收到）

English: Harvey **got** arrested by the FBI.

Mandarin: 李四被張三欺負過。

C. 「experiencing」（經歷）

Thai:　　　　Mary **สัมผัส**（รถ）**พัง**

　　　　　　Mary **touch** (car) crash

　　　　　　"Mary was hit (by the car)."

　　　　　　「瑪麗被車撞了。」

Vietnamese:　Quang **bị** (Bao) ghét

　　　　　　Quang suffer (Bao) detest

　　　　　　"Quang is detested (by Bao)."

D. 「Motion」（位移）

English:　The mistake **went** unnoticed by the editor.

泰文 **สัมผัส** 接觸在概念上其實也算是一種經驗的表徵，越南文 **bị** 表示 suffer 遭遇經歷某個狀態。

　　1. Synthetic passive（合成被動）：利用加綴方式標記。O'Grady（2004：112）稱為 morphological strategy（詞法策略）。如希伯來文

（Hebrew）、日文、史瓦西里語（Swahili）例句如下：

（178）He-yeled **gudal** al yedei ha-saba.
     The child was brought up on hands the-grandfather
     "The child was brought up by the grandfather."
     「孩子被爺爺帶走了。」 Keenan (1985:252)

（179）Taroo は 警察に 逮捕された
     Taroo-ga police-Dat arrest-Pass-Pst
     "Taroo was arrested by the police."
     「太郎被警察逮捕了。」 O'Grady (2004:113)

（180）chakula ki-li-pik-w-a (na Hamisi)
     food 3sg-pst-cook-pass-ind by Hamisi
     "The food was cooked (by Hamisi)." Siewierska (1984、2011)

（181）철수 개에게 물리었다
     Chelswu kay-eykey mwul-**li**-ess-ta.
     Chelswu-Nom dog-Dat bite-Pass-Pst-Decl
     "Chelswu was bitten by a dog." O'Grady (2004:113)

上面兩種形式裡，漢語、英語及東南亞的泰語、越南語被歸為 Periphrastic or analytical passives（冗長型或分析型）；東北亞的日語歸為 Synthetic passive（合成被動）／morphological strategy（詞法策略）。但是，這兩種形式，並不是相斥的情形。也就是說，有的語言裡同時存在這兩種形式，如韓語例。漢語的被動式屬於「分析型」，

也就是以動詞附加助動詞的形式，形成被動式。

從上面跨語言的語料觀察，可以得出下列三點小結：

一、就被動標記的語義來源，「求取」義也是發展的源頭之一，間接得到了本章認為被動標記「乞」的入聲求取義而來的證明。

二、被動形式可有分析型（助動詞加主要動詞或是動詞分詞）以及合成型（加綴）兩者並不衝突，可以共存在同一語言（如韓語）。漢語為孤立型語言，英語為屈折型語言，學者將這兩種語言的被動形式，歸納為分析型。但是，有些微差異的是：漢語沒有很明顯的屈折性（inflectional）變化，也就是說，英語可以用動詞自身的內部屈折，產生過去分詞。但是，漢語主要仍是以動詞附加助動詞。所以「乞＋V」中的動詞其實帶有零形式的變化。

7.8　本章結論

本章與第六章都是從歷史語料語料著手討論「乞」的語法語義演變。有所不同的是，第六章主要是討論「乞」從求取>給予的衍生路徑，並且透過「與去聲」建立一個假設，閩語的被動標記，可能存在兩種不同來源「乞與去聲」和「與」以及「乞」（求取義）。按「與去聲」的歷史發展，到了晚唐才見到可以確認為使役動詞的用法，從而和「乞」形成複合式動詞，進一步形成被動標記「乞與去聲」。本章研究指出，單用被動標記「乞」應來自於「乞」的求取義，時間大約是在六朝。也就是說，閩語的被動標記「乞與」和「與」可能來自於晚唐，而單用「乞」來自於六朝。本章有如下的結論：

一、唐代可以見到「乞」、「喫」零星混用用例，但是主流的字形是使用「喫」字。到了晚唐「喫」的詞彙搭配脫離了受限的困境如圖（7.1）。我們認為「乞」、「喫」在混用之初，有其受限的詞彙搭配，

直到了晚唐，「喫」成為大宗，表示高頻詞已經可以和其他詞彙搭配使用。到了宋代被動標記「喫」更加穩固，搭配的施為性動詞越來越多樣，如例（14）至（20）。

二、被動標記「吃」出現於宋代，並且和「喫」混用例（23）至（26）。並且有其音韻之間的關係如圖（7.3）所以，元明以後，「乞」、「喫」、「吃」成為一組同音異形字。而且，其實透露著「乞」、「喫」、「吃」的用字選擇，其論證在 7.1 節至7.3 節。

三、另外本文留下的一個待研究的問題在 7.3.4 節。帶數量補語的動詞「乞」、「喫」、「吃」從唐代開始出現，這個句式「S＋V＋數量＋N」和被動標記的結構「S＋乞／喫/吃＋NP＋V」看起來相似，但兩個句式中的動詞相較下，前者中的「乞」、「喫」、「吃」是一個完整的動詞，而後者的動詞性較弱（即：輕動詞）。那麼這個帶數量補語的結構又是如何而來？以後我們將進一步研究。

四、短被動「乞」是在「乞＋N」>「乞＋V」的重新分析下而來，原本表示求取義的動詞「乞」帶名詞性賓語如例（120）至（122）。但是因為名詞和動詞有轉類現象，見到「乞＋V」，而且這些動詞的語義，往往都是主語非自願性的求取如例（123）至（127）。之所以會由「乞＋N」>「乞＋V」，是因為高頻句式和賓語擴展有關。

相較之下，長被動「乞」的形成特別的複雜，來源於「NP1＋乞＋V＋〔於＋NP2〕」，整個推論過程在7.6節。最重要的是採用了Dowty（1991）的原型施事、受事理論，來分析動詞「乞」的語義角色。我們認為這類施受同詞的現象，其實語義角色並不是固定的，而是有選擇之間的關係。再者，由於句式之間存在著競爭、類推關係，因此小眾類型的句式將朝著主流句式類型發展可稱為「磁吸效應」。

第八章
結論與展望

　　本研究透過文字聲韻、方言語法、歷史語法三個面向，討論漢語「喫」（吃）和閩方言「乞」被動標記的形成。立論觀點是建立在前人的研究基礎之上，並且補足未完整之處，同時也提出我們的看法及假設。本章作為整個論文的尾聲，一共分做兩個子題討論：結論、展望。結論是將前述各章的核心議題整理並且串連，建立一個自成體系的完結；展望則是本研究過程中不足或是未來可再進一步討論的問題。底下依序說明。

8.1　研究結論

　　本研究議題見於第三章至第七章，從文字聲韻跨度到語法語義。第一、二章作為前備知識及方言語料呈現。接續分兩點說明：

8.1.1　「喫」、「吃」異形同音同義與「齕」、「齦」的字源關係

　　由第三章起始至第四章，本研究的焦點放在「喫」、「吃」和「齕」、「齦」的字源討論。就歷史文獻所載，六朝《玉篇》見到「喫」表達飲食義，而「吃」字是當作謇言義，在六朝就能見到這兩個方塊字混用表示飲食義。研究結果顯示，「齕」、「齦」和「喫」、

「吃」有字源上的關係，也就是「齧」、「齕」偏旁部件的簡省，形成另一種簡化字「喫」、「吃」，同時「喫」、「吃」混用的機制是「乞」、「契」聲符的相同，造成了異形同音同義字。為了更完整的支持此項論證，第四章從方言語料著手，試圖找出「喫」、「吃」和「齧」、「齕」在現代漢語方言的對應。結果顯示，雖然方言字寫作「喫」或「吃」，但透過音韻的推論方言裡的讀音，實際上都和「齧」、「齕」有所關聯[1]。另外，在詞彙擴散的理論下，解釋了為什麼顎化音的「喫」字形成翹舌音的路徑，並且同時也可以解釋「廈」、「閩」等字顎化音翹舌化的歷時發展。為了更全面的討論「喫」翹舌音的形成，也以滿蒙譯音作為佐證，翹舌音的產生是漢語自身的前化作用，同時從生理語音來看亦可得到支持。

為了推敲「乞」由求取到被動，第四章的結尾得出了閩方言中「喫虧」、「喫」的語音，和「乞」有同音關係，但是我們認為兩者之間的根源語義卻不相同。也就是說，在歷史上的某個時代「乞」、「喫」形成一組異形同音字。若依據文獻認為元明之際被動標記「喫」、「吃」、「乞」可以混用，那麼表示至少在元代這三個字形已經成為同音字。

8.1.2 雙賓結構與被動式──施受同詞

有別於第三、四章從文字聲韻立論，第五章至第七章著重於語法及語義研究。

第五章先以英語的「get」作為觀察，「get」可以表示求取、給予、使役、被動標記，這個語言表達現象和閩方言的「乞」有相同之

---

1 游文良（2002：332）指出，畬語「咬」，像是福安、福鼎、羅源、三明、順昌、麗水讀作ŋia?入聲；蒼南、華安、貴溪、景寧、潮州讀作n̩ia?入聲。

處。於是進一步建立了「get」和「乞」雙賓結構形成的假設，以及產生被動標記的推論。並且，統整了連動結構、與格雙賓轉換理論、介系詞併入、詞義分解與施受同詞、原型施事受事等理論。作為第六、七章分析「乞」被動標記形成的理論架構。

總而論之，我們把「乞」的雙賓結構和被動式建立在「S＋乞＋O（noun/verb）＋於＋NP」。這個結構中重要的變因是 O 的名詞性還是動詞性，以及「於」所標記的功能。在同樣的句法操作下（介賓移位、中心語動詞移位），賓語為名詞性，「於」標記的是給予的受事對象則為與格形式，其結構同於「S+get+N+to/for+NP」。但是賓語為動詞性，「於」標記的是動作的施事者，其結構同於「S+got+VP.P.+by+agent」這兩種結構最終形成「S+乞+NP1+NP2/V」，名詞性的 NP1NP2被動詞「乞」賦予間接賓語、直接賓語。就結構上來看，帶 V 的形式看起來容易被稱為「雙賓結構」。[2] 動詞「乞」生成雙賓動詞和被動標記，其衍生的語法手段相同，變因在於賓語詞性及介系詞「於」以同一詞形標記不同的功能。而英語則以「to/for」、「by」兩種詞形標記不同的功能。據此，「乞」可以稱作施受同詞的用例。

8.1.2.1　雙賓動詞「乞」的形成

在第二章中學者們認為閩方言被動標記「乞」應來自於授予動詞，而授予動詞「乞」來自於求取義，出現在東漢。因此依循這個思路，第六章從上古漢語考察了本義為求取的「乞」如何演化為授予義。本

---

2 張美蘭、戴利（2011：111）《西遊記》雙賓語句考察一文中，所列的雙賓句為SVO1O2。他們指出遭受、收受動詞「著」、「吃」、「受」、「中」，表示 S 從 O1 被動得到 O2，O2 為施罰的棍棒、計謀。例如：a.著了他假，吃了人方。b.讓他走吧我吃他這一場虧。c.吃他虧、吃他這言語。這些語料他們都歸為雙賓句。但對於如何認定雙賓句，請參見張伯江（2009）的專著第八章。

研究處理雙賓動詞「乞」的形成，是建立在 Chomsky（1975）、Larson（1988、1990）、顧陽（1999）、鄧思穎（2010：112）、Her（1999、2006）所主張的「與格轉換」（dative shift：DC）。如同英語的「get... to/for」（"John **get** a letter to Mary." > "John **get** Mary a letter."）。「乞」在先秦作為表求取義（get/obtain/receive）的動詞，結構為「NP1＋乞＋NP1＋於＋NP2」並由介系詞「於」標記受求取的受事對象，到了兩漢產生了「介賓」前移的現象，形成「NP1＋從＋NP2＋乞＋NP1」，在介系詞精密化、專門化的影響下，標記受求取對象的標記「於」替換為「從」，介賓詞組前移突顯了說話者強調焦點及目的性，亦符合「題元階層」（thematic hierarchy）的排列順序。介賓詞組的移位，也顯現了漢語中心語位置變換的事實，也就是動詞中心語在賓語前，到了兩漢介賓詞組移位產生了動詞中心語在賓語之後。研究結果顯示，求取義「乞」經由句法操作後形成雙賓構式（S+V+IO+DO），如同英語的「get」在雙賓結構中義同於「give」作為雙賓動詞。而現代漢語的「借」、「租」也是有相同的產生過程。同時我們認為以聲調（去入調）辨別「乞」的語義，在東漢可能已經不存在。因為，表示求取義、入聲的「乞」，轉換為雙賓結構後，在這個構式結構裡形成給予義。對照「租」、「借」、「get」轉換為雙賓結構，也並沒有超音段的變化，但卻可以作為雙賓動詞，足見這個雙賓格式起了句式義的影響。梅祖麟（1980）認為傳統所謂「四聲別義」創始於六朝之說不合事實，去聲別義至少可以追溯到西元前八、九世紀以前。這個說法間接支持了本文「乞」的研究。

8.1.2.2 閩方言內部被動標記的不同來源——「乞與」和「乞」

第六章論證授予動詞「乞」的產生後，進一步討論了「與去聲」

和「乞與去聲」的結構語義。就前人研究指出,「與去聲」當作被動用法始於晚唐。因此,推論「乞與去聲」在晚唐以前經歷了「(乞求取/給予)+(與去聲)」>「(乞給予與去聲)」>被動標記「(乞與去聲)」。也就是說,「乞與」形成之初是由一組反義並列的動詞,其後「乞」和「與去聲」的共現關係重新分析為一組同義並列,並在晚唐成為一組複合式被動標記。

所以在現代的閩方言區閩南使用「與去聲」和「乞與去聲」不單用「乞入聲」;而閩東莆仙單用「乞入聲」,不用「與去聲」或「乞與去聲」。據此,足以顯示閩方言內部可能有兩種不同來源,一個是受「與去聲」影響所形成的被動標記「乞與」;一個是不受「與去聲」影響而單用的「乞」,其來源應是求取義。我們把整個示意關係呈現如下:

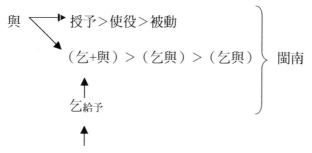

就時間的發展順序來說,如果認為閩方言單用的被動標記「乞」來自於求取義的話,其出現的時間必須早於晚唐。於是,第七章再次由歷史語料重新考察,其中最重要的發現是這類施受同詞的動詞,語義角色並不是固定而是存在著選擇關係。該章同時以「被」字式討論

了短被動「乞」和長被動「乞」的形成。短被動「乞」產生在「乞＋V」的結構中，而動詞 V 帶有貶義、主語非自願性的條件，和文獻中討論短被動「被」的成因相同。長被動「乞」則是透過一連串的句法操作，並且先受「為」字被動式的取代，而「為」字又受「被」取代，最終在唐代「被」取得勝利，一直沿用到現代漢語。

整體來說，長短被動「乞」的形成過程稍有差異，短被動「乞」是在詞彙結構「乞＋V」的重新分析下，兩個相鄰成分其中「乞」成為次要成分，相類似表被動「got＋過去分詞」的形式。而長被動「乞」則是仰賴句法操作、動詞中心語移位，產生「S＋乞＋NP＋V」產生相類似表被動「S＋got＋過去分詞＋（by+agent）」的形式。

最後透過跨語言的觀察，就世界的語言現象，求取類的語義的確可以發展為被動標記。漢語及相關方言都可以見到「得罪」、「求刑」、「討打」相關求取類的被動用法。

8.2　未來展望

8.2.1　研究不足之處

本研究的寫作依循語料觀察、建立假設、理論架構及語料分析的步驟撰寫。然而，作為一個階段性的研究議題，仍有許多不足之處，更待以後深入探討。

首先從語料說起，本研究使用了大量的方言語料及歷史語料。方言語料使用的是前人所調查的二手資料。若能夠從語料的製造生產開始著手，則能更加使語料的呈現完整。最重要的還是對於語料的分析討論。其次，歷史語料的掌握未能達到全面性，我們採取的是在各朝代中先作地毯式的文獻搜尋，而後挑選出部分的文獻作為分析。嚴格

來說，若能橫向的將各個斷代文獻語料逐一分析，其後串連成一個縱向的層面，則更能顯現歷史語言發展的廣闊性。接著對於語料的解析，因為涉及了方言及古漢語，對於語料的詮釋亦可能稍有不全，但我們也盡力察找了諸多的文獻作為輔助說明。其後，若對於文獻有解釋不周之處而可再逐步修正。

8.2.2 尚待討論的議題

8.2.2.1 語言接觸和閩方言「與」的來源

依據前人研究閩方言的「hɔ」是來自於上古漢語的「與去聲」。而本研究透過語料所見「乞與」共現出現在東漢，並且我們認為閩方言中可能有一類被動標記是來源於授予動詞「與」、「乞與」，而這個「乞」是受「與」影響；另一類是單用的求取「乞」。由此延伸下來「與」似乎是一個很重要的關鍵，這個「與」有沒有可能是南方語言底層的基本形，也就是說，「乞與」是一個由「北南語言組合」而成的詞彙。

張惠英（2002）、李潔（2012）書中列舉了大量的非漢語，像是龍州話、武鳴、傣雅語的「haɯ/hɯ」可以兼表給予、使役、被動，這個讀音形式和閩南語的「hɔ」有相似之處。鄧曉華、王士元（2009：243）也提供了一些資料，在他們調查的十二個壯侗語族方言點中，有許多地方的「給」義，和閩南語的「hɔ」相似。如下：

壯語武鳴、布儂望謨、傣西景紅、傣德芒市：haɯ
臨高東英：ʔə / ʔɔu
仫佬羅城：khɤ

水語永慶：haːi
毛南下南：ʔnaːk
老撾、泰：haj

　　橋本萬太郎（1987）對漢語被動式的區域發展，做了詳細的討
論。他指出在北方的滿語、蒙古語都把使動動詞當作被動標記；而南
方的侗語、壯語、水語、瑤語、傣語、黎語等諸多非漢語語言的被動
式都和「給予」義的動詞有關。甚至在北方話的邊緣地區（如：江蘇
如皋方言、青海西寧方言）也都是和「給予」義有關。該文的結論
中，橋本萬太郎（1987）重申了他的觀點：使動—被動兼用只限於北
方，而南方語言保留給予—被動兼用。再者給予—被動兼用也很有可
能在漢語裡獨立發展，因為給予很容易被理解為「給對方有機會做什
麼」、「容讓」義，以宏觀的角度而論，漢語南方方言和南方非漢語之
間的關聯是不能否認的。

　　鄧曉華、王士元（2009：140）總結而論，閩語並非單線的演
進，在某種意義上來說，閩語摻入了大量古越語的成分，所以閩語是
一種古漢語和古越語混合的語言。南方漢語方言的形成實際上是一個
南方文化交互作用圈，既非土生土長也絕非是北方遷入。

　　如果我們對於閩南語的「與去聲」是建立在「漢語非單線性」的
概念之下，而所謂的非單向性就是指，南方漢語方言並非完全承襲北
方漢語體系，而是與當地的底層語言交互活動後的結果。那麼這個
「乞與」的形式或許為南北語言接觸下的產物。

　　Winford（2005）認為語言接觸後會引發兩種改變：詞彙重整
（relexification）和詞彙徵收（lexical manipulation via imposition）。這
個詞彙重整過程如下圖所示：

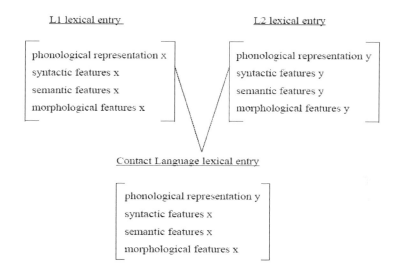

　　所謂的詞彙重整，連金發（2008）以閩南語「不錯吃」作為觀察指出目標語「不錯」用於「成績不錯」；來源語：「袂穤」用於「袂穤食」，語言接觸後透過詞彙重整形成混合語，選擇「不錯」以表現「袂穤」，形成不錯吃、不錯看等等用法。根據這個圖來看，當兩種語言接觸後只有產生詞彙借用，但是語義和語法都是保留原有的用法。

　　我們認為「乞與去聲」的形成屬於「詞彙重整」現象，也就是說，來源語可能是非漢語，接收語是古漢語。兩者相互接觸後，形成來源語和接收語共存的「乞與去聲」，成為一個複合式動詞。

　　倘若這個說法能夠成立，那麼表示在古代通語系統中使用的被動標記「乞」其來源的確有可能是求取義，當唐末一批北方人南下閩地的時和當地的底層語言接觸，產生「乞與去聲」複合的形式，進而形成複合式被動標記。從本書的附錄一、二、三可以略見一二，閩南大多使用「與去聲」或「乞與去聲」，相較於閩東都是使用「乞」。地理分佈的差異，或許可顯現來源不一。

8.2.2.2 地理資訊系統（GIS）和方言地理分佈

本論文的附錄一至三利用 Google map，將第二章閩方言中的被動標記「乞」以地圖作為呈現，可以很清楚的看到在南方的閩南地區大多使用「與」或「乞與」，少部分用「乞」，但是在閩東地區都使用「乞」，利用圖示可以清楚的看到分佈的情形。然而方言研究除了要經由田野調查蒐集語料以外，能不能從語料觀察到語言分佈的差異，進而去解釋語言的變化。近幾年來「地理資訊系統」（GIS: Geographical Information System）成為很重要的研究工具。

鄭錦全、郭彧岑、黃菊芳（2006）利用 GIS 調查臺灣新竹新豐鄉的語言分佈調查。所謂的 GIS，是指在某一特定時間及空間範圍內，依某種地理特性測量或計算所獲得的資料，藉由實地考察、問卷、訪談取得原始資料後，加以分析成為可用資料。整個 GIS 的調查過程至少必須經歷：前置作業（問卷設計、圖卡字卡選擇等等）、現地訪談（詢問問卷、語言使用情形、錄音）、後置作業（路音備份標音、問卷輸入、建置語言分佈情形）。

基於上述的說法，整個 GIS 的研究過程需要耗費大量的時間。未來若要針對閩方言「乞」和「與」、「乞與」的分佈作研究，勢必要先作語言田野調查，同時並且將範圍縮小在非漢語區的聚落，觀察是否有語言接觸的現象，並將其地理位置定位。透過點、線、面的方式呈現整個語言分佈。

8.2.2.3 被動標記「乞」是否和「喫」字被動式有關聯？

第四章的結尾，我們提出了「乞」、「喫」被動關係的兩種立場，並且主張這兩個被動標記的語義根源不同。若是從音韻上來看，有沒有可能是這兩者產生同音以後，讓「乞」的被動用法，因為同音字而

替換為「喫」字式。如第七章對被動式的觀察「喫」可以後接施為性
的動作「喫摑」、「喫拳」、「喫趕」等，形成「喫＋V」的結構，按照
學者對於「喫」字被動式的說法，表示飲食的「喫」原本帶可被食用
的名詞，後來因為隱喻而帶有不可食用的用法，進一步產生遭受。那
麼或許應該要能夠解釋為何唐宋以後，不論是「喫」或「吃」都能接
動詞形成「喫（吃）＋V」，而且還有長被動式「喫（吃）」。而正好
「乞」的推測發展，也同樣具有這兩個句式，並且又和「喫（吃）」
音同。有沒有一種可能是在原始的通語系統，的確有一個被動標記
「乞」，但是隨著音變「喫（吃）」和「乞」產生同音，所以將原本的
「乞」字被動式寫作「喫」字，所以明清的文獻中仍使用「乞」，其
後受到「被」字式和新生的被動標記「讓」、「叫」、「給」取代，而閩
方言保留了「乞」字被動式，這些問題仍待處理討論。

參考文獻

書籍

1. 太田辰夫著　1988年　江藍生、白維國譯　1991年　《漢語史通考》　成都市　重慶出版社

2. 尹世超　《哈爾濱方言詞典》　南京市　江蘇教育出版社　1997年

3. 王　力　《王力古漢語字典》　中華書局　2000年

4. 王　力　《漢語史稿》　中華書局　1980、2010年

5. 王　力　《漢語語法史》　北京市　商務印書館　1989年

6. 王　力　《漢語語音史》　北京市　商務印書館　2008年

7. 王云路　《中古漢語詞彙史》　北京市　商務印書館　2010年

8. 王天昌　《福州語音研究》　臺北市　中山學術文化出版社　1967年

9. 王玉新　《漢字部首認知研究》　濟南市　山東大學出版社　2009年

10. 王慶豐　《滿語研究》　北京市　民族出版社　2005年

11. 白宛如　《廣州方言詞典》　南京市　江蘇教育出版社　1998年

12. 石毓智、李訥　《漢語語法化的歷程——形態句法發展的動因和機制》　北京市　北京大學出版社　2004年

13. 石毓智　《語法化的動因與機制》　北京大學出版社　2006年

14. 石毓智 《語法化理論：基於漢語發展的歷史》 上海市 上海外語教學出版社 2011年

15. 向 熹 《簡明漢語史》（上、下） 北京市 高等教育出版社 1993年

16. 朱曉農 《語音學》 北京市 商務印書館 2010年

17. 何大安 《規律與方向：變遷中的音韻結構》 臺北市 中央研究院歷史語言研究所 1988年

18. 何樂士 《史記語法研究》 北京市 商務印書館 2007年

19. 吳崢嶸 《《左傳》索取、給予、接受義類詞彙系統研究》 成都市 巴蜀書社 2009年

20. 呂叔湘 《現代漢語八百詞》 北京市 商務印書館 1980、2002

21. 李 潔 《漢藏語系語言被動句研究》 北京市 民族出版社 2008年

22. 李小凡、項夢冰 《漢語方言基礎教程》 北京市 北京大學出版社 2009年

23. 李文澤 《宋代語言研究》 北京市 線裝書局 2001年

24. 李方桂 《龍州土話》 臺北市 中央研究院歷史語言研究所 1940年

25. 李方桂 《武鳴土語》 臺北市 中央研究院歷史語言研究所集刊外編 1956年

26. 李如龍 《福建方言》 福州市 福建人民出版社 1997年

27. 李如龍 《漢語方言研究文集》 北京市 商務印書館 2009年

28. 李行健 《河北方言詞彙編》 北京市 語文出版社 1995年

29. 李佐豐 《上古漢語語法研究》 北京廣播學院出版社 2003年

30. 李孝定 《漢字的起源與演變論叢》 臺北市 聯經出版事業公

司　1986年

31. 李英哲　《漢語歷時共時語法論集》　北京市　北京語言大學出版社　1994、2001年

32. 李泰洙　《「老乞大」的四種版本語言研究》　北京市　語文出版社　2003年

33. 李錦芳、周國炎　《仡央語言探索》　北京市　中央民族大學出版社　1999年

34. 李　濱　《古田方言熟語歌謠》　福州市　福建人民出版社　2008年

35. 周一民　《北京口語語法》　北京市　語文出版社　1998年

36. 周法高　《中國古代語法──構詞篇》　北京市　中央研究院歷史語言研究所專刊39　1963年

37. 周長楫、歐陽憶耘　《廈門方言研究》　福州市　福建人民出版社　1998年

38. 屈哨兵　《現代漢語被動標記研究》　武漢市　華中師範大學出版社　2008年

39. 林寒生　《閩東方言詞彙語法研究》　昆明市　雲南大學出版社　2002年

40. 林華東　《泉州方言研究》　廈門市　廈門大學出版社　2008年

41. 林慶勳、竺家寧　《古音學入門》　臺北市　臺灣學生書局　1989年

42. 林　璋、佐佐木勳人、徐萍飛　《東南方言比較文法研究》　東京都　好文出版社　2002年

43. 林　濤、耿振生　《音韻學概要》　北京市　商務印書館　2008年

44. 竺家寧　《聲韻學》　臺北市　五南圖書出版公司　1991年

45. 竺家寧 《近代音論集》 臺北市 臺灣學生書局 1994年

46. 阿爾達札布 《新譯集注蒙古祕史》 呼和浩特市 內蒙古大學出版社 2005年

47. 侯精一 《現代漢語方言概論》 上海市 上海教育出版社 2002年

48. 侯精一 《現代漢語方言音庫》 上海市 上海教育出版社 2004年

49. 姜 嵐 《威海方言調查研究》 北京市 中國文史出版社 2006年

50. 柳士鎮 《魏晉南北朝歷史語法》 南京市 南京大學出版社 1992年

51. 洪乾祐 《閩南語考釋》 臺北市 文史哲出版社 2003年

52. 洪 梅 《龍岩方言熟語歌謠》 福州市 福建人民出版社 2008年

53. 秋谷裕幸 《浙南的閩東區方言》 臺北市 中央研究研院語言所出版 2005年

54. 秋谷裕幸 《閩北區三縣市方言研究》 臺北市 中央研究院語言學研究所 2008年

55. 香坂順一 《水滸詞彙研究（虛詞部分）》 北京市 文津出版社 1985年

56. 孫玉文 《漢語變調構詞研究》 北京市 商務印書館 2007年

57. 宮田一郎、石汝杰 《明清吳語詞典》 上海市 上海詞書出版社 2005年

58. 徐大明 《語言變異與變化》 上海市 上海教育出版社 2006年

59. 徐 丹 《漢語句法引論》 北京市 北京語言大學出版 2004

60. 徐通鏘 《歷史語言學》 北京市 商務印書館 2001年

61. 祖生力、丁勇、黃樹先 《元代漢語語法研究》 上海市 上海教育出版社 2009年

62. 袁家驊 《漢語方言概要》 北京市 語文出版社 2001年

63. 高 亨 《古字通假會典》 濟南市 齊魯書社 1989年

64. 高育花 《元刊全相平話五種語法研究》 鄭州市 河南大學出版社 2007年

65. 高 娃 《滿語蒙古語比較研究》 北京市 中央民族大學出版社 2005年

66. 張惠英 《漢藏系語言和漢語方言比較研究》 北京市 語文出版社 2002年

67. 張萬起 《世說新語詞典》 北京市 商務印書館 1993年

68. 張興唐 《元朝祕史三種》 臺北市 維新書局 1975年

69. 張 楨 《漢語介系詞片語詞序的歷史演變》 北京市 北京語言大學出版社 2002年

70. 張錫厚 《王梵志詩校輯》 中華書局 1983年

71. 曹志耘 《漢語方言地圖集——詞彙卷》 北京市 商務印書館 2008年

72. 曹志耘 《漢語方言地圖集——語法卷》 北京市 商務印書館 2008年

73. 曹志耘 《漢語方言地圖集——語音卷》 北京市 商務印書館 出版 2008年

74. 曹 煒 《《水滸傳》虛詞計量研究》 廣州市 暨南大學出版社 2009年

75. 莊吉發 《雍正朝滿漢合璧奏摺校注》 臺北市 文史哲出版社 1984年

76. 許　慎　東漢年　《說文解字》

77. 陳　垣　《元祕史譯音用字考》　臺北市　中央研究院歷史語言研究所　1934年

78. 陳章太、李如龍　《閩語研究》　北京市　語文出版社　1991年

79. 陳章太、李行健　《普通話基礎方言基本詞彙集》　北京市　語文出版社　1996年

80. 陳滿華　《安仁方言》　北京市　北京語言大學出版社　1995年

81. 陳澤平　〈福州話的動詞謂語句〉　1997　收入李如龍、張雙慶《動詞謂語句》　廣州市　暨南大學出版社　1997年

82. 陳澤平　《福州方言研究》　福州市　福建人民出版社　1998年

83. 陳澤平　《福州方言熟語歌謠》　福州市　福建人民出版社　1998年

84. 陳澤平　《19世紀以來的福州方言》　福州市　福建人民出版社　2010年

85. 覃遠雄　《南寧平話詞典》　南京市　江蘇教育出版社　1997年

86. 賀　巍　《洛陽方言研究》　北京市　社會科學文獻出版社　1993年

87. 馮愛珍　《福州方言詞典》　南京市　江蘇教育出版社　1998年

88. 黃伯榮　《漢語方言語法調查手冊》　廣州市　廣東人民出版社　2001年

89. 黃　征　《敦煌俗字典》　上海市　上海教育出版社　2005年

90. 黃樹先　《元語言詞典》　上海市　上海教育出版社　1998年

91. 愛新覺羅烏拉熙春　《滿語語法》　呼和浩特市　內蒙古人民出版社　1983年

92. 愛新覺羅瀛生　《滿語雜識》　北京市　學苑出版社　2004年

93. 楊秀明　《漳州方言熟語歌謠》　福州市　福建人民出版社

2007年

94. 楊劍橋 《漢語音韻學講義》 上海市 復旦大學出版社 2005年

95. 楊聯陞 〈老乞大朴通事裡的語法語彙〉 《中研院史語所集刊》第29本（上） 1957年 頁197-208

96. 萬 波 《贛語聲母的歷史層次研究》 北京市 商務印書館 2009年

97. 董同龢 《漢語音韻學》 臺北市 文史哲出版社 1998年

98. 董忠司 《臺灣閩南語詞典》 臺北市 五南圖書出版公司 2001年

99. 裘錫圭 《文字學概要》 北京市 商務印書館 1988年

100. 解海江、章黎平 《漢語詞彙比較研究》 北京市 中國社科院出版社 2008年

101. 解惠全、洪波 《漢語歷史語法研究》 北京市 商務印書館 1988、2010年

102. 寧繼福 《中原音韻表稿》 臺北市 文史哲出版社 1985年

103. 福建省屏南縣志編委會 《屏南縣志》 北京市 方志出版社 1999年

104. 福建省連江縣志編委會 《連江縣志》 北京市 方志出版社 2001年

105. 福建省福安縣志編委會 《福安縣志》 北京市 方志出版社 1999年

106. 福建省福鼎縣志編委會 《福鼎縣志》 福州市 海風出版社 2003年

107. 福建省霞浦縣志編委會 《霞浦縣志》 北京市 方志出版社 1999年

108. 福建省羅源縣志編委會 《羅源縣志》 北京市 方志出版社 1998年

109. 福建省羅源縣志編委會 《羅源縣志》 北京市 方志出版社 1999年

110. 齊如山 《北京土話》 瀋陽市 遼寧教育出版社 2008年

111. 劉福鑄 《莆仙方言熟語歌謠》 福州市 福建人民出版社 2007年

112. 歐陽覺亞 《廣州話、客家話、潮汕話與普通話對照詞典》 廣州市 廣東人民出版社 2005年

113. 潘渭水、陳澤平 《建甌方言熟語歌謠》 福州市 福建人民出版社 2008年

114. 潘渭水 《建甌方言詞典》 南京市 江蘇教育出版社 1998年

115. 蔡俊明 《潮州方言詞彙》 香港 香港中文大學出版社 1991年

116. 蔣紹愚、曹廣順 《近代漢語語法史研究綜述》 北京市 商務印書館 2005年

117. 蔣紹愚 《近代漢語研究概況》 北京市 北京大學出版社 2001年

118. 蔣紹愚 《近代漢語語法史研究綜述》 北京市 商務印書館 2005年

119. 蔣紹愚 《漢語語法史研究縱述》 北京市 商務印書館 2009年

120. 鄧思穎 《漢語方言語法的參數理論》 北京大學出版社 2003年

121. 鄧思穎 《形式漢語句法學》 上海市 上海教育出版社 2010年

122. 鄧曉華、王士元　《中國的語言及方言的方類》　北京市　中華書局　2009年

123. 盧甲文　《鄭州方言志》　北京市　語文出版社　1992年

124. 錢曾怡　《博山方言研究》　北京市　社會科學文獻出版社　1993年

125. 錢曾怡主編　《山東方言研究》　濟南市　齊魯書社　2001年

126. 龍海燕　《洞口贛方言語音研究》　北京市　民族出版社　2008年

127. 戴慶廈　《漢語與少數民族語言關係概論》　北京市　中央民族學院出版社　1992年

128. 謝棟元　《客家話北方話對照詞典》　瀋陽市　遼寧大學出版社　1994年

129. 謝曉安　《《老乞大》與《朴通事》語言研究》　蘭州市　蘭州大學出版社　1991年

130. 謝曉明　《語義相關動詞帶賓語的多角度考察》　武漢市　華中師範大學出版社　2008年

131. 魏兆惠　《上古漢語連動式研究》　上海市　上海三聯書店　2008年

132. 魏兆惠　《兩漢語法比較研究》　北京市　高等教育出版社　2011年

133. 魏鋼強　《萍鄉方言志》　北京市　語文出版社　1990年

134. 魏鋼強　《萍相方言詞典》　南京市　江蘇教育出版社　1998年

135. 譚耀炬　《三言二拍語言研究》　成都市　巴蜀書社　2005年

136. 鍾逢幫　《寧德方言熟語歌謠》　福州市　福建人民出版社　2007年

期刊及專書論文

1. 丁 仁 〈試論古漢語與「於」字及「見」字有關的幾種被動格式〉 第五屆國際古漢語語法研討會暨第四屆海峽兩岸語法史研討會 中央研究院語言研究所 2004年

2. 公望 〈蘭州方言裡的「給給」〉 《中國語文》第3期 1986年 頁190-191

3. 王 力 〈漢語被動式的發展〉 《語言學論叢》第1期 1957年 頁1-16

4. 王士元 〈詞彙擴散理論：回顧與前瞻〉 《中國語言學論叢》 1997年 頁155-158

5. 王雪樵 〈哇、餐、喫、來、歐──河東方言有關「吃」的幾個詞語〉 《山西師大學報（社會科學版）》第4期 1987年 頁90-91

6. 王福堂 〈平話、湘南土話和粵北土話的歸屬〉 《方言》第2期 2001年 頁107-118

7. 平山久雄 〈試論「吃（喫）」的來源〉 《寧夏大學學報（人文社會科學版）》第4期 2004年 頁30-32 又載《漢語語音史探索》 北京大學出版社 2012年

8. 石定栩、胡建華 〈「被」的句法地位〉 《當代語言學》第3期 2005年 頁213-214

9. 石定栩 〈長短「被」字句之爭〉 載程工、劉丹青主編 《漢語的形式與功能研究》 北京市 商務印書館 2009年

10. 江藍生 〈被動關係詞「吃」的來源初探〉 《中國語文》第5期 1989年 頁370-377

11. 江藍生　〈漢語使役與被動兼用探源〉收錄於江藍生　2000　《近代漢語探源》　北京市　商務印書館　1999年　頁221-236

12. 何曉煒　〈雙賓語結構的句法分析〉　《現代外語》第4期　1999年　頁331-345

13. 何曉煒　〈雙賓語結構和與格結構關係分析〉　《外國語》第2期　2003年　頁25-31

14. 吳瑞文　〈論閩方言四等韻的三個層次〉　丁邦新編《歷史層次與方言研究》　上海市　上海教育出版社　2007年

15. 李如龍　〈泉州方言給予義的動詞　李如龍編《方言與音韻論集》　香港中文大學出版　1996年　頁162-166

16. 李如龍　〈泉州方言的動詞謂語句〉　李如龍、張雙慶編　《動詞謂語句》　廣州市　暨南大學出版　1997b 年

17. 李英哲　〈漢語歷時句法中的競爭演變和語言折衷〉　1994年載於李英哲《漢語歷時共時語法論集》　北京市　北京語言大學出版社　2001年

18. 李英哲　〈從歷史比較角度看臺灣閩語和官話的介系詞系統〉　2001年　載於李英哲　《漢語歷時共時語法論集》　北京市　北京語言大學出版社　2001年

19. 李　榮　〈漢語方言的分區〉　《方言》第4期　1989年　頁241-259

20. 貝羅貝　〈雙賓語結構──從漢代至唐代的歷史發展〉　《中國語文》第3期　1986年　頁205-216

21. 邢福義　〈關於「給給」〉　《中國語文》第5期　1984年　頁347-348

22. 周法高　〈古代被動式句法之研究〉　《中央研究院歷史語言研究所集刊》28上　1956年　頁129-139

23. 孟昭蓮　〈金瓶梅方言研究及其他〉　《南開學報》第1期　2005年　頁43-52

24. 季永海　〈有關滿語語音的幾個問題〉　《民族語文》第5期 2008年　頁68-71

25. 邱瑞祥　〈王梵志詩訓世化傾向的文化解釋〉　《貴州師範大學學報》第5期　2003年　頁77-81

26. 柳士鎮　〈試論中古語法的歷史地位〉　《漢語史學報》第2期 2002年　頁54-61

27. 唐鈺明　〈漢魏六朝被動式略論〉　《中國語文》第3期　1987年 頁216-223

28. 唐鈺明　〈唐至清的被字句〉　《中國語文》第6期　1988年　頁459-468

29. 徐　丹　〈先秦漢初漢語裡動詞的指向〉　《語言學論叢》第29期　2004年　頁197-208

30. 徐烈炯　〈題元理論與漢語配價問題〉　《當代語言學》第3期 1998年　頁1-21

31. 張光宇　〈漢語方言的魯奇規律期：古代篇〉　《中國語文》第4期　2008a 年　頁349-361

32. 張光宇　〈漢語方言的魯奇規律期：現代篇〉　《語言研究》第2期　2008b 年　頁8-16

33. 張伯江　〈被字句和把字句的對稱與不對稱〉　《中國語文》第6期　2001年　頁519-524

34. 張美蘭、戴利　〈西遊記雙賓語句考察〉　《漢語史研究集刊》第14期　2011年　頁111-131

35. 張美蘭、戴利　〈西遊記雙賓語句考察〉　《漢語史研究集刊》第14期　2011年　頁111-131

36. 張美蘭《明清域外官話文獻語言研究》 長春市 東北師範大學出版社 2001年

37. 張振興 〈重讀中國語言地圖集〉 《方言》第1期 1997年 頁1-8

38. 張惠英 〈說「給」和「乞」〉 《中國語文》第5期 1989年 頁378-382

39. 張 䫻 《漢語介系詞片語詞序的歷史演變》 北京市 北京語言大學出版社 2002年

40. 張雙慶 〈閩南方言被動介系詞「乞」的歷史考察〉 《中國語文研究》第11期 香港中文大學出版 1995年 頁145-149

41. 張麗麗 〈漢語使役句表被動的語義發展〉 《語言暨語言學》第7卷第1期 2006年 頁139-174

42. 曹逢甫、連金發、鄭縈、王本瑛 〈新竹閩南語正在進行中的四個趨同變化〉載丁邦新、張雙慶主編《閩語研究及其周邊方言的關係》 香港 香港中文大學出版社 2002年

43. 曹逢甫、鄭縈 〈談國語的給和閩南語 kap 及 hou 的來源〉第二屆國際聲韻學會 1992年

44. 曹逢甫 〈對於中文被動句式的幾點觀察〉 《香港語文建設通訊》第42期 1993年 頁42-50

45. 梁玉璋 〈福州話的「給」字〉 《中國語文》第4期 1990年 頁280-283

46. 梅祖麟 〈四聲別義中的時間層次〉 《中國語文》1980年第6期 頁427-443

47. 梅祖麟 〈漢語語法史中幾個反覆出現的演變方式〉 載郭錫良主編《古漢語語法論集》 北京市 語文出版社 1998年

48. 梅祖麟 〈閩南話 hoo「給予」的本字及其語法功能的來源〉《永

遠的 POLA 王士元先生七秩壽慶論文集》　何大安、曾志朗編　中央研究院語言研究所　2005年　頁163-173

49. 許仰民　〈論《水滸傳》的「吃」字句〉　《信陽師範學院學報（哲學社會科學版）》第3期　1988年　頁73-76

50. 許仰民　〈論《金瓶梅》的「吃」字句〉　《許昌學院學報）》第4期　1988年　頁90-94

51. 許仰民　〈論《金瓶梅》的「乞」字句〉　《信陽師範學院學報（哲學社會科學版）》第2期　1989年　頁79-82

52. 連金發　臺灣共通語的詞彙重整（Relexification in Taiwanese Common Language）　語言研究視野的拓展國際研討會（2008年1月）　上海市　上海師範大學　2008年　頁12-13

53. 郭維茹　〈授與動「與」兼表使役、被動用法考辨〉　《漢學研究》28卷第1期　2010年　頁359-388

54. 陳　平　〈試論漢語中三種句子成分與語義成分的配位原則〉　《中國語文》第3期　1994年　頁161-168

55. 陳秀琪　〈知莊章聲母的捲舌——舌位的前化運動〉　第九屆國際暨廿三屆全國聲韻學學術研討會論文集》　2005年

56. 陳淑梅　〈漢語方言一種帶虛詞的特殊雙賓句式〉　《中國語文》第5期　2001年　頁439-444

57. 麥　耘　〈漢語語音史上的 ï 韻母〉　《音韻論叢》第2期　2004年　頁19-47

58. 彭　睿　〈構式語法化的機制和後果〉　《漢語學報》第3期　2007年　頁31-43

59. 彭　睿　〈語法化「擴展」效應及相關理論問題〉　《語法化與語法研究（四）》　北京市　商務印書館　2009年

60. 湯廷池　〈漢語語法的併入現象〉　《漢語詞法句法三集》　臺

北市　臺灣學生書局　1993年

61. 黃正德　〈從他的老師當得好談起〉　《語言科學》第7卷第3期　2005、2008年　頁225-241

62. 楊秀芳　〈從歷史語法的觀點論閩南語「了」的用法：兼論完成貌助詞「矣」、「也」〉　《臺大中文學報》第4期　1991年　頁213-283

63. 楊聯陞　〈老乞大朴通事裡的語法語彙〉　《中研院史語所集刊》第29本（上）　1957年　頁197-208

64. 詹伯慧　〈漢語方言語法研究的回顧與前瞻〉　《語言教學與研究》第2期　2004年　頁46-53

65. 劉秀雪　〈閩南語「乞」和「與」的比較研究〉　《中國語文研究》第26期　2008年　頁27-38

66. 潘悟雲　〈溫、處方言和閩語〉　梅祖麟編　《吳語和閩語的比較研究》　上海市　上海教育出版社　1995年　頁100-121

67. 蔣紹愚　〈給字句、教字句表被動的來源〉　《語言學論叢》第26輯　2000年　頁159-177

68. 鄧思穎　〈作格化與漢語被動句〉　《中國語文》第4期　2004年　頁291-301

69. 鄭張尚芳　〈漢語方言異常音讀的分層及滯古層次方析〉　何大安編　《南北是非：漢語方言的差異與變化》　臺北市　中央研究院語言研究所　2002年　頁97-128

70. 鄭錦全　〈明清韻書中的介音與北音顎化源流的探討〉　《書目季刊》第2期　1980年　頁77-87

71. 橋本萬太郎　〈漢語被動式的歷史‧區域發展〉　《中國語文》第1期　1987年　頁36-49

72. 橋本萬太郎　〈漢語被動式的歷史‧區域發展〉　《中國語文》

第1期　1987年　頁36-49

73. 魏培泉　〈古漢語介系詞「於」的演變略史〉　《歷史語言研究所集刊》第62卷第4期　1993年　頁717-786

74. 魏培泉　〈古漢語被動式的發展與演變機制〉　《中國境內語言暨語言學》第二輯　歷史語言學　臺北市　中央研究院歷史語言研究所　1994年　頁293-319

75. 魏培泉　〈東漢魏晉南北朝在語法史上的地位〉　《漢學研究》18特刊　2000年　頁199-230

76. 羅杰瑞　〈漢語和阿爾泰語互相影響的四項例證〉　1982年　遇笑容、曹廣順、祖生利編　《漢語史中的語言接觸問題研究》北京市　語文出版社　2010年

77. 顧　陽　〈雙賓語結構〉　1999年　徐列炯編　《共性與個性——漢語語言學中的爭論》　北京市　北京語言大學出版社1999年

研究報告及學位論文

1. 王錦慧　《敦煌變文語法研究》　臺灣師範大學國文所碩士論文1993年

2. 朴正九　《漢語介系詞研究》　清華大學語言學博士論文　1997年

3. 竺家寧　〈12世紀至19世紀漢語聲母的演化規律與方向〉　國科會報告 NSC93-2411-H-004-042-　2005年

4. 張文禎　《初探漢語與韓語被動句》　臺灣師範大學華文所碩士論文　2001年

5. 張淑萍　《漢語方言顎化現象研究》　臺灣師範大學國文所博士論文　2008年

6. 張瑩如　《「把」「給」的語源與發展過程：以接觸引發的演變初探》　清華大學語言所碩士論文　2006年

7. 曹逢甫　〈臺灣閩南語動詞、名詞、形容詞研究：動詞部分〉國科會研究報告 NSC 84-2411-H-007-012 N3　1995年

8. 陳麗雪　《閩南語雙賓式共時與歷時研究》　政治大學中文所博士論文　2004年

9. 鄭錦全、郭彧岑、黃菊芳　《語言地理資訊技術報告》　中央研究院語言研究所　2006年

英文文獻

1. Aoun, Joseph and Yen-hui Audrey Li. 1989. Scope and Constituency. *Linguistic Inquiry*, 20.2, 141-172.

2. Bernhard Karlgren. (高本漢). 1949. The Chinese Language: An essay on its nature and history. New York: The Ronald Press Co. 聶鴻飛譯. 2010.《漢語的本質和歷史》：北京商務印書館。

3. Bybee, J. & Hopper, P. (Eds.) 2001. *Frequency and the emergence of linguistic structure*. Benjamins: New York.

4. C.-T. James Huang, Audrey Li, and Yafei Li. 2009. *The syntax of Chinese*. Cambridge University press.

5. Collins, Peter C. 1996. Get-passives in English. *World Englishes* 15:43-56.

6. Dowty, David. 1991. Thematic proto-roles and argument selection. *Language* Vol. 67,3:547-619.

7. Dowty, David. 1991. Thematic proto-roles and argument selection. *Language*, Vol. 67,3:547-619.

8. Fox, Barbara and Paul Hopper (Eds). 1993. *Voice: Form and Function.* Amsterdam: John Benjamins.

9. Hall, Alan. 1994. *The phonology of coronals.* Amsterdam & Philadelphia: J. Benjamins.

10. Haspelmath, Martin. 1990. The grammaticization of passive morphology. *Studies in Language.* 14：25-72.

11. Haspelmath, Martin. 1990. The grammaticization of passive morphology. *Studies in Language.* 14：25-72.

12. Haspelmath, Martin. 2011. Ditransitive Constructions: The Verb 'Give'.In: Dryer, Matthew S. & Haspelmath, Martin (eds.) *The World Atlas of Language Structures Online.* Munich: Max Planck Digital Library, chapter 105.

13. Hein, Bernd., & Tania Kuteva. 2002. *World Lexicon of Grammaticalization.* Cambridge University Press.

14. Her, One-soon. (何萬順) 1999. Interaction of thematic structure and syntactic structures: on Mandarin dative alternations. In *Chinese Languages and Linguistics: V, Interaction* (中國境內語言暨語言學第五輯: 語言中的互動), 373-412, Taipei: Institute of Linguistics, Academia Sinica.

15. Her, One-soon. (何萬順) 2006. Justifying Part-of-speech Assignments for Mandarin Gei. *Lingua* 116.8, 1274-1302.

16. Hilary Chappell and Alain Peyraube.(2006). *The analytic causatives of early modern Southern Min in diachronic perspective.*《山高水長：丁邦新先生七秩壽慶論文集》。

17. Hopper, Paul J. and Elizabeth Closs Traugott. 1993. *Grammaticalization.* Cambridge University Press.

18. Jackendoff, Ray. 1990. On Larson's treatment of the double object construction. *Linguistic Inquiry*, 21, 427-456.

19. Katamba, Francis. 1989. *An Introduction to Phonology.* Longman.

20. Keenan, Edward. 1985. Passive in the World's Languages. In *Clause Structure, Language Typology and Syntactic Description*, Vol. 1, edited by Timothy Shopen, pp. 243-281. Cambridge University Press.

21. Ladefoged, Peter. & Ian Maddieson. 1996. *The Sounds of the World's Languages.* Blackwell.

22. Larson, Richard. 1990. Double objects revisited: reply to Jackendoff. *Linguistic Inquiry* 21, 589-632.

23. Larson, Richard.1988. On the double object construction. *Linguistic Inquiry* 19(3):335-391.

24. Lee, Huichi (李惠琦).2000. Hainan Min passives. *Tsing Hua Journal of Chinese Studies* Vol.40:4:765-787.

25. Li, Roth Gertraude. 2000. *Manchu: A Textbook for Reading Documents*. University of Hawai'i Press.

26. Li,Yen-hui Audrey.1990. *Order and constituency in Mandarin Chinese.* Dordrecht: Kluwer.

27. Lien, Chinfa. (連金發) 2003. Coding causatives and putatives in a diachronic perspective. *Taiwan Journal of Linguistics* 1: 1-28.

28. Lien, Chinfa. (連金發). 2000. The develop of grammatical function word 乞，度，共，將 and 力 in Southern Min as attested in Li Jin Ji 荔鏡記. 中央研究院第三屆國際漢學會議論文集.

29. Lin, Yen-Hwei. (林燕慧). 2007. The Sounds of Chinese. Cambridge University Press.

30. O'Grady William. 2004(2012). *The syntax files the Dept. of Linguistics*

University of Hawai'i.

31. P. G. von Möllendorff. (穆麟德) 1892. *A Manchu Grammar with Analyzed Texts.*

32. Peyraube, Alain. (貝羅貝) 1989. History of Passive Construction in Chinese until the 10thCentury. *Journal of Chinese Linguistics* 17. pp.335-372.

33. Peyraube, Alain. (貝羅貝) 1991. Syntactic change in Chinese: on grammaticalizaiton. *Bulletin of the Institute of History and Philology*. 59.3: 617-652.

34. Peyraube, Alain. (貝羅貝) 1991. Syntactic change in Chinese: on grammaticalizaiton. *Bulletin of the Institute of History and Philology*. 59.3: 617-652.

35. Reynolds, Robert. 1996. Passives in classical and Han Chinese: Typological considerations. Doctoral dissertation: University of Wisconsin-Madison.

36. Siewierska, Anna. 1984. *The passive: A comparative linguistic analysis.* London: Routledge.

37. Siewierska, Anna. 2011. Passive Constructions. In: Dryer, Matthew S. & Haspelmath, Martin (eds.) *The World Atlas of Language Structures Online.* Munich: Max Planck Digital Library, feature 107A. Available online at http://wals.info/feature/107A.

38. Sun, Chaofen (孫朝奮) 1996. *Word-order change and grammaticaliz-ation in the history of Chinese.* Stanford: Stanford University Press.

39. T. Givón & Lynne Yang. 1993. The raise of the English GET-passive. In: Fox, Barbara and Paul Hopper (Eds). 1993. *Voice: Form and Function.* Amsterdam: John Benjamins.

40. Tsao, Feng-fu (曹逢甫) 1990. *Sentence and clause structure in Chinese: A functional perspective*. Taipei: Student Book Co. 王靜 譯 (2005)《漢語的句子與子句結構》北京語言大學出版。

41. Tsao, Feng-fu. (曹逢甫) 1988. The Function of Mandarin Gei and Taiwanese Hou in the Double Object and the Passive Constructions. Cheng, R. L. and Huang, S. F. (eds.) *The Structure of Taiwanese: A Modern Synthesis*. pp. 165.

42. Tsao, Feng-fu. (曹逢甫) 2012. Argument Structure Change, Reanalysis and Lexicalization: Grammaticalization of Transitive Verbs into Ditransitive Verbs in Chinese, Japanese and English. In Xing, Janet Z. (ed.), *Newest Trends in the Study of Grammaticalization and Lexicalization in Chinese,* 275-302. Berlin & Boston: De Gruyter Mouton.

43. Tsao, Feng-fu. (曹逢甫). 1988. The Function of Mandarin Gei and Taiwanese Hou in the Double Object and the Passive Constructions. *The Structure of Taiwanese: A Modern Synthesis,* ed. by Cheng, R. L. and Huang, S. F. (eds.), 165-208. Taipei：Crane Publishing Co.

44. Tsao, Feng-fu. (曹逢甫) and Quang Kim Ngoc. 2009. The Verbs "to Give" and Theirs Derived Constructions in Southern Min, Hakka, Cantonese and Vietnamese: A Comparison in Terms of Grammaticalization. Paper presented at SEALS 19 (Southeast Asian of Linguistics Society XIX). University of Social Sciences and Humanities, Ho Chi Minh City. May 28-29, 2009.

45. Wang, Shi-yuan. (王士元). 1969. Competing changes as a cause of residue. *Language*. 45: 9-25.

46. Winford, Donald. 2005. Contact-induced changes: classification and

processes. *Diachronica* 22.2：373-427.

47. Yue-Hashimoto, Anne O. (余靄芹). 1993. *Comparative Chinese dialectal grammar*. Paris: Ecole des hautes etudes en sciences sociales, Centre de recherches linguistiques sur l'Asie orientale.

電子資源

1. 《文淵閣四庫全書電子版》　迪志文化出版有限公司

2. 《漢語方音字彙》　1989、2003、2008　北京大學中文系編

3. http://elearning.ling.sinica.edu.tw/guhanyu.html

4. 中央研究院上古漢語語料庫
    http://dbo.sinica.edu.tw/Ancient_Chinese_tagged/

5. 中央研究院上古漢語語料庫詞頻統計

6. 中央研究院漢籍電子全文　http://hanji.sinica.edu.tw/

7. 中央研究院漢籍電子全文　http://hanji.sinica.edu.tw/index.html

8. 中央研究院閩南語典藏　http://southernmin.sinica.edu.tw/

9. 香港中文大學粵語音韻集成
    http://www.arts.cuhk.edu.hk/Lexis/Canton2

10. 香港中文大學粵語審音配詞字庫
    http://arts.cuhk.edu.hk/Lexis/lexi-can/

11. 教育部重編國語詞典　http://dict.revised.moe.edu.tw/

12. 教育部異體字字典　http://140.111.1.40/main.htm

索引

附件

附件一
福建省方言分區示意圖

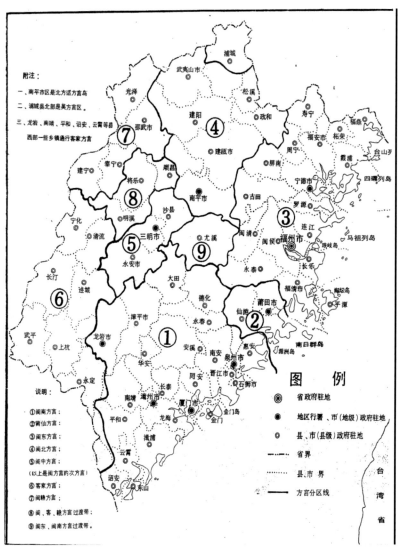

資料來源：李如龍（1997：85）《福建方言》（福州市：福建人民出版社）

附件二

閩方言被動標記「乞」、「乞與」和「與」的使用分佈

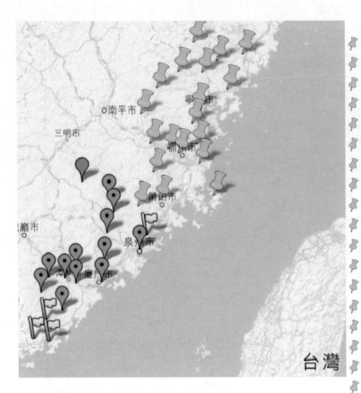

閩東

🚩 閩侯
被動標記「乞」

🚩 長樂
被動標記「乞」

🚩 平潭
被動標記「乞」

🚩 閩清
被動標記「乞」

🚩 連江
被動標記「乞」

🚩 羅源
被動標記「乞」

🚩 福安
被動標記「乞」

🚩 壽寧
被動標記「乞」

🚩 柘榮
被動標記「乞」

🚩 霞浦
被動標記「乞」

🚩 福鼎
被動標記「乞」

🚩 古田
被動標記「乞」

🚩 周寧
被動標記「乞」

🚩 寧德
被動標記「乞」

🚩 永泰
被動標記「乞」

🚩 屏南
被動標記「乞」

🚩 莆田
被動標記「乞」

🚩 仙遊
被動標記「乞」

閩南

📍 泉州
被動標記「乞」「乞與」「與」

📍 永春
被動標記「乞」「乞與」「與」

📍 漳州
被動標記「乞與」「與」

📍 廈門
被動標記「乞與」「與」

📍 南靖
被動標記「與」

📍 平和
被動標記「與」

📍 漳浦
被動標記「與」

📍 德化
被動標記「與」

📍 同安
被動標記「與」

📍 龍海
被動標記「與」

📍 長泰
被動標記「與」

📍 安溪
被動標記「與」

📍 大田
被動標記「乞」和「與」

🚩 惠安
被動標記「乞」

🚩 詔安
被動標記「乞」

🚩 東山
被動標記「乞」

🚩 雲霄
被動標記「乞」

附件三

閩南地區被動標記的使用分佈

泉州 被動標記「乞」「乞與」「與」	漳浦 被動標記「與」	大田 被動標記「乞」和「與」
永春 被動標記「乞」「乞與」「與」	德化 被動標記「與」	惠安 被動標記「乞」
漳州 被動標記「乞與」「與」	同安 被動標記「與」	詔安 被動標記「乞」
廈門 被動標記「乞與」「與」	龍海 被動標記「與」	東山 被動標記「乞」
南靖 被動標記「與」	長泰 被動標記「與」	雲霄 被動標記「乞」
平和 被動標記「與」	安溪 被動標記「與」	

附件四

閩東及莆仙方言被動標記分佈

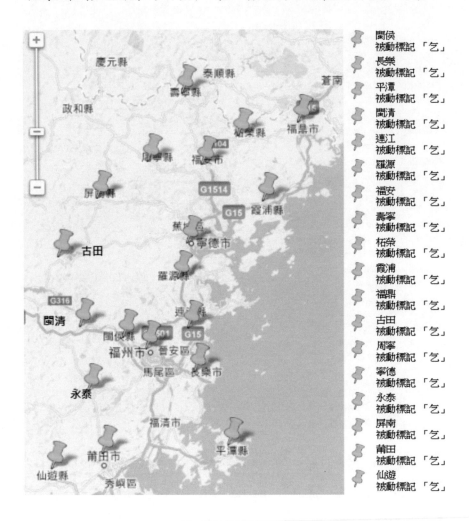

閩侯
被動標記「乞」

長樂
被動標記「乞」

平潭
被動標記「乞」

閩清
被動標記「乞」

連江
被動標記「乞」

羅源
被動標記「乞」

福安
被動標記「乞」

壽寧
被動標記「乞」

柘榮
被動標記「乞」

霞浦
被動標記「乞」

福鼎
被動標記「乞」

古田
被動標記「乞」

周寧
被動標記「乞」

寧德
被動標記「乞」

永泰
被動標記「乞」

屏南
被動標記「乞」

莆田
被動標記「乞」

仙遊
被動標記「乞」

附件五

北方方言被動標記的使用分佈[1]
（據陳章太、李行健 1996：4770 改製）

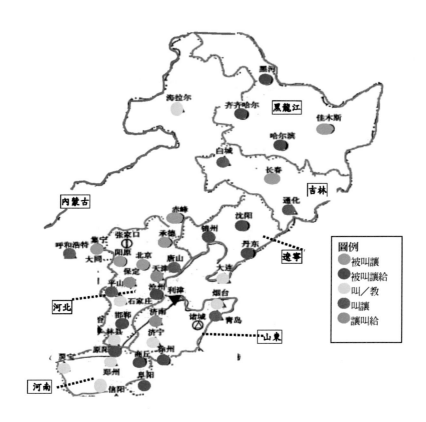

附件六
中國歷史朝代西元對照簡表

引自：漢典 http://www.zdic.net/appendix/f4.htm

朝代		起訖	都 城	今 地
夏		約前2070-前1600	安邑	山西夏縣
			陽翟	河南禹縣
商		前1600-前1046	亳	河南商丘
			殷	河南安陽
周	西周	前1046-前771	鎬京	陝西西安
	東周 春秋時代 戰國時代①	前770-前256 前770-前476 前475-前221	洛邑	河南洛陽
秦		前221-前206	咸陽	陝西咸陽
漢	西漢②	前206-西元23	長安	陝西西安
	東漢	25—220	洛陽	河南洛陽
三國	魏	220-265	洛陽	河南洛陽
	蜀	221-263	成都	四川成都
	吳	222-280	建業	江蘇南京
西晉		265-316	洛陽	河南洛陽
東晉 十六國	東晉	317-420	建康	江蘇南京
	十六國③	304-439	—	—

朝代			起訖	都城	今 地
南北朝	南朝	宋	420-479	建康	江蘇南京
		齊	479-502	建康	江蘇南京
		梁	502-557	建康	江蘇南京
		陳	557-589	建康	江蘇南京
	北朝	北魏	386-534	平城	山西大同
				洛陽	河南洛陽
		東魏	534-550	鄴	河北臨漳
		北齊	550-577	鄴	河北臨漳
		西魏	535-556	長安	陝西西安
		北周	557-581	長安	陝西西安
隋			581-618	大興	陝西西安
唐			618-907	長安	陝西西安
五代十國		後梁	907-923	汴	河南開封
		後唐	923-936	洛陽	河南洛陽
		後晉	936-946	汴	河南開封
		後漢	947-950	汴	河南開封
		後周	951-960	汴	河南開封
		十國④	902-979	—	—
宋		北宋	960-1127	開封	河南開封
		南宋	1127-1279	臨安	浙江杭州
遼			916-1125⑤	皇都（上京）	遼寧巴林右旗
西夏			1038-1227	興慶府	寧夏銀川
金			1115-1234	會寧	阿城（黑龍江）

朝代	起訖	都 城	今 地
		中都	北京
		開封	河南開封
元	1271-1368⑥	大都	北京
明	1368-1644	北京	北京
清	1644-1911	北京	北京

附注

① 這時期，主要有秦、魏、韓、趙、楚、燕、齊等國。

② 包括王莽建立的「新」王朝（西元8年-23年）。王莽時期，爆發大規模的農民起義，建立了農民政權。西元二十三年，新王莽政權滅亡。西元二十五年，東漢王朝建立。

③ 這時期，在我國北方和巴蜀，先後存在過一些封建割據政權，其中有：漢（前趙）、成（成漢）、前涼、後趙（魏）、前燕、前秦、後燕、後秦、西秦、後涼、南涼、北涼、南燕、西涼、北燕、夏等國，歷史上叫作「十六國」。

④ 這時期，除後梁、後唐、後晉、後漢、後周外，還先後存在過一些封建割據政權，其中有：吳、前蜀、吳越、楚、閩、南漢、荊南（南平）、後蜀、南唐、北漢等國，歷史上叫作「十國」。

⑤ 遼建國於西元九○七年，國號契丹，九一六年始建年號，九三八年（一說947年）改國號為遼，九八三年復稱契丹，一○六六年仍稱遼。

⑥ 鐵木真於西元一二○六年建國；西元一二七一年忽必烈定國號為元，一二七九年滅南宋。

漢學研究叢書·文史新視界叢刊 0402004

微觀類型下的受動標記研究——基於音韻及語法介面

作　　者　陳菘霖

責任編輯　廖宜家

特約校稿　林秋芬

發 行 人　陳滿銘

總 經 理　梁錦興

總 編 輯　陳滿銘

副總編輯　張晏瑞

編 輯 所　萬卷樓圖書股份有限公司

排　　版　林曉敏

印　　刷　百通科技股份有限公司

封面設計　斐類設計工作室

發　　行　萬卷樓圖書股份有限公司

　　　　　臺北市羅斯福路二段 41 號 6 樓之 3

　　　　　電話 (02)23216565

　　　　　傳真 (02)23218698

　　　　　電郵 SERVICE@WANJUAN.COM.TW

香港經銷　香港聯合書刊物流有限公司

　　　　　電話 (852)21502100

　　　　　傳真 (852)23560735

ISBN 978-986-478-235-2

2019 年 3 月初版一刷

定價：新臺幣 560 元

如何購買本書：

1. 劃撥購書，請透過以下郵政劃撥帳號：

　帳號：15624015

　戶名：萬卷樓圖書股份有限公司

2. 轉帳購書，請透過以下帳戶

　合作金庫銀行 古亭分行

　戶名：萬卷樓圖書股份有限公司

　帳號：0877717092596

3. 網路購書，請透過萬卷樓網站

　網址 WWW.WANJUAN.COM.TW

大量購書，請直接聯繫我們，將有專人為您服務。客服：(02)23216565 分機 610

如有缺頁、破損或裝訂錯誤，請寄回更換

國家圖書館出版品預行編目資料

微觀類型下的受動標記研究——基於音韻及語法介面 / 陳菘霖著. -- 初版. -- 臺北市：萬卷樓, 2019.01　面；　公分. -- (漢學研究叢書；0402004)

ISBN 978-986-478-235-2(平裝)

1.漢語 2.聲韻 3.漢語語法

802.4　　　　　　　　　　　107020272